SCIENCE FICTION

Herausgegeben
von Wolfgang Jeschke

Von James White erschien in der Reihe
HEYNE SCIENCE FICTION & FANTASY:

Die Föderation · 06/4826

Der ORBIT HOSPITAL-Zyklus:

1. *Hospital Station* · 06/4974
2. *Star Chirurg* · 06/4975
3. *Großoperation* · 06/4976
4. *Ambulanzschiff* · 06/4977
5. *Sector General* · 06/4978 (in Vorb.)
6. *Notfall Code Blau* · 06/4979 (in Vorb.)
7. *Der Wunderheiler* · 06/4980 (in Vorb.)
8. *Radikaloperation* · 06/4981 (in Vorb.)

JAMES WHITE

Ambulanzschiff

Vierter Roman des Zyklus
ORBIT HOSPITAL

Ungekürzte Neuausgabe

Aus dem Englischen übersetzt von
KALLA WEFEL

WILHELM HEYNE VERLAG
MÜNCHEN

HEYNE SCIENCE FICTION & FANTASY
Band 06/4977

Titel der englischen Originalausgabe
AMBULANCE SHIP
Deutsche Übersetzung von Kalla Wefel
Das Panoramabild zu dem gesamten Zyklus
malten Boros Zoltán und Szikszai Gábor

Redaktion: Wolfgang Jeschke

(Der erste Teil des Buches, ›Spacebird‹ erschien 1974 als Vorabdruck
in ›New Writings in SF 22‹, hrsg. von Kenneth Bulmer)

Printed in Germany 1993
Umschlaggestaltung: Atelier Ingrid Schütz, München
Technische Betreuung: Manfred Spinola
Satz: Schaber Satz- und Datentechnik, Wels
Druck und Bindung: Elsnerdruck, Berlin

ISBN 3-453-06222-1

Inhalt

Für JACK COHEN,
einem Verfechter der Wahrscheinlichkeit
für die Existenz
außerirdischen Lebens …

ERSTER TEIL

Raumvogel

I

Das Aufklärungsschiff des Monitorkorps *Torrance* befand sich in einem Einsatz, der zwar äußerst wichtig, aber dennoch todlangweilig war. Genau wie den anderen Schiffen ihrer Flottille hatte man auch der *Torrance* einen relativ kleinen Bereich des Alls in Sektor neun zugeteilt — einen der vielen dreidimensionalen weißen Flecken, die immer noch auf den Weltraumkarten der Föderation auftauchten —, um Typ und Position der darin enthaltenen Sterne und die Anzahl der sie umkreisenden Planeten zu ergänzen.

Da ein mit zehn Mann besetztes Aufklärungsschiff nicht die Ausrüstung besaß, um eine Erstkontaktsituation zu meistern, hatte man der Besatzung strikt verboten, auf einem dieser Planeten zu landen oder sich ihm auch nur zu nähern. Falls sich unter den Planeten technologisch fortgeschrittene Welten befanden, würde man sie später anhand der Analyse der von ihnen ausgehenden Radiofrequenzstrahlung und anderen Strahlungsformen erkennen. Wie Major Madden, der Captain des Schiffs, der Besatzung gleich zu Beginn des Einsatzes erklärt hatte, würden sie lediglich Lichter am Himmel zählen — das wäre auch schon alles.

Natürlich konnte das Schicksal einer *solchen* Verlokkung nicht widerstehen ...

»Hier Radar, Sir«, sagte eine Stimme aus dem Lautsprecher des Kontrollraums. »Wir empfangen ein Echosignal auf dem Nahbildschirm. Entfernung zehn Kilometer, kommt langsam näher, nicht auf Kollisionskurs.«

»Erfassen und verfolgen Sie es mit dem Teleskop, und lassen Sie es uns bitte sehen«, erwiderte der Captain.

»Ja, Sir. Repeaterschirm zwei.«

Auf den Aufklärungsschiffen des Monitorkorps herrschte nur dann strenge Disziplin, wenn es die Umstände erforderten. Solche Umstände traten jedoch normalerweise nicht während eines simplen Kartographieeinsatzes auf, und deshalb erinnerten die Stimmen, die aus dem Lautsprecher kamen, eher an eine lockere Diskussion als an eine Folge militärischer Meldungen.

»Es sieht aus wie ein ... wie ein Vogel, Sir, und zwar mit gespreizten Flügeln.«

»Ein gerupfter Vogel.«

»Hat schon jemand berechnet, wie groß die Wahrscheinlichkeit ist, daß sich so etwas im interstellaren Raum plötzlich materialisiert?«

»Ich glaube, das ist ein Asteroid oder irgendeine flüssige Substanz, die zufällig zu dieser Form erstarrt ist.«

»Zwei Lichtjahre von der nächsten Sonne entfernt?«

»Ruhe bitte«, sagte der Captain. »Erfassen Sie es mit einem Analysator, und machen Sie dann Meldung.«

Es gab eine kurze Pause, und dann teilte eine Stimme mit: »Geschätzte Größe ungefähr ein Drittel dieses Schiffs. Es ist nichtreflektierend, nichtmetallisch, nichtmineralisch und ...«

»Das ist ja wirklich ganz hervorragend, daß Sie mir erzählen, was es alles *nicht* ist«, unterbrach ihn der Captain trocken.

»Es ist organisch, Sir, und ...«

»Ja?«

»Und es lebt.«

Einige Sekunden lang hielten die Stimmen im Lautsprecher des Kontrollraums und der Captain den Atem an, dann befahl Madden entschlossen: »Maschinenraum, Manövrierschub in fünf Minuten. Astronavigation, bestimmen Sie den Kurs, und gehen Sie bis auf fünfhundert Meter heran. Geschütze, halten Sie sich bereit. Schiffsarzt Brenner soll sich auf einen Außeneinsatz vorbereiten.«

Die kurze Debatte war vorbei.

Während der darauffolgenden vier Stunden untersuchte Schiffsarzt Brenner das Wesen, zuerst aus sicherer Entfernung und später aus so unmittelbarer Nähe wie es sein Raumanzug nur zuließ. Er war sich sicher, daß der Analysator eine etwas zu optimistische Auffassung von dem gehabt hatte, was höchstwahrscheinlich ein noch nicht völlig erkalteter Leichnam war. Sicherlich stellte das merkwürdige Wesen keine Gefahr dar, denn es konnte sich nicht bewegen, selbst wenn es gewollt hätte; dafür sorgten der Überzug — der sich aus etwas zusammensetzte, das wie breite, flache Rankenfüßer aussah — und das steinharte Bindemittel, das diese zusammenhielt.

Später, als er gerade seinen Bericht an den Captain beendete, sagte Brenner: »Um zusammenzufassen, Sir: Das Wesen leidet an einer recht sonderbaren Hautkrankheit, die außer Kontrolle geraten ist und dazu führte, daß man es ausgesetzt hat — denn sicherlich ist es nicht aus eigener Kraft bis hierher geflogen. Alles deutet auf eine weltraumreisende Spezies hin, die Opfer eines Leidens ist, vor dem sie eine solche Angst hat, daß sie die Kranken noch lebend ins All aussetzt.

Wie Sie wissen, besitze ich nicht die Qualifikation, extraterrestrische Krankheiten zu behandeln, und das Lebewesen ist zu groß, um es an Bord zu nehmen. Wir könnten allerdings unsere Hyperraumhülle ausdehnen und es bis zum Orbit Hospital im galaktischen Sektor zwölf ins Schlepptau nehmen.

Das wäre doch mal eine angenehme Abwechslung von diesem alltäglichen Kartographieren. Außerdem bin ich da noch nie gewesen«, fügte Brenner hoffnungsvoll hinzu. »Wie ich gehört hab, sollen dort nicht alle Schwestern sechs Beine haben.«

Der Captain schwieg für einen Augenblick und nickte dann. »Aber ich war schon mal da«, bemerkte er grinsend. »Manche Schwestern haben sogar noch mehr als sechs ...«

Eingerahmt im Heckbildschirm des Rettungsschiffs, hing im galaktischen Sektor zwölf die gewaltige Konstruktion des Orbit Hospitals wie ein riesiger, zylindrischer Weihnachtsbaum frei im Raum. Die meisten der zigtausend Fenster waren fast durchgehend hell erleuchtet, wobei die Beleuchtung in den verrücktesten Farbkombinationen und unterschiedlichsten Stärken ausfiel, um den jeweiligen Ansprüchen der Sehorgane der Patienten und Mitarbeiter gerecht zu werden. Auf den dreihundertvierundachtzig Ebenen dieser einmaligen Einrichtung konnten die Umweltbedingungen sämtlicher der galaktischen Föderation bekannten Spezies reproduziert werden — ein biologisches Spektrum, das bei den unter extremen Kältebedingungen lebenden Methanarten begann und über die eher normalen Sauerstoff- und Chloratmer bis hin zu den Exoten reichte, die von der direkten Umwandlung harter Strahlung lebten.

Zusätzlich zu den Patienten, deren Anzahl und physiologische Klassifikationen sich ständig veränderten, gab es medizinisches sowie Wartungspersonal, das sich aus mehr als sechzig verschiedenen Lebensformen mit ebenso vielen unterschiedlichen Verhaltensweisen, Körpergerüchen und Lebensanschauungen zusammensetzte.

Die Mitarbeiter des Hospitals konnten sich rühmen, daß für sie kein Fall zu groß, zu klein oder zu hoffnungslos war, und ihr fachliches Können und ihre tatkräftige Unterstützung stand in der gesamten Galaxis hoch im Kurs. Das hochqualifizierte Personal des Orbit Hospitals erledigte seine Arbeit zwar mit viel Engagement, war aber nicht immer ganz ernsthaft bei der Sache, und Chefarzt Doktor Conway konnte sich nicht von dem Gedanken befreien, daß ihm jemand bei dieser Gelegenheit einen heimtückischen Streich spielen wollte.

»Selbst jetzt, wo ich es sehe, kann ich es noch nicht recht glauben«, sagte er.

Pathologin Murchison, die neben ihm stand, starrte kommentarlos auf das Bild der *Torrance* und ihres Schleppguts.

Leicht zitternd haftete Dr. Prilicla mit seinen sechs zerbrechlichen Beinen, die an der Spitze mit Saugnäpfen versehen waren, an der Decke des Kontrollraums und sagte: »Immerhin könnte sich das als eine interessante berufliche Herausforderung erweisen, mein Freund.«

Die rollenden Schnalzlaute seiner melodischen cinrusskischen Sprache wurden zunächst von Conways Translator empfangen, dann zum gewaltigen Übersetzungscomputer im Zentrum des Hospitals übertragen und schließlich ohne merkbare Verzögerung als klang- und emotionsloses Terranisch wieder zu seinem Kopfhörer zurückgesendet. Wie nicht anders zu erwarten war, fiel seine Entgegnung freundlich, höflich und jeden Streit vermeidend aus.

Prilicla war ein sechsbeiniges, insektenartiges Wesen mit einem Ektoskelett und zwei schillernden, nicht ganz verkümmerten Flügelpaaren. Diese Wesen besaßen hochentwickelte empathische Fähigkeiten. Nur auf seinem Heimatplaneten Cinruss, auf dem weniger als ein Achtel der Erdanziehungskraft herrschte, hatte eine Insektenspezies zu solcher Größe heranwachsen und mit der Zeit Intelligenz und eine fortschrittliche Zivilisation entwickeln können. Im Orbit Hospital allerdings befand sich Prilicla den größten Teil seines Arbeitstags in echter Todesgefahr. Außerhalb seiner Unterkunft mußte er überall Schwerkraftneutralisatoren, sogenannte G-Gürtel, tragen, weil er unter dem Druck der Anziehungskraft, den die Mehrheit seiner Kollegen für normal hielt, regelrecht zermalmt worden wäre. Und wenn sich Prilicla mit irgend jemandem unterhielt, begab er sich sofort außer Reichweite seines Gegenübers, denn schon durch eine einzige gedankenlose Bewegung eines Arms oder Tentakels seines Gesprächspartners hätte ihm ein Bein abgerissen oder gar sein ganzer zerbrechlicher Körper zerstört werden können.

Natürlich wollte niemand im Krankenhaus Prilicla auf irgendeine Weise mutwillig verletzen, denn dazu war er bei allen viel zu beliebt. Durch seine empathischen Fähigkeiten war der kleine Cinrussker dazu gezwungen, zu *allen* freundlich zu sein und stets die passenden Worte zu finden, um die emotionale Ausstrahlung der Wesen in seiner näheren Umgebung für sich selbst so angenehm wie möglich zu gestalten.

Ganz anders verhielt es sich, wenn ihn seine dienstlichen Pflichten dazu zwangen, sich Schmerzempfindungen und heftigen Emotionen eines Patienten auszusetzen, und eine solche Situation konnte innerhalb der nächsten Minuten auftreten.

Conway drehte sich plötzlich zu Prilicla um und sagte: »Sie können Ihren leichten Schutzanzug tragen, aber halten Sie sich so lange von dem Wesen fern, bis wir Ihnen sagen, daß von ihm keine Gefahr ausgeht, sei es durch eine bewußte oder unbewußte Bewegung dieser Kreatur. Wir selbst sollten die schweren Anzüge anlegen, und zwar in erster Linie, weil sie einfach mehr Haken haben, an die wir unsere Diagnoseausrüstung hängen können. Ich werde den Arzt der *Torrance* bitten, das gleiche zu tun.«

Eine halbe Stunde später schwebten Schiffsarzt Brenner, Murchison und Conway neben der Gestalt des gewaltigen Vogels, während Prilicla, der eine transparente Plastikblase trug, durch die allein sein knöcherner Unterkiefer und seine Beine hervorragten, neben der Schleuse ihres Rettungsschiffs trieb.

»Keine feststellbare emotionale Ausstrahlung, mein Freund«, berichtete der Empath.

»Das wundert mich nicht«, warf Murchison ein.

»Das Wesen könnte tot sein. Aber als wir es gefunden haben, lag die Körpertemperatur noch weit meßbar über dem durchschnittlichen Wert eines Körpers, der einzig und allein von einer zwei Lichtjahre entfernten Sonne erwärmt werden konnte«, verteidigte sich der Schiffsarzt.

»Ich wollte Sie nicht kritisieren, Doktor«, besänftigte ihn Murchison. »Ich hab lediglich unserem empathischen Freund zugestimmt. Aber haben Sie vor oder während Ihrer Reise hierher irgendwelche Untersuchungen, Beobachtungen oder Tests an diesem Patienten durchgeführt? Und wenn ja, haben Sie irgendwelche vorläufigen Schlußfolgerungen aus diesen Tests ziehen können? Außerdem brauchen Sie nicht schüchtern sein, Lieutenant. Wir sind zwar möglicherweise die anerkannten Experten in bezug auf die Physiologie und Medizin fremder Lebensformen, doch sind wir das nicht durch grundlose Zurschaustellung unserer Fachkenntnisse geworden, sondern durch Zuhören und Zusehen. Sie sind doch bestimmt neugierig gewesen, nicht wahr?«

»Ja, Madam«, entgegnete Brenner, dessen Stimme sein Erstaunen darüber verriet, daß im Innern dieses klobigen Anzugs eine terrestrische Frau steckte. »Da wir keinerlei Informationen über seinen Heimatplaneten besitzen, hab ich mir schon gedacht, daß Sie wahrscheinlich wissen wollen, unter welchen atmosphärische Bedingungen der Patient am besten untersucht werden kann. Ich bin jedenfalls zu der Annahme gekommen, daß der Patient, da er ein Vogel ist, eine Atmosphäre zum Fliegen benötigt und wegen seiner Krankheit ins All ausgesetzt worden ist...«

Während er zuhörte, mußte Conway die ruhige Art bewundern, mit der Murchison den Korpsarzt dazu brachte, ihr all die Dinge zu erzählen, die er falsch gemacht hatte. Als Pathologin für ETs war sie daran gewöhnt, daß Nichtspezialisten ihre Arbeit in erster Linie behinderten oder zumindest erschwerten. Deshalb war es notwendig, soviel wie möglich über den ursprünglichen Zustand des Wesens zu erfahren, bevor eine unsachgemäße Untersuchung — egal, wie gutgemeint sie gewesen war — Veränderungen oder zusätzliche Verletzungen verursacht hatte. Alles, was sie wissen mußte, fand Murchison in aller Ruhe und ohne taktlos zu sein heraus, als wäre sie Prilicla in menschlicher Gestalt.

Doch während Brenner mit seinem Bericht fortfuhr, wurde es immer klarer, daß er, wenn überhaupt, nur wenige Fehler gemacht hatte, und ein Großteil Conways fachlicher Bewunderung galt jetzt auch dem Lieutenant.

»... nachdem ich Ihnen den Vorbericht hatte übermitteln lassen und wir bereits auf dem Weg zum Orbit Hospital waren«, fuhr Brenner fort, »habe ich zwei kleine rauhe Flächen auf der schwarzen Substanz entdeckt, von der der ganze Vogel überzogen ist. Einen kleinen runden Fleck am unteren Abschnitt des Halses, genau hier, und einen etwas größeren, ovalen Fleck, den Sie hier an der Unterseite sehen können. An beiden dieser Stellen ist die schwarze Substanz rissig. Doch sind die Risse wiederum mit der Substanz gefüllt, wenigstens teilweise, und auch ein paar von den Rankenfüßern sind an diesen Stellen beschädigt worden. Dort hab ich meine Proben entnommen.«

»Und wie ich sehen kann, haben Sie auch die Stellen markiert, von denen Sie die Proben entnommen haben«, unterbrach ihn Murchison. »Aber fahren Sie bitte fort, Doktor.«

»Ja, Madam« antwortete der Lieutenant und sagte: »Diese schwarze Substanz scheint ein fast perfekter Isolator zu sein. Sie ist äußerst hitzebeständig, selbst gegen die Hitze eines auf mittlere Stärke eingestellten Schneidbrenners. Bei sehr hohen Temperaturen bildete die geprüfte Stelle schwarze Asche, deren Flocken zwar abfielen, sie zeigte aber keine Anzeichen von Erweichung oder Rißbildung. Die Schalensplitter der beschädigten Rankenfüßer waren nicht ganz so hitzebeständig, es sei denn, sie waren zufällig von der schwarzen Substanz überzogen.

Die schwarze Substanz hielt auch chemischen Einwirkungen stand, allerdings nicht die Schalenstücke. Wenn man diese Splitter verschiedenen atmosphärischen Bedingungen aussetzte, schienen die Ergebnisse darauf hinzudeuten, daß sie nicht unter exotischen Lebensbedingungen entstanden sind — also nicht in Atmosphären, die auf Methan, Ammoniak oder gar Chlor basieren. Die chemische Zusammensetzung der Stücke weist als Hauptbestandteil Kohlenwasserstoff aus, und sie reagieren auch nicht, wenn sie kurzzeitig einem sauerstoffreichen Gemisch ausgesetzt werden.«

»Erzählen Sie mir bitte die genauen Einzelheiten der Tests, die Sie durchgeführt haben«, bat Murchison, die plötzlich sehr sachlich und ungemein höflich klang, obwohl der Lieutenant das gar nicht bemerkte. Conway gab Prilicla ein Zeichen näherzukommen, um die hauptberufliche Pathologin und den Amateurpathologen ihr Gespräch allein weiterführen zu lassen.

»Ich glaube nicht, daß sich der Patient bewegen kann«, sagte er zu Prilicla. »Ich weiß nicht einmal, ob er lebt. Lebt er?«

Priliclas Glieder zitterten, als er sich wappnete, eine verneinende Antwort zu geben, wobei er sogar ein ganz klein wenig unangenehm wurde. »Das ist eine irreführende Frage, mein Freund«, entgegnete er. »Alles, was ich sagen kann, ist, daß er nicht ganz tot zu sein scheint.«

»Aber Sie können doch auch die emotionale Ausstrahlung eines schlafenden oder in tiefer Bewußtlosigkeit befindlichen Gehirns wahrnehmen«, erwiderte Conway ungläubig. »Strahlt der Patient denn überhaupt keine Emotionen aus?«

»Nur in sehr geringen Maßen, mein Freund«, antwortete der noch immer zitternde Cinrussker, »aber sie sind zu schwach, als daß ich sie identifizieren könnte.

Der Patient ist sich seiner selbst nicht bewußt, und die kaum wahrzunehmenden Ausstrahlungen stammen nicht aus dem Schädelraum, sondern scheinen vielmehr vom gesamten Körper auszugehen. Einen solchen Eindruck hab ich noch nie gehabt, deshalb kann ich nicht einmal Vermutungen anstellen, da mir ausreichende Informationen oder Erfahrungen fehlen.«

»Wie ich Sie kenne, werden Sie selbstverständlich trotzdem Mutmaßungen anstellen«, bemerkte Conway lächelnd.

»Natürlich«, entgegnete Prilicla. »Es wäre möglich, die emotionale Ausstrahlung, die ich von der Hautoberfläche her bis in einigem Abstand darunter wahrnehmen kann, vielleicht damit zu erklären, daß sich das Wesen in tiefer Bewußtlosigkeit befindet, während gleichzeitig seine Nervenenden unaufhörlich von heftigen Schmerzen stimuliert werden.«

»Aber das würde bedeuten, Sie nehmen nur das an der Peripherie befindliche Nervengeflecht wahr, nicht aber das Gehirn«, sagte Conway. »Das wäre ungewöhnlich.«

»Höchst ungewöhnlich sogar, mein Freund«, erwiderte der Empath. »Das fragliche Gehirn müßte von wichtigen Nervensträngen abgetrennt worden sein oder einen schwerwiegenden strukturellen Schaden erlitten haben.«

Kurz gesagt, dachte Conway, *haben wir es wahrscheinlich mit einem Patienten zu tun, den irgend jemand längst aufgegeben hat.*

II

Murchison und Brenner entnahmen nicht nur Proben aus dem Innern des Körpers, wobei sie einen sterilen Bohrer benutzten, sondern sammelten und kennzeichneten auch Späne von der Schale und der schwarzen Substanz, von denen der Patient überzogen war — richtiger gesagt, Murchison entnahm die Proben, während der Lieutenant die winzigen Öffnungen, die der Bohrer hinterließ, wieder verschloß. Conway kehrte mit Prilicla zum Rettungsschiff zurück, um die Unterkunft für den Patienten herzurichten, soweit dies aufgrund ihres begrenzten Wissens über dessen Erfordernisse möglich war — ein leergeräumtes Zimmer, groß genug, daß das Wesen hineinpaßte, mit Vorkehrungen, um es notfalls bändigen zu können, und mit einer auf Sauerstoff basierenden Atmosphäre. Kurz darauf kamen auch Murchison und Brenner wieder an Bord.

Brenner bekam nun zum erstenmal den leibhaftigen Inhalt des Raumanzugs der Pathologin zu sehen, und Prilicla begann sichtlich zu zittern.

Wenn sie nicht gerade von einem schweren Anzug mit einem eingepaßten, undurchsichtigen Sonnenfilter im Visier verdeckt war, dann wies die Pathologin Murchison eine Kombination physiologischer Merkmale auf, die es jedem männlichen terrestrischen Mitglied des Personals unmöglich machte, bei ihrem Anblick eine Haltung zu bewahren, die auch nur entfernt an kühle Gelassenheit erinnerte. Schließlich gelang es dem Lieutenant, seinen Blick von ihr abzuwenden, und er bemerkte Priliclas Zittern.

»Stimmt irgend etwas nicht, Doktor?« fragte er mit besorgtem Blick.

»Ganz im Gegenteil, Freund Brenner«, antwortete der Empath, der immer noch heftig zitterte. »Eine solche unfreiwillige Körperaktivität meinerseits ist lediglich die Reaktion meiner Spezies auf die große Nähe einer starken, aber nicht unangenehmen emotionalen Strahlungsquelle, die normalerweise mit dem biologischen Drang sich zu paaren in Verbindung gebracht wird ...«

Der Cinrussker brach ab und hörte auf zu zittern,

denn das plötzlich rot leuchtende Gesicht des Schiffsarztes stand in einem ausgesprochen unharmonischen Gegensatz zu seiner grünen Uniform, und Prilicla spürte seine Verlegenheit.

Murchison lächelte mitfühlend und sagte: »Vielleicht sind ja auch meine emotionalen Ausstrahlungen der Grund für Priliclas Zittern, Lieutenant Brenner. Ich empfinde nämlich große Freude darüber, daß mir Ihre vorausgegangenen Tests und Schlußfolgerungen fast vier Stunden Arbeit in einem sehr lästigen Raumanzug erspart haben. Oder stimmt das etwa nicht, Doktor Prilicla?«

»Aber sicher doch«, antwortete der Empath, dem das Lügen im Blut lag, solange es irgend jemanden, besonders ihn selbst, glücklich machte. »Wissen Sie, Empathie ist nicht annähernd so exakt wie Telepathie, und Fehler dieser Art treten recht häufig auf.«

Conway räusperte sich und sagte: »Sobald wir den Patienten in einem luftleeren Schleusen- und Lagerraum auf Ebene einhundertdrei untergebracht haben, werden wir uns mit O'Mara zusammensetzen. Ich hab ihn bereits informiert. Wir werden den Traktorstrahl des Rettungsschiffs benutzen, um den Patienten in das Hospital zu überführen. Wenn Sie also an Bord der *Torrance* gebraucht werden, Lieutenant, dann können Sie jetzt ...«

Brenner schüttelte den Kopf. »Der Captain würde hier gerne noch einige Zeit verbringen, und mir geht es genauso, wenn ich Ihnen nicht im Weg bin. Es ist das erstemal, daß ich das Orbit Hospital besuche. Sind unter dem medizinischen Personal eigentlich noch ... ehm ... einige andere Menschen?«

Wenn Sie solche Menschen wie Murchison meinen, lautet die Antwort nein, dachte Conway etwas selbstgefällig. Laut sagte er: »Wir würden Ihre Hilfe natürlich begrüßen. Aber Sie wissen ja gar nicht, worauf Sie sich da einlassen, Lieutenant. Außerdem fragen Sie andauernd nach Menschen im Mitarbeiterstab. Sind Sie vielleicht fremdenfeindlich eingestellt, wenn auch nur ein wenig? Fühlen Sie sich in der Nähe von Extraterrestriern unwohl?«

»Bestimmt nicht«, antwortete Brenner mit Nachdruck und fügte dann hinzu: »Natürlich würde ich keinen davon heiraten wollen.«

Prilicla begann wieder mit dem leichten Zittern. Die rollenden Schnalzlaute in der melodischen Sprache des Cinrusskers bildeten eine angenehm klingende Hintergrundmelodie zu seiner übersetzten Stimme, als er sagte: »Aus der plötzlichen Flut angenehmer emotionaler Ausstrahlungen, für die ich in der gegenwärtigen Situation und der eben erfolgten Unterhaltung keinen ersichtlichen Grund entdecken kann, entnehme ich, daß jemand von Ihnen das gemacht hat, was Menschen einen Witz nennen.«

Auf Ebene einhundertdrei verabschiedete sich Prilicla, um auf seinen Stationen nach dem Rechten zu sehen, während die anderen den Transport des großen Vogels mit den steifen Flügeln in den Lagerraum überwachten. Die pfeilförmigen, teilweise angewinkelten Flügel und der starr gereckte Hals erinnerten Conway an eins der altertümlichen Spaceshuttles. Seine Gedanken schweiften plötzlich ab; er hatte einen interessanten, aber etwas lächerlich anmutenden Geistesblitz, und er mußte sich daran erinnern, daß Vögel im All *nicht* fliegen können.

Obwohl Murchison den Patienten unter einem Ge künstlicher Schwerkraft bereits ruhiggestellt hatte, brauchte sie weitere drei Stunden, bevor sie alle benötigten Proben und Röntgenaufnahmen beisammen hatte. Ein Teil der Verzögerung entstand, weil alle Beteiligten in Druckanzügen arbeiten mußten — wie Murchison es ausgedrückt hatte, würde nur ein geringes Risiko darin bestehen, den Patienten noch einige weitere Stunden unter luftleeren Bedingungen zu beobachten, bis sie seine atmosphärischen Bedürfnisse exakt bestimmt hätten, andernfalls würde es nämlich unter Umständen darauf hinauslaufen, nur noch seinen Verwesungsprozeß beobachten zu können.

Doch mit jeder verstreichenden Minute wuchsen ihre Kenntnisse über den Patienten, und die Testresultate, die direkt aus der Pathologie zu dem portablen Kommunikator neben ihnen übermittelt wurden, waren nicht nur aufschlußreich, sondern auch äußerst verblüffend. Conway hatte bereits jegliches Zeitgefühl verloren, als der fest installierte Kommunikator ertönte und um ihre Aufmerksamkeit bat. Gleich darauf wurden sie von Major O'Maras Gesicht aus dem Bildschirm heraus finster angeblickt.

»Conway, Sie hatten mit mir vereinbart, vor siebeneinhalb Minuten bei mir zu sein«, sagte der Chefpsychologe. »Zweifellos wollten Sie sich gerade auf den Weg machen, nicht wahr?«

»Tut mir leid, Sir«, entgegnete Conway, »aber die Voruntersuchung dauert länger, als ich vermutet hab, und ich möchte etwas Greifbares zu berichten haben, bevor ich mich mit Ihnen treffe.«

Ein schwaches Rauschen war zu vernehmen, als O'Mara schwer durch die Nase atmete. Im Gesicht des Chefpsychologen konnte man ungefähr so gut lesen wie in einem verwitterten Stück Basalt — mit dem es sogar in mancherlei Hinsicht eine gewisse Ähnlichkeit aufwies —, doch seine Augen enthüllten einen so scharf analytischen Verstand, daß der Major das besaß, was man fast als telepathische Fähigkeiten bezeichnen konnte.

Als Chefpsychologe eines Hospitals mit vielfältigen Umweltbedingungen war er für das geistige Wohlbefinden eines Mitarbeiterstabs verantwortlich, der sich aus mehreren tausend Wesen zusammensetzte, die wiederum mehr als sechzig verschiedenen Spezies angehörten. Obwohl er innerhalb des Monitorkorps nur den

Rang eines Majors bekleidete, waren seine Machtbefugnisse innerhalb des Hospitals nur schwer einzugrenzen. Für ihn waren die Mitarbeiter die eigentlichen Patienten, und eine seiner Aufgaben war es, sicherzustellen, daß jedem einzelnen Patienten der für ihn geeignete Arzt zugeteilt wurde, sei er nun Terrestrier oder Extraterrestrier.

Selbst wenn man äußerste Toleranz und gegenseitigen Respekt beim Personal voraussetzte, gab es doch noch Anlässe genug zu Reibereien. Potentiell gefährliche Situationen entstanden in erster Linie durch Unwissenheit und Mißverständnisse, aber auch wenn ein Wesen eine neurotische Xenophobie entwickelte, die seine geistige Stabilität oder Leistungsfähigkeit oder beides zusammen beeinträchtigte. Ein Arzt von der Erde zum Beispiel, der eine unbewußte Angst vor Spinnen hatte, würde einem cinrusskischen Patienten niemals eine angemessene klinische Versorgung zuteil werden lassen können, die zu seiner Behandlung notwendig wäre. Und wenn jemand wie Prilicla solch einen terrestrischen Patienten zu behandeln hätte, dann …

Ein großer Teil seiner Arbeit bestand darin, solche Streitigkeiten innerhalb des medizinischen Stabs rechtzeitig zu entdecken und auszuräumen, während andere Mitglieder seiner Abteilung dafür sorgten, daß sich das Problem nicht so weit auswuchs, daß Patienten davon betroffen wurden. Nach O'Maras eigenen Angaben war das hohe Niveau der psychischen Stabilität innerhalb des bunten Haufens der häufig hochsensiblen Mitarbeiter allein darauf zurückzuführen, daß sie schlichtweg viel zuviel Angst vor ihm hatten, um durchzudrehen.

Mit leicht sarkastischem Unterton erwiderte er nun: »Doktor Conway, ich gebe uneingeschränkt zu, daß dieser Patient selbst für Ihre Maßstäbe ungewöhnlich ist, aber Sie müssen doch wenigstens ein paar simple Tatsachen über ihn und seinen Zustand herausgefunden haben. Lebt er? Ist er krank oder verletzt? Besitzt er Intelligenz? Oder verplempern Sie Ihre Zeit nur an einem etwas zu groß geratenen Truthahn, der im All tiefgefroren wurde?«

Conway überhörte O'Maras bissige Randbemerkungen und versuchte, nur die ernst gemeinten Fragen zu beantworten, als er erwiderte: »Der Patient lebt zwar noch, allerdings nur noch sehr schwach. Aber allen Anzeichen nach ist er nicht nur krank — die genaue Natur der Erkrankung ist uns bislang noch unbekannt —, sondern leidet auch an einer schweren Verletzung. Nämlich an einem Durchschuß durch den unteren Halsabschnitt und den oberen Brustbereich, der durch ein großes Hochgeschwindigkeitsprojektil oder einen stark gebündelten Hitzestrahl hervorgerufen worden sein könnte. Der Ein- und der Ausschuß sind durch die schwarze Bespannung oder den Überwuchs um den Körper — wir wissen noch nicht, was von beidem zutrifft — verschlossen. Was die Möglichkeit eventuell vorhandener Intelligenz angeht, so ist sie wegen der Größe des Gehirnvolumens nicht auszuschließen. Aber das Gehirn befindet sich in zu tiefer Bewußtlosigkeit, als daß es Emotionen ausstrahlen könnte. Die Greiforgane, deren hoher oder niedriger Spezialisierungsgrad uns einen wertvollen Hinweis auf das Vorhandensein von Intelligenz hätten geben können, sind entfernt worden.

Übrigens nicht von uns«, fügte Conway rasch hinzu.

O'Mara war einen Augenblick lang still, dann sagte er: »Ich verstehe. Also handelt es sich wieder einmal um einen Ihrer trügerisch einfachen Fälle. Und zweifellos werden Sie wieder einmal trügerisch einfache Sonderwünsche äußern. Spezielle Unterbringung, diverse Physiologiebänder oder Informationen über seinen Herkunftsplaneten ...«

Conway schüttelte den Kopf. »Ich glaube nicht, daß Sie irgendein Physiologieband haben, das den Typus dieses Patienten auch nur annähernd abdeckt. Alle uns bekannten geflügelten Spezies sind Wesen, die unter geringer Schwerkraft leben, und unser Patient hier hat Muskeln, die auf eine Anziehungskraft von vier Ge schließen lassen. Die gegenwärtige Unterbringung ist ausgezeichnet, obwohl wir aufpassen müssen, falls es eine Verseuchung von oder in der Chlorebene über uns geben sollte — die Luken zu den Lagerräumen wie diesem hier sind im Gegensatz zu den Stationsschleusen nicht für regelmäßigen Verkehr gebaut ...«

»Davon hatte ich natürlich bis heute keinerlei Ahnung ...«, warf O'Mara ein.

»Entschuldigen Sie, Sir«, erwiderte Conway. »Ich hab lediglich laut gedacht, und das auch im Interesse von Schiffsarzt Brenner, der dieses Tollhaus zum erstenmal besucht. Bezüglich der Informationen über den Heimatplaneten des Patienten möchte ich Sie bitten, sich an Colonel Skempton zu wenden und ihn zu fragen, ob es möglich wäre, daß die *Torrance* zu diesem Gebiet zurückkehrt, um die beiden etwas näher gelegenen Sternsysteme nach Lebewesen mit der gleichen physiologischen Klassifikation abzusuchen.«

»Mit anderen Worten«, resümierte O'Mara trocken, »Sie haben ein schwieriges medizinisches Problem und glauben, die beste Lösung wäre, den Hausarzt des Patienten ausfindig zu machen, stimmt's?«

Conway lächelte und antwortete: »Wir brauchen mit den Bewohnern des Planeten nicht vollständig in Kontakt zu treten. Es reicht wahrscheinlich, einen kurzen Blick auf die Exemplare des dort existierenden pflanzlichen und tierischen Lebens zu werfen, Atmosphäreproben zu nehmen und, wenn es der Besatzung der *Torrance* nichts ausmachen würde, eine Sonde auszusetzen ...«

An diesem Punkt unterbrach O'Mara die Verbindung mit einem unübersetzbaren Laut. Und jetzt, wo sie mit dem Patienten alles gemacht hatten, was sie aufgrund der wenigen Kenntnisse, die sie über ihn hatten, machen konnten, bemerkte Conway erst, wie hungrig er war.

III

Um die für warmblütige Sauerstoffatmer vorgesehene Kantine zu erreichen, mußten sie zwei Ebenen und ein Geflecht von Korridoren durchqueren, die keine Schutzanzüge erforderten. Die Gänge waren von flatternden, kriechenden und sich wellenförmig fortbewegenden Lebewesen bevölkert, die gelegentlich an ihnen vorbeikamen. Am Eingang wurden sie bereits von Dr. Prilicla empfangen, der eine grüne Mappe mit Pathologieberichten bei sich trug.

Als sie die Kantine betraten, wurde gerade der letzte Tisch für Terrestrier von einer Gruppe krabbenähnlicher Melfaner und einem Tralthaner in Beschlag genommen. Melfaner konnten sich den für sie niedrigen Stühlen anpassen, und die Tralthaner erledigten auf ihren sechs Elefantenbeinen sowieso fast alles, selbst das Schlafen. Prilicla erspähte einen freien Tisch im kelgianischen Bereich und flog sofort hinüber, um ihn zu besetzen, bevor ein Wartungstechnikertrupp des Monitorkorps ihn erreichen konnte. Glücklicherweise befand er sich noch außerhalb der Reichweite der emotionalen Ausstrahlungen dieser Monitore.

Conway begann, die Berichte eifrig durchzublättern, während Murchison dem Lieutenant zeigte, wie man auf der Kante eines kelgianischen Stuhls balancieren mußte, um in die Reichweite des von ihm bestellten Essens zu gelangen. Doch diesmal war Brenners Aufmerksamkeit ausnahmsweise einmal nicht auf die hübsche Pathologin gerichtet. Er starrte vielmehr verblüfft auf Prilicla, wobei sich seine Augenbrauen fast bis zum Haaransatz hoben.

»Cinrussker ziehen es vor, schwebend zu essen. Sie

sagen, das fördert die Verdauung«, erklärte Murchison und fügte hinzu: »Außerdem trägt die von den Flügeln aufgewirbelte Luft zum Abkühlen der Suppe bei.«

Prilicla schwebte unverändert weiter, während sich die Tischrunde aufs Essen konzentrierte, das immer nur kurz unterbrochen wurde, um die Berichte weiterzureichen. Schließlich wandte sich Conway, der sich mittlerweile angenehm gesättigt fühlte, an den Cinrussker.

»Ich weiß nicht, wie Sie das fertiggebracht haben«, lobte er ihn freundlich. »Wenn *ich* mal einen schnellen Bericht von Thornnastor haben will, dann heißt es immer nur, daß noch etliche vor mir dran seien und alles immer hübsch der Reihe nach gehe.«

Prilicla mußte aufgrund des Kompliments unwillkürlich zittern und erwiderte: »Ich hab durchaus wahrheitsgemäß beteuert, daß unser Patient im Sterben liegt.«

»Aber bestimmt nicht, daß er sich in diesem Zustand bereits seit langer Zeit befindet«, bemerkte Murchison.

»Bist du dir da auch wirklich sicher?« fragte Conway verdutzt.

»Inzwischen ja«, antwortete sie ernsthaft, wobei sie auf einen der Berichte tippte. »Allen Anzeichen nach wurde die große Durchschußwunde erst einige Zeit nach der Erkrankung durch einen Meteoriteneinschlag hervorgerufen, und das heißt, Rankenfüßer und Überzugsubstanz waren am rechten Platz, denn die Substanz floß in und um die Wunde und hat sie auf diese Weise wirkungsvoll wieder verschlossen.

Des weiteren beweisen diese Tests, daß ein sehr kompliziertes chemisches Verfahren zum Hervorrufen eines Scheintods — nicht bloße Hypothermie — eingesetzt wurde. Ein Verfahren, bei dem ein Organ nach dem anderen, beinahe eine Zelle nach der anderen, mit einem geeigneten Mittel durch Mikroinjektionen behandelt wurde. In gewisser Weise könnte man es sich so vorstellen, daß das Wesen einbalsamiert wurde, bevor es ganz tot war, um sein Leben zu verlängern.«

»Und was ist mit den fehlenden Beinen oder Klauen *und* den Verbrennungsspuren unter dem Überzug im Bereich hinter den Flügeln?« fragte Conway. »Und was ist mit den Rankenfüßern in diesem Bereich, die sich ja von den anderen zu unterscheiden scheinen?«

»Es ist möglich«, antwortete Murchison, »daß die Krankheit zuerst die Beine oder Klauen des Wesens befallen hat, vielleicht während seiner dem Nisten entsprechenden Tätigkeit. Das Entfernen der Gliedmaßen und die von dir erwähnten Verbrennungsspuren könnten von früheren vergeblichen Versuchen herrühren, den Patienten zu heilen. Du mußt bedenken, daß praktisch alle unbrauchbaren Körperteile des Wesens entfernt wurden, bevor man diesen Überzug angebracht hat. Das ist vor einem medikamentös herbeigeführten Dauerschlaf, einer Anästhesie oder schweren Operation ein durchaus normales Verfahren.«

Das nun folgende Schweigen wurde vom Lieutenant unterbrochen, der sagte: »Entschuldigen Sie, ich komme da nicht mehr ganz mit. Was genau wissen wir über diese Krankheit oder Wucherung?«

Wie Murchison ausführte, wußten sie bereits, daß die äußeren Symptome der Krankheit die rankenfüßerartigen Wucherungen waren, die die Haut des Patienten so vollständig bedeckten, daß sie einem Anzug aus Kettenpanzern gleichkamen. Offen war jedoch noch die Frage, ob diese Rankenfüßer ein Hautleiden darstellten, das Wurzelfasern getrieben hatte, oder ob es sich um eine subkutane Krankheit mit einem rankenfüßerähnlichen Ausschlag auf der Hautoberfläche handelte. In beiden Fällen jedoch wurden sie von einem dicken Bündel feiner Wurzelfasern festgehalten, die sich bis zu unbekannter Tiefe in den Patienten hinein erstreckten und verästelten. Diese Fasern durchdrangen nicht nur das subkutane Zellgewebe und die darunterliegende

Muskulatur, sondern praktisch sämtliche lebenswichtigen Organe und das zentrale Nervensystem. Und die Wurzelfasern waren hungrig. Wegen des Zustands des unter den Rankenfüßern liegenden Zellgewebes konnte es keinen Zweifel daran geben, daß dies eine ernsthafte Erkrankung in einem bereits fortgeschrittenen Stadium war, die den Patienten von innen auszuzehren drohte.

»Hätte man Sie bloß schon früher zu diesem Fall hinzugezogen«, bemerkte Brenner bewundernd. »Der Patient ist also anscheinend erst hermetisch eingeschlossen worden, als er kurz vorm Tod stand, richtig?«

Conway nickte und sagte: »Aber der Fall ist nicht hoffnungslos. Ein paar unserer ETs wenden spezielle mikrochirurgische Techniken an, die es ihnen ermöglichen werden, diese Wurzelfasern herauszuschneiden, selbst die, die sich in den Nervensträngen verwickelt haben. Das ist allerdings ein sehr langwieriges Verfahren, und es besteht die Gefahr, daß wir nicht nur den Patienten, sondern gleichzeitig auch dessen Krankheit wiederbeleben, die dann womöglich schnellere Fortschritte als die mikrochirurgische Behandlung selbst macht. Ich glaube, die Lösung liegt darin, soviel wie möglich über die Krankheit herauszufinden, bevor wir irgend etwas anderes unternehmen.«

Als sie zum Patienten zurückkehrten, lag dort bereits eine Nachricht von O'Mara bereit, die besagte, daß die *Torrance* mit dem Versprechen gestartet sei, innerhalb von drei Tagen Vorberichte über die zwei der Fundstelle nächstgelegenen Sonnensysteme zu erstatten. Während dieser drei Tage rechnete Conway fest damit, Methoden entwickelt zu haben, um die Umhüllung und die Rankenfüßer vom Patienten zu entfernen, die Krankheit zum Stillstand zu bringen und einen heilenden chirurgischen Eingriff einzuleiten, so daß die Berichte des Aufklärungsschiffs nur noch benötigt würden, um eine geeignete Unterkunft für die Genesung des Patienten herzurichten.

Doch während dieser drei Tage erzielten sie so gut wie keinerlei Fortschritte.

Die Substanz, die den Patienten und die Rankenfüßer gleichermaßen umgab, konnte mit großer Schwierigkeit und enormem Zeitaufwand angebohrt und weggebrochen werden. Der Vorgang hatte Ähnlichkeit mit der Säuberung eines Fossils, ohne es zu beschädigen, und dieses besondere Fossil war fünfzehn Meter lang und maß über vierundzwanzig von der einen Spitze seiner teilweise gefalteten Flügel bis zur anderen. Als Conway betonte, die Pathologie würde eine schnellere Methode, den Patienten zu schälen, entwickeln können, erklärte man ihm, daß der Überzug eine komplizierte organische Substanz sei und die zu seiner Auflösung entwickelten Mittel eine große Menge giftiger Gase freisetzen würden — giftig sowohl für den Patienten als auch für die ihn behandelnden Ärzte. Außerdem würde die Schalensubstanz der Rankenfüßer von dem Lösungsmittel sofort zersetzt, und das wäre weder für die Haut des Patienten noch für das darunterliegende Zellgewebe gut. Also machte man sich wieder daran, zu bohren und die steinharte Masse abzuschlagen.

Murchison, die fortwährend Mikroproben der von den Wurzelfasern befallenen Stellen entnahm, gab zwar aufschlußreiche Informationen, die aber alles andere als ermutigend waren.

»Ich will dich ja nicht überreden, diesen Patienten aufzugeben«, sagte sie mitfühlend zu Conway, »aber du solltest dich allmählich an diesen Gedanken gewöhnen. Neben dem weit ausgebreiteten Gewebeverlust gibt es nämlich Anzeichen von strukturellen Schäden an der Flügelmuskulatur, Schäden, die der Vogel sich sehr gut selbst zugefügt haben kann. Und ich vermute, der Patient hat sogar einen Herzmuskelriß. Das bedeutet, sowohl einige große chirurgische Eingriffe vornehmen zu müssen, als auch ...«

»Diese Herz- und Muskelschädigung«, unterbrach

Conway sie scharf, »könnte die nicht von dem Patienten selbst verursacht worden sein, als er versucht hat, sich von seiner Hülle zu befreien?«

»Das ist zwar möglich, aber nicht wahrscheinlich«, antwortete Murchison mit einer Stimme, die Conway daran erinnerte, daß er sich gerade nicht mit einer jungen und unerfahrenen Assistenzärztin unterhielt und sich vergangene und gegenwärtige Liebesverhältnisse ohne große Vorwarnung ändern konnten. »Dieser Überzug ist zwar hart, aber verhältnismäßig dünn, und die Hebelwirkung der Flügel des Patienten ist beträchtlich. Ich würde sagen, die Herz- und Muskelschädigung trat auf, noch bevor der Patient eingeschlossen wurde ...«,

»Es tut mir leid, wenn ich dich eben ein wenig ...«, begann Conway.

»Außerdem ist es nun einmal eine Tatsache«, fuhr Murchison ungerührt fort, »daß die Rankenfüßer auf dem Kopf und am Rückgrat entlang dicht übereinander gewachsen sind. Selbst mit unseren Zellgewebe- und Nervenregenerationstechniken wird der Patient vielleicht nie wieder in der Lage sein, zu denken oder sich zu bewegen, auch wenn wir es schaffen sollten, ihn in einen eigentlich lebendigen Zustand zurückzuversetzen.«

»Ehrlich gesagt, war ich mir nicht im klaren darüber, daß es so ernst um ihn bestellt ist«, entgegnete Conway matt. »Aber es muß doch irgend etwas geben, das wir tun können ...« — er versuchte, seine Gesichtsmuskeln zu einem Lächeln zu verziehen — »... und sei es nur, um Brenners Illusionen von den Wunderheilern des Orbit Hospitals aufrechtzuerhalten.«

Brenner hatte die ganze Zeit vom einen zum anderen geschaut und sich offensichtlich gefragt, ob es sich hierbei um eine lebhafte Fachdiskussion oder um den Anfang eines Familienkrachs handelte. Doch der Lieutenant war ein ebenso taktvoller wie auch aufmerksamer

Mensch, und er sagte nur: »Ich hätte den Patienten schon viel früher aufgegeben.«

Bevor jemand antworten konnte, ertönte der Kommunikator, und der Chef der Pathologie, Thornnastor, erschien auf dem Bildschirm.

»Meine Abteilung hat lange und gewissenhaft daran gearbeitet, ein Verfahren zu entwickeln, mit dem man die Überzugsubstanz auf chemischem Weg entfernen könnte, aber leider vergebens«, sagte der Tralthaner. »Allerdings wird die Substanz durch große Hitze angegriffen. Bei hohen Temperaturen zerbröckelt die Oberfläche, die Aschenablagerung kann man abkratzen oder wegblasen, um der Substanz dann erneut Hitze zuzuführen. Diesen Vorgang kann man gefahrlos wiederholen, bis der Überzug so dünn geworden ist, daß man ihn in großen Stücken und ohne Schaden für den Patienten entfernen können müßte.«

Conway erhielt die genauen Werte der Schmelztemperatur und der Dicke des Überzugs und dankte Thornnastor. Dann bat er über den Kommunikator die Versorgungsabteilung um Schneidbrenner und die Fachleute für deren Bedienung. Murchisons Zweifel bezüglich der Ratsamkeit eines Heilungsversuchs hatte er zwar nicht vergessen, aber er mußte weiterhin alles versuchen. Er *verstand* nicht, warum der große, kranke Vogel als geflügelte Leiche enden sollte, und er würde es allenfalls erst dann verstehen, wenn sie soviel wie möglich über die Krankheit des Patienten erfahren hatten.

Weil eine solch extreme Hitzebehandlung noch unerprobt war, begannen sie nahe am Schwanz, wo die lebenswichtigen Organe sehr tief lagen und eine Stelle bereits in Mitleidenschaft gezogen worden war — wahrscheinlich durch ihre medizinischen Vorgänger.

Nach nur einer halben Stunde unaufhörlicher Hitzebehandlung hatten sie ihr erstes Erfolgserlebnis seit drei Tagen: Sie entdeckten einen Rankenfüßer, der mit der Oberfläche nach unten im Patienten eingebettet war. Seine Wurzelfaserstränge breiteten sich fächerförmig aus, um sich mit den anderen Rankenfüßern zu verknüpfen, doch ein paar von ihnen bogen sich am Rande des Schalenpanzers entlang nach unten und drangen in den Patienten ein. Die Oberfläche des Wurzelfasergeflechts wurde deutlich sichtbar, als die Flamme des Brenners die Substanz zu einem feinen, glühenden Gewebe verbrannte. Eine der kurz aufglühenden Wurzelfasern verlief zu einem Rankenfüßer, der größer war und eine andere Form hatte.

Geduldig strichen sie mit den Schweißbrennern über beide Rankenfüßer und deren unmittelbare Umgebung und wischten die bröckeligen Schichten des Überzugs ab, bis er hauchdünn war. Dann zerbrachen sie ihn, schälten vorsichtig die Reste ab und konnten zwei perfekte Exemplare vom Vogel abnehmen.

»Sind die wirklich tot?« fragte Conway. »Oder schlafen die nur?«

»Die sind tot«, antwortete Prilicla.

»Und der Patient?«

»Noch lebt er, mein Freund, aber die Ausstrahlungen sind äußerst schwach und diffus.«

Conway untersuchte die durch die Entfernung der zwei Exemplare freigelegten Stellen. An einer befand sich jetzt eine schmale, tiefe Mulde, die den Umrissen des umgedrehten Schalenpanzers entsprach. Das darunterliegende Zellgewebe wies Anzeichen eines starken Drucks auf, und die in geringer Anzahl vorhandenen Wurzelfasern waren viel zu schwach und zu dünn, als daß sie den Rankenfüßer so fest am Patienten hätten verankern können. Irgend etwas oder irgend jemand mußte den Rankenfüßer mit beachtlicher Kraft in diese Lage gedrückt haben.

Das zweite und etwas andersartige Exemplar war anscheinend nur von der Überzugsubstanz festgehalten worden; denn es besaß gar keine Wurzelfasern, dafür aber Flügel, die in lange Schlitze in seiner Schale eingeschlossen waren, und das war bei näherer Untersuchung auch beim ersten Typ der Fall.

Prilicla ließ sich neben ihnen nieder und zitterte leicht und unregelmäßig in jener Manier, die bei ihm Aufregung anzeigte. »Sie werden bemerkt haben, daß dies zwei vollkommen verschiedene Arten sind, mein Freund«, sagte er. »Bei beiden handelt es sich um relativ große, geflügelte Insekten von dem Typus, der einen Planeten mit geringer Schwerkraft und einer breiten Lufthülle benötigt, nicht unähnlich meinem Heimatplaneten Cinruss. Es ist möglich, daß die erste Art ein räuberischer Parasit und die zweite sein natürlicher Feind ist, der von dritter Seite als Versuch, den Patienten zu heilen, hinzugefügt wurde.«

Conway nickte. »Das würde erklären, warum sich Typ eins auf den Rücken drehte, als sich ihm Typ zwei näherte ...«

»Ich hoffe, deine Theorie ist flexibel genug, um noch eine weitere Tatsache gelten zu lassen«, bemerkte Murchison fast entschuldigend. Sie hatte hartnäckig an einem Stück des Überzugs geschabt, das noch immer in einem kurzen Schlitz des Rankenfüßers haftete. »Die Überzugsubstanz wurde nicht von dritter Seite angebracht, es handelt sich um eine Körperabsonderung der ersten Rankenfüßerart.

Wenn du nichts dagegen hast, werde ich diese beiden Dinger mit in die Pathologie nehmen, um sie mir einmal etwas gründlicher anzusehen.«

Nachdem sie gegangen war, sagte mehrere Minuten lang niemand etwas. Prilicla fing erneut zu zittern an, und nach dem Ausdruck in Brenners Gesicht zu urteilen, lag es an etwas, das der Lieutenant gerade empfand.

»Wenn diese Parasiten für den Überzug verantwortlich sind«, sagte er etwas wehleidig, »dann hat es auch keinen früheren Versuch gegeben, den Patienten zu heilen. Unser Patient, der hohe Schwerkraft benötigt, ist wahrscheinlich auf dem Planeten dieser fliegenden Rankenfüßer, der nur geringe Schwerkraft besitzt, angegriffen worden. Die Ranken oder Wurzelfasern dieser parasitären Lebensformen sind in ihn eingedrungen, haben seine Muskeln und sein Nervensystem lahmgelegt und ihn in einer … in einer Art Schale aus langsam fressenden Maden eingeschlossen, als er noch nicht einmal tot war …«

»Als Arzt sollten Sie etwas mehr inneren Abstand bewahren, Lieutenant«, ermahnte ihn Conway. »Sie stören Prilicla. Selbst wenn so etwas Ähnliches möglicherweise passiert sein kann, gibt es immer noch einige unangenehme Randerscheinungen, die nicht dazu passen. Mich stört zum Beispiel nach wie vor das eingepreßte Gewebe unter dem umgedrehten Rankenfüßer.«

»Vielleicht hat der Patient darauf gesessen«, warf Brenner zornig ein, der offensichtlich hin und wieder auf Kosten seines guten Benehmens seine Gefühle abreagieren mußte. »Und ich kann verstehen, warum ihn seine Freunde ins All geworfen haben — etwas anderes blieb ihnen wahrscheinlich gar nicht übrig.«

Er hielt kurz inne und sagte dann: »Entschuldigung, Doktor. Aber gibt es noch irgend etwas anderes, das Sie für den Patienten tun können?«

»Zumindest gibt es etwas, das wir *versuchen* können …«, gab Conway grimmig zur Antwort.

IV

Laut Prilicla gab ihr Patient kaum noch Lebenszeichen von sich, und da sie jetzt wußten, daß es sich bei den Rankenfüßern nicht nur um einen normalen Oberflächenausschlag, sondern um angreifende Organismen handelte, mußten diese Parasiten und der von ihnen abgesonderte Überzug so schnell wie möglich entfernt werden. Bei der Beseitigung der Ranken würde es sich zwar um eine heikle, zeitraubende Arbeit handeln, aber immerhin reagierte die Oberflächenbeschaffenheit auf die Hitze. Und wenn die Rankenfüßer erst einmal entfernt waren, müßte sich der Patient wieder soweit erholt haben, daß er Conway bei der Behandlung behilflich sein könnte. Zudem hatte die Pathologie bereits verschiedene Verfahrenstechniken vorgeschlagen, mit denen man seine lahmgelegten Lebensprozesse wieder in Gang bringen könnte.

Conway benötigte für sein Vorhaben wenigstens fünfzig Schneidbrenner, die mit Lufthochdruckschläuchen ausgestattet waren, um gleichzeitig die Asche wegzublasen. Er wollte mit dem Abfackeln der Substanz an Kopf, Hals, Brust und im Bereich der Flügelmuskulatur beginnen, um den Patienten zunächst vor dem Zugriff der Rankenfüßer an Gehirn, Lunge und Herz zu befreien. Falls sich das Herz in einem kritischen Zustand befinden sollte, wäre es zudem notwendig, im Rahmen einer Notoperation einen Bypass zu legen — Murchison hatte zu diesem Zweck bereits den Verlauf der Arterien und Venen in diesem Bereich genau aufgezeichnet. Und für den Fall, daß der Patient sich wehren oder mit den Flügeln um sich schlagen sollte, würden sie schwere Schutzanzüge benötigen.

Aber nein — in erster Linie brauchte Prilicla, der die emotionale Ausstrahlung während der Operation überwachen sollte, größtmöglichen Schutz. Die anderen müßten eben ausweichen, bis der Patient mit Pressorstrahlen bewegungsunfähig gemacht worden war — denn würde eine Notoperation erforderlich werden, wären schwere Anzüge sowieso nur hinderlich. Des weiteren mußte man den Kommunikator in eine Seitenkammer bringen, damit er nicht beschädigt werden konnte; denn eventuell würde man die angrenzenden Ebenen alarmieren müssen, wo verschiedene Spezialistenstäbe auf Abruf bereitzustehen hatten.

Während er die notwendigen Anweisungen gab, ging Conway geschäftig auf und ab, ohne dabei allerdings in Hektik zu verfallen, und seine Stimme klang ruhig und zuversichtlich. Trotzdem hatte er dabei die ganze Zeit das vage, aber dennoch nachhaltige Gefühl, daß er ständig nur die falschen Dinge sagte, tat und — vor allem — dachte.

O'Mara billigte die vorgesehene Behandlungsmethode zwar nicht, mischte sich aber auch nicht ein. Er stellte Conway lediglich die Frage, ob er den Patienten zu heilen oder zu grillen beabsichtige, und fügte hinzu, daß noch immer kein Bericht von der *Torrance* eingetroffen sei.

Schließlich waren sie soweit. Die Wartungstechniker wurden mit Schneidbrennern und zischenden Luftschläuchen, die vom Patienten weggerichtet waren, rings um den Kopf, den Hals und die Vorderkanten der Flügel des Riesenvogels postiert. Hinter ihnen standen die medizinischen Fachkräfte und Spezialtechniker in Warteposition, ausgerüstet mit Wiederbelebungsgeräten und -mitteln, einer universell einsetzbaren Herz-Lungen-Maschine und den glänzenden, sterilen Instrumenten ihrer ärztlichen Zunft. Für den Fall, daß der Patient allzu plötzlich wieder zum Leben erwachen sollte und sie in Deckung gehen mußten, waren die Türen zu den Seitenkammern geöffnet und festgeklemmt worden.

Eigentlich gab es keinen logischen Grund mehr, noch länger zu warten, und Conway gab das Startsignal. Nur wenige Sekunden später ertönte der Kommunikator, und Murchison, die ziemlich zerzaust und mürrisch aussah, erschien auf dem Bildschirm.

»Es hat hier einen leichten Unfall gegeben, eine Explosion«, berichtete sie. »Unser Typ zwei ist durch das Labor geflogen, hat ein paar Testgeräte beschädigt und mich fast zu Tode ...«

»Aber er war doch tot«, unterbrach Conway sie mürrisch. »Die waren doch beide tot ... hat Prilicla jedenfalls gesagt!«

»Das ist er auch immer noch«, antwortete Murchison, »und er ist auch nicht direkt geflogen ... er ist von uns weggeschossen. Ich bin mir über den Mechanismus des Vorgangs noch nicht ganz sicher, aber anscheinend erzeugt das Ding in seinem Darmtrakt Gase, die als Gemisch explosiv reagieren und es nach vorn schnellen lassen. In Verbindung mit seinen Flügeln benutzt, könnten diese Gase dem Wesen helfen, sich schnell bewegenden natürlichen Feinden wie dem anderen Rankenfüßer zu entkommen. Als ich mit der Arbeit begonnen hab, mußten die Gase noch vorhanden gewesen sein. Es gibt eine ähnliche Spezies, nur viel kleiner, die auf der Erde beheimatet ist. Als Vorbereitung auf die ET-Kurse haben wir die ausgefalleneren Tierarten der irdischen Fauna studiert. Diese Lebewesen wurden Bombardierkäfer genannt, und sie konnten ...«

»Doktor Conway!«

Er wandte sich abrupt vom Bildschirm ab und rannte sofort in den Hauptsaal — man brauchte kein Empath zu sein, um auch so zu bemerken, daß irgend etwas Ernsthaftes passiert sein mußte.

Der Teamleiter der Wartungstechniker winkte Conway verzweifelt zu sich herüber, und Prilicla, eingeschlossen in seiner kugelförmigen Schutzhülle und getragen von einem künstlichen Schwerkraftneutralisator, dem sogenannten G-Gürtel, schwebte über dem Kopf des Mannes und zitterte am ganzen Körper.

»Zunehmende emotionale Ausstrahlung, mein Freund«, berichtete der Empath. »Das läßt auf rasch zurückkehrendes Bewußtsein schließen. Ich empfange Gefühle von Furcht und Bestürzung.«

Ein wenig von dieser Bestürzung kommt sicherlich von mir, dachte Conway.

Der Wartungsmonteur zeigte einfach mit dem Finger auf eine Stelle des Patienten.

Statt des harten Überzugs, den Conway zu sehen erwartet hatte, floß, kleckerte und tropfte dort langsam eine schwarze, zähflüssige Masse auf den Boden. Während er die Stelle beobachtete, auf die die Flamme gerichtet gewesen war, löste sich gerade diese Masse von einem der Rankenfüßer, der jetzt zuckte und seine Flügel ausbreitete. Er fing damit an zu schlagen, zuerst langsam, dann hob er vom Patienten ab, wobei er seine langen Ranken aus dem Vogel zog, bis er sich völlig befreit hatte und unbeholfen in der Luft flatterte.

»Sofort alle Schneidbrenner ausmachen!« befahl Conway. »Aber kühlen Sie den Patienten mit den Luftschläuchen. Versuchen Sie, die schwarze Masse wieder zu erhärten!«

Aber die zähe, schwarze Flüssigkeit wollte nicht wieder hart werden. Erst einmal von der Hitze verflüssigt, setzte sich der Erweichungsprozeß selbständig fort. Der Hals des Patienten, der nun nicht mehr von der festen schwarzen Substanz gestützt wurde, fiel schwer zu Boden, und ein paar Sekunden später folgten die gewaltigen Flügel. Die schwarze Lache rings um den Patienten dehnte sich aus, und mehr und mehr von den Rankenfüßern kämpften sich frei, um mit breiten, membranartigen Flügeln durch die Halle zu flattern, wobei sie ihre Ranken wie lange, dünne Federn hinter sich herzogen.

»Alles zurück! In Deckung, *schnell!*«

Ihr Patient lag völlig reglos da und war mit ziemlicher Sicherheit tot, aber es gab nichts, was Conway tun konnte. Weder die Wartungstechniker noch das medizinische Personal waren gegen diese dünnen, eigentlich harmlos aussehenden Ranken dieser käfer- oder krebsartigen Tiere geschützt. Nur Prilicla befand sich in seiner durchsichtigen Kugel in Sicherheit, und jetzt schienen Hunderte von diesen Wesen den Raum zu füllen. Conway wußte, daß er eigentlich um das Wohl des Patienten hätte besorgt sein müssen, aber irgendwie war er es nicht. Handelte es sich dabei nur um eine verspätete Reaktion, oder gab es dafür noch einen anderen Grund?

»Mein Freund«, sagte Prilicla, wobei er ihn sanft mit seiner Kugel stieß, »ich hoffe, Sie wissen, was Sie zu tun haben.«

Der Gedanke, daß dünne Rankenfüßerstränge in seine Kleidung, Haut und darunterliegendes Zellgewebe eindringen, seine Muskeln lähmen und in sein Gehirn kriechen könnten, ließ ihn zur Seitenkammer rennen, dicht gefolgt von Brenner und Prilicla. Kaum war der Cinrussker drinnen, schloß der Lieutenant die Tür.

Aber ein Rankenfüßer befand sich bereits in der Kammer.

Für den Bruchteil einer Sekunde funktionierte Conways Gehirn wie eine Kamera, die alles völlig emotionslos und deutlich wahrnahm: das Gesicht von O'Mara auf dem Bildschirm des Kommunikators, so ausdruckslos wie eine Steinplatte, nur die Augen verrieten Besorgnis; Prilicla, der in seiner Schutzkugel zitterte; der Rankenfüßer, der dicht unter der Decke schwebte, und dessen Ranken in dem von ihm selbst erzeugten Luftzug wehten; und Lieutenant Brenner, der ein Auge mit einem diabolischen Zwinkern geschlossen hielt, während er mit seiner Pistole, die mit Explosivgeschossen geladen war, auf den schwebenden Rankenfüßer zielte.

Irgend etwas stimmte nicht.

»Schießen Sie nicht«, bat Conway ruhig, aber bestimmt und fragte dann: »Haben Sie Angst, Lieutenant?«

»Normalerweise benutze ich dieses Ding zwar nicht«, antwortete Brenner und blickte etwas verwundert drein, »aber ich kann durchaus damit umgehen. Nein, ich hab keine Angst.«

»Und ich hab auch keine Angst, weil Sie diese Pistole haben«, sagte Conway. »Prilicla ist bestens geschützt und hat nichts zu befürchten. Also wer«, er deutete auf die zitternden Fühler des Empathen, »*hat* dann hier Angst?«

»Das Wesen dort oben, mein Freund«, entgegnete Prilicla und wies auf den Rankenfüßer. »Es hat Angst, ist verwirrt und höchst neugierig.«

Conway nickte, und während er beobachten konnte, wie Prilicla auf seine starke Erleichterung zu reagieren begann, sagte er: »Schubsen Sie das Wesen nach draußen, sobald der Lieutenant die Tür geöffnet hat, Doktor Prilicla — nur damit nichts passiert. Aber sachte, bitte.«

Kaum war der Rankenfüßer nach draußen befördert worden, röhrte O'Maras Stimme aus dem Kommunikator.

»Was, zum Teufel, haben Sie da eben getan?«

Conway versuchte, auf eine anscheinend einfache Frage eine entsprechend einfach Antwort zu finden, und entgegnete: »Ich glaube, man könnte sagen, daß ich vorzeitig so etwas wie eine planetarische Wiedereintrittssequenz eingeleitet hab ...«

Kurz bevor Conway O'Maras Büro erreichte, war der erste Bericht von der *Torrance* eingetroffen. Er besagte, daß einer der beiden Sterne einen Planeten mit geringer Schwerkraft hatte, auf dem es auch Leben gab, das jedoch keine Anzeichen einer fortgeschrittenen Technologie aufwies. Der andere Stern hatte einen großen, sich schnell drehenden Planeten, der an den Polen so abgeflacht war, daß er eine gewisse Ähnlichkeit mit zwei an den Rändern verbundenen Suppenschüsseln aufwies. Auf dem zuletzt genannten Planeten war die Atmosphäre sehr dicht und reichte hoch hinauf, die Schwerkraft variierte zwischen drei Ge an den Polen und einem achtel Ge am Äquator, und es gab keinerlei Hinweise auf das Vorhandensein von Oberflächenmetallen. Nach astronomischen Maßstäben näherte er sich erst seit geraumer Zeit auf einer spiralförmigen Bahn bedrohlich seiner Sonne. Zudem hatten eine planetenweite Vulkanaktivität und die dadurch hervorgerufenen Dämpfe und Gase die Atmosphäre völlig undurchsichtig gemacht. Die *Torrance* bezweifelte stark, daß es auf diesem Planeten noch Leben gab.

»Das stützt meine Theorie, daß der Vogel, die Rankenfüßer und die andere insektenartige Lebensform — die gar kein Rankenfüßer, sondern vielmehr eine Art Bombardierkäfer ist — vom selben Planeten stammen«, rief Conway aufgeregt, als O'Mara den Bericht an ihn weitergeleitet hatte. »Die Rankenfüßer sind natürlich Parasiten mit geringem Gehirnvolumen, aber intelligent, sobald sie miteinander verbunden sind und als eine geschlossene Einheit, als eine sogenannte Gestalt, zusammenarbeiten. Sie müssen schon seit Jahrhunderten gewußt haben, daß ihr Planet seiner Zerstörung entgegenging, und haben sich deshalb zur Flucht entschieden. Bedenken Sie nur einmal, was alles dazu gehört, ohne jeden Einsatz von Metallen die Fähigkeit zu interstellaren Raumreisen zu entwickeln ...«

Irgendwie mußten sie gelernt haben, wie sie in den Polarregionen mit hoher Schwerkraft die riesigen Vögel fangen und mit ihren Ranken kontrollieren konnten. Denn die Rankenfüßer waren eine körperlich schwache Spezies, und ihre Fähigkeit, nichtintelligente Wirtstiere zu kontrollieren, war die einzige Stärke, die sie besaßen. Die Vögel, das wußte Conway jetzt, waren eine nichtintelligente Spezies, genauso wie die Bombardierkäfer. Die Rankenfüßer hatten die Kontrolle über die Vögel übernommen, waren mit ihnen hoch über den Äquator geflogen, und hatten dabei die höchstmögliche körperliche Leistung befohlen, um die benötigte Höhe und Geschwindigkeit für den Zusammenschluß mit der letzten ›Antriebsstufe‹ — den Käfern — zu erreichen. Diese waren ebenfalls von den Rankenfüßern kontrolliert worden, vielleicht je fünfzig von einem Parasiten, und sie hatten sich wie ein gigantischer, spitzwinkliger Kegel an den Bereich hinter den Flügeln geheftet.

In der Zwischenzeit hatten die Rankenfüßer den Vogel gelähmt und in die Form eines Überschallgleiters gebracht, seine Klauen entfernt, um ihn aerodynamisch zu verbessern, und ihm irgendwelche Absonderungen injiziert, um den Verwesungsprozeß zum Stillstand zu bringen. Die ›Crew‹ hatte dann den Vogel und sich selbst in der richtigen Position versiegelt und war für die Dauer des Flugs in Winterschlaf gefallen, wobei das Zellgewebe des Vogels zur Lebenserhaltung verwendet wurde.

Als der Antriebskegel, der aus Millionen von Insekten bestand, von denen mehrere hunderttausend die intelligenten Kontrolleure darstellten, erst einmal in Position gebracht worden war, setzte sofort die Zündung ein. Das war von den Rankenfüßern sehr gleichmäßig und sanft bewerkstelligt worden, um die sich verjüngende Kegelspitze nicht an der Stelle zu zerquetschen oder zu zerbrechen, wo sie am Vogel befestigt war. Die Bombardierkäfer konnten jederzeit von ihnen dazu gebracht werden, ihre geringe, fast winzige Menge Schubkraft auszustoßen, egal, ob sie tot oder lebendig waren. Aber die Antriebskontrolleure hatten sogar mit ihrer Fähigkeit, sich selbst in einem harten Überzug zu versiegeln, nicht sehr lange gelebt — zumal sie ebenfalls entbehrlich waren. Doch hatten sie noch im Sterben mitgeholfen, ein organisches Raumschiff, das ein paar Hundert ihrer Artgenossen mit sich trug, auf Entweichgeschwindigkeit von ihrem verlorenen Planeten und seiner Sonne zu bringen.

»... ich weiß nicht, wie sie den Vogel für den Wiedereintritt in die Atmosphäre eines anderen Planeten in die richtige Position bringen wollten«, fuhr Conway mit Bewunderung fort, »doch die atmosphärische Erhitzung war als Auslöser des organischen Schmelzvorgangs beabsichtigt, sobald der Gleiter genügend abgebremst worden war. Das hätte den Rankenfüßern nämlich ermöglicht, sich von dem Vogel zu befreien und mit eigener Flügelkraft auf die Oberfläche zu fliegen. In meiner Eile, den Überzug zu entfernen, hab ich einem großen Bereich des vorderen Teils Hitze zugeführt, was praktisch die Wiedereintrittsbedingungen simuliert hat, und deshalb ...«

»Ja, ja«, unterbrach ihn O'Mara gereizt. »Eine meisterliche Anwendung medizinischer Schlußfolgerungen, und ansonsten hatten Sie nichts als verdammtes Glück! Und wie ich Sie kenne, wollen Sie es jetzt mir überlassen, die Sache in Ordnung zu bringen, indem ich eine Methode finde, wie man sich mit diesen Dingern am besten verständigen und den Transport zu ihrem geplanten Ziel in die Wege leiten kann, nicht wahr? Oder gibt es vielleicht noch etwas anderes, das Sie von mir wollen?«

Conway nickte. »Brenner hat mir erzählt, daß seine aus Aufklärungsschiffen bestehende Flottille das Raumvolumen zwischen den Heimat- und Zielsternen dieser Wesen abdecken und den Suchvorgang nach weiteren dieser organischen Schiffe ausweiten könnte. Wahrscheinlich gibt es noch andere Vögel, vielleicht sogar Hunderte von ihnen ...«

O'Mara öffnete den Mund und sah so aus, als würde er einen Bombardierkäfer nachahmen wollen. Doch bevor der Chefpsychologe etwas sagen konnte, fügte Conway hastig hinzu: »Ich will ja gar nicht, daß diese Rankenfüßer mitsamt ihren Raumvögeln hierhergebracht werden, Sir. Das Monitorkorps kann sie zu ihrem Bestimmungsplaneten bringen, ihren Überzug erst auf der Oberfläche entfernen, um Opfer beim Wiedereintritt zu vermeiden, und ihnen dann die Situation erklären.

Schließlich handelt es sich bei diesen Wesen nicht um Patienten, sondern um Kolonisten.«

ZWEITER TEIL

Eine ansteckende Krankheit

Chefarzt Conway wand sich in einem Möbelstück, das eigentlich für das körperliche Wohlbefinden eines sechsbeinigen Melfaners mit Ektoskelett konstruiert worden war, in eine nicht ganz so unbequeme Sitzposition und sagte in gekränktem Ton: »Nach zwölf Jahren medizinischer und chirurgischer Erfahrung im größten Hospital der Föderation verspricht man sich von der nächstfolgenden logischen Stufe auf der Beförderungsleiter doch wohl etwas mehr als ... als zum Fahrer eines Ambulanzschiffs ernannt zu werden!«

Die andere vier Wesen, die zusammen mit ihm im Büro des Chefpsychologen warteten, zeigten zunächst keinerlei Reaktion. Dr. Prilicla klammerte sich schweigend an die Decke — seine bevorzugte Position, wenn er sich in der Gesellschaft von Lebewesen befand, die größer und muskulöser waren als er. Zusammen auf einer illensanischen Bank saßen die ungewöhnlich hübsche Pathologin Murchison und eine raupenähnliche kelgianische Oberschwester mit silbernem Fell namens Naydrad. Auch sie schwiegen. Major Fletcher, dem man als erst kürzlich eingetroffenen Besucher des Hospitals aus Höflichkeit den einzigen physiologisch passenden Stuhl angeboten hatte, war der erste, der das Schweigen brach. »Man wird Ihnen aber nicht gestatten, das Ambulanzschiff zu fliegen, Doktor«, sagte er ernst.

Es war offensichtlich, daß Major Fletcher immer noch stolz auf die funkelnden Abzeichen eines Schiffskommandanten war, die seit neuestem die Ärmel seiner Monitoruniform schmückten, und sich bereits jetzt um das Wohlergehen des Schiffs sorgte, auf dem er in Kürze das Kommando haben würde. Conway erinnerte sich daran, bei Erhalt seines ersten Taschenscanners genauso empfunden zu haben.

»Also wirst du nicht einmal zum Fahrer eines Ambulanzschiffs befördert«, bemerkte Murchison lachend.

Naydrad beteiligte sich am Gespräch mit einer Reihe wimmernder und pfeifender Geräusche, die übersetzt lauteten: »Erwarten Sie etwa in einer Einrichtung wie dem Orbit Hospital so etwas wie Logik, Doktor?«

Conway antwortete nicht. Er dachte daran, daß über die Gerüchteküche des Hospitals, die einen normalerweise zuverlässigen Herd hatte, bereits seit Tagen die Neuigkeit verbreitet worden war, ein Chefarzt, nämlich Conway selbst, würde bald dauerhaft einem Ambulanzschiff zugeteilt.

An der Decke begann Dr. Prilicla als Reaktion auf Conways emotionale Ausstrahlung zu zittern. Deshalb versuchte dieser, seine Gefühle der Verwirrung und Enttäuschung unter Kontrolle zu bekommen.

»Bitte regen Sie sich wegen dieser Geschichte doch nicht unnötig auf, mein Freund«, bat der kleine Empath, und die rollenden Schnalzlaute der fast musikalischen Sprache des Cinrusskers überlagerten die emotionslos klingende Übersetzung aus dem Translator. »Zunächst einmal muß man uns noch von offizieller Seite über diese neue Aufgabe informieren, und ich halte es für sehr wahrscheinlich, daß Sie dann angenehm überrascht sein werden, Doktor.«

Wie Conway wußte, war Prilicla jedoch nicht abgeneigt zu lügen, wenn er dadurch die emotionale Atmosphäre einer Situation verbessern konnte. Er tat das allerdings nicht, wenn eine solche Besserung nur kurzfristig anhielt, und daraufhin sogar noch stärkere Gefühle des Ärgers und der Enttäuschung folgten.

»Und wie kommen Sie darauf, Doktor?« fragte Conway. »Sie haben das Wort ›wahrscheinlich‹ und nicht ›möglich‹ verwandt. Haben Sie irgendwelche Insiderinformationen?«

»Das stimmt allerdings, mein Freund«, antwortete der Cinrussker. »Ich hab eine emotionale Strahlungsquelle geortet, die vor einigen Minuten das Vorzimmer betreten hat. Sie entspringt den Gefühlen unseres

Chefpsychologen und strahlt Entschlossenheit mit einer Art gedämpfter Besorgnis aus, wie sie bei Wesen typisch ist, auf denen Verantwortung lastet. Ich kann aber keine Gefühle entdecken, die vorhanden sein müßten, wenn man vorhat, jemandem eine unangenehme Neuigkeit beizubringen. Im Moment spricht Major O'Mara mit einem seiner Assistenten, der sich ebenfalls keines latenten unangenehmen Gefühls bewußt ist.«

Conway lächelte und entgegnete: »Danke, Doktor. Jetzt fühle ich mich schon wesentlich besser.«

»Ich weiß«, antwortete Prilicla.

»Und ich hab das Gefühl, daß eine solche Debatte über die Gefühle des Wesens O'Mara an eine Verletzung des medizinischen Berufsethos grenzt«, sagte Schwester Naydrad. »Emotionale Ausstrahlung ist zweifellos so etwas wie eine vertrauliche Mitteilung und sollte nicht auf diese Weise verbreitet werden.«

»Vielleicht haben Sie die Tatsache nicht berücksichtigt, daß es sich bei dem Wesen, über dessen emotionale Ausstrahlung wir sprechen, um keinen Patienten handelt, Freundin Naydrad«, entgegnete Prilicla, wobei er sich so ausdrückte, daß es ihm als Empathen gerade noch möglich war, einem anderen Wesen mitzuteilen, es sei im Unrecht. »Und in diesem Fall stellt Doktor Conway das einem Patienten am meisten ähnelnde Wesen dar, da er sich um seine Zukunft sorgt und zu seiner Beruhigung eine Information über die emotionale Ausstrahlung Doktor O'Maras benötigt ...«

Naydrads silbriges Fell sträubte sich und wogte; es zeigte somit an, daß die kelgianische Oberschwester antworten wollte. Doch in diesem Augenblick kam Dr. O'Mara aus dem Vorzimmer herein, und das Gespräch, das sich zu einer interessanten Diskussion über ethische Grundsätze hätte entwickeln können, fand ein vorzeitiges Ende.

Der Chefpsychologe nickte jedem der Reihe nach kurz zu und setzte sich in den einzigen weiteren physiologisch passenden Stuhl im Raum, nämlich in seinen eigenen.

In seiner typisch höhnischen Art sagte er: »Bevor ich Ihnen mitteile, warum ich gerade Sie vier gebeten hab, Major Fletcher zu begleiten, und Ihnen nähere Einzelheiten Ihres Auftrags mitteile, von denen Sie ohne Zweifel schon in ihren Grundzügen erfahren haben, muß ich Ihnen noch einige Hintergrundinformationen nichtmedizinischer Natur geben.

Das Problem, Leute wie Sie in dieses Thema einzuführen, besteht darin, daß ich es mir nicht leisten kann, Vermutungen über den Grad Ihrer Unkenntnis in Bereichen außerhalb Ihrer Spezialgebiete anzustellen. Falls Ihnen einige dieser Informationen zu elementar sein sollten, dann können Sie natürlich Ihren Gedanken freien Lauf lassen, jedenfalls solange ich Sie dabei nicht erwische.«

»Sie haben unsere ungeteilte Aufmerksamkeit, Freund O'Mara«, versicherte ihm Prilicla, der natürlich wußte, daß das eine Tatsache war.

»Jedenfalls vorläufig«, fügte Naydrad hinzu.

»Oberschwester Naydrad!« platzte Major Fletcher heraus, dessen rot angelaufenes Gesicht in einem ausgesprochen unharmonischen Gegensatz zum Dunkelgrün seiner Uniform stand. »Sie sind einem ranghöheren Offizier gegenüber alles andere als respektvoll. Solch ein beleidigendes Benehmen werde ich auf meinem Schiff nicht dulden, und ich werde auch solch ein ...«

O'Mara hob beschwichtigend die Hand. »Ich fühle mich nicht beleidigt, Major, und das sollten Sie sich auch nicht fühlen«, sagte er in ruhigem Ton. »Bis jetzt haben Sie während Ihrer Laufbahn noch nie einen engen persönlichen Kontakt mit Extraterrestriern gehabt, und deshalb ist Ihr Irrtum verständlich. Er wird sich wahrscheinlich auch nicht wiederholen, sobald Sie erst einmal gelernt haben, die Gedankengänge und Verhaltensweisen der Wesen zu verstehen, mit denen Sie an diesem Projekt zusammenarbeiten werden.

Oberschwester Naydrad ist eine Kelgianerin«, fuhr O'Mara in einem für seine Verhältnisse recht freundlichen Ton fort, »eine raupenähnliche Lebensform, deren hervorstechendstes Merkmal ein den ganzen Körper überziehendes silbergraues Fell ist. Sie werden bereits bemerkt haben, daß Naydrads Fell in ständiger Bewegung ist, als ob es durch einen stetigen Wind zu Büscheln und kleinen Wellen geblasen würde. Das sind vollkommen unwillkürliche Bewegungen, die von ihren Gefühlsreaktionen auf äußere Reize gesteuert werden. Die evolutionären Gründe für diesen Mechanismus sind nicht ganz klar, nicht einmal den Kelgianern selbst, doch es wird allgemein angenommen, daß der emotional ausdrucksfähige Pelz den kelgianischen Sprechapparat ergänzt, dem eine gewisse Flexibilität des Tonfalls fehlt. Sie müssen jedenfalls begreifen, daß die Bewegungen des Fells einem zweiten Kelgianer vollkommen klarmachen, was der erste bei dem Gesprächsthema empfindet. Deshalb sagen die Kelgianer immer genau das, was sie meinen; denn was sie denken, ist ganz offensichtlich — wenigstens für einen anderen Artgenossen. Sie können einfach nicht anders handeln. Im Gegensatz zu Doktor Prilicla, der immer freundlich ist und manchmal die Wahrheit zurechtstutzt und die unangenehmeren Fakten für sich behält, wird Schwester Naydrad ohne Rücksicht auf Ihren Rang und Ihre Gefühle stets die Wahrheit sagen. Sie werden sich bald daran gewöhnen, Major.

Aber eigentlich hatte ich nicht vor, einen Vortrag über Kelgianer zu halten. Vielmehr hatte ich vor, kurz über die Entstehung dessen zu sprechen, was jetzt die galaktische Föderation genannt wird ...«

Auf dem Instruktionsschirm hinter ihm erschien plötzlich eine dreidimensionale Darstellung der galaktischen Doppelspirale mit ihren wichtigsten stellaren Eigenschaften und die Ausläufer einer benachbarten Galaxis, deren Entfernung man nicht einmal schätzen konnte. Während sie den Erläuterungen O'Maras zuhörten, erschien nah am Rand der Milchstraße eine kurze, helle Linie aus gelbem Licht, dann eine weitere, schließlich noch eine — die Verbindungen zwischen der Erde und den frühen Erdkolonien und den Systemen von Orligia und Nidia, den ersten extraterrestrischen Kulturen, mit denen man in Kontakt getreten war. Ein weiteres Bündel gelber Linien erschien und bezeichnete die Welten, die vom Planeten Traltha aus kolonialisiert oder kontaktiert worden waren.

Mehrere Jahrzehnte hatten vergehen müssen, bevor sich Orligianer, Nidianer, Tralthaner und Menschen ihre Planeten gegenseitig zugänglich gemacht hatten — zu jener Zeit neigten nämlich sämtliche beteiligten Wesen zu Mißtrauen, was in einem Fall sogar zu einem Krieg führte —, doch in diesem Bild wurde die verstrichene Zeit genauso wie die Entfernung komprimiert dargestellt.

Das Flechtwerk goldener Linien wurde rasch dichter, als zuerst Kontakte und dann Handelsbeziehungen mit den hochentwickelten und stabilen Kulturen von Kelgia, Illensa, Hudlar, Melf und deren eventuell vorhandenen angeschlossenen Kolonien aufgenommen wurden. Optisch gesehen handelte es sich dabei um keine geordnete Entwicklung. Die Linien schossen nach innen zum galaktischen Zentrum, kehrten wieder an den Rand zurück, bewegten sich zwischen Zenit und Nadir, und sprangen sogar mitten durch den intergalaktischen Raum, um sich mit den Planeten der Ianer zu verbinden, obwohl es in diesem Fall die Ianer gewesen waren, die mit den Reisen angefangen hatten. Als die Linien die Planeten der galaktischen Föderation verbanden, also die Planeten, von denen bekannt war, daß sie intelligentes und auf ihre eigene, manchmal recht eigentümliche Weise technisch und philosophisch hochentwickeltes Leben beheimateten, resultierte daraus ein unordentliches gelbes Gekritzel, das einer Kreuzung zwischen einem DNS-Molekül und einem Brombeerstrauch ähnelte.

»... nur ein winziger Bruchteil der Galaxis ist von uns oder einer der anderen Spezies der Föderation erforscht worden«, fuhr O'Mara fort. »Und wir befinden uns in der Lage eines Menschen, der zwar Freunde in entfernten Ländern hat, aber keine Ahnung davon, wer bei ihm um die Ecke wohnt. Der Grund dafür ist, daß sich Reisende öfter treffen als Leute, die zu Hause bleiben, besonders dann, wenn diese Reisenden ihre Adressen austauschen und sich regelmäßig treffen ...«

Vorausgesetzt, es traten unterwegs keine störenden Einflüsse auf, und die genauen Zielkoordinaten waren bekannt, dann war es wirklich genauso einfach, durch den Subraum zu einem benachbarten Sonnensystem zu reisen wie zu einem Planeten am anderen Ende der Galaxis. Aber man mußte erst einmal ein bewohntes Sonnensystem entdecken, bevor man dessen Koordinaten ins Logbuch eintragen konnte, und das erwies sich als eine nicht ganz leichte Aufgabe.

Es dauerte sehr lange, bis man wenigsten ein paar der kleineren weißen Flecken auf den Sternkarten eingetragen und erkundet hatte, allerdings mit nur wenig Erfolg. Wenn die Aufklärungsschiffe einen Stern mit Planeten fanden, war das schon an sich eine seltene Entdeckung — und eine noch seltenere, wenn auf dem Planeten Leben existierte. Und falls sogar eine der einheimischen Lebensformen intelligent war, dann fegte eine Welle des Jubels über die Planeten der Föderation hinweg, allerdings stets verbunden mit der Sorge, ob der Pax Galactica durch diese Aliens nicht möglicherweise bedroht sein könnte. Man sandte Spezialisten des Monitorkorps aus, um die knifflige, zeitraubende und oft gefährliche Arbeit zu verrichten, um erste Kontakte zu knüpfen und diese später zu vertiefen.

Die Fachleute für Erstkontakte stellten die Elite des Monitorkorps dar, eine kleine Gruppe von Spezialisten für extraterrestrische Kommunikation, Philosophie und Psychologie. Obwohl diese Gruppe nur relativ klein war, war sie bedauerlicherweise nicht gerade mit Arbeit überlastet …

»… im Verlauf der letzten zwanzig Jahre«, fuhr O'Mara fort, »hat sie in nur drei Fällen das Erstkontaktverfahren eingeleitet, und jedesmal trat die betreffende Spezies der Föderation bei. Ich will Sie jetzt nicht mit Einzelheiten langweilen, was die Anzahl der dazu erforderlichen Erkundungsflüge angeht oder wie viele Schiffe und Personen daran beteiligt waren und wieviel Material benötigt wurde. Erst recht werde ich Sie nicht mit den Gesamtkosten für diese Unternehmungen schockieren. Ich erwähne die drei Erfolge der Kontaktgruppe nur, um zu verdeutlichen, daß dieses Hospital im selben Zeitraum nicht nur voll einsatzfähig gemacht wurde, sondern auch Erstkontakte eingeleitet hat, die zum Eintritt von sieben neuen Spezies in die Föderation geführt haben. Und das wurde nicht etwa durch einen allmählichen, beharrlichen Aufbau und eine Ausweitung der Kommunikation bewirkt, bis ein Austausch komplexer philosophischer und soziologischer Auffassungen möglich geworden wäre, sondern indem einem kranken Alien medizinische Hilfe geleistet wurde.«

Der Chefpsychologe musterte sie alle der Reihe nach, und Prilicla brauchte ihm nicht extra zu sagen, daß er ihre ungeteilte Aufmerksamkeit besaß, denn das war an ihren Mienen abzulesen. »Natürlich stelle ich alles bewußt sehr vereinfacht dar«, fuhr er fort. »Nun gut, Sie mußten sich jedenfalls in solchen Fällen jeweils mit den medizinischen und/oder chirurgischen Problemen auseinandersetzen, die auftreten, wenn man eine bislang unbekannte Lebensform zu behandeln hat. Dabei standen Ihnen sowohl der Übersetzungscomputer des

Hospitals, der zweitgrößte in der Galaxis überhaupt, als auch Kommunikationsspezialisten des Monitorkorps zur Verfügung, wobei das Korps auch für die Bergung vieler extraterrestrischer Opfer verantwortlich war. Aber die Tatsache bleibt bestehen, daß Sie, indem Sie medizinische Hilfe geleistet haben, den guten Willen der Föderation fremden Spezies gegenüber viel einfacher und direkter demonstriert haben, als es jeder langatmige Gedankenaustausch hätte tun können.

Als Folge davon hat es eine deutliche Verschiebung des Schwerpunkts der Erstkontaktpolitik gegeben ...«

So, wie man nur eine Methode kannte, durch den Hyperraum zu reisen, gab es auch nur ein Verfahren, ein Notsignal zu senden, wenn ein Unfall oder eine Fehlfunktion auftrat und ein Schiff im Normalraum zwischen den Sternen gestrandet war. Der mit festem Leitstrahl arbeitende Subraumfunk war keine zuverlässige interstellare Kommunikationsmethode, da er durch dazwischenliegende Sternkörper Störungen und Verzerrungen ausgesetzt war und überdies Unmengen von Schiffsenergie benötigte — Energie, die ein in Not geratenes Schiff zumeist gar nicht mehr aufbringen konnte. Doch eine relativ simple ›Notsignalbake‹ brauchte keine Nachrichten zu übermitteln — sie war einfach ein nuklearbetriebenes Gerät, das ein Peilsignal sendete, einen Hilferuf im Subraum, der immer wieder sämtliche verwendbaren Funkfrequenzen durchlief, bis er einige Minuten oder Stunden später verstummte.

Da sämtliche Schiffe der Föderation vor dem Abflug Einzelheiten über Kurs und Passagiere einreichen mußten, war die Position des Notsignals normalerweise ein guter Hinweis auf die physiologische Klassifikation einer Spezies, die in Schwierigkeiten geraten war. Dann wurde ein Ambulanzschiff mit der entsprechenden Mannschaft und Ausrüstung zur Lebenserhaltung an Bord vom Orbit Hospital oder von seinem Heimatplaneten geschickt. Aber es gab Fälle, und zwar viel mehr als allgemein angenommen, in denen für die Föderation unbekannte Wesen in ein Unglück verwickelt waren und dringend Hilfe benötigten — Hilfe, die die Ambulanzschiffe mitsamt ihren Besatzungen kaum zu leisten vermochten.

Nur wenn beim betreffenden Bergungsschiff die Hyperraumantriebshülle zu vergrößern war, um das verunglückte Schiff darin einzuschließen, oder aber die Wesen unversehrt befreit werden und in eine für sie passende Umweltbedingung auf dem Föderationsschiff geschafft werden konnten, transportierte man sie ins Orbit Hospital im galaktischen Sektor zwölf. Folge davon war, daß viele bislang unbekannte Lebensformen, die über eine hohe Intelligenz und eine fortgeschrittene Technologie verfügten, starben und allenfalls noch als interessante Studienobjekte für die Pathologie dienten. Doch hatte man bereits seit langem nach einer Lösung dieses Problems gesucht und die Antwort darauf vielleicht sogar gefunden.

Man hatte entschieden, ein ganz spezielles Ambulanzschiff auszurüsten, das nur auf diejenigen Notsignale reagieren sollte, deren Positionen sich nicht mit den von den Föderationsschiffen eingereichten Flugplänen deckten.

»... wann immer es möglich ist«, fuhr O'Mara fort, »ziehen wir es vor, mit raumreisenden Lebensformen in Kontakt zu treten. Spezies, die zwar intelligent, aber keine Raumreisenden sind, werfen zumeist nur Probleme auf. Wir können bei denen nie sicher sein, ob wir ihre natürliche Entwicklung fördern oder nur behindern, ob wir ihnen technologisch unter die Arme greifen oder einen vernichtenden Minderwertigkeitskomplex bereiten, wenn wir von ihrem Himmel herabfallen ...«

»Und wenn das Raumschiff keine Notsignalbake besitzt, was dann?« unterbrach ihn Naydrad.

»Wenn eine Spezies technologisch so weit fortgeschritten ist, daß sie über Raumschiffe verfügt, und dann eine solche Sicherheitsvorkehrung für die Insassen nicht trifft«, antwortete O'Mara, »dann möchte ich sie lieber erst gar nicht kennenlernen.«

»Ich verstehe«, sagte die Kelgianerin.

Der Chefpsychologe nickte und fuhr dann rasch fort: »Nun verstehen Sie wohl auch, warum vier ranghöhere oder spezialisierte Mitglieder des medizinischen und chirurgischen Mitarbeiterstabs unseres Hospitals zu Ambulanzschiffbegleitern degradiert werden...« — O'Mara drückte einige Knöpfe auf seinem Schreibtisch, und die Sternkarte der Föderation wurde durch eine große und detaillierte grafische Darstellung eines Schiffs ersetzt —, »...und zwar zu Begleitern eines ganz besonderen Ambulanzschiffs, wie Sie sehen können. Captain Fletcher, fahren Sie bitte fort.«

Wie Conway auffiel, hatte O'Mara gerade zum erstenmal Fletchers Titel als Schiffskommandant benutzt und nicht seinen Monitorkorpsrang als Major. Wahrscheinlich war das die Methode des Chefpsychologen, alle daran zu erinnern, daß Fletcher auf dem Ambulanzschiff das Sagen haben würde, egal, ob es ihnen nun paßte oder nicht.

Conway hörte dem Captain nur halb zu, als sich Fletcher in überschwenglichem Ton über die Ausmaße, Leistungsfähigkeit und Suchmöglichkeiten seines neuen Schiffs ausließ, wobei er an einen stolzen Vater erinnerte, der die Vorzüge seines Lieblingssprößlings anpreist.

Das Bild auf dem Instruktionsschirm war Conway durchaus vertraut, denn er hatte das Schiff bereits zuvor in den Dockanlagen des Monitorkorps hängen sehen, wo es auf ihn wie ein riesiger, weißer Dartpfeil gewirkt hatte. Seine Umrisse wurden durch ein schier undurchdringliches Dickicht ausgestreckter Sensoren und geöffneter Inspektionsluken verwischt, und es war von einem Schwarm kleinerer Schiffe in der gelbbraunen

Dienstfarbe des Monitorkorps umgeben. Das Schiff hatte Form und Größe eines leichten Föderationskreuzers, des größten Korpsschiffstyps, der in der Lage war, innerhalb einer Planetenatmosphäre Luftmanöver durchzuführen. Conway stellte sich die strahlend weiße Schiffshülle und die deltaförmigen Flügel mit dem roten Kreuz, der orangefarbenen Sonne, dem gelben Blatt und den vielfältigen anderen Symbolen vor, die den Grundgedanken der überall in der Föderation uneingeschränkt gewährten Hilfe repräsentierten.

»... die Besatzung wird fast ausschließlich aus Mitgliedern der physiologischen Klassifikation DBDG bestehen«, sagte Captain Fletcher gerade, »und das bedeutet, sie wird sich genauso wie die Mehrheit des Monitorkorpspersonals aus Terrestriern oder Bewohnern von der Erde besiedelter Planeten zusammensetzen.

Doch dieses Schiff hier wurde auf Traltha gebaut, wie die typische Form und alle sich daraus ergebenden Konstruktionsvorteile schon verraten«, fuhr er begeistert fort. »Deshalb haben wir es auch nach einer der großen Persönlichkeiten in der medizinischen Geschichte Tralthas benannt, nämlich *Rhabwar*. Die Unterkünfte für das extraterrestrische medizinische Personal sind bezüglich Gravitation, Druck, Zusammensetzung der Atmosphäre, Nahrung, Mobiliar und Ausstattung anpassungsfähig, vorausgesetzt, es handelt sich dabei um warmblütige Sauerstoffatmer. Weder die Kelgianerin mit der physiologischen Klassifikation DBLF ...« — er sah Naydrad an und dann nach oben zu Prilicla — »noch der Cinrussker als GLNO werden in dieser Hinsicht irgendwelche Probleme aufwerfen.

Der einzige physiologisch nicht spezialisierte Schiffsabschnitt ist das Unfalldeck und die dazugehörige Station, die groß genug ist, um ein Unfallopfer bis zur Größe eines ausgewachsenen Chalders aufzunehmen. Dieser Abschnitt ist mit Gravitationsgittern ausgerüstet, die in halben Ge-Schritten von null bis fünf Ge reguliert werden können, und besitzt zudem die Vorrichtung für die Bereitstellung einer Vielzahl gasförmiger und flüssiger Atmosphären. Wenn das Unfallopfer verwirrt oder aggressiv sein sollte und der Patient für eine medizinische Untersuchung oder chirurgische Behandlung ruhiggestellt werden muß, stehen dafür sowohl materielle als auch nichtmaterielle Hilfsmittel zur Bändigung des Wesens zur Verfügung, nämlich Riemen und Pressorstrahlen. Dieser Abschnitt wird der alleinigen Verantwortung des medizinischen Personals unterstellt sein, das für die Verunglückten, die ich ihm bringen werde, die geeigneten Umweltbedingungen schafft und deren umgehende Behandlung einleiten wird.

Diesen Punkt möchte ich ausdrücklich unterstreichen«, fuhr der Captain fort, und seine Stimme klang jetzt härter. »Die Verantwortung für die allgemeine Schiffsführung, sowie für das Auffinden des verunglückten Alienschiffs und dessen Bergung selbst trage allein ich. Die Rettung eines Extraterrestriers aus einem vollkommen fremden und zudem noch beschädigten Schiff ist alles andere als einfach. So besteht jederzeit die Möglichkeit, versehentlich fremdartige Mechanismen mit eventuell zerstörerischen Auswirkungen auszulösen, die auch Verwundungen der Retter nach sich ziehen könnten, oder daß giftige oder explosive Atmosphären und atomare Strahlung vorhanden sind. Hinzu kommen die oftmals umfangreichen Probleme, die schon mit dem bloßen Betreten eines Alienschiffs verbunden sind, und die heikle Aufgabe, das extraterrestrische Unfallopfer zu finden und herauszuholen, ohne es zu töten oder seine Verletzungen zu verschlimmern …«

Fletcher hielt inne und sah alle der Reihe nach an. Prilicla begann in dem von Naydrad ausgehenden unsichtbaren Wind emotionaler Ausstrahlung zu beben, deren silbriges Fell sich ihrerseits wie zu sich sträubenden Stacheln aufstellte. Murchison versuchte ohne großen Erfolg, eine unbeteiligte Miene aufzusetzen, und Conway glaubte ebenfalls nicht, besonders gelassen zu wirken.

O'Mara schüttelte bedächtig den Kopf und sagte: »Captain, Sie haben den medizinischen Mitarbeitern nicht nur gesagt, daß sie sich ausschließlich um ihre eigenen Aufgaben zu kümmern haben, sondern haben ihnen auch noch zu erklären versucht, worin diese Aufgaben bestehen. Neben seiner chirurgischen und medizinischen Erfahrung mit ETs war Chefarzt Conway bereits an einer Anzahl von Schiffsbergungseinsätzen beteiligt, ebenso wie Pathologin Murchison und Doktor Prilicla. Und Oberschwester Naydrad ist in den letzten sechs Jahren sogar zur Spezialistin für schwere Rettungseinsätze geworden. Dieses Projekt erfordert eine enge Zusammenarbeit. Sie werden die Mithilfe Ihrer Ärzte benötigen, und ich nehme stark an, diese werden Sie auch erhalten, ob Sie sie nun darum bitten oder nicht.« Er wandte seine Aufmerksamkeit Conway zu, dann fuhr er mit leicht spöttischem Unterton fort: »Sie, Doktor, wurden von mir für dieses Projekt ausgewählt, weil Sie die Fähigkeit besitzen, mit ETs zusammenzuarbeiten und diese auch zu verstehen, egal, ob es sich dabei um Kollegen oder Patienten handelt. Also sollten Sie auch auf keine unüberwindlichen Schwierigkeiten stoßen, wenn Sie lernen müssen, wie man am besten mit einem frisch ernannten Schiffskommandanten auskommen und zusammenarbeiten kann, der verständlicherweise noch sehr ...«

Die Signallampe auf O'Maras Schreibtisch begann zu blinken, und die Stimme eines seiner Assistenten meldete: »Diagnostiker Thornnastor ist eben eingetroffen, Sir.«

»Noch drei Minuten«, entgegnete O'Mara. Seine Augen ruhten immer noch auf Conway, als er fortfuhr: »Ich werde mich kurzfassen. Normalerweise würde ich keinem von Ihnen die Entscheidung überlassen, einen

Auftrag abzulehnen, aber hierbei handelt es sich eher um eine Art Probefahrt für die *Rhabwar* als um einen Einsatz, der Ihre berufliche Sachkenntnis erfordert. Wir haben Notsignale vom Aufklärungsschiff *Tenelphi* empfangen, deren Besatzung sich ausschließlich aus DBDGs von der Erde zusammensetzt, also wird es nicht einmal Verständigungsschwierigkeiten geben. Es handelt sich also um einen simplen Such- und Rettungseinsatz. Sollten den Überlebenden später Vorwürfe hinsichtlich ihrer eventuellen Inkompetenz gemacht werden, dann ist das eine disziplinarische Angelegenheit des Monitorkorps und nicht Ihre Sache. Die *Rhabwar* wird in weniger als einer Stunde abflugbereit sein. Die vorhandenen Informationen zu diesem Vorfall sind auf diesem Band. Legen Sie es ein, sobald Sie an Bord sind.

Das ist eigentlich schon alles«, schloß er, »allerdings besteht für Prilicla und Naydrad keine Notwendigkeit mitzufliegen, nur um ein paar DBDG-Frakturen oder Dekompressionskrankheiten zu behandeln. Auf *dieser* Fahrt wird es jedenfalls keine interessanten extraterrestrischen Fälle geben ...«

O'Mara brach ab, weil Prilicla zu zittern begann und sich Naydrads Fell heftig sträubte. Der Empath meldete sich als erster zu Wort.

»Natürlich werde ich im Orbit Hospital bleiben, wenn man mich darum bittet«, sagte Prilicla schüchtern, »aber wenn man mir die Wahl überließe, dann würde ich es vorziehen, mit den anderen ...«

»Für uns«, unterbrach ihn Naydrad lautstark, »*sind* gerade die DBDGs von der Erde sehr interessante Aliens.«

O'Mara seufzte. »Eigentlich hätte ich auch keine andere Reaktion von Ihnen erwartet. Also gut, meinetwegen können Sie alle zusammen fliegen. Bitten Sie Thornnastor hereinzukommen, wenn Sie rausgehen.«

Als sie auf dem Korridor waren, blieb Conway einen

Augenblick lang stehen und dachte über den schnellsten, aber nicht unbedingt bequemsten Weg zum Anlegeplatz des Ambulanzschiffs auf Ebene dreiundachtzig nach, dann ging er rasch weiter. Prilicla hielt an der Decke entlang Schritt, Naydrad kam in wellenförmigen Bewegungen am Boden hinterher, und Murchison bildete zusammen mit dem Captain die Nachhut — Fletcher war die Angst förmlich anzusehen, den Anschluß an seine medizinischen Mitarbeiter zu verlieren, weil er sich ohne sie heillos verirren würde.

Conways Armbinde, die ihn als Chefarzt auswies, gewährte ihm automatisch den Vortritt, jedenfalls was Schwestern, Pfleger und Assistenzärzte betraf. Doch gab es unaufhörlich Zusammenstöße mit den etwas blasierten und häufig geistig abwesenden Diagnostikern, die sich unbekümmert ihren Weg durch alles und jeden bahnten, der ihnen entgegenkam, aber auch mit rangniedrigeren Personalangehörigen, die zufällig einer kräftiger gebauten Spezies angehörten. Tralthaner der physiologischen Klassifikation FGLI, warmblütige Sauerstoffatmer, die eine gewisse Ähnlichkeit zu sechsbeinigen Elefanten mit Tentakeln und langgestrecktem Oberkörper aufwiesen, stürzten auf sie zu und fegten mit der Masse und der Wucht von organischen Bodenfahrzeugen über sie hinweg. Schließlich wurden Conway und sein Gefolge von einem Paar ELNTs von Melf IV angerempelt, das sie vorwurfsvoll anzischte, obwohl es drei Grade tiefer stand. Und zu guter Letzt hatte Conway überhaupt keine Lust, gegenüber einem TLTU-Assistenzarzt den Vorgesetzten herauszukehren, zumal dieses Wesen überhitzten Dampf atmete und einen Schutzpanzer hatte, der wie ein großer, scheppernder Lastwagen wirkte, dessen Bremsen ununterbrochen zischten, als würden sie jeden Augenblick zerbersten.

In der nächsten Verbindungsschleuse mußten sie leichte Schutzanzüge anlegen, bevor sie sich in die neblige, gelbe Welt der chloratmenden Illensaner begaben.

Hier wimmelte es auf den Korridoren von stacheligen, membranartigen und ungeschützten Bewohnern des Planeten Illensa, und diesmal waren es die sauerstoffatmenden Tralthaner, Kelgianer oder Terrestrier wie er selbst, die in Schutzkleidung steckten oder sich sogar in Spezialfahrzeugen fortbewegen mußten.

Der nächste Abschnitt ihres Wegs führte sie durch das gewaltige Becken der AUGL-Station, wo die bis zu zwölf Meter langen wasseratmenden Wesen von Chalderescol II schwerfällig durch ihre warme, grüne Welt schwammen. Die Schutzanzüge brauchten sie nicht abzulegen, doch die Notwendigkeit zu schwimmen verringerte ihre Geschwindigkeit ein wenig, obwohl der Publikumsverkehr hier nicht sonderlich dicht war. Trotz dieser Unwägbarkeiten waren erst fünfunddreißig Minuten vergangen, seit sie O'Maras Büro verlassen hatten, und von ihren Anzügen tröpfelte noch immer chalderisches Wasser, als sie das Ambulanzdock schließlich erreichten.

Kaum hatten sie sich an Bord der *Rhabwar* begeben, schloß sich auch schon die Personenschleuse hinter ihnen. Der Captain hastete zum gravitationsfreien Hauptverbindungsschacht des Schiffs und zog sich in Richtung Kontrollraum. Das medizinische Team bewegte sich in etwas gemächlicherer Manier auf das Unfalldeck zu, das sich mittschiffs befand. Im Stationsabschnitt verbrachten Conway und die anderen einige Zeit damit, die hervorragende Ausstattung und die höchst vielseitigen Geräte zu den relativ einfachen Betten und Lebenserhaltungssystemen umzubauen, die man für die gewöhnliche Behandlung von Frakturen und/oder Dekompressionskrankheiten bei Terrestriern benötigte — diese Gerätschaften waren in der Lage, den Operations- und Nachbehandlungsbedarf von allen Opfern zu decken, die zu irgendeiner der über sechzig verschiedenen intelligenten Lebensformen gehörten, die der galaktischen Föderation bekannt waren.

Obwohl der Aufenthalt der Unfallopfer im Ambulanzschiff eher eine Sache von Stunden als von Tagen sein würde, konnte die in den ersten paar Minuten angewandte Behandlung allein darüber entscheiden, ob ein Opfer überlebte oder noch vor der eigentlichen Einlieferung starb. Nicht einmal das Orbit Hospital konnte etwas gegen den zweiten Fall tun, dachte Conway, und er fragte sich gleichzeitig, ob nicht noch weitere Vorkehrungen getroffen werden konnten, falls Verunglückte aufgenommen werden mußten, deren Anzahl und Zustand bis zum Zeitpunkt ihrer Einlieferung auf dem Ambulanzschiff unbekannt waren.

Er mußte sich diese Frage laut gestellt haben, denn Naydrad sagte plötzlich: »Wir sind auf zwölf Unfallopfer vorbereitet, Doktor. Dabei sind wir davon ausgegangen, daß jedes Mitglied der zehnköpfigen Crew des Aufklärungsschiffs verletzt ist und zusätzlich zwei unserer Crewmitglieder während der Bergung Verletzungen davontragen, wofür allerdings nur eine geringe Wahrscheinlichkeit besteht. Acht der Betten sind für Fälle mit mehrfachen Frakturen hergerichtet worden, die anderen vier für Schädel- und Unterkieferbrüche mit eventuell verbundener Beeinträchtigung der Gehirnfunktionen, was eine Unterstützung von Herz und Atmung erforderlich machen könnte. Selbstformende Schienen, Hilfsmittel zur Ruhigstellung der Patienten und Medikamente, die allesamt für die DBDG-Klassifikation geeignet sind, stehen jederzeit bereit. Aber wann können wir eigentlich den Inhalt von O'Maras Band erfahren, Doktor?«

»Ich hoffe bald«, antwortete Conway. »Zwar besitze ich nicht die empathischen Fähigkeiten von Doktor Prilicla, aber auch so bin ich mir sicher, daß unser Captain nicht gerade erfreut wäre, wenn wir die genaueren Einzelheiten unseres Einsatzes ohne ihn erfahren und besprechen würden.«

»Das stimmt allerdings, mein Freund«, sagte Prilicla.

»Trotzdem kann die Verbindung aus Beobachtung, Schlußfolgerung und Erfahrung auch einer nichtempathischen Spezies in vielen Fällen die Fähigkeit verleihen, emotionale Ausstrahlung wahrzunehmen oder richtig zu deuten.«

»Offensichtlich«, stimmte Naydrad ihm zu. »Aber wenn niemand mehr etwas Wichtiges zu sagen hat, werde ich mich jetzt schlafen legen.«

»Und ich werde mein Gesicht an eine Sichtluke pressen und hinausschauen«, sagte Murchison. »Es muß schon wenigstens drei Jahre her sein, seit ich das letztemal die Möglichkeit hatte, das Hospital von außen zu sehen.«

Während sich die kelgianische Oberschwester zu einem pelzigen Fragezeichen auf einem der Betten zusammenrollte, gingen Murchison, Prilicla und Conway zu einer Sichtluke, die im Augenblick allerdings nur den Blick auf völlig konturlose Metallverkleidungen und den perspektivisch verkürzten Zylinder von einem der hydraulischen Dockauslegern freigab. Doch während sie hinausblickten, nahmen sie eine Reihe leichter Erschütterungen wahr, die durch die Schiffsstruktur übertragen wurden. Die Außenwand des Hospitals begann sich jetzt von ihnen zu entfernen, und der Dockausleger verkürzte sich perspektivisch noch mehr, als er stoßfrei zu voller Länge ausfuhr und das Schiff ausklinkte und gleichzeitig sanft abstieß.

Die Entfernung wuchs und ließ immer mehr Einzelheiten in das Gesichtsfeld der Luke treten: die Besatzungsschleusen und Ausrüstungsverladeröhren, die bereits wieder in ihre Gehäuse eingezogen waren; die blinkenden oder ständig brennenden Lande- und Dockbaken; eine Reihe von Luken, die von der typisch grüngelben Beleuchtung der illensanischen Chloratmer erhellt waren, und eine große Versorgungsfähre, die sich einem Dockausleger näherte.

Als die *Rhabwar* Schub gab, entfaltete und drehte

sich das gesamte Bild in der Sichtluke plötzlich von oben nach unten. Es war ein sanftes, behutsames Manöver, das das Schiff auf einen Spiralkurs brachte, der es durch den Nahverkehr des Hospitals zu einer Entfernung führen sollte, in der man vollen Schub geben konnte, ohne andere Schiffe im Gebiet zu gefährden oder die Temperatur der Außenwand des Hospitals zu erhöhen — ein Vorfall, der weit mehr als eine Gefährdung darstellen würde, wenn sich hinter solch einer zeitweilig heißen Stelle eine Station befand, die mit zerbrechlichen, kristallinen und extrem kalten Methanatmern belegt war. Das Bild schrumpfte weiter zusammen, bis das ganze gigantische Hospitalgebäude von der Luke umrahmt war, und drehte sich langsam, während das Schiff sich auf seinem Spiralkurs entfernte. Dann gab Fletcher Schub, und das Hospital verschwand achtern außer Sichtweite.

Mit dem Verschwinden des hellerleuchteten Hospitals kehrte allmählich ihr Nachtsehvermögen zurück, und sie blickten schweigend hinaus. Die Stille wurde nur von den zischenden Geräuschen der schlafenden Kelgianerin unterbrochen, während außerhalb der Luke in der schier undurchdringlichen Dunkelheit die ersten Sterne auftauchten.

Der Lautsprecher auf dem Unfalldeck knackte und brummte, dann räusperte sich eine Stimme und sagte: »Hier Kontrollraum. Wir setzen den Schub mit einem Ge fort, bis wir die Sprungdistanz erreicht haben, was in exakt sechsundvierzig Minuten der Fall sein wird. Während dieser Zeitspanne werden die künstlichen Schwerkraftgitter auf allen Decks wegen eines allgemeinen Systemchecks und zu Inspektionszwecken deaktiviert. Jeder ET an Bord, der spezielle Gravitationswerte benötigt, überprüft und aktiviert bitte seine persönliche Ausrüstung.«

Conway fragte sich, warum der Captain die Sprungdistanz nicht mit vollem Schub zurücklegte und statt dessen mit einem Ge herumbummelte. Zweifellos durfte er nicht zu nahe am Hospital in den Hyperraum eintauchen, weil die Erzeugung schon eines kleinen künstlichen Universums, das erst das Fliegen mit Überlichtgeschwindigkeit ermöglichte und die Masse eines Schiffs umschließen konnte, weit mehr als nur eine geringfügige Belästigung oder Störung des Orbit Hospitals darstellen würde. Ein solches künstliches Universum konnte hier sämtliche Kommunikations- und Kontrolleinrichtungen zerstören, was sowohl für die Patienten als auch für das Personal fatale Folgen gehabt hätte. Doch andererseits schien es Fletcher auch nicht sonderlich eilig zu haben, obwohl es sich immerhin um einen Notruf handelte.

War Fletcher mit seinem neuen Schiff vielleicht übervorsichtig, fragte sich Conway, oder flog er nur vorsichtig, weil der Notruf gekommen war, noch ehe das Schiff auf einen solchen Einsatz gänzlich vorbereitet war?

Conways Unruhe verursachte beim Cinrussker zwar leichtes Zittern, aber Prilicla sagte bloß: »Ich überprüfe meine Schwerkraftneutralisatoren sowieso jede Stunde, weil ich sonst schon seit langem nicht mehr als lebendes und denkendes Wesen existieren würde. Aber es ist wirklich nett vom Captain, sich um meine Sicherheit zu sorgen. Er scheint ein tüchtiger Offizier zu sein und ein Wesen, dem wir vollkommen vertrauen können, was die Arbeiten auf dem Schiff betrifft.«

»Einen Moment lang war ich wirklich ein wenig beunruhigt«, gab Conway zu und lachte über den ungeschickten Beruhigungsversuch des Empathen. »Aber woher wußten Sie, daß ich mir um das Schiff Sorgen gemacht hab? Sind Sie jetzt zusätzlich auch noch zum Telepathen geworden?«

»Nein, mein Freund«, antwortete Prilicla. »Zu dem Zeitpunkt als ich Ihr Gefühl wahrgenommen hab, war bereits auch mir unser irgendwie recht gemächlicher

Abflug aufgefallen, und ich hab mich gefragt, ob der Captain oder das Schiff selbst so langsam Fahrt machen.«

»Genies haben eben häufig nicht nur dieselben Gedanken, sondern auch dieselben Sorgen«, sagte Murchison und wandte sich lächelnd von der Sichtluke ab. »Ich hab so einen Hunger, daß ich ein ganzes Pferd verschlingen könnte«, fügte sie voller Inbrunst hinzu.

»Ich hab ebenfalls ein dringendes Bedürfnis nach Nahrung«, stimmte ihr Prilicla zu. »Aber was ist ein Pferd, Freundin Murchison? Würde es auch meinem Stoffwechsel bekommen?«

»Essen«, meldete sich Naydrad zu Wort, die gerade aufwachte.

Niemand brauchte extra zu erwähnen, daß sie, falls die Unfallopfer auf der *Tenelphi* ernsthaft verletzt sein sollten, nicht mehr allzuviel Zeit zum Essen haben würden. Außerdem war es sowieso immer eine gute Idee, etwas zu essen, wenn sich eine Gelegenheit dazu bot. Wie Conway darüber hinaus meinte, wurde man durch eine gute Mahlzeit auf andere Gedanken gebracht, wenigstens für eine Weile.

»Also gut, lassen Sie uns etwas essen«, stimmte er zu. Dann stand er auf und ging den anderen zum Hauptschacht voran, der die acht bewohnbaren Ebenen des Schiffs miteinander verband.

Als er auf der Verbindungsleiter gegen den Beschleunigungsdruck von einem Ge nach achtern kletterte, erinnerte sich Conway an die grafische Darstellung des Schiffsdeckgrundrisses, wie sie zuvor auf O'Maras Bildschirm projiziert worden war. Auf Ebene eins befand sich der Kontrollraum, auf den Ebenen zwei und drei die Unterkünfte der Crew und der Ärzte, die weder sonderlich geräumig noch übermäßig großzügig mit Freizeiteinrichtungen ausgestattet waren, weil man damit rechnete, daß die Einsätze eines Ambulanzschiffs nur von kurzer Dauer waren. Auf Ebene vier befanden sich die Speise- und Aufenthaltsräume, und auf Ebene fünf wurden die nichtmedizinischen Gebrauchsgüter gelagert. Sechs und sieben stellten das Unfalldeck beziehungsweise die Station, und Ebene acht beherbergte die Geräte für die technische Versorgung. Zudem befand sich hinter Ebene acht ein massives Abschirmungsschott, weil dort die beiden Ebenen folgten, die man nicht ohne besonderen Schutzpanzer betreten konnte: Ebene neun mit dem Hyperraumantriebsgenerator und zehn mit den Treibstofftanks und den nukleargetriebenen Triebwerken.

Diese Triebwerke, die für den derzeitigen Antriebsschub sorgten, veranlaßten Conway, sehr vorsichtig zu klettern und die Sprossen sehr fest zu umklammern; denn den normalerweise schwerelosen Schacht jetzt hinunterzufallen konnte ihn sehr schnell vom Arzt zum Patienten machen oder, schlimmer noch, vom Leben zum Tod befördern. Murchison verhielt sich ebenfalls umsichtig, aber Naydrad, der es an Beinen nicht mangelte, mit denen sie die Sprossen umgreifen konnte, sträubte vor lauter Ungeduld ihr Fell. Prilicla, der den G-Gürtel benutzte, war schon vorausgeflogen, um das Essensangebot zu überprüfen.

»Die Auswahl scheint ziemlich begrenzt zu sein«, sagte er, als die anderen endlich angekommen waren, »aber ich glaube, die Qualität ist besser, als wir es vom Hospital her gewohnt sind.«

»Schlechter als dort kann es ja auch gar nicht mehr sein«, entgegnete Naydrad schnippisch.

Conway nahm eine größere Operation an einem Steak vor, und auch seine Tischgenossen hatten mit ihren Mündern alles andere im Sinn, als zu reden. Plötzlich tauchten vom darüberliegenden Deck zwei grünuniformierte Beine auf, Ihnen folgte der dazugehörige Rumpf und schließlich waren die Gesichtszüge von Captain Fletcher zu erkennen.

»Haben Sie etwas dagegen, wenn ich mich zu Ihnen

setze?« fragte er etwas steif. »Ich denke, wir sollten uns das Material der *Tenelphi* so bald wie möglich anhören.«

»Überhaupt nichts«, antwortete Conway in demselben formalen Ton. »Nehmen Sie bitte Platz, Captain.«

Wie Conway wußte, aß ein Schiffskommandant des Monitorkorps normalerweise in der Abgeschiedenheit seiner Kabine; das war eins der ungeschriebenen Gesetze an Bord. Die *Rhabwar* war Fletchers erstes Schiff als Captain, und es war zugleich sein erster Arbeitseinsatz als Kommandant, und schon brach er eine dieser eisernen Regeln, indem er zusammen mit Besatzungsmitgliedern eine Mahlzeit einnahm, die noch nicht einmal dem Monitorkorps angehörten. Doch als der Captain sein Essen aus dem Spender zog, war es offensichtlich, daß er sich äußerste Mühe geben mußte, um entspannt und freundlich zu wirken — tatsächlich kostete es ihn sogar derart viel Anstrengung, daß Priliclas zuvor konstantes Schweben am Tisch zunehmend unruhiger wurde.

Murchison lächelte den Captain an und sagte: »Doktor Prilicla weist uns immer wieder gern darauf hin, daß das Essen während des Flugs nicht nur die cinrusskische Verdauung fördert, sondern zudem noch die Suppen aller Umsitzenden angenehm kühlt.«

»Falls Sie sich durch meine Methode der Nahrungsaufnahme belästigt fühlen sollten, Freund Fletcher«, sagte Prilicla schüchtern, »so bin ich durchaus in der Lage, auch in ruhender Stellung zu essen.«

»Das ... ehm ... stört mich überhaupt nicht, Doktor«, antwortete Fletcher mit einem leicht verkniffenen Lächeln. »Ich glaube, man könnte meine Empfindungen, die ich bei Ihrem Anblick hege, eher als ein Gefühl der Faszination beschreiben. Aber würde es sich vielleicht negativ auf die Verdauung von einem der hier Anwesenden auswirken, wenn wir uns das Band schon jetzt anhören? Das Abspielen kann natürlich auch warten, bis Sie alle zu Ende gegessen haben ...«

»Fachsimpeln regt ebenfalls die Verdauung an«, merkte Conway in seiner typisch sachlichen Ausdrucksweise an. Dann legte er das Band ein, woraufhin O'Maras trockene, strenge Stimme den Raum erfüllte ...

Das Aufklärungsschiff des Monitorkorps *Tenelphi,* das zur Zeit mit vorläufigen Erkundungs- und Vermessungsarbeiten im galaktischen Sektor neun beschäftigt war, hatte es gleich dreimal hintereinander versäumt, die letzten Positionsberichte durchzugeben. Allerdings waren dem Monitorkorps sowohl die Koordinaten der Sternsysteme bekannt, die der *Tenelphi* zur Erforschung des Sektors zugewiesen worden waren, als auch die Reihenfolge, in der diese aufgesucht werden sollten. Und da das Schiff keine Notsignalbake ausgesetzt hatte, gab es keinen unmittelbaren Grund, sich über das Schicksal der *Tenelphi* Sorgen zu machen. Man nahm an, daß sich die Schwierigkeiten — wie schon in vielen anderen Fällen auch — lediglich als ein simpler Fehler im Kommunikationssystem herausstellen würden und nichts Dramatisches dahintersteckte.

Die Sternenaktivität in dieser Region lag weit über dem Durchschnitt, wodurch die Verständigung über Subraumfunk extrem erschwert wurde. Als wichtig erachtete Funksprüche — und sie mußten tatsächlich sehr wichtig sein, da sie das höchst eigenartige Medium, das der Hyperraum darstellte, nur unter sehr hohem Energieaufwand durchdringen konnten — wurden aufgezeichnet und so lange wiederholt gesendet, wie man es für notwendig und mit der Sicherheit vereinbar hielt; denn der Sendevorgang setzte schädliche Strahlung frei, die nicht wirksam abgeschirmt werden konnte, wenn man den Funkspruch über einen längeren Zeitraum ausstrahlte, besonders dann, wenn es sich um leicht gebaute Aufklärungsschiffe handelte. Die Folge war, daß man einen knappen, stark zusammengefaßten Funkspruch sendete. Da er allerdings durch stellare Interferenzen zerstückelt wurde, strahlte man ihn in Form von fünfzig oder mehr identischen, aber einzeln jeweils unlesbaren Mitteilungen aus, weil man hoffte, daß er so wieder zu einem Ganzen zusammengesetzt werden konnte. Einfache Positionsberichte hingegen waren kurz und deshalb sicher, und der Energieverbrauch war selbst für ein Aufklärungsschiff relativ gering.

Doch die *Tenelphi* hatte keinen Positionsbericht gesendet. Statt dessen war von ihr wiederholt eine Nachricht ausgestrahlt worden, deren Inhalt besagte, man habe ein großes Wrack entdeckt und sich ihm später genähert, da es sehr schnell auf die Sonne des Sternsystems zustürzte und in weniger als achtundzwanzig Tagen dort auftreffen würde. Keiner der Planeten des Systems bot die notwendigen Voraussetzungen für eventuell vorhandenes Leben, es sei denn, die betroffene Spezies gehörte einer exotischen Art an, die auf dickflüssigem Gestein unter einer kleinen, äußerst heißen Sonne gedeihen konnte. Deshalb war man zu der Annahme gekommen, daß es sich bei dem Eindringen des Schiffs in das Sternsystem eher um einen Zufall als um ein geplantes Vorhaben gehandelt haben mußte. Zwar waren auf dem Wrack noch geringe Energiereserven und mehrere Atmosphäreblasen verschiedener Dichte nachzuweisen, doch gab es keinerlei Anzeichen von Leben. Die Besatzung der *Tenelphi* wollte an Bord gehen, um vor Ort Nachforschungen anstellen zu können.

Trotz der mangelhaften Qualität des Funkspruchs konnte es keinen Zweifel darüber geben, welche Freude der Funkoffizier der *Tenelphi* beim Übermitteln dieser Nachricht empfunden haben mußte, da es sich für die Besatzung um eine höchst willkommene Unterbrechung der ansonsten so eintönigen Vermessungsarbeiten handelte.

»... vielleicht haben die in ihrer Aufregung ganz einfach nur vergessen, einen Positionsbericht mitzusenden«, fuhr O'Maras Stimme fort, »oder man glaubte, der Zeitpunkt des Funkspruchs würde uns bei einem Vergleich mit dem Flugplan ihres Schiffs sowieso verraten, wo sie sich befanden. Jedenfalls war das die einzige Nachricht, die wir zusammenhängend empfangen haben. Drei Tage später gab es einen zweiten Funkspruch, diesmal nicht aufgezeichnet, sondern jedesmal in leicht veränderter Form vom Übersender direkt ins Mikrofon gesprochen. Er besagte, es habe eine schwere Kollision gegeben, das Schiff würde Druck verlieren und die Besatzung wäre außer Gefecht gesetzt worden. Er enthielt auch eine Art Warnung. Meiner fachmännischen Beurteilung nach wurde die Stimme allerdings nicht nur durch eintretende Funkstörungen im Subraum verzerrt, aber das können Sie ja später selbst entscheiden. Jedenfalls wurde zwei Stunden danach eine Notsignalbake ausgesetzt.

Ich hab eine Kopie des zweiten Funkspruchs auf dieses Band überspielen lassen, die Ihnen möglicherweise mehr Klarheit verschafft ... oder Sie nur noch mehr verwirrt«, fügte der Chefpsychologe trocken hinzu.

Im Gegensatz zum ersten Funkspruch war der zweite tatsächlich weitgehend unverständlich. Es war, als würde man einem gewaltigen Sturm zuhören, durch den sich eine Stimme im Flüsterton verständlich machen wollte, die zudem noch stark verzerrt war. Sie konzentrierten sich angespannt auf die im Hintergrund zu vernehmenden Wörter, während sie sich noch stärker anstrengten, die rasselnden Explosionen der interstellaren statischen Störungen zu überhören. Naydrads Fell geriet dabei vor Anstrengung in starre, wellenförmige Bewegungen, und Prilicla, der sowohl auf die Gefühle von jedem einzelnen als auch auf die Geräusche reagierte, gab seinen Versuch zu schweben auf und ließ sich zitternd auf den Tisch nieder.

»... Ahnung, ob dies ... hier herauskommen oder ... Besatzung nicht in der La ... Kollision mit dem Wrack und ... kann nicht ... Notsignalba ... sie von innen anschalten ... manuell ... wir können aber nicht annehmen ... Unsinn der Spezialisierung, wenn man ... wenn der Funkspruch gesendet wird ... Warnung für den Fall ... auf Kollisionskurs ... Innendruckabfall ... kann nichts dagegen tun, weder ... wie man die Bake von hier drinnen bedient ... setze sie manuell vom ... elle Warnung für den Fall ... schuhe zu steif, um ... durcheinander und hab nicht viel Zeit ... einzige Chance ist ... neikasten ... Wrack ist nah ... extra Satz Behälter ... mein Spezialgebiet ... schiff *Tenelphi* hatte Kollision mit ... Besatzung wegen Druckabfall außer Gefecht ...«

Die Stimme sprach noch einige Minuten weiter, doch die Wörter gingen in einem explosionsartigen Ausbruch statischer Störungen völlig unter, und kurz danach war das Band zu Ende. Für eine Weile herrschte eine angenehme Ruhe, während der sich Naydrads Fell wieder beruhigte und Prilicla an die Decke flog. Schließlich unterbrach Conway die Stille.

»Das Wesentliche der Nachricht scheint mir zu sein, daß sich der Übersender nicht sicher war, ob der Funkspruch überhaupt übertragen wurde«, sagte er nachdenklich. »Was möglicherweise daran lag, daß er nicht der Funkoffizier war und nichts von dem Gerät verstand, das er benutzte. Vielleicht hat er aber auch geglaubt, die Subraumfunkantenne wäre bei der Kollision beschädigt worden, die anscheinend den Rest der Besatzung außer Gefecht gesetzt hatte. Er selbst schien nicht in der Lage, den anderen helfen zu können, der Druck fiel ab, und wegen der Konstruktionsschäden konnte er die Notsignalbake auch nicht vom Innern des Schiffs aussetzen. Er mußte deren Zeitschalter einstellen und sie mit den Händen vom Schiff abstoßen.

Sein Zweifel, ob der Funkspruch auch ausgestrahlt wurde, und seine Bemerkung bezüglich des Unsinns der Spezialisierung deuten darauf hin, daß er nicht der Funkoffizier ist und auch nicht der Captain, der ausreichende Kenntnisse über die Funktionsweise der wichtigsten Geräte auf dem Schiff haben müßte. Das Satzbruchstück ›... schuhe zu steif‹ könnte bedeuten ›die Handschuhe sind zu steif‹, nämlich um bestimmte Bedienungselemente zu betätigen oder Anzugverschlüsse zu öffnen. Und wegen des Innendruckabfalls im Schiff fürchtete er sich vielleicht, seinen schweren Raumanzug gegen einen leichten mit dünneren Handschuhen zu wechseln. Was eine ›... elle Warnung‹ oder ein ›... neikasten‹ sind, kann ich mir überhaupt nicht vorstellen. Zudem war die Verzerrung sowieso so stark, daß diese Wortfetzen möglicherweise nur Annäherungen an die Wörter darstellen, die er wirklich benutzt hat.« Conway blickte in die Runde und fügte hinzu: »Vielleicht finden Sie ja noch etwas heraus, das ich übersehen hab. Soll ich es noch einmal vorspielen?«

Sie hörten sich das Band immer wieder von vorn an, bis Naydrad Conway in ihrer direkten Art sagte, er verschwende nur ihre Zeit.

»Wir würden wissen, wieviel Glauben wir der grundsätzlichen Aussage des Funkspruchs schenken können«, entgegnete Conway unbeeindruckt, »wenn uns bekannt wäre, welcher Offizier ihn gesendet hat, und warum er als einziges Mitglied der Crew während der Kollision einer ernsthaften Verletzung entgangen ist. Und es gibt noch einen zweiten Punkt: Einmal sagt er, die Besatzung sei nicht in der Lage, etwas zu tun, und später beschreibt er sie als außer Gefecht gesetzt, also nicht nur als verwundet oder verletzt. Wegen dieser Wortwahl frage ich mich, ob er der medizinische Offizier an Bord ist. Dagegen spricht allerdings, daß er weder das Ausmaß ihrer Verletzungen beschrieben, noch viel getan hat, um den anderen zu helfen, außer den Funkspruch zu senden.«

Naydrad, die Hospitalexpertin für das Vorgehen bei Schiffsbergungen, erzeugte Töne wie ein gedämpftes Nebelhorn, die in der Übersetzung lauteten: »Ungeachtet seiner Funktion auf dem Schiff gibt es nicht viel, was irgendein Offizier für Unfallopfer mit Frakturen und Dekompressionskrankheiten tun kann, erst recht nicht, wenn alle in geschlossenen Anzügen stecken oder der Offizier selbst leicht verletzt ist. Und was den für mich nur geringen Unterschied zwischen den Ausdrücken ›außer Gefecht gesetzt‹ und ›verletzt‹ betrifft, so finde ich, wir verschwenden nur Zeit, wenn wir darüber diskutieren. Es sei denn, der Translationscomputer des Schiffs weist bezüglich der Programmierung der kelgianischen Sprache gravierende Mängel auf ...«

Aufgrund der nicht ganz ernst gemeinten Unterstellung Naydrads, daß auch nur irgend etwas mit seinem Schiff oder dessen Ausrüstung nicht stimmen könnte, war der Captain sichtlich beleidigt, und er entgegnete in frostigem Ton: »Werte Oberschwester! Das hier ist zwar nicht das Hospital im Sektor zwölf, wo der Translationscomputer drei komplette Ebenen einnimmt und für mehr als sechstausend Individuen gleichzeitig Übersetzungen vornehmen kann. Der Computer der *Rhabwar* ist so programmiert, daß er nur die Sprachen des Schiffspersonals und die der anderen drei am weitesten verbreiteten Sprachen in der Föderation abdeckt — nämlich Tralthanisch, Illensanisch und Melfanisch. Er ist gründlich getestet worden und führt seine Aufgaben ohne Doppeldeutigkeiten aus, so daß jede falsche Auslegung ...«

»... zweifellos am Funkspruch selbst und nicht an der Übersetzung liegt«, warf Conway rasch ein. »Trotzdem würde mich immer noch interessieren, wer den Funkspruch eigentlich gesendet hat. Wer ist dieses Besatzungsmitglied, das die Ausdrücke ›nicht in der Lage‹ und ›außer Gefecht‹ an Stelle von ›verwundet‹ oder ›verletzt‹ gebraucht hat? Warum konnte dieser Offizier nichts tun? Weil er verwirrt war oder keine Zeit hatte und durch seine Handschuhe behindert wurde ...? Ach, Mist! Er hätte uns doch wenigstens *irgend etwas* über den physischen Zustand der Verunglückten erzählen können, damit wir wissen, was wir zu erwarten haben!«

Fletcher entspannte sich wieder und sagte nachdenklich: »Ich frage mich, warum er von vornherein einen Raumanzug anhatte. Wenn das Schiff dicht am Wrack manövrierte und aus welchem Grund auch immer mit ihm kollidierte, dann würde man so etwas nicht erwarten. Was ich damit sagen will, ist, daß die Besatzung normalerweise während eines solchen Manövers keine Raumanzüge tragen würde. Aber wenn welche getragen wurden, dann hat man offensichtlich mit Problemen gerechnet.«

»Sie meinen, Probleme mit dem Wrack?« fragte Murchison leise.

Es trat ein langes Schweigen ein, das erst vom Captain unterbrochen wurde. »Das ist ziemlich unwahrscheinlich, falls es sich wirklich um ein Wrack handelte. Zudem gibt es keinen Grund, den ursprünglichen Lagebericht der *Tenelphi* anzuzweifeln. Wenn die Besatzung tatsächlich mit keinerlei Problemen gerechnet hat, dann landen wir wieder bei diesem Offizier. Dabei muß es sich zwar nicht unbedingt um den Schiffsarzt handeln, aber zumindest scheint er in der Lage gewesen zu sein, sich selbst einen Raumanzug anzulegen und den anderen vielleicht in ihre zu helfen ...«

»Ohne aber dabei die Verletzungen der anderen Besatzungsmitglieder noch zu verschlimmern?« fragte Naydrad.

»Ich kann Ihnen versichern, daß die Mannschaften des Monitorkorps dafür ausgebildet sind, in solchen Situationen richtig zu reagieren«, entgegnete Fletcher leicht aufgebracht.

Als Reaktion auf die wachsende Verärgerung des Captains über die durchscheinende Kritik an einem seiner Offizierskameraden mischte sich nun Prilicla in das Gespräch ein. »In der unvollständigen Meldung, die wir empfangen haben, wurden keinerlei Verletzungen erwähnt. Folglich scheint es durchaus möglich, daß der Konstruktion und der technischen Ausrüstung des Aufklärungsschiffs weit größerer Schaden zugefügt worden ist als der Besatzung selbst. ›Außer Gefecht gesetzt‹ ist kein besonders drastischer Ausdruck. Vielleicht werden wir sogar feststellen müssen, daß es für uns dort gar nichts zu tun gibt.«

Obwohl Conway den Versuch des kleinen Empathen, den Zank zwischen Naydrad und dem überempfindlichen Captain zu beenden, zu schätzen wußte, hielt er Priliclas Einschätzung der Lage doch für viel zu optimistisch. Bevor allerdings irgend jemand etwas dazu sagen konnte, gab es eine Unterbrechung.

»Kontrollraum an Captain. Sprung in sieben Minuten, Sir.«

Fletcher betrachtete einen Moment lang seine nur halb beendete Mahlzeit. Dann stand er auf und sagte verlegen: »Wissen Sie, eigentlich besteht keine wirkliche Notwendigkeit für mich, nach oben zu gehen. Wir haben uns reichlich Zeit genommen, die Sprungdistanz zu erreichen, um sicherzustellen, daß das Schiff voll einsatzfähig ist. Nun, das ist es, und zwar in jeder Hinsicht.« Er stieß ein kurzes, gezwungenes Lachen aus und fügte dann hinzu: »Aber das Problem mit einer guten Mannschaft ist, daß sie einem Vorgesetzten manchmal das Gefühl gibt, überflüssig zu sein ...«

Als Fletchers Beine nach oben im Schacht verschwanden, dachte Conway, daß sich der Captain wirklich sehr bemühte, menschlich zu erscheinen.

Kurze Zeit später vollzog das Schiff den Übergang in den Hyperraum, aus dem es nach etwas weniger als sechs Stunden wieder auftauchte. Da die *Rhabwar* das Orbit Hospital am Ende der Arbeitsschicht des medizinischen Personals verlassen hatte, war die Zwischenzeit von allen dazu genutzt worden, den dringend erforderlichen Schlaf nachzuholen. Allerdings war dieser etliche Male unterbrochen worden, sobald der Captain einige von ihm für wichtig gehaltene Bruchstücke der Unterhaltung aus dem Kontrollraum über die Lautsprecheranlage des Schiffs übertragen hatte. Offensichtlich versuchte er auf diese Weise lediglich, das medizinische Personal über jeden Abschnitt des Vorgehens vollständig zu informieren. Hätte er allerdings die Reaktion der medizinischen Mitarbeiter auf das wiederholte Aufwekken ahnen können, wäre er von dieser Idee sicherlich schnell abgekommen — schließlich handelte es sich um Informationen, die für sie entweder technisch zu spezialisiert oder einfach zu elementar waren. Dann kam plötzlich eine Durchsage aus dem Kontrollraum, die alle weiteren Hoffnungen auf Schlaf für längere Zeit begrub.

»Wir haben Kontakt, Sir! Zwei Echobilder, ein großes und ein kleines. Entfernung zwei Komma sechs Millionen Kilometer. Das kleine Echobild entspricht der Masse und den Dimensionen der *Tenelphi.*«

»Astronavigation?«

»Sir. Bei maximalem Schub können wir Kurs, Geschwindigkeit und Position in zwei Stunden siebzehn Minuten angleichen.«

»Sehr gut, das werden wir machen. Maschinenraum?«

»In Bereitschaft, Sir.«

»Vier Ge Schub in dreißig Sekunden, Mister Chen. Dodds, geben Sie Haslam ihre Kurswerte. Und Chefarzt Conway möge sich bitte so bald wie möglich im Kontrollraum melden.«

Da die physiologische Klassifikation der Verunglückten und die ungefähre Art ihrer Verletzungen bereits bekannt war, hatte man sich dafür entschieden, daß Captain Fletcher auf der *Rhabwar* blieb, während Conway und die anderen Korpsoffiziere an Bord der *Tenelphi* gingen, um die Lage zu sondieren. Murchison, Prilicla und Naydrad hielten sich auf dem Unfalldeck bereit, um die Verwundeten zu behandeln, sobald man welche einliefern würde. Da die Unfallopfer und das Ärzteteam dieselben atmosphärischen Bedingungen benötigten, erwartete man, daß die Untersuchungen und vorläufigen Behandlungen nur von kurzer Dauer sein würden und die *Rhabwar* noch zur selben Stunde zum Hospital zurückfliegen könnte.

Den Raumanzug bis auf das geöffnete Helmvisier versiegelt, saß Conway im Kontrollraum auf dem Platz für außerplanmäßige Besucher und sah, wie die Darstellung der *Tenelphi* auf dem Bildschirm des Captain größer wurde. Zu beiden Seiten von Fletcher saßen Haslam und Dodds auf den Plätzen des Funkers beziehungsweise des Astronavigators und steckten ebenfalls in Raumanzügen. Sie hatten sich lediglich die Handschuhe ausgezogen, um sich so die Bedienung der Steuerpulte zu erleichtern. Die drei Offiziere murmelten miteinander in unverständlichem Fachchinesisch und wechselten gelegentlich ein paar Worte mit Chen, der sich achtern im Maschinenraum befand.

Die Darstellung des verunglückten Schiffs wurde stetig größer, bis sie über den Bildschirmrand hinausging. Dann wurde die Vergrößerung schrittweise verringert, und plötzlich war das Schiff wieder klein: es wirkte wie die glänzende, silberne Gestalt einer Zigarre, die in der Dunkelheit hin- und herrollte, und drei Kilometer dahinter befand sich der riesige, runde Körper des Wracks, das sich langsam wie ein verbeulter Metallmond drehte.

Im Augenblick schenkte dem Wrack allerdings niemand Beachtung, genausowenig wie Conway, der, nur um die anderen auf seine Gegenwart aufmerksam zu machen, sagte: »Die *Tenelphi* scheint nicht sonderlich beschädigt worden zu sein, nicht wahr?«

Zwar wurde er noch immer von niemandem beachtet, doch wurde seine Frage trotzdem beantwortet, indem sich die anderen miteinander unterhielten.

»Offensichtlich kein Frontalzusammenstoß«, stellte Fletcher fest. »Am Bug sind schwere Schäden entstanden, aber ich glaube, am meisten sind die Antennen und Sensoren in Mitleidenschaft gezogen worden, als die *Tenelphi* erst gegen das Wrack gestoßen und dann an ihm entlanggeschlittert ist. Wegen des vorherrschenden Dunstes kann ich allerdings nicht das gesamte Ausmaß der Schäden erkennen. Sie verliert immer noch eine Menge Luft.«

»Was aber durchaus bedeuten könnte, daß sie noch immer eine beträchtliche Menge Luft zu verlieren hat, Sir«, sagte Dodds. »Fronttraktor- und -pressorstrahlen sind bereit.«

»Gut, drosseln Sie die Rotation und das Drudeln des Schiffs«, befahl der Captain »Aber sanft. Der Rumpf wird an Stabilität verloren haben, und wir wollen ihn nicht auseinanderbrechen. Vielleicht tragen die an Bord keine Anzüge ...«

Er ließ den Satz unbeendet, während sich Dodds starr über sein Pult beugte. Der Astronavigator konzentrierte sich mit aller Anstrengung auf seine Fingerspitzen, als er die immateriellen kegelförmigen Felder der Pressor- und Traktorstrahlen auf den Rumpf des havarierten Schiffs richtete und die *Tenelphi* neben der *Rhabwar* sanft und langsam zum Stillstand brachte. Auch in der Ruhelage waren Bug und Heck der *Tenelphi* noch immer von einem Dunstschleier entweichender Luft verhüllt, doch mittschiffs schien die Rumpfkonstruktion unversehrt geblieben zu sein.

»Sir«, meldete Haslam aufgeregt. »Die Mittschiffsschleuse ist unbeschädigt. Ich glaube, wir können andocken und ... und an Bord gehen!«

... und die Verletzten in einem Bruchteil der Zeit evakuieren, die wir für einen Transport durch den freien Raum benötigt hätten, dachte Conway erleichtert. Für diejenigen, die bis jetzt hatten überleben können, war die medizinische Behandlung nun nur noch wenige Minuten ent-

fernt. Während er aufstand, verschloß und versiegelte er das Visier an seinem Helm.

»Ich werde das Andocken selbst durchführen«, sagte Fletcher nachdrücklich. »Sie beide gehen mit dem Doktor. Chen, Sie rühren sich nicht vom Fleck, bis Sie gerufen werden.«

Während sie in ihrer eigenen Mittschiffsschleuse standen, deren Innenluke hinter ihnen bereits geschlossen war, spürten sie die leichte Erschütterung der *Rhabwar,* als das Schiff Kontakt mit der *Tenelphi* herstellte. Dodds aktivierte die Außenluke, die zunächst langsam nach innen aufschwang und dann die nur wenige Zentimeter entfernte Außenfläche eines identischen Schotts enthüllte. In der Mitte der Luke der *Tenelphi* befand sich ein großer unregelmäßiger Fleck, anscheinend aus Farbe oder Öl, der schwarz und braun gesprenkelt war. Die Masse sah zerfurcht und blasig aus.

»Was ist das für ein Zeug?« fragte Conway.

»Ich hab keine Ahnung ...«, antwortete Haslam und streckte die Hand aus, um es zu berühren. Seine Finger hinterließen gelbliche Flecke, und an seinen Handschuhen blieb etwas von der Masse kleben. Schnell fügte er hinzu: »Es ist Schmiermittel, Doktor. Ich hab mich zuerst von der dunklen Farbe täuschen lassen. Meiner Meinung nach hat die Hitze der Bake das meiste weggeschmolzen und abgebrannt, und deshalb sieht der Rest so aus.«

»Schmiermittel also«, sagte Conway nachdenklich. »Und wie kommt es, daß irgendein Schmiermittel über die Außenhaut verteilt wird?«

Haslam klang ungeduldig, als er antwortete: »Wahrscheinlich hat sich während des Zusammenstoßes einer der Vorratskanister losgerissen und ist gegen die Luke geschleudert worden. An dem einen Ende eines solchen Kanisters ist ein Druckventil angebracht, das automatisch mehrere Gramm Schmiermittel ausgibt, wenn der Kanister mit ausreichender Kraft zusammengedrückt wird. Falls Sie sich dafür interessieren, Doktor, kann ich Ihnen später einen zeigen. Treten Sie bitte zurück, ich werde jetzt öffnen.«

Die Luke schwang auf, und Haslam, Conway und Dodds betraten die Schleusenkammer der *Tenelphi.* Haslam überprüfte die Kontrollinstrumente, während Dodds die Außenluke schloß. Der Innendruck des Schiffs war zwar gefährlich niedrig, für eine gesunde Person in guter körperlicher Verfassung jedoch keinesfalls tödlich. Was er allerdings bei einem ungeschützten Unfallopfer bewirken konnte, das sich womöglich in einem Schockzustand befand und an Auswirkungen der Dekompressionskrankheit litt, die den Blutverlust selbst bei nur oberflächlichen Schnitt- und Rißwunden beschleunigte, war eine ganz andere Sache. Plötzlich öffnete sich die Innenluke, wegen des Druckunterschieds blähten sich ihre Anzüge knirschend auf, und sie begaben sich schnell in das Schiffsinnere.

»Das glaube ich einfach nicht!« rief Haslam entsetzt.

Die Schleusenvorkammer war mit Gestalten in Raumanzügen überfüllt, die frei an den Enden von Seilen oder Gurten umhertrieben, die an Ausrüstungshalterungen oder an anderen geeigneten Befestigungspunkten festgebunden waren. Das Notbeleuchtungssystem funktionierte noch, und es war ausreichend hell, um alle Einzelheiten der Gestalten erkennen zu können. So waren jedem Mann die Beine zusammengebunden und die Arme fest an den Seiten gefesselt worden. Zudem trug jeder zusätzliche Sauerstoffbehälter auf dem Rücken. Da alle ausschließlich schwere Raumanzüge aus sehr strapazierfähigem Material trugen, konnten die festen Gurte die darunterliegenden Gliedmaßen und Körperteile weder einschnüren, noch auf eventuell erlittene Wunden drücken. Überall wurden die Helmvisiere durch die fast undurchsichtigen Sonnenfilter verdeckt.

Conway drängte sich vorsichtig zwischen zwei der

schwebenden Gestalten, und hielt einen der Körper fest. Vorsichtig schob er den Sonnenfilter am Helm des Schiffbrüchigen zurück. Zwar war die Innenseite des Visiers stark beschlagen, doch konnte er ein Gesicht erkennen, das übermäßig rot angelaufen war. Die Augen wurden bei den ersten eindringenden Lichtstrahlen sofort krampfartig zusammengekniffen. Er schob den Filter weiterer Unfallopfer zurück, stets mit demselben Resultat.

»Losbinden und sofort aufs Unfalldeck bringen!« befahl Conway. »Lassen Sie die Arm- und Beinfesseln erst einmal dran. So sind sie einfacher zu bewegen, und zudem stützen die Riemen eventuell gebrochene Gliedmaßen. Das ist doch nicht die komplette Crew, oder?«

Natürlich war das keine wirkliche Frage, denn irgend jemand mußte die Opfer ja zusammengebunden und für eine schnelle Evakuierung zur Luftschleuse der *Tenelphi* gebracht haben.

»Hier sind neun, Doktor«, antwortete Haslam nach einer schnellen Zählung. »Ein Besatzungsmitglied fehlt. Soll ich nach ihm suchen?«

»Jetzt nicht«, entgegnete Conway und dachte, daß sich der noch fehlende Offizier sehr umsichtig verhalten hatte: So hatte er zunächst eine Nachricht per Subraumfunk gesendet, dann eine Notsignalbake ausgesetzt, als der automatische Auslösungsmechanismus versagt hatte oder er ihn nicht hatte bedienen können, und schließlich hatte er seine Kameraden von ihren Posten aus den verschiedenen Teilen des Schiffs bis hierher zur Schleusenvorkammer gebracht. Es war nicht auszuschließen, daß er sich während dieser Aktionen seinen Raumanzug beschädigt hatte und notgedrungen irgendwo einen luftdichten Abschnitt aufsuchen mußte, um dort auf seine Rettung zu warten.

Conway schwor sich, daß der Mann, der all diese Dinge vollbracht hatte, auch gerettet werden mußte!

Während er Haslam und Dodds half, die ersten Verletzten zur *Rhabwar* hinüberzubringen, beschrieb Conway per Funk dem medizinischen Personal auf dem Unfalldeck und dem Captain die Lage. Dann fragte er noch: »Prilicla, sind Sie dort drüben ein paar Minuten lang zu entbehren?«

»Ohne weiteres, mein Freund«, antwortete der kleine Empath. »Meine Muskulatur ist sowieso nicht kräftig genug, um bei der Behandlung von DBDG-Verletzten direkt zur Hand zu gehen, und meine Hilfe ist von daher eher moralischer als medizinischer Art.«

»Sehr gut«, entgegnete Conway. »Unser Problem ist ein fehlendes Besatzungsmitglied, das vielleicht verletzt ist, möglicherweise eben aber auch nicht. Wahrscheinlich hat die betreffende Person in einer luftdichten Kammer Schutz gesucht. Würden Sie ihren Aufenthaltsort bestimmen, damit wir keine Zeit mit der Durchsuchung des havarierten Schiffs vergeuden? Tragen Sie eine Druckhülle?«

»Ja, mein Freund«, erwiderte Prilicla. »Ich komme sofort.«

Es dauerte beinahe fünfzehn Minuten, bis die Unfallopfer von der *Tenelphi* in das Ambulanzschiff überführt waren. Zu diesem Zeitpunkt schwebte Prilicla entlang der Außenhaut des Schiffsrumpfs hin und her, um zu versuchen, die emotionale Ausstrahlung des fehlenden Besatzungsmitglieds aufzuspüren. Conway blieb im Innern des havarierten Schiffs und bemühte sich, seine Ungeduld und Sorge unter Kontrolle zu halten, um den Cinrussker nicht abzulenken.

Falls sich noch irgend etwas Lebendiges an Bord der *Tenelphi* befand, dann würde es Prilicla mit seinen empathischen Fähigkeiten entdecken, selbst wenn es tief bewußtlos war oder bereits im Sterben lag.

»Nichts, mein Freund«, berichtete Prilicla nach zwanzig schier endlos dauernden Minuten. »Die einzige emotionale Strahlungsquelle im havarierten Schiff sind Sie selbst.«

Conways unwillkürliche Reaktion äußerte sich in einer Art Mischung aus Zorn und Zweifel, woraufhin Prilicla antwortete: »Es tut mir leid, mein Freund. Wenn das Lebewesen immer noch in dem Schiff ist, dann ist es … ist es tot.«

Doch Conway gehörte nicht zu den Ärzten, die einen Patienten ohne triftigen Grund einfach aufgaben. »Captain, hier Conway«, sagte er ins Anzugmikrofon. »Es könnte doch sein, daß der Vermißte irgendwo hilflos im Raum treibt. Vielleicht hat er sich verletzt, oder sein Funkgerät im Anzug ist beim Aussetzen der Bake beschädigt worden.«

»Bedaure, Doktor«, antwortete Fletcher. »Wir haben gleich nach unserer Ankunft hier ein Radarscanning des gesamten Gebiets gemacht, für den Fall, daß sich der Mann aus Versehen selbst mit der Bake ausgesetzt hat. Es gibt da ein paar einzelne Wrackteile, von denen jedoch keins so groß wie ein Mensch ist. Aber ich werde ein weiteres Scanning vornehmen lassen, um absolut sicher zu sein.« Der Captain hielt kurz inne und fuhr dann fort: »Haslam, Dodds! Überprüfen Sie doch bitte die Erkennungsmarken und die Uniformabzeichen der Verletzten, sofern Sie dadurch nicht die ärztliche Behandlung dort unten behindern, und bringen Sie mir eine Liste. Schnell!

Chen, Sie werden die nächste Zeit im Maschinenraum nicht gebraucht werden. Versiegeln Sie das havarierte Schiff, und suchen Sie es so gründlich ab, wie es in der noch verbleibenden Zeit möglich ist. Denn erstens sollten die Verwundeten so schnell wie möglich ins Hospital gebracht werden, und zweitens könnten wir zusätzliche Probleme bekommen, weil wir uns der Sonne des Systems so sehr nähern, daß unsere eigene Sicherheit bald ernstlich gefährdet ist. Sie werden nach dem Körper des vermißten Offiziers suchen, nach Schiffspapieren, Bändern und nach allem, das vielleicht erklären könnte, was dort passiert ist. Am Schwarzen

Brett auf dem Freizeitdeck müßten Sie einen Dienstplan für die einzelnen Besatzungsmitglieder finden. Wenn wir diesen Plan mit der Verletztenliste vergleichen, werden wir sowohl die Identität des Vermißten als auch dessen Spezialgebiet feststellen können ...«

»Ich kenne sein Spezialgebiet«, mischte sich Conway plötzlich ein. Er dachte dabei an die höchst professionelle Art und Weise, auf welche der Vermißte die Verletzten zunächst bewegt hatte, sie dann wegen der Möglichkeit weiterer oder später womöglich selbst zugefügter Wunden ruhiggestellt hatte, um schließlich ihre Sauerstoffversorgung zu verlängern. Er dachte aber auch an sein amateurhaftes Vorgehen bei allen anderen Dingen. »Ich bin mir sicher, es handelt sich dabei um den Schiffsarzt«, fügte er hinzu.

Fletcher gab keine Antwort, und Conway begann, langsam in der Schleusenvorkammer der *Tenelphi* auf- und abzugehen. Er hatte das unbehagliche Gefühl, daß irgend etwas getan werden mußte, und zwar schnell. Was dieses ›Irgend etwas‹ sein sollte, war ihm allerdings selbst nicht klar. Es gab nichts Ungewöhnliches zu sehen, außer vielleicht eine Wandhalterung, die dafür vorgesehen war, drei zylindrische Kanister von ungefähr sechzig Zentimeter Länge zu tragen, in der jetzt allerdings nur noch zwei hingen. Durch eine nähere Untersuchung entdeckte Conway auf den Zylindern je ein Etikett mit der Angabe, daß die Kanister das Schmiermittel der Sorte GP10/5B enthielten, das für wichtige Auslösungsmechanismen und Steuerungsgestänge geeignet war, die regelmäßig oder ständig niedriger Temperatur und/oder Vakuumbedingungen ausgesetzt waren. Ein wenig ratlos und unzufrieden mit sich selbst — seine Arbeit wartete auf dem Unfalldeck und bestand nicht darin, hier seine Zeit zu verschwenden — kehrte er an Bord der *Rhabwar* zurück.

Dort wartete Lieutenant Chen darauf, die Schleuse zu betreten, die Conway gerade frei gemacht hatte. Er öffnete sein Visier, um mit dem Arzt sprechen zu können, ohne die Frequenz des Anzugfunks anpassen zu müssen, und fragte Conway, ob er auch vorne im beschädigten Bereich des havarierten Schiffs gewesen sei. Conway schüttelte den Kopf und ließ sein Visier geschlossen, was eine andere Möglichkeit der Kommunikation darstellte, ohne das Funkgerät im Anzug zu benutzen. Als er auf den Verbindungsschacht zuging, sah er kurz Haslam, der ein gefaltetes Blatt Papier zwischen den Zähnen trug, damit er beide Hände zum Klettern frei hatte, während er sich in Richtung Kontrollraum zog. Conway wartete, bis er vorbei war, dann stieg er selbst in den schwerelosen Schacht und zog sich nach hinten zum Unfalldeck.

Die Raumanzüge von zwei der neun Unfallopfer waren in kleinen Stücken abgeschnitten worden, um eventuell darunterliegende Verletzungen nicht zu verschlimmern. Murchison und Dodds zogen einen dritten Verletzten aus, ohne den Anzug zu zerschneiden, und Naydrad befreite gerade — ebenfalls auf normale Weise — einen vierten von seinem Anzug.

Ohne Conway Gelegenheit zu geben, die unausweichliche Frage zu stellen, sagte Murchison: »Laut Lieutenant Dodds sprechen alle Anzeichen dafür, daß diese Männer bereits luftdicht in ihren Raumanzügen eingeschlossen und fest an ihre Liegen geschnallt waren, *bevor* die Kollision stattfand. Anfangs hab ich diese Ansicht nicht geteilt. Aber dann haben wir die ersten beiden ausgezogen und keine Verletzungen gefunden, nicht einmal Prellungen ...! Und am Anzugstoff haben wir an den Stellen, die dem Sitz der Sicherheitsgurte entsprechen, Scheuerspuren entdeckt.

Dem Röntgenscanner fehlt zwar die Bildschärfe, wenn er einen Raumanzug durchdringen muß«, fuhr sie fort und hielt den Verletzten unter den Armen, um ihn zu stützen, während Dodds vorsichtig an den Beinen des Anzugs zog, »doch ist das Bild allemal deutlich genug, um Frakturen oder schwere innere Verletzungen zu erkennen, aber es gibt keine. Deshalb bin ich zu der Überzeugung gekommen, die Anzüge wegzuschneiden ist nur unnötige Zeitverschwendung ...«

»... und Verschwendung von wertvollem Diensteigentum«, fügte Dodds mit Nachdruck hinzu. Für einen raumfahrenden Offizier des Monitorkorps war ein Raumanzug weit mehr als nur ein Teil der Ausrüstung; er entsprach einem warmen, enganliegenden und schützenden Mutterleib. Mit ansehen zu müssen, wie sie absichtlich in kleine Stücke zerschnitten wurden, mußte für ihn so etwas wie ein traumatisches Erlebnis sein.

»Aber wenn niemand verletzt ist«, fragte Conway, »was, zum Teufel, stimmt dann nicht mit denen?«

Murchison war gerade mit dem Halsverschluß am Anzug des Manns beschäftigt und antwortete, ohne aufzublicken: »Ich weiß es nicht.«

»Nicht einmal eine vorläufige Diagno ...?« begann Conway seine Frage.

»Nein«, unterbrach sie ihn scharf und fuhr dann in etwas ruhigerem Ton fort: »Als Doktor Priliclas empathische Fähigkeiten die Tatsache bewiesen hatten, daß niemand in akuter Todesgefahr schwebt, haben wir beschlossen, daß Diagnose und Behandlung warten können, bis sie alle aus ihren Anzügen heraus sind. Deshalb war unsere Voruntersuchung, vorsichtig ausgedrückt, nur sehr oberflächlich. Alles, was ich weiß, ist, daß die Nachricht über Subraumfunk korrekt war — die Besatzung ist außer Gefecht gesetzt, aber nicht verletzt.«

Prilicla, der die ganze Zeit still über den zwei ausgezogenen Patienten geschwebt hatte, beteiligte sich jetzt zaghaft am Gespräch, indem er sagte: »Das stimmt, mein Freund. Ich bin über den Zustand dieser Lebewesen genauso verwirrt wie die anderen. Ich hatte mit schweren Verletzungen gerechnet, finde statt dessen aber etwas vor, das Ähnlichkeit mit einer Infektionskrankheit hat. Vielleicht werden Sie, mein Freund, als Mitglied derselben Spezies, die Symptome erkennen.«

»Tut mir leid, ich wollte niemanden kritisieren«, entschuldigte sich Conway unbeholfen und fügte dann hinzu: »Ich werde Ihnen bei dem da helfen, Naydrad.«

Kaum hatte er dem Mann den Helm abgenommen, konnte er sehen, daß dessen Gesicht rot angelaufen und schweißüberströmt war. Er hatte erhöhte Temperatur und eine ausgeprägte Photophobie — eine Lichtscheu also, die erklärte, warum der Lichtschutz am Visier angebracht worden war. Das Haar war naß und klebte an Stirn und Schädel des Mannes, als würde er gerade aus dem Wasser kommen. Das Trockenmittel im Anzug konnte die übermäßige Feuchtigkeit nicht mehr absorbieren, so daß die Gesichtsschutzscheibe durch die Kondensation undurchsichtig geworden war. Aus diesem Grund hatte Conway auch den am Kragenteil befestigten Medikamentenspender erst bemerkt, als der Helm abgenommen wurde. Die Verabreichung des Medikaments erfolgte in der üblichen Form mittels eines durchsichtigen, eßbaren Plastikschlauchs, der in bestimmten Zeitabständen abgebissen wurde und in jedem Abschnitt eine einzelne, mit einem Farbcode versehene Kapsel enthielt.

»Hat irgendeiner der anderen Helme auch dieses Medikament gegen Übelkeit enthalten?« fragte Conway.

»Bisher alle, Doktor«, antwortete Naydrad, deren vier Greiforgane unabhängig voneinander mit den Anzugverschlüssen beschäftigt waren, während ihre Augen nach oben rollten, um Conway anzusehen. Sie fuhr fort: »Der Verletzte, den wir zuerst ausgezogen haben, wies Symptome von Übelkeit auf, als ich Druck auf den Bauchbereich ausübte. Zu diesem Zeitpunkt war der Patient allerdings nicht bei vollem Bewußtsein, und das, was er sagte, war für eine Übersetzung nicht zusammenhängend genug.«

Prilicla pflichtete ihr bei, indem er sagte: »Die emotionale Ausstrahlung ist typisch für ein Wesen im Delirium, das wahrscheinlich durch die erhöhte Temperatur verursacht wird, mein Freund. Ich hab auch unregelmäßige und unkoordinierte Bewegungen beobachtet, die ebenfalls symptomatisch für ein Delirium sind.«

»Das sehe ich auch so«, entgegnete Conway. Aber wodurch wurde es verursacht? Die letzte Frage stellte er nicht laut, weil er die Antwort darauf nicht kannte. Und er hatte die düstere Vorahnung, daß selbst eine wirklich gründliche Untersuchung zu keinem Ergebnis führen würde. Schließlich half er der Oberschwester, die schweißgetränkte Kleidung des Patienten auszuziehen.

Alles deutete auf einen Hitzschlag und einen damit verbundenen Wasserentzug hin, was auch in Anbetracht der hohen Temperatur des Patienten und des damit verbundenen Verlusts an Körperflüssigkeit zu erwarten war. Sanftes Abtasten des Bauchbereichs erzeugte bei dem Patienten ein unwillkürliches Würgen, obwohl der Magen, soweit Conway erkennen konnte, keine Fremdstoffe enthielt, und der Mann seit mehr als vierundzwanzig Stunden nichts gegessen hatte.

Der Pulsschlag war ein wenig erhöht, aber regelmäßig, die Atmung hingegen war ungleichmäßig und mit der Tendenz zu stoßweise auftretendem Husten. Als Conway den Rachen untersuchte, entdeckte er eine schwere Entzündung, und der Scanner zeigte an, daß sie sich über die Bronchien hinweg bis in die Brusthöhle hinein erstreckte. Er überprüfte Zunge und Lippen auf Schadspuren von giftigen oder ätzenden Substanzen. Dabei stellte er fest, daß das Gesicht des Mannes entgegen seiner ersten Annahme nicht nur vom Schwitzen naß war; die Tränendrüsen sonderten ständig Flüssigkeit ab, und auch aus der Nase kam ein schleimiger Ausfluß. Schließlich suchte Conway nach Anzeichen von Strahlenschäden oder nach Hinweisen auf die Inhalation radioaktiver Substanzen, aber erneut fiel das Ergebnis negativ aus.

»Captain! Hier Conway«, sagte er plötzlich. »Würden Sie Lieutenant Chen bitte sagen, er möchte während seiner Suche nach dem vermißten Offizier, von der Luft, den Nahrungsmitteln und den flüssigen Verbrauchsartikeln auf der *Tenelphi* Proben nehmen? Könnte er des weiteren nach Anhaltspunkten für ein Leck im Lebenserhaltungssystem Ausschau halten, aus dem ein fester oder flüssiger Giftstoff entweicht? Die luftdicht verschlossenen Proben möchte er dann so schnell wie möglich Pathologin Murchison zur Analyse bringen. Geht das?«

»Wird erledigt«, antwortete Fletcher. »Chen, haben Sie mitgehört?«

»Ja, Sir«, erwiderte der technische Offizier und fügte hinzu: »Ich hab das fehlende Unfallopfer noch nicht finden können, Doktor. Ich werde jetzt auch an allen unmöglichen Stellen nach ihm suchen.«

Da Conways Helm noch immer geschlossen war, hatte Murchison das Gespräch zum einen über die Lautsprecher auf dem Unfalldeck sowie Conways Äußerungen über das Außenübertragungssystem seines Anzugs mitgehört. Gereizt sagte sie: »Zwei Fragen, mein Lieber: Weißt du, was dem Patienten fehlt? Und hat das irgend etwas damit zu tun, daß du diesen ohrenbetäubenden Anzuglautsprecher benutzt, anstatt dein Helmvisier zu öffnen und normal mit uns zu sprechen?«

»Ich bin mir nicht sicher«, antwortete Conway.

»Vielleicht mag er mein Parfüm nicht«, wandte sie sich verärgert an Dodds.

Conway überhörte ihre schnippische Bemerkung und blickte sich in der Station um. Während er mit Naydrad den Patienten untersucht hatte, hatten Murchison und Dodds die restlichen ausgezogen und warteten nun offensichtlich auf neue Anweisungen. Prilicla führte bereits den Auftrag aus, den Conway schon bezüglich der ersten beiden Verletzten erteilt hatte. Aber letztendlich sagte und tat Prilicla immer das Richtige, denn er war nicht nur ein Empath, sondern auch ein außergewöhnlich guter Arzt.

Schließlich sagte Conway: »Wenn da nicht die sehr hohe Temperatur und die Krankheitssymptome bei allen gleich stark ausgeprägt wären, würde ich sagen, es handelt sich um eine mit Übelkeit verbundene Infektion der Atemwege, verursacht wahrscheinlich durch das Schlucken von infiziertem Schleim. Aber das plötzliche Auftreten dieser Symptome, wodurch die Patienten völlig außer Gefecht gesetzt worden sind, läßt mich an dieser Diagnose zweifeln.

Doch ist das nicht der Grund, weshalb ich Anzug und Helm versiegelt gelassen hab, anfangs gab es nämlich gar keinen. Mittlerweile halte ich es allerdings für eine gute Idee, wenn Lieutenant Dodds und alle anderen ihre Anzüge und Helme wieder anlegen würden, selbst wenn es sich dabei möglicherweise nur um eine überflüssige Vorsichtsmaßnahme handeln sollte.«

»Wenn es nicht bereits zu spät dafür ist«, bemerkte Murchison und nahm einen der leichtgewichtigen Helme aus seiner Halterung. Zusammen mit einem Verbindungsschlauch, einem Sauerstoffbehälter und einer Gewebehülle verwandelte er den Overall, den sie trug, in einen Schutzanzug, der mit Ausnahme extrem ätzender Atmosphären gegen alles beständig war. Dodds hatte sein Visier bereits in bemerkenswerter Eile geschlossen.

»Bis wir die Patienten zum Hospital bringen können«, sagte Conway, »müssen wir uns wohl darauf beschränken, daß sich ihr Zustand wenigstens nicht verschlechtert, eine Heilung werden wir hier kaum erzielen können. Das heißt, wir müssen die verlorene Körperflüssigkeit ersetzen, gegen die Übelkeit angehen und die Körpertemperatur möglichst niedrig halten. Vielleicht müssen wir sie festschnallen, um die Verletzten davon abzuhalten, Infusionsschläuche oder Kontrolleitungen abzureißen. Wir werden sie in Druckzelten isolieren und die Sauerstoffzufuhr erhöhen. Ich fürchte nämlich, daß sich ihr Zustand weiter verschlechtern wird und wir sie deshalb mit künstlicher Atmung unterstützen müssen.«

Conway hielt einen Moment lang inne. Als er Murchison anblickte, wußte er, daß die Sorge, die sich auf seinem Gesicht und in seiner Stimme ausdrückte, durch das spiegelnde Visier beziehungsweise durch die Verzerrung des Anzuglautsprechers kaschiert wurde.

»Die Isolierung könnte sich als unnötig erweisen«, fuhr er schließlich fort, »aber die Symptome können vom Einatmen und Verschlucken eines bislang unbekannten Gifts herrühren. Wir können uns nicht sicher sein und haben zudem nicht die geeignete Ausrüstung, um in der kurzen Zeit, die uns zur Verfügung steht, die Antwort darauf zu finden. Sobald wir herausgefunden haben, was mit dem fehlenden Besatzungsmitglied passiert ist, bringen wir die Patienten schnellstens zum Orbit Hospital und unterziehen uns selbst einer gründlichen...«

»Während wir warten«, unterbrach ihn Murchison, deren Stimme und Gesichtszüge nun ebenfalls durch ihren Helm unkenntlich gemacht wurden, »möchte ich gern herausfinden, wovon die Patienten befallen worden sind, und wovon wir alle mit Ausnahme von dir demnächst befallen werden könnten.«

»Dafür bleibt wahrscheinlich keine Zeit mehr«, begann Conway, aber die Stimme des technischen Offiziers, der dem Captain Bericht erstattete, ließ ihn abbrechen.

»Captain, hier Chen. Ich hab einen Dienstplan gefunden und ihn mit den persönlichen Daten der Verunglückten verglichen. Der Vermißte ist demnach der Schiffsarzt Doktor Sutherland. Die Vermutung von Doktor Conway war also richtig. Ich hab alles gründlich durchsucht, aber Sutherland ist nicht mehr auf dem Schiff. Außerdem fehlen einige Ausrüstungsgegenstände: die tragbaren Aufzeichnungsgeräte, die persönlichen Aufzeichnungsgeräte der Besatzung, Kameras, Gepäckbehälter, alles ist verschwunden. Kleidungsstükke und persönliche Habseligkeiten treiben in den Besatzungsunterkünften umher, als hätte man sie während eines hastigen Auspackens überall verstreut.

Praktisch sämtliche Sauerstoffreservetanks sind verschwunden, und das Ausrüstungsverzeichnis beweist, daß alle Raumanzüge der Besatzung in einem Zeitraum zwischen zwei und drei Tagen ausgegeben worden sind, außer dem Anzug des Schiffsarztes, der nicht ausgegeben wurde und trotzdem fehlt. Die transportable Luftschleuse des Schiffs ist ebenfalls verschwunden.

Der Bereich in und um den Kontrollraum ist stark in Mitleidenschaft gezogen worden. Deshalb kann ich auch nicht absolut sicher sein, aber es sieht ganz so aus, als wenn versucht worden wäre, einen automatischen Sprung in den Hyperraum vorzubereiten. Die Einstellung der Instrumente im Maschinenraum bestätigt das. Ich würde sagen, die haben versucht, sich vom Wrack zu entfernen. Ein solch gewaltiger Metallklumpen in der Nähe des eigenen Schiffs würde nämlich leicht zu Störeinflüssen bei Sprungberechnungen führen. Statt dessen sind sie aber mit dem Wrack kollidiert.

Die Proben für die Pathologin Murchison hab ich auch genommen. Soll ich jetzt zurückkommen, Sir?«

»Warten Sie«, antwortete der Captain. »Haben Sie das mitgehört, Doktor Conway? Und haben Sie vielleicht noch weitere Anweisungen für den Lieutenant, bevor er die *Tenelphi* verläßt?«

»Ja«, erwiderte Conway. »Bitten Sie ihn darum, Helm und Anzug geschlossen zu lassen, wenn er zurückkommt — nur als reine Vorsichtsmaßnahme.«

Während des Gesprächs zwischen Lieutenant Chen

und dem Captain hatte Conway versucht, sich auf das sonderbare Verhalten des Schiffsarztes der *Tenelphi* einen Reim zu machen. Bei der Behandlung der Verletzten hatte Sutherland ein sehr hohes Maß an Fachkompetenz bewiesen. Aufgrund seiner fehlenden Sachkenntnis war es ihm zwar trotz redlicher Mühe nicht gelungen, einen ordnungsgemäßen Subraumfunkspruch abzugeben, doch hatte er es immerhin fertiggebracht, die höchst knifflige Aufgabe des manuellen Aussetzens und Aktivierens einer Notsignalbake zu bewältigen. Für Conway schien Sutherland einer jener vernünftigen und einfallsreichen Offiziere zu sein, die nicht so leicht in Panik gerieten. Ebensowenig gehörte er zu denjenigen, die sich selbst durch Unachtsamkeit in Todesgefahr begaben oder einfach verschwinden, ohne irgendeine Nachricht zu hinterlassen.

»Wenn er nicht im Raum umhertreibt und nicht auf der *Tenelphi* ist«, sagte Conway plötzlich, »gibt es nur noch einen Ort, wo er sein kann. Können Sie mich auf dem Wrack absetzen, Captain?«

Da er Fletchers Besorgnis um sein eigenes Schiff kannte, erwartete Conway alles von einem glatten Nein bis zu einer verbalen Explosion bei der bloßen Erwähnung seines Vorschlags. Doch statt dessen erhielt er eine Antwort, wie sie ein Lehrer einem Schüler von mittelmäßiger Intelligenz zu geben pflegt — einen Vortrag, der in einer solch einfachen Sprache formuliert wurde, daß Conway es riskiert hätte, sein Visier zu öffnen, um Fletcher ins Gesicht zu spucken, wenn der Captain nicht fünf Ebenen weiter vorne im Kontrollraum gewesen wäre.

»Ich kann mir keinen Grund vorstellen, Doktor, warum der fehlende Offizier die *Tenelphi* verlassen haben sollte, wo es doch naheliegend ist, bei den anderen Verletzten zu bleiben, um mit ihnen gemeinsam auf die ersehnte Rettung zu warten«, begann der Captain seine Rede. Dann fuhr er damit fort, Conway daran zu erinnern, daß sie nicht viel Zeit zu verlieren hätten. Zum einen sollten die Verletzten schleunigst in das Hospital eingeliefert werden, zum anderen näherten sich das Wrack, die *Tenelphi* und ihr eigenes Schiff mit zunehmender Geschwindigkeit der Sonne des Sternsystems, die es für alle Beteiligten innerhalb von zwei Tagen unangenehm warm werden und ihren Rumpf binnen weiterer achtundvierzig Stunden schmelzen lassen würde. Darüber hinaus sei es eine unumwindliche Tatsache, daß es umso schwieriger werden würde, einen Sprung zu schaffen, je mehr sie sich der Sonne näherten.

Eine zusätzliche Komplikation sei, daß die *Tenelphi* und die *Rhabwar* jetzt aneinander gedockt und vorn und achtern zusammengekoppelt waren, damit das Ambulanzschiff seine Hyperraumhülle erweitern konnte, um das havarierte Schiff darin einzuschließen und als Beweismittel für die bevorstehende Untersuchung der Kollision mit sich zurückzubringen. Mit zwei zusammengekoppelten Schiffen, von denen nur eins kontrollierten Schub geben konnte, sei ein solch unglaublich gewagtes Manöver, das erforderlich wäre, um auf dem Wrack zu landen, allerdings unmöglich. Wenn man eine solch halsbrecherische Aktion versuchen würde, könnte die *Rhabwar* womöglich sehr schnell in dem gleichen Zustand enden wie die *Tenelphi*. Außerdem gäbe es noch die schier unendliche Größe des Wracks zu bedenken …

»… das Schiff ist oder war in seinem ursprünglichen Zustand kugelförmig«, fuhr der Captain fort, und das Bild vom Teleskop der *Rhabwar* erschien auf dem Repeaterschirm des Unfalldecks. »Es hat einen Durchmesser von vierhundert Metern und verfügt in einigen Kammern tief im Innern zwar noch über Restenergie und Druck, aber uns ist ja bereits von der *Tenelphi* berichtet worden, daß sich an Bord kein Leben mehr befindet …«

»Sutherland könnte jetzt aber an Bord sein, Captain.«

Fletchers Seufzer verursachte im Lautsprecher ein Rauschen, dann fuhr er mit seiner beharrlichen, fast rasend machenden Vortragsstimme fort: »Die Erkenntnisse der *Tenelphi* sind zuverlässiger als unsere eigenen, Doktor Conway. Der Nachweis für Leben ist das Resultat einer großen Anzahl von Sensorabtastungen, die Aufschluß geben über Art und Verteilung der Energiequellen, sowie über die von den mechanischen Teilen der Lebenserhaltungssystemen herrührenden Vibrationen und die Druck- und Temperaturschwankungen im Schiffskörper. Weiterhin spüren Sensoren Kommunikations- und Beleuchtungssysteme auf und entdecken weitere, noch sehr viel subtilere Anzeichen. Wir beide sind uns darüber im klaren, daß viele Extraterrestrier extrem niedrige Temperaturen benötigen oder nur außerhalb unseres visuellen Frequenzbereichs sehen können. Deshalb ist es häufig einfacher, sie zu entdecken, wenn man sich bei der Suche nach ihnen auf ihre Erfordernisse zur Lebenserhaltung konzentriert.

Bis zu diesem Zeitpunkt kann ich jedenfalls nicht mit Bestimmtheit sagen, ob irgend etwas oder irgend jemand in diesem Ding lebt oder nicht. Die große Annäherung an die Sonne hat die Außenhaut so stark aufgeheizt, daß es nicht mehr möglich ist, feine Temperaturunterschiede im Innern des Wracks festzustellen. Wegen der Auswirkungen der Hitzeausbreitung über die gesamte Konstruktion sind die Meßwerte der restlichen Sensorabtastungen zudem nur ungenau und mit äußerster Vorsicht zu behandeln. Abgesehen davon ist das Schiff groß. Sein Rumpf ist durch Meteoriteneinschläge derart zerrissen und durchlöchert, daß Sutherland überall einen Weg nach innen gefunden haben könnte. Wo wollen Sie ihn zuerst suchen, Doktor?«

»Wenn er wirklich dort ist«, antwortete Conway, »wird er uns bestimmt irgendwie wissen lassen, wo wir nach ihm suchen müssen.«

Der Captain schwieg einen Augenblick lang. Obwohl

sich Conway über Fletchers Benehmen ihm gegenüber noch immer ärgerte, konnte er doch nachempfinden, in welchem Dilemma sich der Captain befinden mußte. Genauso wie Conway wollte auch Fletcher dieses Gebiet nicht verlassen, ohne den vermißten Schiffsarzt gefunden oder sich wenigstens Klarheit über dessen Schicksal verschafft zu haben. Doch galt es auch auf das Wohlergehen der restlichen Besatzung zu achten, das eigentlich in Conways Verantwortlichkeitsbereich fiel, und sich um die Sicherheit des Ambulanzschiffs zu kümmern, für die ganz klar Fletcher zuständig war.

Da alle drei Schiffe den imaginären Gravitationsschacht der Sonne hinunterrutschten, und zwar mit beängstigender und stetig wachsender Geschwindigkeit, war die für die Suche nach dem verschwundenen Schiffsarzt bestimmte Zeit stark begrenzt. Außerdem wollte sich der Captain bestimmt nicht gern in die Rolle drängen lassen, sowohl Chefarzt Doktor Conway vom Orbit Hospital als auch den Schiffsarzt Sutherland vom Monitorkorps auf dem Wrack zurückgelassen haben zu müssen. Ebensowenig konnte er es riskieren, zusammen mit Conway einen seiner Offizier loszuschicken; denn wenn dieser auch noch verlorenging, würde der Captain vor einem sehr ernsthaften Problem stehen — die Besatzung der *Rhabwar* war klein, und es gab keine Überschneidungen der Spezialgebiete. Zwar sollte es Fletcher auch so schaffen, schließlich zum Orbit Hospital zurückzukehren, doch wäre eine solche Reise durch den Hyperraum mit ernsthaften Risiken und Verzögerungen verbunden und könnte sich somit nachteilig auf den Zustand der Verletzten auswirken.

Im Wandlautsprecher war erneut ein Seufzer zu vernehmen, und Fletcher sagte: »Also gut, Doktor, Sie können nach dem Schiffsarzt suchen. Dodds, nehmen Sie das Teleskop. Sie suchen nach irgendwelchen Spuren, die auf ein kürzliches Betreten des Wracks schließen lassen. Lieutenant Chen, vergessen Sie im Moment die Proben für die Pathologin, und kommen Sie zum Maschinenraum zurück. Ich will in fünf Minuten Manövrierschub haben. Doktor, ich werde das Wrack der Länge nach in einer Entfernung von einem Kilometer umkreisen. Da es sich alle zweiundfünfzig Minuten einmal um sich selbst dreht, werden wir seine Rumpfoberfläche innerhalb von vier Umkreisungen einmal scannen können. Haslam, stellen Sie mit den Sensoren alles an, was in Ihren Kräften steht, und geben Sie dem Doktor eine gewisse Vorstellung von der Geographie des Schiffsinnern.«

»Vielen Dank, Captain«, sagte Conway erleichtert.

Dodds hatte Murchison dabei geholfen, einen der Verletzten in ein Druckzelt zu bringen. Sobald er damit fertig war, entschuldigte er sich bei ihr und machte sich zum Kontrollraum auf. Conway blickte auf den Repeaterschirm und das Bild des Wracks, dessen eine Hälfte in Dunkelheit getaucht war. Die andere Hälfte stellte sich als ein Durcheinander aus glitzernd reflektierenden Rumpfplatten und kreuz und quer darüber verteilten schwarzen Rissen und Kratern dar. Von Zeit zu Zeit warf er einen flüchtigen Blick auf das Wrack, während er half, Biosensoren an den Verletzten zu befestigen, und sah, wie es größer wurde und sich allmählich über den ganzen Bildschirm ausbreitete. Plötzlich verschwand das Bild und wurde durch eine schematische Darstellung des Wracks ersetzt.

Sie zeigte den Querschnitt des kugelförmigen Schiffs mitsamt der Deckebenen, die zum Innern hin konzentrische Kreise zogen. Nahe am Mittelpunkt lagen mehrere Kammern unterschiedlicher Größe, die sich durch verschiedene Grüntöne voneinander abhoben. Dicht an der Innenwand der Schiffshülle befand sich an einem Punkt eine große rechteckige, rot markierte Kammer. Feine rote Linien verbanden diesen Bereich mit den grün gekennzeichneten Kammern im Mittelpunkt.

»Doktor, hier Haslam. Ich projiziere jetzt ein Sensordiagramm vom Innern des Wracks. Es ist leider nicht sehr differenziert, und das meiste davon beruht auf reinen Vermutungen ...«

Laut Haslam handelte es sich bei dem Wrack um einen uralten Generationentransporter in Kugelgestalt. Diese Form wurde zu einer Zeit vorgezogen, als ein Maximum an Lebens- und Kultivierungsraum noch eine zwingende Notwendigkeit gewesen war. Die Fortbewegungsrichtung verlief entlang der vertikalen Achse, wobei sich der Kontrollbereich vorn und der Reaktor und die Antriebsdüsen hinten befanden. Das Schiff konnte sich ziemlich schnell um die vertikale Achse drehen, um mittschiffs gelegene äußere Deckebenen mit künstlicher Schwerkraft zu versehen, selbst dann, wenn das Schiff Schub gab.

Haslam wußte zwar nicht, ob über das Schiff nur eine einzelne Katastrophe oder gleich mehrere Katastrophen hereingebrochen waren, aber das Unglück hatte den gesamten Kontrollbereich zusammen mit dem Rest der Außenhüllen- und Deckebenen zerstört und dabei die schnelle Rotation auf einen Bruchteil der eigentlich notwendigen Geschwindigkeit gedrosselt. Die Reaktoren waren von dicken Schutzschilden umgeben, die sie vor ernsten Schäden bewahrt hatten.

Das Schiff war praktisch entvölkert worden, doch einige Kammern tief im Innern hatten Druck und Energie behalten, und eine gewisse Anzahl Überlebender mußte in der Lage gewesen sein, eine Zeitlang in ihnen weiterzuleben. Dabei handelte es sich um die grün gekennzeichneten Abschnitte. Die Atmosphäre in einigen dieser Kammern stelle zwar nur wenig mehr als ein Vakuum dar, fügte Haslam hinzu, doch in anderen könnte sie wahrscheinlich noch heute von Mitgliedern der Spezies, die das Schiff einst gebaut hatte, geatmet werden, um wen oder was es sich dabei auch immer handelte.

»Besteht die Möglichkeit ...?« setzte Conway zu einer Frage an.

»Keine Überlebenden, Doktor«, entgegnete Haslam mit Bestimmtheit. »Die *Tenelphi* hatte bereits keinerlei Leben an Bord dieses altertümlichen Schiffs gemeldet. Wahrscheinlich geschah die Katastrophe schon vor einigen Jahrhunderten, und die Besatzung hat nur noch eine kurze Zeit überlebt.«

»Ja, natürlich«, erwiderte Conway. Aber warum wollte Sutherland dann dort hingehen?

»Captain, hier Dodds. Ich glaube, ich hab etwas gefunden, Sir. Kommt gerade ins Sonnenlicht. Jetzt können Sie es in voller Vergrößerung sehen.«

Auf dem Repeaterschirm wurde ein kleiner Bereich der verwüsteten Außenhaut des Wracks dargestellt. Dort befand sich eine schwarze, gezackte Öffnung, die in die Tiefen des Schiffs führte. Direkt daneben war ein Teil der gewölbten Verkleidung zu erkennen, auf der sich ein großer, bräunlich gelber Fettfleck befand.

»Das sieht aus wie Schmiere, Sir«, sagte Dodds.

»Stimmt«, antwortete der Captain und fragte dann plötzlich: »Aber warum hat er ein Schmiermittel statt einer fluoreszierenden Markierungsfarbe benutzt?«

»Vielleicht hatte er es gerade zur Hand, Sir.«

Fletcher nahm von Dodds Antwort keine Notiz — es war sowieso nur eine rhetorische Frage gewesen — und sagte energisch: »Chen, wir sollten uns dem Wrack bis auf hundert Meter nähern. Haslam, halten Sie sich bei den Pressorstrahlen bereit, für den Fall, daß ich mich verschätze und wir gegen dieses Ungetüm prallen. Doktor Conway, leider kann ich unter den derzeitigen Umständen keinen Offizier entbehren, den ich Ihnen mitgeben könnte, aber ein Hundert-Meter-Flug durch den Raum sollte keine ernsthaften Probleme aufwerfen. Verbringen Sie in dem alten Wrack aber bitte nicht allzuviel Zeit, ja?«

»Ich verstehe«, entgegnete Conway.

»Sehr gut, Doktor. Halten Sie sich bereit, in fünfzehn Minuten aufzubrechen, und denken Sie bitte an zusätzliche Sauerstoffbehälter, an Wasser und allen möglichen medizinischen Bedarf, den Sie für notwendig halten. Ich hoffe, Sie finden ihn. Viel Glück!«

»Danke, Captain«, antwortete Conway knapp. Er fragte sich, welche Art von Medikamenten man wohl für einen Arzt brauchen würde, der sich in guter körperlicher Verfassung befand, aber geistesgestört genug war, um sich auf eine Expedition in ein solches Wrack zu begeben. Hinsichtlich seiner eigenen Bedürfnisse fiel ihm eine Entscheidung nicht schwer — er würde einfach für die Dauer von achtundvierzig Stunden Vorräte mitnehmen, nach deren Verlauf die *Rhabwar* abfliegen mußte, ob er Sutherland nun gefunden hatte oder nicht. Während er die zusätzlichen Sauerstoffbehälter überprüfte, flog Prilicla über ihn hinweg und landete auf der Wand neben ihm. Die Beine des kleinen Empathen zitterten, während sie an der weißen Plastikoberfläche hafteten, als wäre er starker emotionaler Ausstrahlung ausgesetzt. Als Prilicla sprach, war Conway erstaunt, daß die Emotionen vom Empathen selbst herrührten. Er hatte schlichtweg Angst.

»Wenn ich Ihnen vielleicht einen Vorschlag machen dürfte, mein Freund«, sagte Prilicla, »die Aufgabe, das Lebewesen Sutherland zu finden, würde viel leichter und schneller zu bewältigen sein, wenn ich Sie begleite.«

Conway dachte an das Gewirr von Metallplatten und Bauteilen, die unter der Wrackhülle lagen; auf ihrem Weg durch das Wrack würde praktisch bei jedem Fußtritt die Gefahr bestehen, sich die Raumanzüge zu zerreißen. Und er dachte an all die anderen Risiken, die man sich nicht einmal vorstellen konnte. Er fragte sich, was aus der berühmten Ängstlichkeit des Cinrusskers geworden war, die seine wichtigste Überlebenseigenschaft als Angehöriger dieser unglaublich feingliedrigen Spezies war.

»Sie würden also wirklich mit mir kommen?« fragte

Conway ungläubig. »Sie *bieten* mir tatsächlich *an* mitzukommen?«

Prilicla antwortete schüchtern: »Ihre emotionale Ausstrahlung zeugt zwar von leichter Verwirrung, mein Freund, ist aber im großen und ganzen schmeichelhaft für mich. Ja, ich werde Sie begleiten und meine empathischen Fähigkeiten benutzen, um Sutherland finden zu helfen, wenn er noch am Leben ist. Wie Sie wissen, bin ich alles andere als ein mutiges Wesen, und ich behalte mir das Recht vor, mich von der Suche zurückzuziehen, wenn ein gewisses Risiko eine für mich akzeptable Grenze überschreitet.«

»Jetzt fühle ich mich wieder erleichtert«, entgegnete Conway lächelnd. »Einen Augenblick lang hab ich an Ihrem Geisteszustand gezweifelt.«

»Ich weiß«, erwiderte Prilicla beiläufig, während er begann, seinen Raumanzug mit den notwendigen Ausrüstungsgegenständen zu versehen.

Da die Hauptschleuse mit der *Tenelphi* verbunden war, verließen Sie das Schiff durch die kleine Besatzungsschleuse im Bug, und mußten mehrere endlose Minuten mit anhören, wie sich Captain Fletcher laut um sein Schiff und die ganze Situation ängstigte. Dann waren sie endlich draußen, und der Rumpf des Wracks dehnte sich vor ihnen und überall um sie herum wie eine gigantische Wand aus. Er war durch Jahrhunderte währende Meteoriteneinschläge mit der Zeit derart zerlöchert und zerrissen worden, daß die ursprüngliche Kugelform des riesigen Schiffs aus nächster Nähe nicht mehr zu erkennen war. Und als sie auf das Wrack zusteuerten, vollzog sich ein plötzlicher und um so verwirrender perspektivischer Wandel — das Wrack war jetzt keine senkrechte Mauer mehr, sondern eine gewaltige Metallandschaft, die sie gerade betreten wollten. Im Himmel darüber schwebten die beiden zusammengekoppelten Schiffe.

Conway fand es sehr viel unproblematischer, einfach

auf den markierten Bereich zuzusteuern, als seine Gefühle unter Kontrolle zu halten, die er bei dem Gedanken empfand, auf einem der sagenumwobenen Generationenschiffe zu landen. Doch wahrscheinlich würde seine emotionale Ausstrahlung Prilicla nicht allzu sehr belästigen, weil der Empath ziemlich ähnliche Empfindungen haben dürfte — obwohl es für einen Cinrussker physiologisch unmöglich war, eine Gänsehaut zu bekommen oder vor schierem Erstaunen ein Kribbeln in den nicht vorhandenen Nackenhaaren zu verspüren.

Denn dies war eins der Generationenschiffe, die vor der Entdeckung des Hyperraumantriebs Kolonisten von ihren Heimatwelten zu den Planeten anderer Sternsysteme transportiert hatten. Sämtliche technologisch fortgeschrittenen Spezies, die heute die galaktische Föderation bildeten, hatten ihre Generationenschiffphase durchlaufen. Die Bewohner der Planeten Melf, Illensa, Traltha, Kelgia und Erde gehörten der Gruppe jener Kulturen an, die in der Zeit zwischen der Entwicklung chemisch- oder nukleargetriebener interplanetarischer Raumschiffe und wirklich interstellarer Flüge durch den Hyperraum diese planetarischen Saatbehälter ins All geschossen hatten.

Nachdem diese Kulturen ein paar Jahrzehnte oder Jahrhunderte später den Hyperraumantrieb perfektioniert oder ihn von einer der Spezies der entstehenden galaktischen Föderation erhalten hatten, machten sie sich damals auf die Suche nach diesen dahinkriechenden, unter Lichtgeschwindigkeit fliegenden Ungetümen. Die Mehrzahl davon wurde auch wenige Jahrzehnte oder Jahrhunderte nach dem Start von ihrem Herkunftsplaneten geborgen.

Das hatte man bewerkstelligen können, weil man die Kurse der Generationenschiffe ganz genau kannte und ihre Positionen zu jedem Zeitpunkt ihrer jahrhundertelangen Reisen ohne Schwierigkeiten berechnen konnte.

Vorausgesetzt, daß sich in der Zwischenzeit keine physische oder psychologische Katastrophe auf einem dieser Schiffe ereignet hatte — und einiges von dem, was im seelischen Bereich auf den Generationsschiffen schiefgelaufen war, sollte den angehenden Rettern ein Leben lang Alpträume bereiten —, dann war der Transport der Kolonisten zu ihren Zielplaneten nur noch eine Frage von Tagen und nicht mehr von Jahrhunderten. Wie Conway wußte, hatte man die zuletzt kontaktierten Generationenschiffe bereits vor über sechshundert Jahren entdeckt. Wie bei allen anderen Schiffen dieser Bauart waren die Reaktoren und Metallteile ausgeschlachtet worden. Einige von ihnen hatte man aber auch als Unterkünfte für Personal umgebaut, die bei Bauprojekten im All eingesetzt waren.

Aber dieses Generationenschiff hier war eins der wenigen, mit dem man keinen Kontakt aufgenommen hatte, als der Hyperraumantrieb perfektioniert worden war. Entweder war es durch einen Unfall oder wegen eines Konstruktionsfehlers vom Kurs abgekommen und zu einem interstellaren Sämling geworden, der dazu bestimmt war, niemals einen brachliegenden Boden zu erreichen.

Geräuschlos landeten sie auf dem Rumpf des Wracks. Wegen der langsamen Drehung des Schiffs mußte Conway Hand- und Fußmagneten benutzen, um zu verhindern, wieder sanft ins All geschleudert zu werden, während Prilicla einen G-Gürtel und Magnetsohlen zu Hilfe nahm, die an den Spitzen seiner sechs bleistiftdünnen Beinchen befestigt waren. Vorsichtig kletterten sie durch das Loch in der Metallverkleidung und entfernten sich somit aus dem direkten Sonnenlicht. Conway wartete, bis sich seine Augen an die Dunkelheit gewöhnt hatten und schaltete dann den Anzugscheinwerfer an.

Ein unregelmäßig geformter, fast natürlich wirkender Tunnel führte ungefähr dreißig Meter abschüssig in das

Wrack hinein. Am unteren Ende ragte ein Metallstück hervor, das mit grüner Leuchtfarbe und einem Fleck Schmiermittel bestrichen worden war.

»Wenn die Offiziere der *Tenelphi* den Weg markiert haben, sollte das die Suche eigentlich beschleunigen«, sagte Fletcher, nachdem Conway dem Captain von der Entdeckung berichtet hatte. »Natürlich nur unter der Voraussetzung, daß Sutherland den gekennzeichneten Pfad auch nicht verlassen hat. Aber es gibt ein weiteres Problem, Doktor. Je weiter Sie in das Wrack eindringen, desto schwieriger wird es, Ihre Funksignale zu empfangen. Wir haben hier mehr Energie zur Verfügung als Sie für Ihr mobiles Funkgerät. Deshalb werden Sie uns auch dann noch hören können, wenn wir Sie hier schon lange nicht mehr empfangen. Ich rede natürlich von gesprochenen Nachrichten. Wenn sie jedoch tief im Innern des Schiffs Ihr Funkgerät einschalten, werden wir es immer noch als zischende oder knackende statische Störung hören können und umgekehrt. Also schalten Sie ihr Funkgerät alle fünfzehn Minuten ein, auch wenn wir uns nicht mehr hören können, damit wir wissen, daß sie noch immer leben. Wir werden dann bestätigen.

Es ist möglich, Nachrichten durch kurze und lange Knackgeräusche zu übermitteln. Das ist eine sehr alte Funkmethode, die auch heute noch in bestimmten Notsituationen benutzt wird. Kennen Sie das Morsealphabet?«

»Nein«, entgegnete Conway. »Es reicht gerade mal, um SOS funken zu können.«

»Ich hoffe nur, das wird nicht nötig sein, Doktor.«

Dem gekennzeichneten Pfad durch die Wrackteile zu folgen war eine langwierige und gefährliche Angelegenheit. Die Restdrehung des Wracks verursachte das Gefühl, nach oben zum Mittelpunkt des Schiffs hinaufzuklettern, während Conways Augen und sämtliche Instinkte beteuerten, er steige nach unten. Als sie den zweiten Farb- und Schmiermittelklecks erreichten, wurde tiefer im Innern des Schiffs bereits eine weitere Markierung sichtbar. Der Pfad fiel nun steil ab, um eine dichte Masse von Trümmerteilen zu umgehen, und der nächste Wegabschnitt bog aus dem gleichen Grund wiederum in eine neue Richtung. Zwar näherten sie sich dem Zentrum des Schiffs, allerdings in einer Reihe rasanter Zickzackbewegungen.

Prilicla hatte die Führung übernommen, um das Risiko zu vermeiden, daß Conway auf ihn fiel. Mit seinen sechs Beinen, die aus seiner kugelförmigen Druckhülle herausragten — Priliclas knöcherne Extremitäten wurden vom Vakuum nicht in Mitleidenschaft gezogen — sah er wie eine fette Metallspinne aus, die sich ihren Weg durch ein riesiges fremdartiges Netz bahnte. Nur einmal rutschte er mit seinen Magnetsohlen ab, und er fiel Conway entgegen. Automatisch streckte Conway eine Hand nach ihm aus, um den langsamen Fall Priliclas zu bremsen, als dieser an ihm vorbeiflog, zog sie dann jedoch schnell wieder zurück. Hätte er nach einem dieser feingliedrigen Beine gegriffen, wäre es wahrscheinlich abgerissen worden.

Aber Prilicla gelang es, den Fall mit den Antriebsdüsen seines Anzugs selbst abzubremsen, und sie konnten die lange und langsame Kletterpartie fortsetzen.

Kurz bevor die Verständigung mit dem Ambulanzschiff abriß, sagte Fletcher, daß sie bereits seit vier Stunden unterwegs seien und fragte, ob sich Conway sicher sei, dem vermißten Sutherland zu folgen und nicht nur dem vom Bergungstrupp der *Tenelphi* markierten Weg. Conway blickte auf den Leuchtfarbenklecks direkt über ihm und auf den Schmiermittelfleck daneben, und antwortete, er sei sich sicher.

Irgend etwas übersehe ich, sagte er sich selbst verärgert, *irgend etwas, das direkt vor meiner dämlichen Nase liegt . . .!*

Während sie tiefer in das Schiff eindrangen, wurde das Gewirr von Trümmerteilen allmählich durchlässiger. Doch wurde die durch die Rotation des Schiffs verursachte Gravitation zusehends schwächer, so daß immer größere Teile der Verkleidung, zertrümmertes Mobiliar und lose Ausrüstungsgegenstände schwerfällig nachgaben, wegrutschten oder absackten, sobald sie danach zu greifen versuchten. Im Lichtkegel der Anzugscheinwerfer traten auch noch andere Dinge zutage: zermalmte, zerfetzte und kaum zu identifizierende Gebilde aus ausgetrockneten, organischen Substanzen — Überreste der Besatzung oder der Haustiere, die vor vielen Jahrhunderten von der Katastrophe überrascht worden waren. Doch diese organischen Substanzen von den Metalltrümmern zu trennen, wäre einerseits höchst gefährlich und andererseits nichts als bloße Zeitverschwendung gewesen. Die Suche nach Sutherland war sehr viel wichtiger, als ihre Neugier zu befriedigen, welcher physiologischen Klassifikation die Spezies angehörte, die dieses Schiff einst erbaut hatte.

Inzwischen waren sie bereits seit fast sieben Stunden unterwegs und durchquerten mittlerweile Ebenen, die nicht mehr mit Trümmerteilen verstopft waren, obwohl auch ihre Konstruktion geborsten und verzogen war. Das war eine glückliche Fügung, denn Prilicla stieß hin und wieder aus purer Erschöpfung gegen Wände und Luken, und jeder zweite oder dritte Atemzug Conways ähnelte bereits eher einem Gähnen.

Er ordnete eine Pause an und fragte den Empathen, ob er irgendeine emotionale Ausstrahlung außer seiner empfangen könnte. Prilicla verneinte und war sogar zu müde, um einen entschuldigenden Unterton in seine Stimme zu legen. Als Conway kurz darauf das periodische Zischen in seinem Anzugkopfhörer vernahm, bestätigte er, indem er den Sendeschalter dreimal hintereinander schnell ein- und ausschaltete, eine Pause machte, und dann das Signal in kurzen Abständen mehrere Minuten lang wiederholte.

Er hoffte, dem Captain durch das mehrmalige ›S‹-Signal verständlich gemacht zu haben, daß er und Prilicla sich nun schlafen legen wollten.

Den nächsten Abschnitt ihres Wegs bewältigten sie in viel kürzerer Zeit, weil sie zum Mittelpunkt des Schiffs einfach über völlig unbeschädigte Decks gehen und auf breiten Rampen oder schmaleren Treppen emporsteigen konnten. Nur einmal kamen sie langsamer voran, als sie eine aus Wrackteilen bestehende Barriere überwinden mußten, die anscheinend durch einen großen und langsamen Meteoriten verursacht worden war, der sich tief ins Schiffsinnere hineingebohrt hatte. Ein paar Minuten später entdeckten sie die erste innere Luftschleuse.

Offensichtlich war diese Schleuse erst nach der Katastrophe von den Überlebenden gebaut worden, denn sie stellte nur wenig mehr als einen großen Metallwürfel dar, den man an die Einfassung einer luftdichten Tür geklebt hatte und der an der Außenluke einen sehr primitiven Verschlußmechanismus besaß. Beide Luken standen offen, und zwar schon seit langer Zeit, denn die Kammer dahinter war mit ausgetrockneten Pflanzen gefüllt, die praktisch zu Staub zerplatzten, sobald Conway und Prilicla sie streiften.

Conway bekam plötzlich eine Gänsehaut, als er sich dieses gewaltige Schiff vorstellte — schwer beschädigt durch zahlreiche Meteoriteneinschläge, aber nicht gänzlich zerstört; blindlings treibend, jedoch nicht ohne Restenergie; mit Gruppen von Überlebenden, die sich in kleinen Licht- und Wärmeoasen aufhielten, durch den ständig steigenden Druckabfall aber voneinander isoliert waren. Doch hatten sich diese Überlebenden etwas einfallen lassen. Sie bauten Luftschleusen, die es ihnen ermöglichten, von einer Insel zur anderen zu gelangen und in Fragen des Überlebens zusammenzuarbeiten, und sie konnten so eine Zeitlang weiterexistieren.

»Mein lieber Freund«, sagte Prilicla, »Ihre emotionale Ausstrahlung ist zur Zeit nur schwer zu analysieren.«

Conway lachte verlegen und entgegnete: »Ich sage mir immer und immer wieder, daß ich nicht an Gespenster glaube, aber anscheinend will ich mir einfach selbst nicht glauben.«

Sie umgingen den Hydrokulturraum, weil ihnen die Markierungen diesen Weg bezeichneten, und ungefähr zwei Stunden später betraten sie einen Korridor, der bis auf zwei große gezackte Löcher in Decke und Boden intakt war. Die sonst völlige Dunkelheit im Korridor war hier seltsam aufgehellt, und sie schalteten ihre Scheinwerfer aus.

Aus einer der Öffnungen drang ein schwaches Flimmern. Als sie an den Rand des Lochs traten, war es, als ob man in einen tiefen Brunnen blickte, dessen Grund ein winziger Lichtkreis war, der von der Sonne herrührte. Innerhalb weniger Sekunden war das Sonnenlicht verschwunden und für ein paar weitere Sekunden waren die Wrackteile am anderen Ende des Tunnels beleuchtet, bis wieder völlige Dunkelheit herrschte.

»Jetzt kennen wir wenigstens eine Abkürzung für den Rückweg zur Außenhaut«, sagte Conway erleichtert. »Aber wären wir nicht zufällig genau zum richtigen Zeitpunkt hiergewesen, als die Sonne hereingeschienen hat ...«

Er brach ab und dachte darüber nach, daß sie sehr großes Glück gehabt hatten, und vielleicht auch weiterhin haben würden, denn am Ende des Korridors, in dem der neu entdeckte Ausgang war, befand sich eine weitere Luftschleuse. Sie war mit Leuchtfarbe und einem sehr großen Schmiermittelfleck markiert. Darüber hinaus war die äußere Luke geschlossen, ein deutliches Zeichen, daß der dahinterliegende Raum Druck enthielt.

Prilicla zitterte vor eigener wie auch wegen Conways Aufregung am ganzen Körper, als dieser den simplen

Öffnungsmechanismus zu betätigen begann. Conway mußte sein Vorhaben allerdings einen Moment lang unterbrechen und den Atem anhalten, weil das Funkgerät in seinem Anzug zischte und er bestätigen mußte. Als er das getan hatte, zischte es jedoch weiter.

»Der Captain ist kein besonders geduldiger Mensch«, sagte er gereizt. »Wir sind gerade mal etwas mehr als achtunddreißig Stunden unterwegs, und er hat gesagt, er gibt uns zwei Tage ...« Er machte eine kurze Pause, hielt die Luft an und lauschte auf das schwache, unregelmäßige Zischen, das mittlerweile leiser als sein eigener Atem war, denn sie waren schon weit ins Schiffsinnere vorgedrungen. Es war schwierig zu sagen, wann ein solches Zischen anfing und wann es aufhörte, doch allmählich entdeckte er ein Schema in den Signalen. Drei kurze Knackgeräusche. Pause. Drei lange Knackgeräusche. Pause. Drei kurze Knackgeräusche, gefolgt von einer längeren Pause, nach der die ganze Zeichenfolge immer wieder von vorn begann. Es war ein Notsignal, ein SOS ...

»Mit der *Rhabwar* kann es doch gar keine Probleme geben«, sagte er. »Das wäre ja lächerlich! Also muß es Schwierigkeiten mit den Patienten geben. Jedenfalls wollen sie uns wieder auf dem Schiff haben, und ich würde sagen, die Sache ist dringend.«

Prilicla haftete neben der Luftschleuse an der Wand und antwortete mehrere Sekunden lang nicht. Schließlich sagte er: »Entschuldigen Sie bitte die scheinbare Unhöflichkeit, mein Freund, aber meine Aufmerksamkeit galt gerade etwas anderem. Es ist zwar an der Grenze der Reichweite meiner Wahrnehmungsfähigkeit, aber ich hab eine intelligente Lebensform entdeckt.«

»Sutherland!« rief Conway erregt.

»Das nehme ich wohl an, mein Freund«, entgegnete Prilicla, und er begann im Einklang mit Conways Gewissenskonflikt zu zittern.

Irgendwo in einem Umkreis von vielleicht hundert Metern steckte der vermißte Arzt der *Tenelphi.* Zwar war seine körperliche Verfassung nicht bekannt, aber eindeutig war er am Leben. Selbst mit Priliclas Hilfe könnte es eine Stunde oder länger dauern, ihn zu finden. Conway wollte den Mann unbedingt bergen und retten, und das nicht nur aus den üblichen Gründen, sondern auch weil der Arzt garantiert die Antwort darauf wußte, was mit den übrigen Offizieren der *Tenelphi* geschehen war. Andererseits verlangte man dringend die Rückkehr von ihm und Prilicla zur *Rhabwar,* und ohne triftigen Grund würde Fletcher niemals ein SOS senden.

Eigentlich konnte sich das Schiff selbst nicht in Schwierigkeiten befinden, also mußte es sich um ein Problem handeln, das die Patienten betraf. Vielleicht hatte sich urplötzlich der Gesundheitszustand der Patienten so ernsthaft verschlechtert, daß selbst Murchison und Naydrad — zwei Wesen, die nicht ohne Grund in Panik gerieten — zugestimmt hatten, die beiden Ärzte auf diese Weise zur Rückkehr zu bewegen. Wie Conway plötzlich einfiel, könnten jedoch eine Ärztin und eine ebenso erfahrene Schwester vielleicht vorübergehend für die Versorgung der Patienten an Bord genügen, wenn schon wenig später zwei weitere Ärzte zu ihnen stoßen würden, von denen einer, nämlich Sutherland, größeres Wissen über die betreffende Krankheit besaß als das gesamte medizinische Personal auf dem Ambulanzschiff.

Kaum hatte Conway seine Entscheidung getroffen, hörte Prilicla zu zittern auf.

»Doktor, wir müssen uns trennen«, sagte Conway. »Offensichtlich werden wir dringend auf dem Schiff gebraucht, oder man will uns vielleicht auch nur dringend sprechen. Würde es Ihnen etwas ausmachen, die Abkürzung zur Außenhaut zu nehmen? Finden Sie heraus, was es für ein Problem gibt, und helfen Sie den anderen, soweit es Ihnen möglich ist. Aber entfernen Sie sich vom anderen Ende des Tunnels frühestens nach einer Stunde, nachdem Sie dort angekommen sind. Während dieser Zeit werden Sie mit der *Rhabwar* und über den Tunnel mit mir hier unten in Sichtkontakt stehen. Auf diese Weise können Sie Nachrichten in beiden Richtungen weitergeben.

Sie müßten das andere Ende des Tunnels in ungefähr zwei Stunden erreichen können, da kein Zickzackkurs mehr notwendig ist und die Zentrifugalkraft der Eigendrehung des Schiffs Ihnen schneller hindurchhelfen wird. Dadurch sollte mir genügend Zeit bleiben, Sutherland zu finden und mit seiner Bergung zu beginnen. Diese Aufgabe kann ich sowieso nur alleine erledigen, denn um ihn durch diesen Tunnel zu bringen, werden eher DBDG-Muskeln erforderlich sein als die gefühlvolle Anteilnahme eines Cinrusskers.«

»Der Ansicht bin ich auch, mein Freund«, erwiderte Prilicla, der bereits den Korridor entlang auf die Öffnung zuschwebte. »Selten hab ich einem Ihrer Vorschläge mit größerer Begeisterung zugestimmt ...«

Die erste Überraschung, die Conway erwartete, als er durch die Luftschleuse ging, war das Licht. Er fand sich plötzlich in einer weitläufigen Raumflucht wieder, die, nach den an Boden, Decke und Wänden befestigten Überbleibseln der Ausrüstungsgegenstände zu urteilen, einst den Aufenthalts- und Freizeitbereich des Schiffs dargestellt hatte. Die Geräte, die man zum Trainieren in der Schwerelosigkeit und vielleicht auch für Wettkampfsportarten benutzt hatte, waren rigoros modifiziert worden, um als Gestelle und Ständer für die zum Schlaf in der Schwerelosigkeit notwendigen Doppelhängematten zu dienen. Abgesehen von einigen Abschnitten, die mit durchsichtigem Plastik verkleidet waren und Pflanzen enthielten, von denen einige noch immer eine grüne Färbung hatten, war die Innenfläche des riesigen Saals mit Betten und Möbelstücken übersät, die man den Bedingungen der Schwerelosigkeit angepaßt hatte. Es sah aus, als seien hier nach den ersten Meteoriteneinschlägen einst bis zu zweihundert Überlebende zusammen mit ihren Nachkommen einquartiert worden. Den äußeren Anzeichen nach zu urteilen, hatten sie hier eine lange Zeit gelebt. Die zweite Überraschung war, daß es von ihnen keine anderen Spuren gab als die von ihnen benutzen Möbel und Ausrüstungsgegenstände. Wo aber waren die Leichname der Überlebenden der Katastrophe, die schon seit langem tot sein mußten?

Conway spürte, wie seine Kopfhaut vor Aufregung kribbelte. Er drehte seinen Anzuglautsprecher voll auf und schrie: »*Sutherland!*«

Es kam keine Antwort.

Er stieß sich quer durch den Saal zur gegenüberliegenden Wand ab, in der sich zwei Türen befanden. Eine davon stand einen Spaltbreit offen, und aus ihr drang Licht. Als er neben der Tür landete, wußte er, daß sich dahinter die Schiffsbibliothek befand.

Das lag nicht nur an den mit Büchern und Bandspulen ordentlich gefüllten Regalen, die sich an den Wänden und der Decke des leeren Raums entlangzogen, oder an den am Boden befestigten Lesegeräten und Scannern, und erst recht nicht an den modernen Bändern und tragbaren Aufzeichnungsgeräten, die die Offiziere der *Tenelphi* mit hierhergebracht hatten und die jetzt herren- und schwerelos durch den Raum trieben. Conway wußte auch so, daß es sich um die Bibliothek handelte, weil er sowohl den Schriftzug auf der Tür als auch den Namen unter dem Schiffswappen entziffern konnte, das an der gegenüberliegenden Wand in Augenhöhe angebracht war. Als er auf dieses berühmte Wappen starrte, wurde ihm augenblicklich alles klar.

Er begriff jetzt, warum die *Tenelphi* Schwierigkeiten bekommen hatte, und warum die Offiziere von ihrem Schiff zum Wrack aufgebrochen waren und nur den

Arzt als wachhabenden Offizier zurückgelassen hatten. Er verstand auch, warum sie es so eilig gehabt hatten, an Bord ihres eigenen Schiffs zurückzukehren, warum sie krank geworden waren und warum es so wenig gab, was er oder irgend jemand anders für sie hätte tun können. Außerdem wußte er nun, warum Schiffsarzt Sutherland Schmiermittel statt Markierungsfarbe benutzt hatte, und er besaß eine ungefähre Vorstellung von der Situation, mit der sich der Arzt konfrontiert gesehen und die ihn zurück ins Wrack getrieben hatte. All das war ihm klargeworden, weil der Name und das Wappen des Schiffs in jedem Geschichtsbuch der Erde und auch in jedem der von Menschen besiedelten Planeten abgedruckt waren.

Conway schluckte und blinzelte den Schleier in den Augen weg, der vorübergehend seine Sicht beeinträchtigte hatte, und verließ langsam den Raum.

Der Schriftzug auf der anderen Tür hatte einst ›Sportausrüstungslager‹ gelautet, man hatte ihn jedoch durchgestrichen und darüber ›Lazarett‹ geschrieben. Als er die Tür aufschob, fand er den Raum dahinter ebenfalls erleuchtet vor, wenn auch nur schwach.

An den Wänden zu beiden Seiten der Tür waren die Borde der Ausrüstungsregale zu Kojen umfunktioniert worden, von denen zwei belegt waren. Die darin liegenden Leichen waren fast bis zur Unkenntlichkeit entstellt und völlig deformiert, was zum einem an der Unterernährung und zum anderen daran lag, daß sie unter schwerelosen Bedingungen geboren worden waren und gelebt hatten. Anders als die ausgetrockneten Leichenteile, auf die Conway und Prilicla auf den äußeren Decks gestoßen waren, waren diese beiden der Atmosphäre ausgesetzt gewesen, und die Verwesung hatte eingesetzt. Doch war dieser Prozeß noch nicht weit genug fortgeschritten, um die Tatsache verschleiern zu können, daß die beiden Leichen der Klassifikation DBDG angehört hatten. Es handelte sich um einen alten Mann und ein kleines Mädchen, beide Terrestrier, die erst in den letzten paar Monaten gestorben sein mußten.

Conway dachte an die Reise, die fast sieben Jahrhunderte gedauert hatte, und an die letzten beiden Überlebenden, die es fast geschafft hätten, und er mußte erneut blinzeln. Verärgert bewegte er sich weiter in den Raum hinein, indem er sich an der Kante eines Behandlungstischs und eines Instrumentenschranks entlangzog. Sein Scheinwerfer beleuchtete in einer entfernten Ecke eine Gestalt im Raumanzug, die in der linken Hand einen fast quadratischen Gegenstand hielt, während sie sich mit der rechten gegen eine geöffnete Schranktür stützte.

»S ... Sutherland?« fragte Conway.

Die Gestalt zuckte zusammen und antwortete mit schwacher Stimme: »Nicht so verdammt laut.«

Conway stellte seinen Lautsprecher leiser und sagte schnell: »Ich bin froh, daß ich Sie gefunden habe, Doktor. Ich bin Doktor Conway aus dem Orbit Hospital. Wir müssen sie schnell zum Ambulanzschiff zurückbringen. Die haben da Schwierigkeiten und wir ...«

Er brach den Satz ab, da Sutherland sich weigerte, die Schranktür loszulassen. Beruhigend fuhr Conway fort: »Ich weiß, warum Sie gelbes Schmiermittel statt Farbe benutzt haben, und ich hab meinen Helm nicht geöffnet. Uns ist bekannt, daß in anderen Teilen des Schiffs noch Druck herrscht. Gibt es irgendwelche Überlebende? Und haben Sie gefunden, wonach Sie gesucht haben, Doktor?«

Sutherland sagte nichts, bis sie das Schiffslazarett verlassen hatten und die Tür hinter ihnen geschlossen war. Er öffnete sein Visier, wischte die Feuchtigkeit ab, die sich als Perlen auf der Innenseite niedergeschlagen hatte, und sagte schwach: »Gott sei Dank erinnert sich noch jemand an die Geschichte. Nein, Doktor, es gibt keine Überlebenden. Ich hab sämtliche mit Luft gefüllten Kammern durchsucht. Eine davon ist eine Art Begräbnisstätte für nicht eßbare Überreste. Ich glaube, diese bedauernswerten Geschöpfe waren am Schluß zum Kannibalismus gezwungen und mußten ihre Toten irgendwo lagern, wo sie … na ja … griffbereit lagen. Und auch ihre zweite Frage muß ich mit einem Nein beantworten. Ich hab nicht gefunden, wonach ich gesucht hab, sondern nur ein Mittel entdeckt, womit man die Krankheit zwar erkennen, nicht aber heilen kann. Die Haltbarkeit aller angezeigten Medikamente ist bereits vor Hunderten von Jahren abgelaufen …« Er fuchtelte mit einem Buch in der Hand herum und fuhr fort: »Ich mußte hier drinnen einige engbedruckte Seiten lesen, deshalb hab ich den Luftdruck in meinem Anzug erhöht, um so in der Luft vorhandene Krankheitserreger wegzublasen, wenn ich das Visier öffnen mußte, weil ich mir etwas genauer ansehen wollte. Theoretisch hätte es funktionieren müssen.«

Offensichtlich hatte es aber nicht funktioniert. Trotz des höheren Innendrucks im Anzug, der die Luft durch die Visieröffnung nach außen geblasen hatte, war der Schiffsarzt an derselben Krankheit erkrankt, die sich auch seine Offizierskameraden zugezogen hatten. Er schwitzte übermäßig, blinzelte im Licht und seine Augen tränten, aber im Gegensatz zu den übrigen Offizieren der *Tenelphi* war er weder im Delirium noch bewußtlos — jedenfalls bis jetzt nicht.

»Wir haben eine schnelle Abkürzung nach draußen entdeckt. Na ja, wenigstens ist sie relativ schnell. Glauben Sie, Sie könnten mit meiner Hilfe klettern, oder soll ich Ihnen Arme und Beine zusammenbinden und Sie vor mir hinunterlassen?«

Sutherland war in einem erbarmungswürdigen Zustand, doch er lehnte es ganz entschieden ab, gefesselt einen Tunnel hinuntergelassen zu werden, dessen Wände aus verbogenem Metall mit zackigen Kanten bestand — egal, wie vorsichtig das bewerkstelligt werden sollte. Die beiden schlossen einen Kompromiß, indem sie sich Rücken an Rücken aneinanderschnallten und Conway das Klettern übernahm, während Sutherland ihnen die Hindernisse vom Leib hielt, die der Chefarzt nicht sehen konnte. Sie kamen sehr gut voran, und zwar so gut, daß sie Prilicla langsam einzuholen begannen, noch bevor der Cinrussker die Hälfte des Tunnels zurückgelegt hatte. Bei jeder Umdrehung, bei der die Sonne in das andere Ende des Tunnels hineinschien, wirkte der Körper des Cinrusskers, der in seinem Raumanzug von weitem wie ein dunkler Kreis aussah, immer größer.

Das regelmäßige Knacken und Zischen des SOS-Signals wurde mit jeder Minute lauter, bis es auf einmal aufhörte.

Ein paar Minuten später wurde der kleine schwarze Kreis vor ihnen zu einer glänzenden Scheibe, als Prilicla aus der Öffnung des Tunnels ins Sonnenlicht trat. Der Empath berichtete ihnen, daß die *Rhabwar* und die *Tenelphi* jetzt in seiner Sichtweite waren, und es ihm keine Schwierigkeiten bereiten sollte, normalen Funkkontakt herzustellen. Conway und Sutherland hörten ihn die *Rhabwar* rufen und, wie es schien eine Ewigkeit später, die zischenden und knisternden Geräusche der Antwort vom Ambulanzschiff. Conway konnte durch das Rauschen hindurch im Hintergrund ein paar der Wörter ausmachen und war deshalb über die von Prilicla weitergegebene Nachricht nicht völlig erstaunt.

»Mein Freund«, sagte der Empath, und Conway konnte sich vorstellen, wie Prilicla versuchte, eine Möglichkeit zu finden, die Auswirkung seiner schlechten Nachricht zu mildern, »das war Oberschwester Naydrad. Auf dem Schiff weisen sämtliche DBDGs von der Erde, einschließlich der Pathologin Murchison, die gleichen Symptome wie die Offiziere der *Tenelphi* auf, wenn auch mit unterschiedlichen Auswirkungen auf ihre Einsatzfähigkeit. Der Captain und Lieutenant Chen sind davon bisher am wenigsten betroffen, aber sie befinden sich beide in einem Zustand, der sie bettlägerig macht. Naydrad benötigt dringend unsere Hilfe, und der Captain sagt, er wird ohne uns abfliegen, wenn wir uns nicht beeilen. Lieutenant Chen glaubt überhaupt nicht mehr an einen Abflug, selbst wenn sie die Hyperraumantriebshülle nicht hätten modifizieren müssen, um die *Tenelphi* aufzunehmen. Es scheint ein zusätzliches Problem durch die Nähe des Zentralgestirns dieses Systems zu geben, das offensichtlich nur durch einen erfahrenen Astronavigator gelöst werden ...«

»Das genügt«, unterbrach ihn Conway ungeduldig. »Sagen Sie denen, sie sollen die *Tenelphi* abkoppeln und dann abdocken. Sämtliche Proben, die Chen von der *Tenelphi* zur Analyse an Bord gebracht hat, müssen sofort abgeworfen werden. Weder das Hospital noch das Monitorkorps wird sich darüber freuen, wenn wir irgend etwas mitbringen, das in Kontakt mit dem alten Wrack gekommen ist. Vielleicht wird man sogar noch nicht einmal sonderlich erfreut sein, uns zu sehen ...«

Er brach ab, als er hörte, wie Naydrad seine Anweisungen an den Captain weitergab. Und als er den Anfang von Fletchers Antwort vernahm, fuhr er rasch fort: »Doktor Prilicla, ich empfange das Schiff jetzt direkt, deshalb brauche ich Sie nicht mehr als Zwischensender. Kehren Sie so schnell wie möglich zum Schiff zurück, und helfen Sie Naydrad bei der Versorgung der Patienten. In ungefähr fünfzehn Minuten werden wir aus dem Tunnel heraus sein. Captain Fletcher, können Sie mich hören?«

Eine belegte Stimme, die Conway nicht als die des Captains erkannte, murmelte leise: »Ich kann Sie hören.«

»Gut«, erwiderte Conway und erklärte in knappen Worten, was mit der *Tenelphi* und ihnen selbst geschehen war ...

In einem Sternsystem, das gerade vermessen wurde,

ein Wrack zu finden, war für die Besatzung eines Aufklärungsschiffs stets eine willkommene Abwechslung. So waren auch die nicht diensthabenden Offiziere der *Tenelphi* in ihrer Freizeit an Bord des Generationenschiffs gegangen, um es vor Ort zu untersuchen und möglichst zu identifizieren. Wie bei allen Aufklärungsschiffen im Vermessungseinsatz bestand die vollzählige Besatzung der *Tenelphi* aus einem Captain und den Offizieren für Astronavigation, Kommunikation, Technik und Medizin, während die restlichen fünf die Vermessungsspezialisten waren, deren Arbeit rund um die Uhr ging.

Nach Sutherlands Angaben hatten die ersten Offiziere, die an Bord des Generationenschiffs gegangen waren, das Schiff schnell identifizieren können, da sie das Glück gehabt hatten, eine mit Datum und Schiffswappen versehene Vorratsliste zu finden. Die Folge war, daß jedermann, selbst der Captain, sich sofort zum Wrack begaben. Lediglich der Schiffsarzt war an Bord der *Tenelphi* zurückgeblieben, weil man ihn aufgrund seiner beruflichen Funktion am ehesten bei der Erkundung des Wracks glaubte entbehren zu können — das Ganze war plötzlich zu einer Art Massenübung im Zusammentragen von Informationen geworden.

Denn bei dem Wrack handelte es sich um nichts anderes als die *Einstein* — also um das erste interstellare Raumschiff, das von der Erde gestartet war, und das einzige der frühen Generationenschiffe von diesem Planeten, das nicht von den späteren mit Hyperraumantrieb ausgestatteten Raumschiffen geborgen worden war. Im Laufe der Jahrhunderte hatte es viele Versuche gegeben, das Schiff zu bergen, doch die *Einstein* war nicht dem geplanten Kurs gefolgt. Man hatte vermutet, daß sie innerhalb kurzer Zeit nach dem Verlassen des Sonnensystems einer technischen Katastrophe zum Opfer gefallen war.

Und da war er also nun, der erste und unzweifelhaft

mutigste Versuch der Menschheit, nach den Sternen zu greifen — und das auf die schwierigste Art und Weise, weil ihre Technologie zu dieser Zeit noch unerprobt war. Obwohl damals niemand mit absoluter Sicherheit wußte, ob das Zielsystem überhaupt bewohnbare Planeten enthielt, wollte die Schiffsbesatzung — die fähigsten Leute, die die Erde hervorbringen konnte — unbedingt diese Reise ins Ungewisse antreten. Darüber hinaus war die *Einstein* ein Stück technologischer und psychosoziologischer Geschichte, die Verkörperung einer der größten Legenden der Raumfahrt schlechthin. Und dieses Schiff stürzte mit seinen unschätzbaren Aufzeichnungen samt Logbuch in die Sonne und würde innerhalb einer Woche zerstört werden. Deshalb war es kein Wunder, daß man nur den medizinischen Offizier an Bord der *Tenelphi* zurückgelassen hatte. Aber selbst er hatte die Gefahr, die diese Situation barg, erst erkannt, als die Besatzung krank, schwitzend und dem Delirium nahe zurückkehrte. Von Beginn an hatte Sutherland Conways anfänglichen Vermutungen widersprochen, ihr Zustand rühre von radioaktiver Verseuchung, dem Einatmen giftiger Stoffe oder dem Verzehr infizierter Nahrungsmittel her. Die zurückkehrenden Offiziere hatten ihm nämlich davon berichtet, welche Verhältnisse an Bord des Wracks herrschten und wie lange spätere Nachkommen der ursprünglichen Besatzung hatten überleben können.

Auf dem Schiff gab es nicht nur unermeßlich wertvolle Aufzeichnungen über den ersten interstellaren Flugversuch der Menschheit; es enthielt auch eine unbekannte Anzahl verschiedenster Krankheitserreger, die durch die Wärme, die Atmosphäre und die bis vor kurzem lebenden menschlichen Organismen fortbestehen konnten und zu Arten gehörten, die vor siebenhundert Jahren existierten und gegen die die menschliche Spezies heute nicht mehr immun war.

Da Sutherland die sich rapide verschlechternde Verfassung seiner Offizierskameraden die ganze Zeit beobachtet hatte, wußte er, daß er nur sehr wenig für sie tun konnte. Er bestand allerdings darauf, daß sie alle ständig Raumanzüge trugen, um die Möglichkeit einer gegenseitigen Ansteckung zu vermeiden — schließlich konnte er ja nicht absolut sicher sein, ob sie alle an derselben Krankheit litten. Zudem sollten die Anzüge als Schutz im Falle eines eventuellen Unfalls dienen, während sich das Schiff vom Wrack der *Einstein* entfernte. Ihr Plan war, durch den Hyperraum zum Orbit Hospital zu springen, wo man sie medizinisch besser hätte versorgen können.

Als sich die Kollision ereignete — die laut Sutherland unvermeidlich war, wenn man den halbbewußtlosen und deliriumgleichen Zustand der Besatzung bedachte —, brachte er die Männer zur Schleusenvorkammer, um so eine schnelle Evakuierung vorzubereiten. Dann versuchte er eine Nachricht über Subraumfunk zu senden und, weil er nicht wußte, ob er es richtig gemacht hatte, die Notsignalbake auszusetzen. Aber die Kollision hatte den Auslösungsmechanismus beschädigt, und er mußte die Bake mit Händen und Füßen aus der Luftschleuse schieben. Der Zustand seiner Patienten verschlechterte sich, und er fragte sich wiederholt, ob es überhaupt etwas gab, das er für sie tun konnte.

Zu diesem Zeitpunkt faßte er den Entschluß, selbst an Bord des Wracks zu gehen, um dort, wo die Krankheit ihren Ursprung gehabt hatte, nach einem möglichen Heilverfahren zu suchen. Die Antwort konnte er vielleicht im Arzneischrank des Wracks finden — dem ›... neikasten‹ des zerstückelten Funkspruchs. Da der Druck an Bord der stark in Mitleidenschaft gezogenen *Tenelphi* stetig sank und alle Aufzeichnungsgeräte an Bord der *Einstein* zurückgelassen worden waren, konnte er für irgendwelche zukünftigen Retter keine eindeutige Warnung hinterlassen. Doch er tat sein Bestes.

So bestrich er die Außenluke der Luftschleuse der

Tenelphi mit gelbem Schmiermittel, wobei er natürlich nicht ahnen konnte, daß es durch die Hitze der Notsignalbake braun werden würde, und markierte seinen Weg durch das Wrack auf die gleiche Weise. Heutzutage wußten nur noch wenige Leute, und selbst Conway hatte lange gebraucht, um sich daran zu erinnern, daß in den Zeiten vor den interstellaren Raumreisen ein Schiff mit einer ansteckenden Krankheit an Bord eine gelbe Flagge führte ...

»... Sutherland hat dann entdeckt, daß die Medikamente im Lazarett der *Einstein* schon lange unbrauchbar waren«, fuhr Conway fort, »aber er stieß auf ein medizinisches Lehrbuch, in dem eine Anzahl von Krankheiten mit ähnlichen Symptomen aufgeführt waren, wie sie unsere Patienten aufweisen. Er glaubt, es handelt sich bei der Krankheit um eine der alten Grippearten. In unserem Fall bedeutet der Verlust natürlicher Immunität durch die Jahrhunderte hindurch allerdings, daß sich die Symptome weit heftiger auf uns auswirken. Deshalb möchte ich, daß Sie diese Informationen für eine ordnungsgemäße Übertragung per Subraumfunk zum Orbit Hospital aufzeichnen, damit man dort genau weiß, was man zu erwarten hat. Zudem schlage ich vor, Vorbereitungen für einen automatischen Sprung in den Hyperraum zu treffen, falls Sie sich nicht fit genug fühlen sollten, um einen ...«

»Doktor«, unterbrach ihn der Captain mit schwacher Stimme, »genau das versuche ich ja gerade zu tun. Wie schnell können Sie hier sein?«

Conway war einen Moment lang still, während er und Sutherland aus dem Tunnelrand herauskamen, und antwortete dann: »Ich kann die *Rhabwar* jetzt sehen. Zehn Minuten noch.«

Auf dem Unfalldeck, das langsam überfüllt war, zog Conway fünfzehn Minuten später dem Schiffsarzt den Raumanzug und die Uniform aus. Dr. Prilicla schwebte der Reihe nach über den Patienten und überwachte ihren Zustand mit den Augen und seinen empathischen Fähigkeiten, während Naydrad Lieutenant Haslam hereinbrachte, der vor ein paar Minuten auf seinem Platz im Kontrollraum zusammengebrochen war.

Keiner der Extraterrestrier hatte irgend etwas von terrestrischen Krankheitserregern zu befürchten, selbst wenn diese siebenhundert Jahre alt waren. Und die Besatzungsmitglieder der *Tenelphi* und der *Rhabwar* und Murchison konnten nur daliegen und hoffen, wenn sie sich nicht bereits im Delirium oder im bewußtlosen Zustand befanden, daß ihre Körperabwehrkräfte irgendeine Möglichkeit fanden, diese Feinde aus der Vergangenheit zu bekämpfen. Lediglich Conway war von einer Infektion verschont geblieben, weil ihm ein Schmiermittelklecks oder irgendein Bruchstück eines verstümmelten Funkspruchs zumindest im Unterbewußtsein davor gewarnt hatte, sein Visier zu öffnen, als die Offiziere des Aufklärungsschiffs an Bord gebracht worden waren.

»Vier Ge Schub in fünf Sekunden«, meldete Chens matte Stimme aus dem Lautsprecher. »Künstliche Schwerkraftkompensatoren bereit.«

Als Conway das nächste Mal auf den Repeaterschirm blickte, zeigte dieser die *Einstein* und die *Tenelphi* auf die Größe eines kleinen Doppelsterns zusammengeschrumpft. Conway beendete seine gegenwärtigen Bemühungen, es Sutherland so bequem wie möglich zu machen, überprüfte den Sitz der Infusionsschläuche, die intravenös die verlorene Flüssigkeit ersetzten, und ging dann zu Haslam und Dodds hinüber. Murchison sparte er sich bis zum Schluß auf, weil er mit ihr mehr Zeit verbringen wollte.

Trotz der verringerten Temperatur in der Drucktragbahre schwitzte sie erheblich, murmelte Fieberphantasien vor sich hin und warf ihren Kopf von einer Seite zur anderen. Zwar hatte sie ihre Augen halb geöffnet, war sich Conways Gegenwart jedoch nicht wirklich bewußt. Es war ein richtiger Schock für ihn, Murchison so vor sich liegen zu sehen und zu erkennen, daß sie jetzt eine sehr schwer erkrankte Patientin war und nicht die Kollegin, die er seit der Zeit geliebt und respektiert hatte, als sie noch als Schwester in der Neugeborenenabteilung für FGLIs gearbeitet hatte, und er noch der Überzeugung gewesen war, sämtliche Krankheiten der Galaxis allein mit seinem Taschenröntgenscanner und der Hingabe zu seinem Beruf heilen zu können.

Doch im Orbit Hospital im galaktischen Sektor zwölf — dessen rangniedrigster Angehöriger des ärztlichen Mitarbeiterstabs in jedem x-beliebigem planetarischen Hospital, das auf die Behandlung einer einzelnen Spezies spezialisiert war, noch als Führungskraft angesehen werden würde — war alles möglich. Eine hochqualifizierte Krankenschwester mit ausgeprägten Erfahrungen bei der Behandlung von Aliens konnte leicht in höhere Positionen aufsteigen und zu einer der besten Pathologinnen des Hospitals werden. Und ein Assistenzarzt, dem in seinem viel zu großen Kopf unkonventionelle Ideen herumspukten, konnte auf den Boden der Tatsachen zurückgeholt werden. Conway seufzte und wollte Murchison streicheln und beruhigen, aber Naydrad hatte bereits alles für sie getan, was derzeit möglich war. Er konnte also nichts anderes machen, als sie zu beobachten und zu warten, wie sich ihr Zustand allmählich verschlechterte, bis er dem der Offiziere von der *Tenelphi* glich.

Mit etwas Glück sollten sie bald ins Orbit Hospital eingeliefert werden können, wo ihnen dank der vorhandenen technischen Einrichtungen und Forschungsmöglichkeiten eine angemessene medizinische Versorgung zuteil werden würde. Fletcher und Chen waren insofern glimpflich davongekommen, weil sich der Captain im Kontrollraum und der technische Offizier im Maschinenraum aufgehalten hatte, als die infizierten Offiziere der *Tenelphi* an Bord gebracht worden waren. Deshalb waren sie als letzte von der Krankheit befallen worden. Glücklicherweise war ihre körperliche Verfassung noch gut genug, um das Schiff führen zu können.

Oder etwa nicht ...?

Auf dem Repeaterschirm breitete sich noch immer eine tiefe Schwärze aus, in der die *Einstein* und die *Tenelphi* zwischen den Sternen im Hintergrund nicht mehr zu erkennen waren. Doch mittlerweile sollte der Bildschirm eigentlich die unsichtbare Farbe der Hyperraumdimension zeigen. Plötzlich kam Conway der Gedanke, daß es für alle Beteiligten viel sinnvoller wäre, wenn er wenigstens versuchen würde, etwas für Chen und den Captain zu tun, anstatt seine Zeit bei Murchison mit Nichtstun zu verbringen.

»Würden Sie sich bitte einmal diesen Patienten ansehen, mein Freund«, sagte Prilicla, wobei er mit einem seiner Fühler auf einen der erkrankten Offiziere zeigte, »und den dort drüben? Ich spüre, daß sie bei Bewußtsein sind und beruhigender Worte von einem Mitglied ihrer eigenen Spezies bedürfen.«

Zehn Minuten später befand sich Conway im Hauptschacht und zog sich in Richtung Kontrollraum. Als er ihn betrat, hörte er, wie sich der Captain und der technische Offizier gegenseitig Zahlen zuriefen, unterbrochen von häufigen Pausen für Wiederholungen und Nachprüfungen. Fletchers Gesicht war rot angelaufen und tropfte vor lauter Schweiß. Seine Augen tränten. Und so, wie er blinzelnd und zwinkernd auf die Displays seines Steuerpults blickte und die Ziffern ablas, schien sein deliriumähnlicher Zustand die Form einer unbeugsamen Berufsbesessenheit angenommen zu haben, während Chen, der nicht viel besser aussah, von dem für ihn ungewohnten Platz an der Instrumententafel des Astronavigators aus antwortete. Conway betrachtete die beiden mit fachmännischem Blick, und ihm gefiel gar nicht, was er sah.

»Sie brauchen Hilfe«, sagte er mit fester Stimme.

Fletcher sah ihn mit rotumrandeten und tränenden Augen an und entgegnete müde: »Ja, Doktor, aber bestimmt nicht Ihre. Sie haben ja gesehen, was mit der *Tenelphi* passiert ist, als der medizinische Offizier versucht hat, damit zu fliegen. Kümmern Sie sich einfach um Ihre Patienten, und lassen Sie uns in Ruhe.«

Chen wischte sich den Schweiß vom Gesicht und sagte entschuldigend: »Was der Captain zu sagen versucht, Doktor, ist, daß er Ihnen nicht in fünf Minuten beibringen kann, wofür er fünf Jahre intensivster Ausbildung gebraucht hat. Und an der Verzögerung für den Sprung in den Hyperraum sind wir selbst schuld, weil es beim erstenmal gleich richtig klappen muß, falls wir für einen zweiten Versuch nicht fit genug sein sollten und in einem falschen galaktischen Sektor materialisieren. Dem Captain tut sein schlechtes Benehmen bestimmt leid, aber er fühlt sich furchtbar mies.«

Conway lachte und erwiderte: »Ich nehme seine Entschuldigung gern an. Ich hab mich übrigens gerade mit einem der Opfer von der *Tenelphi* über das unterhalten, was wir jetzt mit ziemlicher Sicherheit für eine der alten Grippearten halten. Zusammen mit den beiden anderen Mitgliedern eines Trupps, der zuerst an Bord des Wracks ging, gehört er zu den ersten, die an dem Virus erkrankt sind. Allmählich hat er jetzt wieder normale Temperatur, und die der anderen beiden fällt ebenfalls relativ schnell. Ich würde sagen, ein Ausbruch dieser siebenhundert Jahre alten Grippe kann mit unterstützenden Medikamenten durchaus erfolgreich verhindert werden, obwohl das Hospital wahrscheinlich darauf bestehen wird, uns alle eine Zeitlang unter Quarantäne zu stellen, sobald wir zurückgekehrt sind.

Jedenfalls ist der Offizier, mit dem ich gesprochen hab, der Astronavigator der *Tenelphi*«, fuhr er rasch fort, »und offen gesagt, ist er in weit besserer Verfassung als Sie beide. Sie *brauchen* doch Hilfe, oder?«

Fletcher und Chen sahen ihn an, als hätte er gerade ein Wunder vollbracht, als wäre auf irgendeine sonderbare Weise einzig und allein er für all die komplizierten Mechanismen verantwortlich, die die terrestrische Lebensform DBDG entwickelt hatte, um sich gegen Krankheiten zu schützen — was natürlich völlig lächerlich war. Er nickte ihnen zu und kehrte auf das Unfalldeck zurück, um den Astronavigator der *Tenelphi* in den Kontrollraum zu schicken. Seiner Ansicht nach würde jeder Kranke an Bord — natürlich mit Ausnahme der beiden immunen Lebewesen Prilicla und Naydrad — innerhalb von höchstens zwei Wochen vollständig wiederhergestellt und genesen sein. Vor allem aber würde er dann die Pathologin Murchison nicht mehr wie eine Patientin behandeln müssen.

DRITTER TEIL

Quarantäne

Unmittelbar nach der Rückkehr zum Orbit Hospital stellte man die *Rhabwar* mitsamt dem an Bord befindlichen terrestrischen Personal unter strenge Quarantäne und verweigerte der Besatzung den Zutritt zum Hospital. Conway hatte seit der Infektion an Bord weder mit den Besatzungsmitgliedern der *Tenelphi* noch mit denen des Ambulanzschiffs direkten körperlichen Kontakt gehabt und stand praktisch unter doppelter Quarantäne: Entweder steckte er in einer virusfreien Luftblase, die die Form eines Menschen hatte — im Raumanzug also —, oder er befand sich in einer Kabine, die man in aller Eile so umgebaut hatte, daß sie unabhängig von dem verseuchten Lebenserhaltungssystem des Ambulanzschiffs war.

Bei der die Gesundung der beiden Schiffsbesatzungen fördernden Behandlung traten keine wirklich ernsthaften Probleme auf, da Prilicla und Naydrad Conway dabei assistierten. Als Extraterrestrier waren Prilicla und Naydrad natürlich gegen terrestrische Krankheitserreger immun, und auf diese medizinische Tatsache bildeten sie sich nicht gerade wenig ein. Conways Patienten sprachen auf die Behandlung entweder gut an oder befanden sich bereits auf dem Weg der Genesung, wenn auch in unterschiedlichen Stadien. Auch bei der Unterbringung der beiden Besatzungen gab es keine Schwierigkeiten — die Offiziere der *Tenelphi* hatte man auf dem Unfalldeck einquartiert, und das Personal des Ambulanzschiffs besaß schließlich eigene Kabinen. Trotzdem war die *Rhabwar* zeitweilig furchtbar überfüllt — und das oftmals ganze dreiundzwanzig Stunden am Tag.

Das eigentliche Problem war nämlich, daß auf der einen Seite praktisch jeder im Hospital arbeitende Terrestrier und Extraterrestrier einen Grund zum Besuch des Ambulanzschiffs zu finden versuchte, während auf der anderen Seite den Kranken der Zutritt zum Hospital verwehrt wurde.

Während der ersten Woche arbeiteten Ärzte- und Technikerteams gemeinsam rund um die Uhr. Die Techniker spülten die Luftsysteme der beiden Schiffe mit Wasser aus und sterilisierten alles, was mit der infizierten Luft in Berührung gekommen war. Die Ärzte überprüften ununterbrochen die Genesungsfortschritte der Patienten und überwachten diese auch nach erfolgter Heilung, um so sicherzustellen, daß sie keine anderen Wesen der Klassifikation DBDG infizieren konnten. Schließlich gab es noch diejenigen, die nur deshalb an Bord kamen, um sich mit den Patienten zu unterhalten und sich womöglich über Conways Verhalten bezüglich der Vorfälle auf der *Einstein* zu beschweren.

Zu dieser Gruppe gehörte auch Thornnastor, der elefantenartige Tralthaner und leitende Diagnostiker der Pathologie, der hauptsächlich wegen Murchison kam, die eine Mitarbeiterin seiner Abteilung war. Um sie moralisch aufzubauen, berichtete Thornnastor ihr den neuesten Hospitalklatsch, der auf einigen ET-Stationen ganz besonders farbenfrohe Blüten trieb. Des weiteren bestand dieser Personenkreis aus einer bunten Mischung hochqualifizierter Ärzte und bitter enttäuschter Amateurhistoriker. Diese Besucher wollten mit der Besatzung der *Tenelphi* über deren Erlebnisse an Bord des Wracks sprechen und Conway tadeln, weil er keine anderen Fundstücke als ein siebenhundert Jahre altes medizinisches Lehrbuch mit zurückgebracht hatte, das obendrein auch noch zu Staub zerfallen war, als man es mit einer heutzutage üblichen Sterilisationstechnik konfrontiert hatte.

Im Innern der sterilen anzugförmigen Luftblase bemühte sich Conway stets eine betont kühle und unbeteiligte Haltung zu bewahren — allerdings nicht immer erfolgreich. Captain Fletcher hingegen, der schon so weit genesen war, daß ihn seiner Überzeugung nach nur noch medizinischer Bürokratismus an der Wiederaufnahme seiner Pflichten hinderte, fiel es noch schwerer, Gleichgültigkeit vorzugaukeln. Besonders dann, wenn sich das Personal der *Rhabwar* zu den Mahlzeiten versammelte.

»Schließlich sind Sie der Chefarzt und immer noch der ranghöchste Offizier auf diesem Schiff«, stellte der Captain in betrübtem Ton fest, während er über das von den Ernährungswissenschaftlern des Hospitals verordnete ziemlich fade schmeckende Essen herfiel. »Anders als wir sind Sie ja nie Patient gewesen, Doktor. Deshalb hat man Ihnen auch nicht Ihren Offiziersrang mit der Aushändigung eines Krankenhemds genommen. Ich meine, Thornnastor ist als Wesen ja ganz in Ordnung, aber er ist eben ein FGLI, und seine Bewegungen strahlen ungefähr die Grazie und Eleganz eines sechsbeinigen Elefantenbabys aus. Haben Sie eigentlich gesehen, was er mit der Leiter auf dem Unfalldeck und mit Ihrer Kabinentür angestellt hat, Murchison …?«

Fletcher brach ab und lächelte Murchison bewundernd an. Lieutenant Haslam murmelte irgend etwas vor sich hin, wie daß er selbst schon häufig Lust gehabt hätte, die Tür der Pathologin einzutreten, doch der Captain brachte ihn mit einem Stirnrunzeln zum Schweigen. Lieutenant Dodds und Chen blieben als artige rangniedrige Offiziere in respektvoller Weise stumm. Zusammen mit den restlichen anwesenden männlichen Terrestriern der Klassifikation DBDG strahlten sie gedämpfte, angenehme Emotionen aus, die Prilicla als mit dem Drang zur Paarung verknüpft beschrieben hätte. Oberschwester Naydrad, die nur selten eine Störung bei der Nahrungsaufnahme zuließ, nahm von den Äußerungen und Vorgängen keine Notiz und fuhr mit der Einverleibung großer Portionen grüner und gelber Pflanzenfasern fort, die von ihrer Spezies als Nahrung besonders geschätzt wurden.

Der für Emotionen empfängliche Doktor Prilicla, der

einfach niemanden ignorieren konnte, schwebte ohne Anzeichen emotionalen Leidens still über der Tischkante. Ganz offensichtlich war der Captain also gar nicht so verärgert, wie er klang.

»... jetzt mal im Ernst, Doktor«, fuhr Fletcher fort. »Es ist ja nicht nur Thornnastor, der sich in nicht für FGLIs bestimmten Schiffsabschnitten wie ein Elefant im Porzellanladen aufführt. Einige andere Extraterrestrier nehmen schließlich auch ganz schön viel Platz ein. Manchmal sitzt jedem einzelnen Besatzungsmitglied der *Tenelphi* ungefähr ein halbes Dutzend ETs oder Terrestrier zu Füßen und lauscht den Berichten über das, was sie auf diesem Wrack gesehen haben. Aber uns hier vom Ambulanzschiff behandeln die, als hätten wir uns eine besonders entartete Form von Lepra eingefangen. Dabei haben wir uns mit dem gleichen Grippevirus angesteckt wie die Besatzung vom Aufklärungsschiff.«

Conway lachte und entgegnete: »Ich kann die Vorbehalte dieser Leute verstehen, Captain. Denen ist schließlich historisches Material von unermeßlichem Wert entgangen, das man schon seit vielen Jahrhunderten unwiederbringlich verloren geglaubt hatte. Das bedeutet, sie haben es gleich zweimal verloren, und deshalb sind sie mir auch doppelt böse, weil ich nicht mit einem ganzen Ambulanzschiff voller Dokumente und Gebrauchsgegenstände von der *Einstein* zurückgekehrt bin. Ehrlich gesagt, war ich damals sogar in der Versuchung, das zu tun. Aber wer weiß, was ich zusammen mit diesen Dokumenten noch an siebenhundertjährigen Bakterien- und Virusinfektionen mitgebracht hätte, gegen die wir nur geringe oder gar keine Widerstandskräfte besitzen. Dieses Risiko konnte ich einfach nicht eingehen. Und wenn meine Kritiker endlich aufhören, die bitter enttäuschten Amateurhistoriker zu spielen und sich wieder ihren Aufgaben als Ärzte und Diagnostiker dieses Hospitals widmen, dann wird ihnen schon klar werden, daß sie unter solchen Umständen genauso gehandelt hätten wie ich.«

»Da stimme ich Ihnen voll und ganz zu, Doktor«, erwiderte Fletcher. »Ich hab sowohl für Ihre Probleme als auch für die der Amateurhistoriker vollstes Verständnis. Ich weiß aber auch, daß die sich vorm Verlassen des Schiffs alle einem äußerst gründlichen und — na ja — körperlich höchst unangenehmen Dekontaminierungsverfahren haben unterziehen müssen. Und diese Prozedur sondert mit Ausnahme der Enthusiasten und Masochisten unter den Amateurhistorikern alle anderen aus. Ich wollte lediglich wissen, ob man diesen Leuten auf höfliche Art beziehungsweise überhaupt irgendwie mitteilen kann, daß sie sich von meinem Schiff fernhalten sollen?«

»Nun, unter diesen Leuten sind auch einige Diagnostiker«, antwortete Conway etwas hilflos.

»Also, Sie sagen das so, als wenn das eine Antwort auf meine Frage wäre, Doktor«, erwiderte der Captain mit verblüffter Miene. »Was gibt es denn so Besonderes an einem Diagnostiker?«

Die gesamte Tischrunde hörte auf zu essen und blickte Conway an, der als einziger an Bord außerhalb seiner sterilen Kabine nirgendwo Mahlzeiten zu sich nehmen durfte. Priliclas Schweben wurde ein wenig unruhiger, und Naydrad ließ einen kurzen, unübersetzbaren Nebelhornstoß ertönen, der bei Kelgianern wahrscheinlich einem ungläubigen Schnauben entsprach. Auf Fletchers Frage antwortete aber nicht Conway selbst, sondern Murchison.

»Die Diagnostiker sind tatsächlich etwas ganz Besonderes, Captain«, sagte sie und fügte lächelnd hinzu: »Und auch etwas höchst Eigenartiges. Ihnen ist ja bereits bekannt, daß Diagnostiker das ranghöchste medizinische Personal im Hospital darstellen und daher nicht so ohne weiteres herumkommandiert werden können. Zudem weiß man bei einem Gespräch mit einem Diagnostiker nie so genau, mit wem oder was man eigentlich spricht ...«

Wie Murchison weiter erklärte, verfügte das Orbit Hospital zwar über die Ausrüstung zur Behandlung jeder intelligenten Lebensform, aber kein einzelnes Lebewesen konnte auch nur einen Bruchteil der für diesen Zweck notwendigen physiologischen Daten im Kopf behalten. Natürlich eignete man sich durch Übung und Erfahrung chirurgisches Geschick und einen gewissen Grad an diagnostischen Fähigkeiten an, doch das vollständige physiologische Wissen für eine angemessene Behandlung irgendeines Patienten wurde durch das sogenannte Schulungsbandsystem vermittelt. Ein solches Band war nichts anderes als die Aufzeichnung der Gehirnströme einer medizinischen Kapazität, die derselben oder einer ähnlichen Spezies angehörte wie der zu behandelnde Patient.

Wenn zum Beispiel ein terrestrischer Arzt einen kelgianischen Patienten medizinisch zu versorgen hatte, speicherte er bis zum Abschluß der Behandlung eins der DBLF-Schulungsbänder im Gehirn und ließ es anschließend wieder löschen. Die einzige Ausnahme bildeten neben den Diagnostikern die Chefärzte, zu deren Aufgabe auch die Weiterbildung des medizinischen Personals gehörte. Sie mußten häufig ein, zwei Bänder über einen längeren Zeitraum im Kopf behalten und konnten sich allenfalls damit trösten, daß es Diagnostikern noch schlechter erging als ihnen.

Ein Diagnostiker gehörte der geistigen Elite des Orbit Hospitals an. Er war eines jener seltenen Wesen, deren Psyche und Verstand als ausreichend stabil erachtet wurde, permanent bis zu zehn Bänder gleichzeitig im Kopf gespeichert zu haben. Ihren mit Daten vollgestopften Hirnen oblag in erster Linie die Aufgabe, medizinische Grundlagenforschung zu leisten und neue Krankheiten bislang unbekannter Lebensformen zu diagnostizieren und zu behandeln.

Mit einem Schulungsband wurden einem aber nicht nur die physiologischen Fakten einer Spezies ins Gehirn eingeimpft, sondern auch die gesamte Persönlichkeit und das komplette Gedächtnis des Wesens, das dieses Wissen einst besessen hatte. Praktisch setzte sich ein Diagnostiker freiwillig einer höchst drastischen Form multipler Schizophrenie aus. Die fremden Persönlichkeiten, die seinen Geist scheinbar mit ihm teilten, konnten durchaus unangenehme und aggressive Wesen mit allen Arten von Reizbarkeit und Phobien sein — schließlich sind Genies, ob auf medizinischem oder irgendeinem anderen Gebiet, nur selten freundliche Leute.

Zwar wurde die eigene Persönlichkeit durch ein Schulungsband niemals vollständig unterdrückt, doch wenn man einem Diagnostiker gegenüber einen Wunsch nichtmedizinischer Natur äußerte, hing seine Reaktion stets von dem Fall oder Forschungsprojekt ab, an dem er gerade arbeitete, und wieviel Konzentration er dafür aufwenden mußte. Darüber hinaus war es auch noch eine Frage des Anstands, zunächst einmal herauszufinden, was für eine Persönlichkeit gerade partiell die Kontrolle über das Gehirn des betreffenden Diagnostikers übernommen hatte, bevor man überhaupt einen Ton sagte. Diagnostiker gehörten nicht gerade zu denjenigen, denen man Anweisungen erteilte. Selbst der Chefpsychologe des Orbit Hospitals, O'Mara, mußte sie mit einem gewissen Grad an Besonnenheit behandeln …

»… deshalb können Sie den Diagnostikern leider nicht einfach befehlen, von Bord zu gehen, Captain«, fuhr Murchison fort. »Außerdem werden die Chefärzte, die diese Diagnostiker begleiten, für ihre Anwesenheit hier neben ihrer Neugier sicherlich auch noch vernünftige medizinische Gründe haben. Des weiteren sollten Sie bedenken, daß die Diagnostiker in den letzten zwei Wochen unsere Körper praktisch Zelle für Zelle durchgecheckt haben. Wenn wir ihnen nun nahelegen, die Gespräche mit den Besatzungsmitgliedern der *Tenelphi* über die Geschichte der Raumfahrt einzustellen, weil das reine Zeitverschwendung ist, würden sie uns womöglich noch gründlicher untersuchen, aber ...«

»Bloß das nicht!« unterbrach Fletcher sie hastig und seufzte. »Aber dieser Thornnastor scheint ja ein ziemlich freundliches Wesen zu sein, wenn auch ein wenig groß und tolpatschig, und er ist unser häufigster Besucher. Könnten Sie ihm nicht vorschlagen, vielleicht nicht ganz so oft und vor allem ohne sein medizinisches Gefolge zu kommen, weil wir dann ...?«

Murchison schüttelte entschieden den Kopf. »Thornnastor ist der leitende Diagnostiker der Pathologie und als solcher der Chefdiagnostiker des Orbit Hospitals. Außerdem ist er eine wichtige Nachrichtenquelle, ein Freund und mein Abteilungsleiter. Also, ich freue mich jedenfalls über Thornys Besuche. Sie finden es vielleicht seltsam, daß ein tralthanischer FGLI, ein übergroßer, elefantenartiger, sechsbeiniger warmblütiger Sauerstoffatmer mit vier Greiforganen und schon unanständig vielen Augen Geschmack an einem Gespräch über einen pikanten Klatsch aus der SNLU-Abteilung der Methanstationen findet. Vielleicht wundern Sie sich sogar, wie überhaupt irgend etwas Skandalträchtiges zwischen zwei kristallinen Lebensformen bei minus einhundertfünfzig Grad Celsius vorfallen kann, oder warum deren Freizeitaktivitäten für einen warmblütigen Sauerstoffatmer von solchem Interesse sind. Aber Sie müssen verstehen, Thornys Sympathie für andere ETs und selbst für uns Terrestrier ist einzigartig. Er ist eine der psychisch und physisch stabilsten und ausgewogensten Mehrfachpersönlichkeiten des Hospitals und ...«

Fletcher hob beide Hände als Zeichen der Kapitulation und entgegnete: »Und besitzt darüber hinaus auch noch die Fähigkeit, seinem Personal einen — gelinde gesagt — ungewöhnlich hohen Grad an persönlicher Loyalität abzuverlangen. Na gut, Madam, Sie haben mich überzeugt. Was Diagnostiker betrifft, bin ich ab jetzt im Bilde, und ich kann eben nichts dagegen tun, daß diese Leute einfach über mein Schiff herfallen.«

»Leider nicht, Captain«, erwiderte Murchison mitfühlend. »Dagegen könnte nur O'Mara etwas machen. Aber der mag seine Diagnostiker viel zu gern. Einer seiner Lieblingssätze lautet, daß jeder geistig Zurechnungsfähige, der freiwillig Diagnostiker werden will, schon von vornherein verrückt sein muß ...«

Während des Gesprächs zwischen Murchison und Fletcher hatte sich die Beleuchtung in der Schiffskantine fast unmerklich verändert. Der Grund dafür war das Aufflackern des Bildschirms, auf dem jetzt die zerfurchten Gesichtszüge des Chefpsychologen zu sehen waren.

»Wie kann es eigentlich angehen, daß jedesmal, wenn ich ein Gespräch unterbreche, die Leute über mich reden?« fragte O'Mara griesgrämig. »Aber bitte jetzt keine Entschuldigungen oder Erklärungen, Sie würden ja doch nur meine Leichtgläubigkeit auf die Probe stellen. Conway, Fletcher, ich hab Neuigkeiten für Sie. Doktor, Sie können den Raumanzug ausziehen und Ihre Kabine wieder mit der Klimaanlage des Schiffs verbinden. Sie dürfen auch wieder mit Ihren Kollegen und Kolleginnen essen und sogar in direkten Körperkontakt treten.« Er lächelte süffisant, sah Murchison aber lieber nicht an. »Das Schiff steht ab sofort nicht mehr unter Quarantäne. Aber offen gesagt, hat diese ganze Angelegenheit eine ernsthafte Schwachstelle in unserer Verfahrensweise bezüglich der Patientenaufnahme offenbart.

Bisher hatten wir immer angenommen, daß neue Patienten oder Verletzte keine Bedrohung darstellen, weil die Krankheitserreger einer x-beliebigen Spezies nicht auf die Angehörigen einer anderen Spezies übertragbar sind — und damit hatten wir auch recht. Da sich jedes raumreisende Wesen selbst nach den kürzesten interplanetarischen Abstechern strengen Gesundheitstests unterziehen muß, haben wir leider zu einer etwas laxen Haltung gegenüber der Ansteckungsgefahr zwischen Angehörigen der gleichen Spezies geneigt. Deshalb sind wir jetzt besonders vorsichtig und gestatten nur der Besatzung der *Tenelphi*, von Bord zu gehen. Sie müssen leider noch fünf Tage auf der *Rhabwar* bleiben. Die Besatzung der *Tenelphi* hat die Grippe ja zuerst bekommen, und die Crew des Ambulanzschiffs ist erst später daran erkrankt. Wenn Sie selbst also in den nächsten fünf Tagen keine Grippe kriegen, Conway, dann gibt es auf Ihrem Schiff logischerweise keine Viren mehr, und Sie und die gesamte Besatzung sind erlöst. Damit Ihnen und Ihren Leidensgenossen aber vor lauter Nichtstun nicht langweilig wird, hab ich einen Auftrag für Sie. Captain Fletcher, die Offiziere und Sie selbst haben den aktiven Dienst ja schon wieder aufgenommen. Wie schnell könnten Sie losfliegen?«

»Inoffiziell sind wir schon seit letzter Woche wieder im aktiven Dienst«, antwortete Fletcher, wobei er sich verzweifelt bemühte, seinen neuerwachten Eifer nicht allzu deutlich zu zeigen. »Das Schiff ist startklar, Major, vorausgesetzt, daß wir sofort damit beginnen können, unseren Vorrat an Lebensmitteln und Medikamenten zu ergänzen, und uns keine übergroßen Extraterrestrier im Weg stehen ...«

»Das kann ich Ihnen versprechen«, entgegnete O'Mara.

»... dann könnten wir innerhalb von zwei Stunden starten«, schloß Fletcher.

»Na prima!« freute sich der Chefpsychologe unverhohlen. »Sie werden zu einer weit am Rande der Galaxis entdeckten Notsignalbake ausrücken, und zwar in Sektor fünf. Nach dem gesendeten Signal zu urteilen, ist das keine von unseren Baken, und da draußen fliegen sowieso keine Schiffe der Föderation herum. Wegen der sehr geringen Sternendichte haben wir uns auch noch die Zeit genommen, diesen Abschnitt kartographisch zu erfassen. Wenn es da draußen aber *wirklich* eine raumreisende Spezies gibt, dann sollten wir deren Karten im Austausch gegen unsere bestimmt kopieren dürfen. Erst recht, wenn Sie einigen dieser Wesen aus der Patsche helfen. Aber vielleicht sollte ich so edle und selbstaufopferungsvolle Charaktere wie Sie lieber nicht auf den Aspekt des beiderseitigen Vorteils bei dieser Angelegenheit hinweisen. Die Koordinaten der Bake werden Sie demnächst vom Kommunikationszentrum erhalten. Wie gesagt, es handelt sich mit nahezu an Sicherheit grenzender Wahrscheinlichkeit um eine Notsignal, das von einem Schiff einer bisher unentdeckten Spezies stammt.

Und noch etwas, Conway«, beendete O'Mara seine Ausführungen mit ironischem Unterton, »versuchen Sie doch dieses Mal, ruhig ein paar gewöhnliche, von mir aus sogar auch ungewöhnliche Verletzte mitzubringen, aber bitte nicht wieder gleich irgendeine grassierende Epidemie ...«

Captain Fletcher vergeudete keine Zeit damit, auf Sprungdistanz zu gehen, weil er diesmal im Gegensatz zur ersten Mission volles Vertrauen in die Fähigkeiten seines Schiffs hatte. Zwar beklagte er sich ein wenig darüber — obwohl seine Beschwerden in Conways Ohren eher wie eine Entschuldigung klangen — wie schon während des ersten Flugs an Unterrichtseinheiten teilnehmen zu müssen, aber man wollte sowohl die Offiziere als auch die medizinischen Mitarbeiter an Bord zumindest in theoretischer Hinsicht dazu befähigen, im Notfall auch Aufgaben außerhalb ihrer Spezialgebiete übernehmen zu können.

Gemäß der für das Ambulanzschiffprojekt bestehenden Direktive mußte Conway die Offiziere in den Grundlagen der ET-Physiologie unterrichten, ihnen also Kenntnisse über den Körperbau, die Muskulatur und das Kreislaufsystem von Aliens vermitteln. Die Offiziere sollten wenigstens so viel über diese Spezialgebiete wissen, daß sie nicht trotz bester Absichten aus Versehen einen extraterrestrischen Verletzten töteten. Unterdessen sollte sich Fletcher bei den medizinischen Mitarbeitern durch Vorträge über seine besonderen Spezialgebiete, die Konstruktion von ET-Schiffen und die vergleichende Technik, revanchieren. Auf diese Weise wollte man grundlegenden Fehlern des medizinischen Teams bei der Bergung eines Patienten aus einem extraterrestrischen Raumschiff vorbeugen.

Fletcher war mit Conway einer Meinung, daß bei diesem Auftrag zwar keine Zeit für die Aufstellung eines Vortragsprogramms bleiben würde, sie so etwas aber für die Zukunft im Hinterkopf behalten sollten. Das Ergebnis war, daß Conway den größten Teil der Hyperraumreise zusammen mit Naydrad, Prilicla und Murchison auf dem Unfalldeck verbrachte und sich fragte, ob sie auf die Aufnahme einer unbekannten Anzahl von Verwundeten einer fremden physiologischen Klasse richtig vorbereitet waren. Auf Fletchers Einladung hin befand er sich allerdings kurz vor dem anstehenden Auftauchen aus dem Hyperraum im Kontrollraum des Schiffs.

»Schiffstrümmer, Sir«, meldete Lieutenant Dodds ein paar Sekunden nach dem Eintauchen der *Rhabwar* in den Normalraum.

»Das glaube ich einfach nicht ...!« rief Fletcher überrascht aus. Dann fuhr er in etwas ruhigerem Ton fort: »Also, Ihre Astronavigation ist doch viel zu exakt, Dodds. Das kann doch nur reines Glück gewesen sein.«

»Nun, ich weiß nicht, Sir«, entgegnete Dodds grinsend. »Die Entfernung beträgt jedenfalls neunzehn Kilometer. Ich stelle jetzt das Teleskop ein. Wissen Sie, Sir, das hier könnte die schnellste Rettungsaktion seit Beginn der Raumfahrt werden.«

Der Captain gab keine Antwort. Er sah zufrieden und aufgeregt zugleich aus und war — genau wie der zusehende Conway — aufgrund des unverhofften Glücks ein klein wenig mißtrauisch. Der Bildschirm zeigte das Wrack als flimmernden, verschwommenen grauen Fleck, der in der Dunkelheit des Alls schnell um die eigene Achse rotierte. Hier draußen am Rande der Galaxis war die Sternendichte gering, und der größte Teil des herrschenden Lichts kam von der langen, nur schwach leuchtenden Milchstraße, die wie eine Nebelbank wirkte. Plötzlich wurde das Bild zwar heller, dafür aber noch verschwommener, weil Dodds auf die Infrarotempfänger umgeschaltet hatte und man an Bord der *Rhabwar* jetzt nur noch die Hitzeabstrahlung des Wracks sah.

»Was sagen die Sensoren?« fragte der Captain.

»Ausschließlich anorganisches Material, Sir«, berichtete Haslam. »Keine Atmosphäre im Schiff. Bezogen auf die Umgebungstemperatur ist das Wrack sehr warm. Was immer dort auch geschehen ist, es muß also erst vor kurzem und als Folge einer Explosion passiert sein.«

Bevor der Captain antworten konnte, meldete Dodds: »Noch ein Trümmerteil, Sir. Ein größeres Stück. Entfernung dreiundachtzig Kilometer. Dreht sich sehr schnell.«

»Geben Sie mir die Kurszahlen für die Annäherung an das größere Trümmerstück«, befahl Fletcher. »Maschinenraum, machen Sie sich für Maximalschub in fünf Minuten bereit.«

»Noch drei Trümmerteile«, berichtete Dodds. »Groß. Entfernung über einhundertsechzig Kilometer, stark voneinander abweichende Bewegungen.«

»Zeigen Sie mir ein Verbreitungsdiagramm«, sagte der Captain schnell. »Berechnen Sie Kurs und Geschwindigkeit aller Wrackteile, damit wir die ursprüngliche Explosionsstelle ausfindig machen können. Haslam, können Sie mir irgend etwas über die drei Trümmerstücke berichten?«

»Die haben die gleiche Temperatur wie die anderen Teile, Sir«, meldete Haslam. »Aber die drei Stücke befinden sich an der Grenze der Sensorenreichweite, und ich kann nicht mit Sicherheit sagen, daß sie ganz und gar aus Metall bestehen. Eine Atmosphäre enthält jedoch keins der Teile, nicht einmal Reste davon.«

»Wenn da also organische Substanz drin ist«, folgerte Fletcher mit grimmiger Miene, »lebt sie jedenfalls nicht mehr.«

»Noch mehr Wrackteile, Sir«, meldete Dodds.

Jedenfalls wird das alles andere als eine schnelle Rettungsaktion, dachte Conway. *Vielleicht wird es sogar überhaupt keine Rettungsaktion.*

Fletcher mußte Conways Gedanken gelesen haben, denn er deutete auf den großen Repeaterschirm und sagte: »Geben Sie die Hoffnung nicht auf, Doktor. Nach den ersten Anzeichen hat es auf diesem Schiff eine verheerende Explosion gegeben, und wegen dieser Katastrophe an Bord wurde automatisch die Notsignalbake ausgesetzt. Dafür ist also kein Überlebender verantwortlich, wenn es überhaupt welche gibt. Aber sehen Sie mal auf den Bildschirm ...«

Das Bild auf dem Schirm sagte Conway nicht sehr viel. Er wußte nur, daß der blinkende blaue Punkt die *Rhabwar* war, wohingegen die alle paar Sekunden auftauchenden weißen Zeichen die Wrackteile darstellten, die vom Rundsichtradar und von den Sensoren aufgespürt wurden. Die feinen gelben, in der Mitte des Bildschirms zusammenlaufenden Linien waren die Flugbahnen der Wrackteile von der Explosionsstelle aus. Aber diese eigentlich einfache Darstellung wurde durch neben jedem Punkt flimmernde, wechselnde oder ständig leuchtende Symbol- und Zahlengruppen völlig verwirrend.

»... für eine Explosion ist die Ausdehnung der

Wrackteile ein wenig einseitig«, fuhr Fletcher fort. »Die Verbreitung scheint nicht von einem einzigen Punkt, sondern vielmehr von einer kurzen, leicht gebogenen Linie ausgegangen zu sein, obwohl man das wegen des zu geringen Maßstabs auf dem Bildschirm nicht sehen kann. Darüber hinaus sind es relativ wenige, große Trümmer mit nahezu gleicher Rotationsgeschwindigkeit. Wenn ein Schiff von einer Explosion zerrissen wird, die normalerweise durch eine Funktionsstörung des Reaktors hervorgerufen wird, dann haben die Trümmerstücke eine geringe Größe und drehen sich lediglich mit unbedeutender Geschwindigkeit. Außerdem ist die Temperatur dieser Wrackteile für eine Reaktorexplosion viel zu niedrig, denn wie wir inzwischen wissen, hätte so eine Explosion vor weniger als sieben Stunden stattfinden müssen.

Wahrscheinlich hat es sich um eine Funktionsstörung der Hyperantriebsgeneratoren gehandelt, Doktor, und nicht um eine Explosion«, schloß der Captain.

Conway versuchte, seine Verärgerung über den Vortrag und den leicht herablassenden Ton des Captains zu unterdrücken, da er sich darüber im klaren war, daß Fletcher schließlich nichts für seine akademische Bildung konnte. Wenn einer der beiden zusammengekoppelten Hyperantriebsgeneratoren ausfiel, dann sollte sich der andere automatisch ausschalten, das war Conway bekannt. Das betreffende Schiff tauchte daraufhin schlagartig irgendwo zwischen den Sternen im Normalraum auf. Dort trieb es dann herum, bis die Besatzung den defekten Generator repariert hatte oder Hilfe eintraf; denn mit dem normalen Raketenantrieb allein konnte das Schiff nicht zum Ausgangspunkt zurückfliegen. Es hatte aber auch Fälle gegeben, wo die Sicherheitsabschaltung an dem intakten Generator versagte oder den Bruchteil einer Sekunde zu spät ansprach. Das hatte zur Folge, daß ein Teil des Schiffs mit Hypergeschwindigkeit weiterflog, während der Rest ruckartig unter Lichtgeschwindigkeit abgebremst wurde. Die Wirkung auf das betreffende Schiff war im besten Fall nur etwas weniger verheerend als eine Reaktorexplosion — dafür mußte man sich bei der bevorstehenden Rettungsaktion wenigstens nicht über Hitzeverschmelzung, radioaktive Strahlung und die anderen bei einer Reaktorexplosion entstehenden Komplikationen Sorgen machen. Auch die Chance, Überlebende zu finden, war ein klein wenig größer.

»Ich verstehe«, sagte Conway. Dann betätigte er einen Schalter auf dem Pult und teilte über Bordfunk mit: »Unfalldeck, hier Conway. Sie können sich ausruhen. Die nächsten zwei Stunden wird höchstwahrscheinlich nicht viel passieren.«

»Das ist eine sehr genaue Schätzung«, bemerkte Fletcher trocken. »Seit wann sind Sie zum Astronavigator geworden, Doktor? Na ja, ist ja auch egal. Dodds, berechnen Sie den Verbindungskurs zwischen den drei größten Wrackteilen, und geben Sie die Werte auf den Repeaterschirm des Maschinenraums. Chen, wir geben in zehn Minuten Maximalschub. Um Zeit zu sparen, hab ich vor, dicht an den Trümmern vorbeizufliegen, die für Überlebende am ehesten in Frage kommen. Wir werden unsere Fluggeschwindigkeit nur dann verringern, wenn es sich laut Haslams Sensoren oder der empathischen Fähigkeit Doktor Priliclas lohnt. Haslam, bleiben Sie an den Sensoren, und suchen Sie mir noch ein paar Wrackteile mit möglichen Überlebenden heraus. Die sehen wir uns an, sobald wir die ersten drei untersucht haben. Und gehen Sie auch weiterhin die Funkfrequenzen durch, falls ein Überlebender auf diese Art auf sich aufmerksam machen will. Behalten Sie auch das Teleskop im Auge, um eventuelle Lichtzeichen eines Schiffbrüchigen mitzubekommen.«

Als Conway das Kommandodeck verließ, um sich wieder nach achtern auf das Unfalldeck zu begeben, entgegnete Haslam gerade mit ruhiger und durchaus respektvoller Stimme: »Ich hab aber nur zwei Augen, Sir, und die lassen sich nicht unabhängig voneinander bewegen ...«

Eine Stunde und fünfundzwanzig Minuten später flog die *Rhabwar* so nah am ersten Wrackteil vorbei, daß der Besatzung fast das Herz stehenblieb. Die Sensoren hatten bereits negative Ergebnisse geliefert — außer Mobiliar und Verschalungsteilen aus Plastik waren im Wrackteil keine organischen Substanzen vorhanden, und es gab auch keine Atmosphäreblasen, in denen ein Wesen hätte überleben können. Als die Besatzung der *Rhabwar* einen Traktorstrahl zur Abbremsung der schnellen Drehung auf das Wrackteil zu richten versuchte, stoben die gesamten Trümmerstücke in sämtliche Richtungen auseinander, und die *Rhabwar* mußte ein gewagtes Ausweichmanöver durchführen.

Nach knapp einer Stunde hatte die *Rhabwar* das zweite Wrackteil erreicht. Man mußte die Fluggeschwindigkeit herabsetzen, um sich ihm zu nähern, weil sich nach Angabe der Sensoren im Innern des Wracks kleine Atmosphäreblasen befanden sowie nicht zur Konstruktion gehörende organische Substanzen, die jedoch nicht notwendigerweise noch leben mußten. Damit die lockere Trümmermasse nicht auseinanderbrach und die möglicherweise lebensspendenden Luftblasen nicht in den Raum verpufften, riskierte die Besatzung diesmal aber keinen Abbremsungsversuch der Drehung. Statt dessen wurden während des langsamen, vorsichtigen und extrem nahen Anflugs die Aufzeichnungsgeräte für die Sensoren und die Kameras eingeschaltet. Diesen nahen Anflug führte man wegen Prilicla durch, doch der Empath berichtete mit Bedauern, daß keine lebenden organischen Substanzen vorhanden waren.

Bevor sie das dritte Wrackteil erreichten, das wegen seiner Größe für eine Untersuchung am vielversprechendsten schien, blieben ihnen zur Auswertung der

Aufnahmen noch drei Stunden Zeit. Im Verlauf dieser Untersuchung erfuhren sie aus der Art, in der die Bauelemente durch den Unfall verbogen und auseinandergerissen worden waren, eine ganze Menge über die Konstruktionsphilosophie der extraterrestrischen Schiffbauingenieure. Von den Abmessungen der Gänge und Kabinen ließ sich auf die Größe der Wesen schließen, die die Schiffsbesatzung gebildet hatten. Man entdeckte Gegenstände, die wie im Wrack eingeklemmte und teilweise verdeckte dicke, vielfarbige Pelzstücke aussahen. Es hätte sich um Bodenbelag oder Bettzeug handeln können, wenn nicht ein paar dieser Stücke durch Gurte gehalten worden wären. Außerdem wiesen viele dieser Pelzstücke rotbraune Farbtupfer auf, die eine sehr große Ähnlichkeit mit geronnenem Blut hatten.

»Nach der Farbe dieser Flecke zu urteilen, ist die Annahme berechtigt, daß es sich um warmblütige Sauerstoffatmer handelt«, sagte Murchison, als sie zusammen mit Conway die Standbilder auf dem Repeaterschirm des Unfalldecks betrachtete. »Aber glaubst du, daß jemand ein solches Unglück überhaupt überleben kann?«

Conway schüttelte zwar den Kopf, bemühte sich aber in optimistischem Ton zu antworten: »Die Flecken auf dem Fell scheinen kaum etwas mit Rißwunden oder Quetschungen zu tun zu haben, die man sich durch heftiges Abbremsen oder einen Aufprall zuzieht. Denn in so einem Fall gräbt sich der ja eigentlich zum Schutz bestimmte Sicherheitsgurt tief in den Körper ein. Obwohl man nach diesen Bildern unmöglich sagen kann, was bei den Körpern oben oder unten ist, befinden sich die Flecken anscheinend bei allen Körpern an der gleichen Stelle. Diese Tatsache deutet auf eine explosionsartige Dekompression und den Austritt von Körperflüssigkeit durch natürliche Öffnungen hin und nicht auf schwere äußere Verletzungen durch plötzliches Abbremsen oder eine Kollision. Zwar hat keins dieser Lebewesen einen Raumanzug getragen, aber wenn einer dieser Raumfahrer schnell genug war, sich einen Anzug anzuziehen, oder aus irgendeinem glücklichen Umstand heraus bereits einen trug, dann müßte er es eigentlich geschafft haben zu überleben.«

Bevor Murchison antworten konnte, wechselte das Bild auf dem Schirm, und das dritte Wrackteil war zu sehen. Gleichzeitig kam die Stimme des Captains aus dem Wandlautsprecher.

»Das hier sieht nach unserem bislang besten Fund aus, Doktor«, berichtete Fletcher aufgeregt. »Das Wrackstück hat keine nennenswerte Drehung, das heißt, wir können, falls nötig, leicht an Bord gehen. Der Nebel, den Sie sehen, besteht nicht nur aus entwichener Luft, sondern setzt sich auch aus verdampftem Wasser und verbrannter Flüssigkeit aus den hydraulischen Systemen des Schiffs zusammen. Falls aus dem Wrack Luft entwichen sein sollte, dann könnte jedenfalls an Bord noch eine ganze Menge davon vorhanden sein. Es scheint auch noch so etwas wie ein Notstromkreis in Betrieb zu sein. Der ist aber ziemlich schwach und versorgt wahrscheinlich die Notbeleuchtung. Wir sollten vielleicht an Bord gehen. Sind Sie alle bereit?«

»Ich bin bereit, Freund Fletcher«, bestätigte Dr. Prilicla.

»Na klar«, versicherte Naydrad.

»Wir sind in zehn Minuten an der Unfalldeckschleuse, Captain«, meldete Conway.

»Für den Fall, daß technische oder konstruktionsbedingte Probleme auftreten sollten, werden Lieutenant Dodds und ich selbst Sie begleiten«, entgegnete der Captain. »Also in zehn Minuten, Doktor.«

Kurz darauf war in der Luftschleuse des Unfalldecks nicht mehr viel Platz, als Captain Fletcher, Lieutenant Dodds, Oberschwester Naydrad mit der bereits aufgeblasenen Drucktragbahre, und die Doktoren Prilicla und Conway mit Fuß- und Handgelenkmagneten an

Boden und Wänden der Schleuse hafteten und das Herannahen des Wrackteils beobachteten. Es sah wie ein großes rechteckiges, in Nebel gehülltes Metalldikkicht aus, das wiederum von kleineren Metallklumpen umgeben war, von denen einige schnell rotierten, andere hingegen ohne Eigenbewegung umhertrieben. Als Conway nach dem Grund dafür fragte, schwieg der Captain wie jemand, der sich selbst schon dieselbe Frage gestellt hatte, sie jedoch auch nicht beantworten konnte. Also warteten sie, während sich das Ambulanzschiff zwischen zweien der wie wild rotierenden Trümmersatelliten hindurch langsam näher an das Wrack heranschob. Das Licht ihrer Anzugscheinwerfer wurde ebenso wie das der Schiffslampen von der verbeulten Metallhaut und den vorspringenden Bauteilen des Wracks reflektiert. Sie warteten so lange weiter, bis der kleine Cinrussker in seinem Raumanzug auf einmal zu zittern begann.

»Da drinnen ist noch irgend jemand am Leben«, berichtete Prilicla schließlich.

Da die emotionale Ausstrahlung des Überlebenden nur sehr schwach und typisch für ein Gehirn war, das mit jeder Minute in immer tiefere Bewußtlosigkeit versank, war notgedrungen eine zwar eilige, aber dennoch möglichst umsichtige Suche angesagt. Wenn Prilicla nicht mehr vorangehen konnte, zeigte er zumindest den richtigen Weg, und Captain Fletcher und Dodds bahnten dann mit Schneidbrennern einen Pfad durch metallene Hindernisse oder schoben frei herumfliegende Trümmer und verhedderte Kabelstränge mit isolierten Handschuhen beiseite — schließlich war noch ein Stromkreis in Betrieb. Dicht hinter den beiden folgte Conway, der sich in der Schwerelosigkeit mit einer Art schwebendem Kriechen durch nur einen Meter zwanzig hohe Gänge und Schiffsabschnitte voranzog.

Zwar waren die Mitglieder der Schiffsbesatzung größer, gingen aber anscheinend nicht aufrecht.

Zweimal entdeckte Conway im Lichtkegel seines Anzugscheinwerfers die Körper von Besatzungsmitgliedern, die er befreite und sanft den vorhin von ihm selbst genommenen Weg zurückschob, damit die wartende Naydrad die Toten in den nicht unter Druck gesetzten Teil der Bahre legen konnte. Denn sollte der Überlebende eine dringende operative Behandlung benötigen, wäre Conway viel wohler, wenn Murchison ein paar Leichen zum Sezieren hätte, weil sie ihm so sagen könnte, wie er den Lebenden wieder zusammenzuflicken hatte.

Da die Körper der Toten in Raumanzügen steckten, hatte Conway immer noch kein klares Bild von ihrem Aussehen. Darüber hinaus waren die Anzüge und das darunterliegende Zellgewebe durch einen heftigen Zusammenprall mit Metalltrümmern zerrissen worden. Und wenn die daraus resultierenden Wunden die Wesen nicht getötet hatten, dann ganz sicher die Dekompression. Nach den Raumanzügen zu urteilen, hatten diese Wesen die Form von ungefähr einen Meter achtzig langen, abgeflachten Zylindern. Hinter einem kegelförmigen Teil — wahrscheinlich dem Kopf — befanden sich vier Paar Greiforgane sowie vier weitere Gliedmaßen, die zur Fortbewegung dienen mußten. Am vermutlich hinteren Teil des Anzugs war eine deutliche Verdickung festzustellen. Abgesehen von der geringeren Größe und Anzahl der Gliedmaßen, ähnelten die Wesen rein körperlich der Spezies der Kelgianer, zu der auch Naydrad gehörte.

Als sie am Eingang einer noch mit Druck versehenen Kabine anhielten, hörte Conway, wie der Captain irgend etwas über die in den Raumanzügen steckenden Aliens vor sich hin murmelte. Voll konzentriert versuchte Prilicla mit seiner empathischen Fähigkeit den Überlebenden aufzuspüren, der sich irgendwo hinter diesem Abschnitt befinden mußte. Bevor der Captain und Dodds die Tür herausschweißten, bohrte Conway zur Entnahme einer Atmosphäreprobe, die Murchison analysieren sollte, ein Loch hindurch, damit sie das passende Lebenserhaltungssystem für den Überlebenden vorbereiten konnte. Im Innern der Kabine brannte Licht.

Es war ein warmes orangefarbenes Licht, das wichtige Informationen über das Heimatgestirn und die Sehorgane dieser Spezies liefern würde. Aber im Moment beleuchtete es lediglich ein heilloses Durcheinander aus umhertreibendem Mobiliar, verbogener Wandverschalung und einem Gewirr von Rohren und Aliens, die zwar teilweise Raumanzüge trugen, jedoch samt und sonders tot waren.

Plötzlich sah Conway, daß der dickere Abschnitt am hinteren Teil der Raumanzüge zur Aufnahme eines langen pelzigen Schwanzes diente.

»Das hier sind *Kollisionsschäden,* verdammt noch mal!« fluchte Fletcher los. »*So was* hätte ein ausgefallener Hyperantriebsgenerator allein nie anrichten können!«

Conway räusperte sich und sagte: »Captain, Lieutenant Dodds, ich weiß zwar, daß wir keine Zeit haben, um Material für ein größeres Forschungsvorhaben zu sammeln, aber falls Sie so etwas wie Fotografien, Bilder oder Abbildungen sehen sollten, irgendwas, das mir Aufschluß über die Physiologie und die Umweltbedingungen dieser Aliens geben könnte, dann bringen Sie es bitte mit.« Er suchte eine weitere, nicht allzu stark entstellte Alienleiche heraus, wobei ihm der spitze, fuchsartige Kopf und das dicke, breitgestreifte Fell auffielen, wodurch der Alien wie ein pelziges, kurzbeiniges Zebra mit einem gewaltigen Schwanz aussah. »Naydrad, hier ist noch einer für Sie«, fügte er hinzu.

»Ja, das muß die Lösung sein«, sagte der Captain halb zu sich selbst. An Conway gewandt fuhr er fort: »Doktor, diese Wesen hatten doppeltes Pech, der Überlebende dagegen doppeltes Glück ...«

Laut Fletcher hatte der Ausfall des Hyperantriebsgenerators das Schiff auseinandergerissen, wobei die Einzelteile in alle Richtungen zerstreut wurden. Doch in diesem Wrackstück überlebte ein Teil der Besatzung und konnte noch die Raumanzüge anlegen. Vielleicht hatten sie sogar eine Vorwarnung vom Herannahen der zweiten Katastrophe — nämlich daß ihr Wrackteil von einem zweiten Trümmerstück von der gleichen enormen Größe eingeholt wurde. Bei der Kollision mußte das vordere Ende des ersten Wrackteils nach unten, der hintere Teil des zweiten dagegen nach oben geschwungen sein. Dadurch wurde die kinetische Energie der beiden Trümmerstücke aufgehoben, die Teile selbst in den Ruhezustand versetzt und praktisch miteinander verschmolzen. Das war nach Meinung des Captains die einzige Erklärung für die hier entstandenen Verletzungen und Schäden und ebenso für die Tatsache, daß es sich bei diesem Wrackteil um den einzigen nicht rotierenden Abschnitt des Alienschiffs handelte.

»Ich glaube, da haben Sie recht, Captain«, entgegnete Conway und fischte aus den umhertreibenden Trümmern ein flaches Plastikstück heraus, auf dessen einer Seite sich anscheinend eine Landkarte befand. »Aber im Moment ist das alles doch noch nur reine Theorie.«

»Ja, natürlich«, erwiderte Fletcher knapp. »Aber ich hab nun mal was gegen offene Fragen. Doktor Prilicla, wo geht es jetzt lang?«

Der kleine Empath deutete schräg nach oben zur Decke der Kabine und antwortete: »Fünfzehn bis zwanzig Meter in diese Richtung, Freund Fletcher. Aber ich muß Ihnen eine gewisse Verwirrung meinerseits eingestehen. Denn seit wir hier in der Kabine sind, scheint sich der Überlebende langsam zu bewegen.«

Fletcher seufzte laut auf. »Also ein noch bewegungsfähiger Überlebender im Raumanzug«, stellte er mit erleichterter Stimme fest. »Das wird die Rettungsaktion ungemein vereinfachen.« Er blickte Dodds an, und dann begannen sie gemeinsam, die Deckenplatten aufzuschneiden.

»Nicht unbedingt«, widersprach Conway. »Wir würden nämlich gleichzeitig mit der Rettung auch noch in eine Erstkontaktsituation geraten. Mir ist es viel lieber, wenn unbekannte und verwundete Aliens nicht bei Bewußtsein sind. Dann kann man den Kontakt nach erfolgter Heilbehandlung herstellen und übt größere Kontrolle über den ...«

»Doktor«, unterbrach ihn der Captain, »eine raumreisende Spezies mit dem aus dieser Fähigkeit abzuleitenden technischen und philosophischen Wissen wird doch wohl damit rechnen, auf Lebewesen zu stoßen, die in ihren Augen Aliens sind. Und selbst wenn diese Wesen so etwas nicht erwarten, würden sie sich zumindest der hohen Wahrscheinlichkeit für eine Begegnung mit fremden Lebensformen bewußt sein.«

»Gut, zugegeben«, entgegnete Conway. »Aber ein verletzter ET, der nur zum Teil bei Bewußtsein ist, könnte beim Anblick eines Aliens, der körperlich womöglich einem natürlichen Feind oder Raubtier auf seinem Heimatplaneten ähnelt, instinktiv und unlogisch reagieren. Und ein Extraterrestrier, der bei vollem Bewußtsein ist und keinerlei Vorkenntnisse über die ihn behandelnden Wesen besitzt, könnte einen operativen Eingriff oder das, was wir als ärztliche Fürsorge verstehen, als etwas ganz anderes auslegen. Möglicherweise als Folter oder als ein medizinischen Experiment. Nur allzuoft muß ein Arzt einem Patienten grausame Schmerzen bereiten, obwohl er ihm nur helfen will.«

In diesem Augenblick löste sich ein großer, kreisförmiger Teil der Decke, dessen Ränder von der Hitze der Schneidbrenner noch feuerrot glühten. Dodds und der Captain schoben das herausgeschweißte Stück beiseite und stiegen durch das Loch hindurch.

Prilicla folgte ihnen und sagte: »Es tut mir leid, wenn ich Sie verwirrt hab, meine Freunde. Der Überlebende bewegt sich zwar langsam, liegt aber in viel zu tiefer Bewußtlosigkeit, um sich selbst zu bewegen.«

Die Anzugscheinwerfer leuchteten jetzt einen Raum aus, der an einigen Stellen zum All hin offen war. Hier wimmelte es von herumschwebenden Trümmerstükken, Regalen und Behältern verschiedener Größen und einer Unmenge glänzender Pakete, die wahrscheinlich versiegelte Lebensmittel enthielten. Die Leichname dreier Aliens, die keine Raumanzüge trugen, waren zerfetzt und angeschwollen — ein Folge des Doppeleffekts der beim Zusammenprall erlittenen starken äußerer Verletzungen und der explosionsartigen Dekompression. Durch ein Gewirr von zerfetztem Metall erhellten die Außenstrahler der *Rhabwar* jene Bereiche der Kabine, dic von den Lichtkegeln der Anzugscheinwerfer nicht mehr erfaßt wurden.

»Ist er hier drin?« fragte Fletcher ungläubig.

»Ja, ganz bestimmt«, bestätigte Prilicla.

Der Empath deutete auf einen großen Metallbehälter, der langsam an der entferntesten Wand entlangtrieb. Das schrankähnliche Gebilde war durch heftige Zusammenstöße mit anderen Metallteilen völlig zerkratzt und zerschrammt. Außerdem hatte es eine wenigstens fünfzehn Zentimeter tiefe Beule. Ein feiner Dunst umhüllte den Behälter und ließ auf das allmähliche Entweichen der im Innern eingeschlossenen Atmosphäre schließen.

»Naydrad!« rief Conway entschlossen. »Gehen Sie an Bord, und vergessen Sie Ihre Drucktrage. Der Überlebende hat schon für eine eigene gesorgt. Sie verliert allerdings an Druck. Wir werden ihn jetzt in seinem Metallbehälter nach draußen in Ihr Blickfeld schieben. Dann können Sie ihn mit einem Traktorstrahl an Bord ziehen lassen. Aber machen Sie so schnell wie Sie können, Naydrad.«

Während sie den Container durch einen breiten Spalt in der Außenwand des Wracks nach draußen manövrierten, fragte der Captain: »Sollen wir uns hier noch länger nach Informationen über diese Spezies umsehen oder lieber in anderen Wrackteilen nach weiteren Überlebenden suchen, Doktor?«

»Wir werden auch noch woanders nach Überlebenden suchen, Captain, aber erst werden wir den Alien aus seinem Behälter holen«, antwortete Conway ohne Zögern. »Denn mit etwas Glück wird er uns alles erzählen können, was wir über seine Spezies wissen wollen ...«

Als der Container aufs Unfalldeck geschafft worden war, untersuchte der Captain den Mechanismus der Verschlußklappe. Nach seinen Worten handelte es sich um einen einfachen Bedienungsmechanismus. Außerdem habe die Stabilität der Klappe und der Rahmenkonstruktion gerade diese Seite des Containers während des Zusammenpralls vor einer Verformung verschont.

»Er meint damit, die Klappe läßt sich öffnen«, übersetzte Dodds trocken.

Fletcher warf dem Lieutenant einen zornigen Blick zu und sagte dann: »Die Frage ist nur, ob wir die Tür öffnen sollen, ohne vorher zusätzliche Sicherheitsvorkehrungen zu treffen. Was meinen Sie, Doktor?«

Conway hörte auf zu bohren und entnahm aus dem Innern des Schranks eine Atmosphäreprobe, bevor er antwortete. »Captain, in diesem Behälter steckt jedenfalls *kein* terrestrischer DBDG mit Grippe«, entgegnete er, während er Murchison die Probe zur Analyse übergab. »Vielmehr werden wir auf einen *ET* einer bislang unbekannten Spezies stoßen, der dringend medizinische Hilfe benötigt. Und von extraterrestrischen Krankheitserregern haben wir nichts zu befürchten, das hab ich Ihnen ja schon erklärt.«

»Ich mache mir ja auch nur Sorgen über die Ausnahme, die die Regel bestätigen könnte, Doktor«, erwiderte der Captain hartnäckig. Dennoch öffnete er das Visier an seinem Helm, um so allen zu zeigen, daß er sich nicht allzu große Sorgen machte.

»Doktor Prilicla, bitte in zehn Minuten zur Luftschleuse«, bat Haslams Stimme aus dem Kontrollraum.

Der kleine Empath schwebte kurz über dem Container und versicherte, daß mit der emotionalen Ausstrahlung des Überlebenden keine spürbare Veränderung vorgegangen sei. Er befinde sich noch immer in tiefer Bewußtlosigkeit, sei aber weit davon entfernt, unheilbar krank zu sein. Dann eilte Prilicla zur Luftschleuse, damit er beim Nahanflug des Astronavigators an das nächste Wrackteil sagen konnte, ob auch dort drinnen irgend jemand überlebt hatte oder nicht. Als der Cinrussker das Kommandodeck verließ, blickte Murchison vom Bildschirm des Analysators auf.

»Wenn man davon ausgeht, daß die erste Probe aus einer Kabine mit normaler Atmosphärezusammensetzung und normalem Druck stammt, dann könnten wir uns — abgesehen von ein paar harmlosen, in unserer Schiffsatmosphäre nicht enthaltenen Spurenelementen — ziemlich glücklich schätzen, die gleiche Luft zu atmen wie diese Aliens«, berichtete sie. »Die Probe aus dem Schrank hingegen hat nur den halben Normaldruck und einen hohen Kohlendioxid- und Wasserdampfgehalt. Kurz gesagt, die Luft im Schrank ist gefährlich dünn und verbraucht. Je eher wir den Alien dort herausholen, desto besser.«

»Gut«, erwiderte Conway. Er zog den Bohrer zur Entnahme der Proben heraus, ohne dabei das entstandene Loch wieder zu verschließen. Als die Luft des Unfalldecks pfeifend in den Schrank hineinströmte, fügte er hinzu: »Öffnen Sie bitte die Tür, Captain.«

Der Container lag jetzt auf der Rückseite, so daß sich der Verschluß der Öffnungsklappe, eine rechteckige Metallplatte mit drei kegelförmigen Vertiefungen, oben befand. Fletcher zog einen seiner Handschuhe aus, drückte drei Finger fest in die Einkerbungen und schob die Platte zur Seite. Es klickte laut und Fletcher schwang die Tür nach oben. Im Innern des Schranks lag eine einzige wirre, blutige Masse.

Conway brauchte mehrere Minuten, um das Vorgefallene zu begreifen und die blutdurchtränkte Kleidung oder das Bettzeug um den Überlebenden herum zu entfernen. Der Container hatte früher einmal tatsächlich als Schrank gedient und wohl über zwanzig Regale enthalten. Diese hatte man eiligst herausgezogen und die metallenen Regalträger zum Schutz des Insassen mit Bettzeug oder Kleidungsstücken gepolstert. Aber die Kollision war sehr heftig gewesen, und außerdem hatte man für eine fachmännische Befestigung der Polsterung an den Trägern keine Zeit mehr gehabt. Deshalb waren sowohl die Polsterung als auch der Überlebende im Innern des Schranks durcheinandergewirbelt worden. Der bedauernswerte Alien, der noch immer aus zahllosen Rißwunden blutete, die von den scharfkantigen Regalträgern herbeigeführt worden waren, war fest in eine Ecke des Metallschranks gepreßt worden. Durch die vom geronnenen Blut völlig verfilzten und büschelig gewordenen Pelzhaare hindurch konnte man das buntgestreifte Fell des Aliens kaum noch erkennen.

Murchison und Naydrad halfen Conway, den Überlebenden mit äußerster Vorsicht aus dem Schrank herauszuheben und auf den Untersuchungstisch zu legen. Eine der klaffenden Wunden an der Seite begann wieder stärker zu bluten, aber bisher wußten sie noch nicht genug über das Wesen, um es zu riskieren, eins der üblichen Gerinnungsmittel anzuwenden.

»In seiner Kabine hat es anscheinend keine Raumanzüge gegeben«, sagte Conway, während er den Körper des Aliens mit dem Scanner abtastete. »Aber die Insassen der Kabine müssen ein paar Minuten vor der Kollision Bescheid gewußt haben. Unserem Patienten hier hat die Zeit anscheinend gereicht, den Schrank leerzuräumen, auszupolstern und hineinzusteigen. Die restlichen drei, die wir gesehen haben, hat er in der Kabine zurückgelassen und so dem ...«

»Nein, Doktor«, widersprach der Captain. Er zeigte auf den luftdichten Schrank und fuhr fort: »Den kann man nicht von innen öffnen oder schließen. Die vier Aliens müssen sich entschlossen haben, wer von ihnen überleben sollte. Und für dieses Überleben haben sie ihr Bestes getan. Sie haben äußerst schnell und, ich würde sagen, ohne lange Diskussionen gehandelt. Als Spezies scheinen sie sehr ... ah ... zivilisiert zu sein.«

»Aha«, entgegnete Conway ohne aufzublicken.

Er wußte zwar nicht, ob eins der inneren Organe des Überlebenden stärker verschoben war, doch nach dem Scanner zu urteilen, wies keins der größeren Organe Verletzungen oder eine vollkommen falsche Lage auf. Das Rückgrat war ebenfalls unverletzt, ebenso wie der langgestreckte Brustkorb. Auf dem Rücken befand sich direkt über dem Ansatz des dicken, pelzigen Schwanzes eine hellrosa Stelle, die Conway zuerst für einen Fleck hielt, an dem das Fell fehlte, aber eine genauere Untersuchung zeigte, daß es sich um ein natürliches Merkmal handelte. Außerdem entdeckte Conway an dieser Stelle große, schuppige Flocken, an denen anscheinend irgendein Farbstoff haftete. Der gegen den Körper gedrückte und vom Schwanz teilweise verdeckte Kopf des Wesens war kegelförmig, mit dichtem Fell besetzt und erinnerte entfernt an ein Nagetier. Der Schädel selbst schien zwar unversehrt zu sein, wies aber an mehreren Stellen Spuren von subkutanen Blutungen auf, die sich bei einem Wesen ohne Gesichtsfell als starke blaue Flecken gezeigt hätten. Auch aus dem Mund des Alien rann etwas Blut, doch Conway konnte sich nicht sicher sein, ob diese Blutung die Folge einer äußeren Einwirkung oder einer durch Dekompression verursachten Lungenverletzung war.

»Helfen Sie mir, ihn in ausgestreckte Lage zu bringen«, bat er Naydrad. »Es sieht so als, als ob er sich zu einer Kugel zusammenzurollen versucht hat. Wahrscheinlich handelt es sich dabei um eine instinktive Verteidigungshaltung, die diese Spezies bei der Bedrohung durch natürliche Feinde einnimmt.«

»Genau das ist einer der Punkte, über die ich mir bei diesem Patienten den Kopf zerbreche«, erklärte Murchison, wobei sie von einer der Leichen aufsah, die sie gerade untersuchte. »Soweit ich das beurteilen kann, verfügen diese Wesen nämlich über keine natürlichen Angriffs- oder Verteidigungswaffen und weisen auch keinerlei Anzeichen auf, sie früher einmal besessen zu haben. Bedenkt man die Tatsache, daß dies hier wahrscheinlich die dominante intelligente Lebensform eines Planeten ist, dann verstehe ich nicht, wie sie dominierend werden konnte. Diese Wesen können nicht einmal vor Gefahren fliehen, weil ihre Gliedmaßen keine schnelle Fortbewegung zulassen. Das zum Gehen benutzte Beinpaar ist zu kurz und mit Ballen versehen, während das vordere Paar schlanker und weniger muskulös gebaut ist und in vier extrem beweglichen Zehen endet, die an der Spitze nicht einmal so einen Schutz wie Fingernägel besitzen. Natürlich gibt es da noch die Zeichnung des Fells, aber es geschieht doch äußerst selten, daß eine Lebensform allein durch die Art der Tarnung an die Spitze des Evolutionsbaums klettert ... und erst recht nicht, weil sie so lieb und knuddelig ist. Das alles ist wirklich seltsam.«

»Das klingt ja ganz so, als ob dieser Alien von einem Planeten stammte, der für Cinrussker das reinste Paradies wäre«, warf Prilicla ein, der kurz von seinem Dienst an der Luftschleuse zurückgekommen war.

Conway beteiligte sich nicht an dem Gespräch, da er noch einmal die Lunge des Patienten untersuchte. Die leichte Blutung aus dem Mund hatte ihm Sorgen gemacht. Und jetzt, wo sich der Patient für die Untersuchung in der richtigen Lage befand, gab es unverkennbare Anzeichen für Dekompressionsverletzungen in der

Lunge. Da der Patient auf den Rücken gelegt worden war, hatten zudem wieder einige der tieferen Rißwunden zu bluten begonnen. Gegen die Lungenverletzungen konnte Conway mit dem ihm auf dem Ambulanzschiff zur Verfügung stehenden Mitteln nur sehr wenig tun. Zog man aber den geschwächten Zustand des Patienten in Betracht, dann mußte die Blutung schleunigst gestillt werden.

»Weißt du im Moment schon genug über die Zusammensetzung des Bluts, um ein ungefährliches Gerinnungs- und Narkosemittel empfehlen zu können?« fragte Conway Murchison.

»Ein Gerinnungsmittel wüßte ich, aber beim Anästhetikum hab ich noch Zweifel«, antwortete Murchison. »Damit würde ich gerne noch bis zur Rückkehr ins Hospital warten. Thornnastor könnte bestimmt ein vollkommen sicheres Narkosemittel vorschlagen oder herstellen. Ist es denn sehr dringend?«

Bevor Conway antworten konnte, erwiderte Prilicla: »Ein Anästhetikum ist völlig überflüssig, mein Freund. Der Patient liegt in tiefer Bewußtlosigkeit, und das wird sich auch in nächster Zeit nicht ändern. Sein Zustand verschlechtert sich langsam, wahrscheinlich durch die eingeschränkte Sauerstoffaufnahme der verletzten Lunge. Der Blutverlust trägt sicherlich auch dazu bei. Diese Regalträger im Schrank haben wie stumpfe Messerklingen gewirkt.«

»Das stimmt«, pflichtete ihm Conway bei. »Und falls Sie damit andeuten wollen, daß der Patient so schnell wie möglich ins Hospital gebracht werden sollte, dann bin ich mit Ihnen darin ebenfalls einer Meinung. Aber immerhin schwebt er nicht in akuter Lebensgefahr, und bevor wir von hier abfliegen, möchte ich absolut sichergehen, daß sich hier keine weiteren Überlebenden befinden. Wenn Sie also weiterhin seine emotionale Ausstrahlung überwachen würden und mir jede unerwartete Veränderung seines ...«

»Es kommen weitere Wrackteile in Sicht«, unterbrach ihn Haslams Stimme aus dem Wandlautsprecher. »Doktor Prilicla, kommen Sie bitte in die Luftschleuse.«

»Ja, mein Freund«, versicherte er Conway, während er bereits behende an der Decke entlang zur Luftschleuse zurücktrippelte.

Bevor sich Conway an die Behandlung der äußeren Verletzungen des Schiffbrüchigen machen konnte, mußte er noch einen kleineren Aufstand von Naydrad niederschlagen. Wie alle anderen Angehörigen ihrer Spezies — die mit einem sehr schönen, silbernen Pelz ausgestattet war — es getan hätten, äußerte sie ihren tiefen Abscheu gegen jeden chirurgischen Eingriff, der den nach ihrer Ansicht nach kostbarsten Besitz eines Wesens beschädigen oder verunstalten konnte: das Fell. Für einen Kelgianer kam das Entfernen schon eines winzigen Stückchen Pelzes einer persönlichen Tragödie gleich, die nur allzuoft dauerhafte psychische Schäden zur Folge hatte — das Fell stellte für die kelgianische Spezies nämlich ein dem gesprochenen Wort gleichwertiges Kommunikationsmittel dar und wuchs nicht nach. Ein DBLF mit entstelltem Pelz hatte es sehr schwer einen Lebensgefährten zu finden, der bereit war, jemanden zu akzeptieren, der seine Gefühle nur mangelhaft äußern konnte. Murchison mußte der kelgianischen Oberschwester erst zusichern, daß das Fell des Überlebenden weder beweglich noch zur Äußerung von Gefühlen bestimmt war und zweifellos nachwachsen würde, bevor Naydrad zufrieden war. Sie weigerte sich natürlich nicht, Conway bei dem recht harmlosen chirurgischen Eingriff zu assistieren — doch sowohl durch ihre Stimme als auch durch ihr sich kräuselndes und zuckendes Fell verlieh sie bei der Rasur und der Säuberung des Operationsfelds ihrem Protest Ausdruck.

Während Conway auf die kreuz und quer über den Körper des Patienten verteilten Wunden Gerinnungsmittel auftrug und sie dann vernähte, unterbrach Murchison hin und wieder Naydrads Monolog, indem sie die beiden über irgendwelche Einzelheiten informierte, die sie durch die von ihr fortgesetzte Untersuchung und Sezierung der Leichname herausgefunden hatte.

Die Spezies hatte zwei Geschlechter, weiblich und männlich, und das Fortpflanzungssystem schien ziemlich normal zu sein. Im Gegensatz zu dem Patienten, dessen Fell anscheinend etwas stumpfer wirkte und weniger Farbvariationen aufwies, hatten die toten Aliens beiderlei Geschlechts jedoch ein wasserlösliches Färbemittel zur künstlichen Steigerung der Farbintensität der Streifen in ihrem Körperfell benutzt, die sonst genauso wie die des Patienten ausgesehen hätten. Die Farbstoffe waren eindeutig zu kosmetischen Zwecken aufgetragen worden. Doch warum der Patient, oder besser, die Patientin ihr Fell nicht gefärbt hatte, war Murchison allerdings nicht klar.

Ein möglicher Grund konnte die noch nicht voll erlangte Geschlechtsreife der Patientin oder ein ritueller Kult sein, nach dem ein vorpubertärer Angehöriger dieser Spezies keine Kosmetika benutzte oder benutzen durfte. Es konnte natürlich auch sein, daß die Patientin zwar schon erwachsen, aber nur von kleinem Wuchs war, oder einer Gesellschaftsschicht innerhalb der Spezies angehörte, die das Schminken des Fells ablehnte. Eine genauso einleuchtende Erklärung wäre, daß die Katastrophe eintrat, bevor sie die Möglichkeit zum Schminken hatte. Die einzige Substanz, die einem kosmetischen Mittel ähnelte, waren die wenigen Stückchen bräunlicher Pigmentschuppen, die an der nackten Stelle über dem Schwanz der Patientin geklebt hatten, doch diese Substanz war während der präoperativen Maßnahmen entfernt worden. Da ihre Freunde oder vielleicht auch Familienangehörigen die Überlebende kurz vor der Kollision in einen luftdichten Metallschrank gesteckt hatten, glaubte Murchison, daß es sich eher um ein junges und wahrscheinlich vorpubertäres weibliches Wesen als um eine kleinwüchsige erwachsene Frau handelte.

Denn die Föderation war bisher noch nie auf eine intelligente Spezies gestoßen, in der sich die Erwachsenen nicht zur Rettung der Kinder selbst geopfert hätten.

Während sich Conway, Naydrad und Murchison mit einem lebenden und drei toten Aliens befaßten, kam von Zeit zu Zeit Prilicla mit Berichten über den negativen Verlauf der Suche nach weiteren Überlebenden von der Schleuse aufs Unfalldeck. Bei diesen Gelegenheiten teilte er auch gleichzeitig Unerfreuliches über die gerettete Schiffbrüchige mit, deren Zustand sich nach seiner Interpretation ihrer emotionalen Ausstrahlung weiterhin verschlechterte. Conway wartete, bis Prilicla wieder zur Luftschleuse abberufen wurde, und setzte sich erst dann mit Fletcher im Kontrollraum in Verbindung — er wollte seinen cinrusskischen Freund nicht mit dem belasten, was möglicherweise zu einer regelrechten Flut an unangenehmer emotionaler Ausstrahlung seinerseits hätte werden können.

»Captain, ich muß eine wichtige Entscheidung treffen und brauche Ihren Rat«, sagte er. »Wir haben jetzt zwar die Behandlung der äußeren Verletzungen der Patientin erfolgreich abgeschlossen, aber die Lunge ist durch die Dekompression schwer in Mitleidenschaft gezogen worden. Deshalb ist eine Verlegung ins Orbit Hospital dringend erforderlich. Als Übergangsmaßnahme versorgen wir die Patientin mit sauerstoffangereicherter Luft, aber trotzdem verschlechtert sich ihr Zustand — zwar nicht rapide, aber doch stetig. Wenn wir noch weitere vier Stunden in dieser Gegend bleiben würden, wie wären dann Ihrer Meinung nach die Chancen für die Bergung weiterer Überlebender?«

»Praktisch gleich Null, Doktor« antwortete der Captain.

»Ich verstehe«, entgegnete Conway skeptisch. Er hatte mit einer wesentlich komplizierteren und von Wahrscheinlichkeitsberechnungen und näheren Wortbestimmungen durchsetzten Antwort gerechnet. Jetzt fühlte er sich erleichtert und besorgt zugleich.

»Sie müssen wissen, Doktor, daß bei den drei ersten von uns untersuchten Wrackteilen die Chancen am größten waren, Überlebende zu finden«, fuhr Fletcher fort. »Danach hat die Wahrscheinlichkeit für das Aufspüren von Überlebenden stark abgenommen, genauso wie auch die Größe der Wrackteile, die wir uns angesehen haben, von Mal zu Mal geringer geworden ist. Wenn Sie nicht an Wunder glauben, Doktor, dann vergeuden wir hier nur unsere Zeit.«

»Ich verstehe«, erwiderte Conway, wobei er diesmal etwas weniger skeptisch klang.

»Falls Ihnen das helfen sollte, eine Entscheidung zu treffen, Doktor, kann ich Ihnen sagen, daß die Bedingungen für den Subraumfunk hier draußen ausgezeichnet sind«, fuhr der Captain fort. »Mit dem Kontakt- und Vermessungskreuzer *Descartes* haben wir bereits in beide Richtungen Funkkontakt hergestellt. Wenn Hinweise auf eine unbekannte intelligente Spezies entdeckt werden, ist das meine Pflicht. Wegen der Dringlichkeit dieser Angelegenheit wird die Besatzung der *Descartes* das Wrack nach allen verfügbaren Daten über die neue Spezies durchforsten und durch eine Analyse der Geschwindigkeiten und Flugrichtungen der Trümmerteile zumindest grob den Abflugpunkt und das Ziel des Alienschiffs bestimmen. Hier draußen gibt es ja relativ wenig Sterne, deshalb müßten die Leute von der *Descartes* den Heimatplaneten und sein Sternsystem ziemlich leicht ausfindig machen können — schließlich sind die für so etwas Spezialisten. Höchstwahrscheinlich wird die Kontaktaufnahme mit den Aliens schon innerhalb der nächsten paar Wochen gelingen, vielleicht sogar noch eher. Außerdem hat die *Descartes* zwei Planetenlandefähren an Bord, die man im All sowohl als Such- als auch als Rettungsschiff für Kurzstrecken einsetzen kann. Natürlich haben die nicht Prilicla an Bord, aber mit Hilfe dieser kleinen Schiffe können die restlichen Wrackteile viel schneller durchsucht werden als das durch uns der Fall wäre, Doktor.«

»Wann trifft die *Descartes* ein?« fragte Conway.

»Unter Berücksichtigung verschiedenster Unwägbarkeiten beim Auftauchen aus dem Hyperraum bezüglich der Astronavigation spätestens in vier bis fünf Stunden«, antwortete Fletcher.

»Na prima«, entgegnete Conway, wobei er seine Erleichterung gar nicht erst zu verbergen versuchte. »Wenn sich im nächsten Wrackteil keine Überlebenden befinden sollten, dann kehren wir unverzüglich zum Hospital zurück, Captain.« Er schwieg einen Moment lang, blickte auf die Überlebende und die Leichname ihrer Artgenossen, die es nicht geschafft hatten, und sah dann Murchison an. »Falls die *Descartes* den Heimatplaneten findet und schnell Kontakt herstellt, richten Sie der Mannschaft aus, sie möge um medizinische Hilfe für unsere Freundin hier bitten«, fügte er hinzu. »Die Crew soll sich nach einem einheimischen Arzt erkundigen, der freiwillig zum Orbit Hospital mitkommt, um dort bei der Behandlung zu assistieren oder die Patientin, wenn nötig, ganz zu übernehmen. Bei Patienten, die uns völlig unbekannten Lebensformen angehören, dürfen wir uns keinen falschen Stolz leisten ...«

Conway dachte auch daran, daß ein solcher einheimischer Arzt bestimmt bereit sein würde, sein Wissen für ein Schulungsband zur Verfügung zu stellen, sobald er sich erst einmal an die Vielfalt der Lebensformen im Orbit Hospital gewöhnt hatte. Sollte nämlich noch einmal ein Angehöriger seiner Spezies als Patient eingeliefert werden, würden die Mitarbeiter des Orbit Hospitals auf diese Weise wissen, was sie zu tun hatten.

»Identifizieren Sie sich bitte«, forderte sie eine ausdruckslose Translatorstimme von der Anmeldezentrale auf.

»Patient, Besucher oder Mitarbeiter? Und welche Spezies?« Die *Rhabwar* war erst vor wenigen Minuten im Normalraum wieder aufgetaucht, und das Orbit Hospital wirkte aus der Ferne lediglich wie ein recht großer, verschwommener Planet vor einem Hintergrund aus kleineren und helleren Sternen. »Falls Sie sich allerdings wegen körperlicher Verletzungen, geistiger Verwirrung oder Unkenntnis der relevanten Einzelheiten über die genaue physiologische Klassifikation nicht sicher sind oder diese überhaupt nicht angeben können, stellen Sie bitte Sichtkontakt her.«

Conway sah Captain Fletcher an, der die Mundwinkel nach unten zog und gleichzeitig eine Augenbraue hob. Mit diesem Mittel wortloser Verständigung drückte der Captain die Ansicht aus, daß derjenige, der diese medizinische Fachsprache verstand, auch am besten zur Beantwortung der Fragen geeignet wäre.

»Hier spricht Chefarzt Doktor Conway, Ambulanzschiff *Rhabwar*«, meldete sich Conway in forschem Ton. »An Bord sind Angehörige des Personals und eine Patientin, alle warmblütige Sauerstoffatmer. Die Klassifikationen der Besatzung lauten: terrestrische DBDGs, cinrusskischer GLNO und kelgianische DBLF. Die Patientin ist eine DBPK unbekannter Herkunft. Sie hat Verletzungen davongetragen, die eine dringende Behandlung erfordern und ...«

»Sie werden bereits erwartet, *Rhabwar*, und ich hab Sie hier als Flugverkehr mit Vorrang verzeichnet«, unterbrach ihn die Stimme aus der Anmeldezentrale. »Bitte benutzen Sie Anflugebene rot zwei und folgen Sie den rot-gelb-roten Baken zur Schleuse fünf ...«

»Aber Schleuse fünf ist doch eine ...«, protestierte Conway.

»... die, wie Sie wissen, Doktor, der Haupteingang zu den Ebenen der wasseratmenden AUGLs ist«, fuhr die Stimme aus der Anmeldezentrale fort. »Die für Ihre Patientin reservierte Unterkunft befindet sich jedenfalls in der Nähe von Schleuse fünf. Außerdem ist die von Ihnen unter diesen Umständen normalerweise benutzte Schleuse drei von über zwanzig verletzten Hudlarern blockiert. Während der Montage einer melfanischen Orbitalfabrik hat sich ein Bauunfall ereignet, bei dem Strahlung freigesetzt worden ist. Aber mir sind zur Zeit nur die medizinischen Einzelheiten bekannt.

Thornnastor hatte zwar keine Ahnung, was für ein Wesen Sie mitbringen würden, hat es aber von vornherein für ratsam gehalten, Ihre Patientin nicht einmal geringster Reststrahlung auszusetzen. Ihre geschätzte Ankunft, Doktor?«

Conway blickte Fletcher fragend an, und der Captain antwortete: »In zwei Stunden und sechzehn Minuten.«

Das wäre reichlich Zeit, um die DBPK-Patientin in die Drucktragbahre zu legen — eine solche Trage gewährleistete die Aufrechterhaltung des Lebenserhaltungssystems eines Patienten und schützte ihn vor dem luftleeren Raum, vor Wasser und einer ganzen Anzahl todbringender Atmosphären. Auch das medizinische Team der *Rhabwar* konnte in aller Ruhe leichte Anzüge zur Begleitung der Drucktrage anlegen. Die verbleibende Zeit konnte man über Funk den leitenden Diagnostiker der Pathologie, Thornnastor, zu den Vorbefunden bezüglich der überlebenden DBPK und zu den Ergebnissen von Murchisons Untersuchung an den Leichen befragen. Thornnastor würde wahrscheinlich um einen baldigen Transport der Leichen ins Hospital bitten, um durch eine gründlichere Untersuchung ein vollständiges Bild des Stoffwechsels der DBPK-Lebensform zu gewinnen.

Nach dieser kurzen Denkpause übermittelte Conway schließlich die Schätzung des Captains an die Zentrale und fragte, von wem das medizinische Personal der *Rhabwar* an Schleuse fünf empfangen werden würde.

Die Stimme von der Anmeldezentrale gab eine Anzahl kurzer, unübersetzbarer und bei einem ET wahrscheinlich dem Stottern gleichzusetzende Laute von sich, und fuhr erst dann verständlich fort: »Tut mir leid, Doktor. Nach meinen Instruktionen steht das Personal der *Rhabwar* genaugenommen noch immer unter Quarantäne und darf das Hospital auf keinen Fall betreten. Aber Sie persönlich dürfen natürlich die Patientin begleiten, vorausgesetzt, Sie öffnen Ihren Anzug nicht. Die Hilfe Ihres Teams wird bei der Behandlung der Patientin nicht gebraucht, Doktor, aber die Vorgänge werden auf den Unterrichtskanälen übertragen. Das Team kann das Ganze also mitverfolgen und, falls notwendig, auch Ratschläge erteilen.«

»Vielen Dank auch«, erwiderte Conway, wobei der sarkastische Unterton in seiner Stimme durch die Übersetzung natürlich verlorenging.

»Keine Ursache!« entgegnete das Wesen in der Anmeldezentrale. »Und jetzt hätte ich gern den Kommunikationsoffizier gesprochen. Chefdiagnostiker Thornnastor hat um eine direkte Sprechverbindung mit Pathologin Murchison und Ihnen gebeten, um sich mit Ihnen zu beraten und eine vorläufige Diagnose zu stellen ...«

Gut zwei Stunden später wußte Thornnastor alles über die Patientin, was man ihm über Funk hatte vermitteln können. Nach dem Andocken wurde sie äußerst behutsam in der Drucktragbahre durch den Bordtunnel der *Rhabwar* in den höhlenartigen, als Schleuse fünf bezeichneten Landeflughafen gebracht. Neben Conway gestattete man zur Überwachung der emotionalen Ausstrahlung auch Prilicla die Begleitung der Patientin. Die Hospitalleitung hatte schließlich nach einigem Hin und Her eingesehen, daß der kleine Cinrussker kaum den Grippevirus in sich tragen konnte, von dem die Besatzung der *Rhabwar* befallen worden war. Davon abgesehen war er gegenwärtig der einzig medizinisch qualifizierte Empath im Mitarbeiterstab des Orbit Hospitals.

Das Transportteam der Unfallaufnahme — Terrestrier in leichten Anzügen mit Helmen, Gürteln und Stiefeln in hellblauer Leuchtfarbe — schob die Drucktragbahre sofort zur Innenluke von Schleuse fünf. Während sich langsam die Außenluke schloß, strömte in die noch vor kurzem luftleere Schleuse sprudelndes und kalt dampfendes Wasser. Als sich das Wasser beruhigt hatte und Conway wieder etwas sehen konnte, verfrachtete das Transportteam die Trage ziemlich unsanft in die lauwarmen grünen Tiefen der Station, die zur Behandlung der wasseratmenden Bewohner von Chalderescol diente.

Conway war regelrecht froh, daß die Patientin nicht bei Bewußtsein war. Denn die Chalder, die trotz ihrer enormen Bandbreite an möglichen Erkrankungen nur äußerst selten zur Bewegungsunfähigkeit verdammt waren, schwammen schwerfällig um die Trage herum — wie alle Patienten legten sie bei jedem Anlaß, der die Monotonie des Stationsalltags zu unterbrechen versprach, unverhohlene Neugier an den Tag.

Die AUGL-Station glich einer ausgedehnten Unterwasserhöhle, die für chalderische Augen mit einer Vielzahl einheimischer Kunstpflanzen geschmackvoll dekoriert war, von denen einige offensichtlich fleischfressend waren. Das war jedoch nicht die normale Umwelt der kulturell und technologisch hochentwickelten Bewohner von Chalderescol, sondern die von gesunden jungen Chaldern im Urlaub aufgesuchte Umgebung. Laut Chefpsychologe O'Mara stellte diese primitive Umwelt eine wichtige Hilfe bei der Genesung dar — und der Chefpsychologe irrte sich in solchen Punkten äußerst selten. Doch selbst für einen über die Vorgänge genauestens unterrichteten terrestrischen DBDG wie Conway war dies ein geradezu gespenstischer Ort.

Eine vollkommen neue Lebensform, deren Sprache

erst noch in den Übersetzungscomputer des Hospitals eingegeben werden mußte, würde natürlich überhaupt nicht wissen, was sie davon halten sollte — und erst recht nicht bei einer plötzlichen Konfrontation mit einem der AUGL-Patienten.

Ein erwachsener Bewohner von Chalderescol erinnerte an ein zwölf Meter langes Krokodil, das vom relativ überproportionierten Maul bis zum Schwanz gepanzert und in der Mitte von einem Gürtel bandförmiger Tentakel umgeben war. Trotz Priliclas beruhigend wirkender Anwesenheit war es für die innere Ruhe der Patientin besser, wenn sie die bis auf wenige Meter an die Trage heranschwimmenden chalderischen AUGLs nicht sah, die den Neuankömmling in Augenschein nehmen und ihm alles Gute wünschen wollten.

Prilicla schwamm als vage sichtbare insektenartige Gestalt in der silbrig schimmernden Anzugblase ein kleines Stück vor der Gruppe, und da die emotionale Ausstrahlung auf dieser Station gelegentlich explosionsartig anstieg, zitterte er hin und wieder. Conway wußte aus Erfahrung, daß für diese Reaktion weder die Patientin noch die neugierigen AUGLs verantwortlich waren, sondern vielmehr die vom Transportteam ausgehenden Gefühle der Besorgnis, das die Trage an als Betten dienenden Stahlrahmen, medizinischen Geräten und der künstlichen Flora der Station vorbei und durch den wassergefüllten Teil des Korridors dahinter manövrieren mußte. Die Trocken- und Kühlmittel in den leichten Anzügen des Transportteams funktionierten im warmen Wasser der AUGL-Abteilung nicht wie gewohnt. Und wenn in so einer Umgebung ein körperlicher Kraftakt erforderlich wurde, dann schwoll der Zorn der Männer direkt proportional zum Temperaturanstieg im Anzug an.

Die Beobachtungsstation für die neue Patientin war früher Teil des Voruntersuchungsbereichs der Unfallabteilung für warmblütige Sauerstoffatmer gewesen, bevor diese Sektion erweitert und deshalb in die dreiunddreißigste Ebene verlegt wurde. Ursprünglich wollte man den nun freigewordenen Raum als zusätzlichen AUGL-Operationssaal ausstatten, sobald die technische Abteilung diese Aufgabe in Angriff nehmen konnte. Aber zum gegenwärtigen Zeitpunkt stellte er nicht viel mehr als eine große, würfelförmige Luft- und Lichtblase inmitten des gewaltigen Meers der chalderischen Station und der dazugehörigen Versorgungseinrichtungen dar. In der Mitte des Raums stand allerdings ein Untersuchungstisch, der auf die jeweilige Körperform einer großen Bandbreite von Lebewesen verschiedenster physiologischer Klassifikationen eingestellt werden konnte und den man zusätzlich in einen Operationstisch oder in ein Bett verwandeln konnte. An den jeweils gegenüberliegenden Wänden der Station waren die gleichermaßen unspezialisierten und komplizierten Geräte aufgestellt, die man zum Erhalt des Lebens und zur intensiven Betreuung von Patienten benötigte, deren Lebensvorgänge mitunter ein Buch mit sieben Siegeln waren.

Trotz seiner Größe war der Raum zur Zeit überfüllt — und zwar hauptsächlich mit Ärzten, die hier überhaupt nichts zu suchen hatten und nur aus beruflicher Neugier anwesend waren. Conway sah einen der illensanischen PVSJs, die eine membranartige Schuppenhaut besaßen, und dessen weiter Anzug bis auf den in ihm enthaltenen blaßgelben Chlornebel durchsichtig war. Sogar ein TLTU in einer auf Raupenketten montierten Druckkugel war anwesend. Das war für ein Wesen, das unter hohem Druck lebte und extrem heißen Dampf atmete, die einzige Möglichkeit, beruflich mit Patienten und Kollegen mit weniger exotischem Stoffwechsel in Verbindung zu treten. Die restlichen Anwesenden waren warmblütige Sauerstoffatmer — Melfaner, Kelgianer, Nidianer und ein Hudlarer, die außer ihrer Neugier noch eine weitere Gemeinsamkeit hatten:

die goldenen oder in Gold eingefaßten Abzeichen, die sie als Diagnostiker und Chefärzte auswiesen.

Nur selten hatte Conway so viele medizinische Kapazitäten auf solch engem Raum konzentriert gesehen. Sie alle machten bereitwillig Platz, als das Transportteam die Patientin unter Thornnastors persönlicher Aufsicht von der Drucktragbahre auf den Untersuchungstisch legte. Man ließ die Trage geöffnet und rollte sie wieder zum Eingang der Station, damit sie nicht im Weg stand, woraufhin sämtliche Anwesenden an den Untersuchungstisch näher herantraten.

Conway wußte, daß Murchison und Naydrad jetzt auf dem Bildschirm der *Rhabwar* die von Thornnastor begonnene Voruntersuchung beobachteten, die in jeder Hinsicht mit der schon von Murchison und Conway auf dem Ambulanzschiff durchgeführten identisch war. Der leitende Diagnostiker der Pathologie überprüfte sorgfältig die Lebenszeichen, obwohl sich selbst zu diesem Zeitpunkt noch niemand sicher sein konnte, welcher Puls, Blutdruck und welche Atmungsfrequenz für einen DBPK eigentlich normal war. Danach tastete er die Patientin ausführlich und bis in die Tiefen des Körpers hinein mit dem Scanner ab und führte eine vorsichtige Untersuchung auf körperliche Verletzungen und Deformierungen durch. Für die vielen Ärzte, die über die Unterrichtskanäle zusahen, beschrieb Thornnastor jeden Schritt in allen Einzelheiten und erläuterte sämtliche Befunde und Schlußfolgerungen. Hin und wieder hielt er inne und stellte Murchison auf dem Ambulanzschiff oder Conway auf der Station Fragen, die zumeist den Zustand der Patientin unmittelbar nach deren Bergung betrafen oder um möglicherweise hilfreiche Tips zu bekommen.

Immerhin hatte Thornnastor seine unangefochtene Stellung als Chefpathologe nur erreicht, indem er Fragen gestellt und über deren Antworten nachgedacht hatte, anstatt nur sich selbst zuzuhören.

Schließlich beendete Thornnastor die Untersuchung. Der Chefdiagnostiker richtete seinen gewaltigen Körper zu voller Größe auf, wobei das knöcherne Schädeldach über dem Gehirn fast vollständig zwischen den Wölbungen der drei riesigen Schultern verschwand. Die vier Stielaugen, die wie ein Teleskop ausgefahren werden konnten, betrachteten gleichzeitig die Patientin, die um den Untersuchungstisch stehenden Ärzte und die aufgestellten Kameras, durch die Murchison und Naydrad an Bord der *Rhabwar* und die restlichen, nicht anwesenden Zuschauer die Vorgänge mitverfolgten. Dann teilte er seine Erkenntnisse mit.

Die schwersten Verletzungen hatte die Lunge der Patientin davongetragen, in der durch die Auswirkungen der Dekompression Zellgewebe geplatzt und ausgedehnte Blutungen hervorgerufen worden waren. Thornnastor beabsichtigte, diese Situation zu entschärfen, indem er mittels eines kleineren chirurgischen Eingriffs die Flüssigkeit durch die Brusthöhle absaugen wollte. Zusätzlich hatte er vor, einen Luftröhrenschnitt vorzunehmen, um so durch Zufuhr von reinem Sauerstoff die Atmung der Patientin zu unterstützen. Für warmblütige Sauerstoffatmer stand dem Orbit Hospital zwar ein breitgefächertes Angebot an Medikamenten zur Regeneration von Zellgewebe zur Verfügung, aber um herauszufinden, welches dieser Mittel für die DBPK-Spezies geeignet gewesen wäre, hätten aufwendige Tests vorgenommen werden müssen, die wenigstens zwei Tage in Anspruch genommen hätten. Ohne einen sofortigen chirurgischen Eingriff würde die Patientin aber nicht mehr länger als zwei Stunden leben. Bei keiner der von Thornnastor vorgeschlagenen Maßnahmen handelte es sich um langwierige Prozeduren, und die damit verbundenen Schmerzen würden minimal sein. Da nach Priliclas Worten die Patientin zudem in zu tiefer Bewußtlosigkeit lag, um überhaupt Schmerzen empfinden zu können, wollte der Chefpathologe mit der Assistenz eines melfanischen Chefarzts und einer kelgianischen Operationsschwester unverzüglich mit dem Eingriff beginnen.

Unter Berücksichtigung des Zustands der Patientin hielt Conway das ebenfalls für die einzig richtige Maßnahme. Es ärgerte ihn allerdings, daß die Operation ohne seine Assistenz durchgeführt werden sollte, schließlich hatte er bereits Erfahrungen mit der DBPK-Lebensform gesammelt. Aber dann konnte er dem respektvollen Geflüster der Zuschauer entnehmen, daß es sich bei dem assistierenden melfanischen Chefarzt um Edanelt handelte, der unwidersprochen als einer der besten ET-Chirurgen des Orbit Hospitals galt. Edanelt hatte ständig vier Schulungsbänder im Kopf gespeichert und stand Gerüchten zufolge kurz vor der Beförderung zum Diagnostiker. Wenn ein Chirurg vom Rang eines Edanelt zum Assistieren gerade gut genug war, dann sollte Conway wenigstens dazu in der Lage sein, bei der Operation auch ohne die Ausstrahlung von allzu großen Neidgefühlen zuzusehen.

Trotz der vielen hundert, von Tralthanern durchgeführten Operationen, die Conway schon mitverfolgt hatte, wunderte er sich immer wieder, wie solch eine riesige und körperlich unbeholfene Spezies die besten Chirurgen der Föderation hatte hervorbringen können. Die DBPK-Patientin ahnte gar nicht, was für ein Glück sie hatte. Denn im Orbit Hospital sagte man, daß kein auch noch so hoffnungslos erkranktes Wesen jemals verloren war, wenn es unter der persönlichen Obhut von Thornnastor stand. Der Diagnostiker selbst soll einmal dazu gesagt haben, daß so etwas schon deshalb vollkommen undenkbar sei, weil davon überhaupt nichts in seinem Vertrag stünde ...

»Sie kommt wieder zu Bewußtsein«, meldete Prilicla keine zehn Minuten nach Beendigung der Operation plötzlich. »Und zwar sehr schnell.«

Thornnastor gab einen geräuschvollen und unübersetzbaren Laut von sich, der wahrscheinlich Freude und Genugtuung ausdrückte, und sagte dann: »Ein so schnelles Ansprechen auf die Behandlung läßt eine vielversprechende Prognose zu und deutet meiner Meinung nach auf eine frühzeitige Genesung der Patientin hin. Aber wir sollten ein bißchen weiter vom Tisch zurücktreten. Denn obwohl ein Angehöriger einer raumreisenden Spezies an den Anblick anderer Lebensformen gewöhnt sein sollte, könnte unsere Patientin in ihrem geschwächten Zustand durch die unmittelbare Nähe einer Gruppe solch großer und unterschiedlicher Wesen wie uns doch einen gehörigen Schrecken bekommen. Meinen Sie nicht auch, Doktor Prilicla ...?«

Aber der kleine Empath hatte zu einer Antwort keine Gelegenheit mehr, denn die Patientin öffnete gerade die Augen und kämpfte so gewaltsam gegen die Körpergurte an, daß der in der Luftröhre steckende Schlauch herauszurutschen drohte.

Instinktiv griff Thornnastor über die Patientin, um den Luftschlauch festzuhalten, doch dadurch geriet die DBPK in nur noch größere Panik. Ihre Angst war so groß, daß der für Emotionen empfängliche und an der Decke haftende Prilicla durch sein ungemein heftiges Zittern Gefahr lief abzustürzen. Plötzlich versteifte sich die Patientin und blieb mehrere Minuten lang vollkommen regungslos liegen. Aber als der Cinrussker Mitgefühl und Beruhigung ausstrahlte, entspannte sie sich allmählich wieder.

»Danke schön, Doktor Prilicla«, sagte Thornnastor. »Wenn wir die Verständigung hergestellt haben, werde ich mich wohl bei der Patientin entschuldigen müssen, daß ich sie fast zu Tode erschreckt hab. Versuchen Sie ihr in der Zwischenzeit unser Wohlwollen klarzumachen.«

»Natürlich, Freund Thornnastor«, entgegnete der Empath. »Mittlerweile empfindet sie keine panische Angst mehr, sondern ist eher besorgt. Sie scheint über irgend etwas zutiefst beunruhigt zu sein, das ich …« Prilicla brach den Satz ab und fing wieder heftig zu zittern an.

Dann geschah etwas vollkommen Unmögliches.

Thornnastor geriet auf seinen sechs stämmigen Beinen, die den Angehörigen der tralthanischen Spezies normalerweise einen so festen Stand gaben, daß sie häufig sogar im Stehen schliefen, gehörig ins Schwanken, dann stürzte er kopfüber auf die Seite, wobei das dadurch entstandene Geräusch Conways Anzugmikrofon total überlastete. Ein paar Meter vom Behandlungstisch entfernt, sank der Melfaner Edanelt, Thornnastors Assistent, langsam zu Boden. Seine sechs mit vielen Gelenken versehenen Beine wurden zunehmend schlaffer, bis er schließlich mit der Unterseite seines Ektoskelett geräuschvoll auf den Boden schlug. Auch die kelgianische Operationsschwester war zu Boden geglitten, während der silbrige Pelz auf dem langen, zylindrischen Körper wogte und Falten warf, als würde über ihn ein kleiner Wirbelsturm toben. Ein neben Conway stehendes Mitglied des Transportteams fiel kraftlos auf Hände und Knie, kroch noch ein kurzes Stück über den Boden, rollte schließlich auf die Seite und krümmte sich zusammen. Aus Conways Translator kam jetzt kein einziges verständliches Wort mehr, da viel zu viele ETs gleichzeitig sprachen und die Terrestrier sie noch zu übertönen versuchten.

»Das kann doch einfach nicht wahr sein …«, rief er ungläubig.

Aus dem Kopfhörer in seinem Helm ertönte Murchisons Stimme über die Schiffsfrequenz. »Drei extraterrestrische Lebensformen und ein terrestrischer DBDG mit vier grundlegend verschiedenen Metabolismen und automatischer Immunität gegenüber Krankheiten anderer Spezies … das ist gleich vierfach unmöglich! Soweit ich sehen kann, gibt es keine Anzeichen dafür, daß die anderen im Raum anwesenden Wesen betroffen sind.«

Selbst bei der Beobachtung des Unmöglichen blieb Murchison kühl und sachlich.

»... aber es ist nun mal geschehen«, setzte Conway sein Selbstgespräch fort. Er drehte den Außenlautsprecher des Anzugs lauter und sagte mit fester Stimme: »Hier spricht Chefarzt Conway. Ich gebe Ihnen jetzt folgende Anweisungen: Alle Mitglieder des Transportteams schließen sofort ihre Helme. Teamleiter, geben Sie Kontaminierungsalarm Stufe eins. Alle anderen entfernen sich unverzüglich von der Patientin ...« — wie Conway sah, taten sie das jedoch bereits in an Panik grenzender Eile —, »... diejenigen, die schon einen Schutzanzug tragen, bleiben hier. Die ungeschützten Sauerstoffatmer begeben sich zur Drucktragbahre und schließen sich dort zusammen mit so vielen anderen wie möglich luftdicht ein. Alle dann noch Übriggebliebenen benutzen die Atemmasken und Sauerstoffvorräte der Beatmungsmaschinen auf der Station. Es scheint sich um irgendeine durch die Luft übertragene Infektion zu handeln ...«

Als auf dem Hauptbildschirm der Beobachtungsstation die zornigen Gesichtszüge des Chefpsychologen aufflammten, brach Conway ab. Während O'Mara sprach, konnte Conway im Hintergrund das ständig wiederholte, aus einem langen und zwei kurzen Huptönen bestehende Signal der Notsirene hören, das den Worten des Chefpsychologen zusätzliche Dringlichkeit verlieh.

»Warum, zum Teufel, melden Sie da unten eine lebensbedrohliche Verseuchung, Conway? Verdammt noch mal, bei Ihnen kann gar keine Verseuchung der Luft oder des Wassers stattgefunden haben, es sei denn, die ganze Station ist überflutet und Sie alle ertrinken gerade. Aber dafür kann ich überhaupt keine Anzeichen erkennen!«

»Einen Moment«, bat Conway. Er kniete gerade neben dem zu Boden gestürzten Mitglied des Transportteams und tastete mit der Hand durch das offene Helmvisier an der Schläfenarterie nach dem Puls. Schließlich fand er ihn, ein schnelles, unregelmäßiges Pochen, das ihm überhaupt nicht gefiel, und er verschloß sofort das Visier des Mannes. »Vergessen Sie nicht, sämtliche nicht von den Masken bedeckte Atemöffnungen wie Nasenlöcher, die Kiemen der Melfaner und die Sprechöffnung bei den Kelgianern zu verschließen«, sagte Conway zu den Anwesenden auf der Station. »Und Sie da, der illensanische Arzt! Würden Sie Thornnastor und den Melfaner Edanelt untersuchen? Schnell, bitte! Prilicla, wie geht es der Patientin?«

Der Chloratmer watschelte sofort zum umgestürzten Thornnastor. »Ich heiße übrigens Gilvesh, Conway«, sagte er, wobei sein transparenter Anzug laut raschelte. »Aber für mich sehen die DBDGs auch alle gleich aus, deswegen sollte ich wohl nicht beleidigt sein.«

»Entschuldigen Sie, Gilvesh«, erwiderte Conway schnell. Die chloratmenden Illensaner galten allgemein als optisch abstoßendste und gleichzeitig körperlich eitelste Spezies der Föderation. »Eine schnelle Diagnose, bitte. Für andere Sachen haben wir jetzt keine Zeit. Was ist mit Thornnastor passiert, und worin bestehen die unmittelbaren physiologischen Auswirkungen?«

»Mein Freund«, meldete sich der immer noch heftig zitternde Prilicla zu Wort. »Der DBPK-Patientin geht es schon viel besser. Sie strahlt zwar noch Verwirrung und Beunruhigung aus, dafür aber keine Furcht mehr und nur noch minimales körperliches Unbehagen. Dagegen macht mir der Zustand der vier Kollegen große Sorgen. Aber leider ist deren emotionale Ausstrahlung wegen des hohen Emotionspegels auf der Station für eine genaue Bestimmung zu schwach.«

»Aha«, erwiderte Conway. Er wußte, daß es der kleine Empath niemals über sich bringen würde, die emotionalen Unzulänglichkeiten anderer Wesen auch nur ansatzweise zu kritisieren. »Achtung, alle mal herhören!« fuhr er fort. »Abgesehen von den vier bereits betroffenen Wesen, gibt es keine unmittelbaren Anzeichen für eine weitere Ausbreitung der Krankheit, Infektion oder was auch immer. Ich würde sagen, alle, die durch die Hülle des Druckzelts geschützt sind oder durch eine Maske atmen, sind im Moment sicher. Also beruhigen Sie sich bitte! Wir sind darauf angewiesen, daß uns Prilicla mit einer schnellen Diagnose der Beschwerden Ihrer Kollegen hilft. Die kann er aber nicht stellen, wenn Sie alle Ihren Emotionen freien Lauf lassen.«

Während Conway diese Bitte vorbrachte, löste sich Prilicla von der Decke und flatterte mit seinen schimmernden Flügeln zu der kelgianischen Operationsschwester hinüber, die zur Zeit nur noch wie ein silbriger Fellhaufen aussah. Er zog seinen Scanner heraus und untersuchte damit den Körper der Kelgianerin. Gleichzeitig bemühte er sich, die emotionale Ausstrahlung der DBLF-Raupe aufzuspüren, zu isolieren und zu bestimmen. Doch während dieser Aktion zitterte Prilicla nicht mehr.

»Keine Reaktion auf körperliche Stimulierung«, berichtete Gilvesh von der Untersuchung Thornnastors. »Normale Temperatur, Atmung aktiv, Herztätigkeit schwach und unregelmäßig, die Augen reagieren zwar noch auf Licht, aber ... das ist merkwürdig, Conway. Offensichtlich ist die Lunge stark in Mitleidenschaft gezogen worden, aber die auslösenden Faktoren sind mir völlig unklar. Außerdem beeinträchtigt der daraus resultierende Sauerstoffmangel die Herz- und Gehirntätigkeit. Ich kann allerdings weder Anzeichen von Lungengewebeschäden entdecken, die durch das Einatmen ätzender oder hochgiftiger Substanzen entstanden sind, noch irgend etwas, das auf die Aktivierung von Thornnastors Immunsystem hinweist. Die Muskeln sind nicht angespannt und üben keinerlei Widerstand aus. Die willkürlichen Muskeln scheinen sogar vollkommen entspannt zu sein.«

Ohne den leichten Anzug zu öffnen, hatte Conway mit dem Scanner die oberen Atemwege, die Luftröhre, die Lunge und das Herz des Mitglieds des Transportteams untersucht und war zu genau den gleichen Ergebnissen gekommen. Aber bevor er noch etwas sagen konnte, schilderte Prilicla bereits die Untersuchungsergebnisse bezüglich der Kelgianerin.

»Meine Patientin zeigt die gleichen Symptome«, berichtete er. »Flache und unregelmäßige Atmung, der Herzschlag ist kurz vorm Flattern, die Bewußtlosigkeit wird immer tiefer, und es sind alle physischen und emotionalen Anzeichen von Atemnot vorhanden. Soll ich Edanelt auch untersuchen?«

»Das mache ich schon«, sagte Gilvesh schnell. »Prilicla, gehen Sie bitte zur Seite, damit ich nicht auf Sie drauftrete. Conway, meiner Meinung nach brauchen die vier so bald wie möglich eine Intensivbehandlung, und die Atmung muß sofort unterstützt werden.«

»Der Meinung bin ich auch, Freund Gilvesh«, pflichtete ihm der wieder zur Decke flatternde Empath bei. »Der Zustand aller vier Wesen ist außerordentlich ernst.«

»Gut«, entgegnete Conway knapp. »Teamleiter! Bringen Sie Ihren Mann, die DBLF-Raupe und den ELNT soweit wie möglich von der Patientin weg, aber in die Nähe eines Auslaßventils der Sauerstoffversorgung. Doktor Gilvesh wird das Anpassen der richtigen Atemmasken überwachen. Lassen Sie bitte den Anzug Ihres Teammitglieds versiegelt, und erhöhen Sie die interne Sauerstoffversorgung auf fünfzig Prozent. Was Thornnastor betrifft, werden Sie wohl den Rest Ihres Teams brauchen, um ihn auch nur ...«

»Oder einen G-Schlitten«, unterbrach ihn der Teamleiter. »Auf der nächsten Ebene gibt es einen.«

»... ein paar Meter weit zu bewegen«, fuhr Conway ungerührt fort. »Angesichts seines sich verschlechternden Zustands wäre es wohl besser, einen Schlauch an irgendeine Sauerstoffleitung anzuschließen und Thornnastors Atmung dort zu unterstützen, wo er gerade liegt. Und verlassen Sie unter keinen Umständen wegen eines Schlittens oder irgend etwas anderem die Station, bevor wir nicht ganz genau wissen, was hier drinnen freigesetzt worden ist. Sie müssen schon entschuldigen, aber das gilt übrigens für alle ...«

O'Mara wollte einfach nicht mehr länger schweigend zusehen.

»Also ist bei Ihnen *tatsächlich* irgend etwas freigesetzt worden, Doktor?« fragte der Chefpsychologe barsch. »Anscheinend handelt es sich ja um etwas viel Schlimmeres als um einen einfachen Fall atmosphärischer Verseuchung durch eine Nachbarstation. Haben Sie schließlich doch noch die Ausnahme entdeckt, die die Regel bestätigt? Einen Bazillus, von dem quer durch die Bank alle Spezies befallen werden ...?«

»Meines Wissens können terrestrische Krankheitserreger nicht auf ETs übertragen werden, und umgekehrt funktioniert das auch nicht«, erwiderte Conway ungeduldig, wobei er sich O'Maras Gesicht auf dem Stationsschirm zuwandte. »Das ist also eigentlich ein Ding der Unmöglichkeit, aber auf dieser Station scheint das Unmögliche zu passieren. Und wir brauchen dringend Hilfe, um dieses ...«

»Mein Freund«, unterbrach ihn Prilicla. »Thornnastors Zustand verschlechtert sich zusehends. Mittlerweile spüre ich bei ihm Strangulations- und Erstikkungsgefühle.«

»Doktor«, ertönte nun auch die Translatorstimme von Gilvesh, »die Sauerstoffmaske der Kelgianerin nützt nicht besonders viel. Der doppelte Mund der DBLF und die mangelnde Kontrolle über die Muskeln werfen ernsthafte Probleme auf. Um einen vollständigen Stillstand der Atmung zu verhindern, benötigt die Schwester unbedingt eine Druckbeatmung der Lunge direkt durch die Luftröhre.«

»Können Sie bei der Kelgianerin einen Luftröhrenschnitt durchführen, Doktor Gilvesh?« fragte Conway und wandte sich vom Bildschirm ab.

»Nicht ohne Physiologieband«, antwortete Gilvesh.

»Sie bekommen weder ein Band noch sonst irgendwas«, lehnte O'Mara in bestimmtem Ton kategorisch ab.

Conway fuhr zum Bild des Chefpsychologen herum und wollte protestieren, aber O'Maras Antwort kannte er bereits.

»Doktor, als Sie lebensbedrohlichen Verseuchungsalarm gegeben haben, war das, wie ich vermute, zwar nur eine instinktive, aber dennoch korrekte Handlung«, fuhr der Chefpsychologe grimmig fort. »Dadurch haben Sie wahrscheinlich Tausenden von Wesen im Hospital das Leben gerettet. Aber ein Kontaminierungsalarm Stufe eins bedeutet nun einmal, daß der verseuchte Bereich bis zum Aufspüren und Beheben der Ursache der Kontaminierung abgeriegelt bleibt. Und im vorliegenden Fall ist das noch viel ernster zu nehmen. Bei Ihnen scheint nämlich ein Bazillus virulent sein, der die warmblütigen Sauerstoffatmer des Hospitals stark dezimieren könnte. Aus diesem Grund ist Ihre Station hermetisch abgeriegelt worden. Ihnen stehen zwar weiterhin Energie, Licht, Kommunikations- und Übersetzungsgeräte zur Verfügung, aber Sie sind inzwischen vollständig vom Hauptluftversorgungssystem und dem automatischen Nahrungsvertriebsnetz abgeschnitten. Sie werden auch keinerlei Medikamente erhalten. Außerdem wird man kein Lebewesen, kein Gerät und keine Probe aus Ihrer Station herauslassen. Kurz, ich werde weder Doktor Gilvesh einen Besuch bei mir wegen eines Physiologiebands gestatten, noch irgendeinem kelgianischen, melfanischen oder tralthanischen Arzt die freiwillige medizinische Hilfe bei den betroffenen Wesen auf ihrer Station erlauben. Haben Sie das verstanden, Doktor?«

Conway nickte langsam.

Während O'Mara Conway mehrere Sekunden lang musterte, zeigte sich auf den kantigen Gesichtszügen des Chefpsychologen ein tiefes und für ihn ganz untypisches Mitgefühl. Es hieß, O'Maras normalerweise aggressive und sarkastische Art wäre nur seinen Freunden vorbehalten, in deren Gesellschaft er sich gern entspannte und bei denen er seiner Übellaunigkeit freien Lauf lassen konnte, ohne daß jedes Wort von ihm auf die Goldwaage gelegt wurde. Ruhig und mitfühlend sei er dagegen nur, wenn er sich in seiner Funktion als Psychologe über jemanden wirklich Sorgen machte.

Er hat unglaublich viele Freunde, dachte Conway, *und im Moment stecke ich gerade bis zum Hals in Schwierigkeiten ...*

»Sie wollen bestimmt wissen, wieviel Zeit ihnen noch verbleibt. Nun, die Werte ergeben sich aus den Sauerstoffvorräten auf der Station und in den Tanks und aus der Anzahl der momentan Anwesenden und dem für ihre jeweilige Spezies spezifischen Sauerstoffbedarf«, fuhr der Major fort. »Diese Angaben kann ich Ihnen in ein paar Minuten übermitteln. Und noch etwas, Conway. Sehen Sie bloß zu, daß Sie eine Lösung finden ...«

Mehrere Sekunden lang starrte Conway auf den leeren Bildschirm und sagte sich selbst, daß er ohne Physiologieband weder Thornnastor noch Edanelt, der kelgianischen Schwester oder dem Teammitglied wirklich helfen konnte, die wie aus dem Nichts ihre Rollen als medizinische Kräfte mit denen schwerkranker Patienten vertauscht hatten.

Normalerweise hätte sich Dr. Gilvesh ein DBLF-Physiologieband ins Gehirn überspielen lassen und bei der Kelgianerin wie selbstverständlich einen Luftröhrenschnitt durchgeführt. Außerdem hätte der illensanische Chefarzt bei O'Mara wahrscheinlich auch gleich auf die Einspielung des tralthanischen Bands für Thornnastor und der ELNT-Version für Edanelt bestanden. Diesem Wunsch wäre der Chefpsychologe sicherlich auch nachgekommen, wenn er Gilvesh' psychische Verfassung für stabil genug erachtete hätte, kurzfristig drei Physiologiebänder auf einmal gespeichert zu haben. Aber Gilvesh durfte selbst dann nicht die Station verlassen, wenn sein eigenes Leben davon abhing — was schon sehr bald der Fall sein würde.

Conway bemühte sich, nicht an den schwindenden Luftvorrat in der Drucktragbahre zu denken, wo fünf oder sechs ETs rapide den in Behältern gespeicherten Sauerstoff verbrauchten. Er versuchte auch, den Gedanken an die Wesen zu verdrängen, die an den Wänden entlang mit den eigentlich für Patienten vorgesehenen Atemmasken verbunden waren. Den von den Mitgliedern des Transportteams und ihm selbst getragenen vierstündigen Sauerstoffvorrat oder die infizierte und verbrauchte Luft auf der Station wagte er sich gar nicht erst vorzustellen. Und die Überlegungen über die von Gilvesh mitgeführte, streng begrenzte Menge an atembarem Chlor oder die vom TLTU benötigte überhitzte Atmosphäre schob er gleich beiseite. Zuallererst mußte er an die Patienten denken und versuchen, sie so lange wie möglich am Leben zu erhalten. Und das nicht nur, weil es sich um Freunde und Kollegen handelte, sondern auch, weil sie als erste befallen worden waren. Er mußte den Infektionsverlauf so vollständig wie möglich aufzeichnen, damit die Hospitalärzte aller Dienstgrade und Spezies später genau wissen würden, welche Krankheit sie zu bekämpfen hatten.

Aber der Kampf mußte erst einmal hier auf der Beobachtungsstation beginnen, und es gab ein paar Dinge, die Conway tun oder zumindest versuchen konnte zu tun.

Er sagte: »Gilvesh, gehen Sie doch bitte in die Ecke zu dem TLTU und dem Hudlarer mit der Maske. Ich weiß nämlich nicht, ob deren Translatoren mich auf diese Entfernung empfangen können. Bitten Sie die beiden, Thornnastor zu der freien Stelle an der Wand neben dem Eingang zur Schleuse zu bringen. Falls die beiden glauben, das schaffen zu können, weisen Sie sie darauf hin, daß man Tralthaner unter normalen Schwerkraftverhältnissen nie auf den Rücken drehen darf, weil sich dadurch die inneren Organe verlagern und die Atembeschwerden noch schlimmer werden können. Bitten Sie auch einen der Männer vom Transportteam, während dieser Aktion Thornys Maske festzuhalten.

Wenn Thornnastor sich schließlich an der Wand befindet, legen Sie ihn dort so hin, daß seine Beine in den Raum zeigen, und bitten Sie vier Teammitglieder, Ihnen bei ...«

Während seiner Anweisungen dachte Conway an all die Physiologiebänder, die er sich während seiner beruflichen Laufbahn im Orbit Hospital gezwungenermaßen ins Gehirn hatte überspielen lassen müssen und die in einigen wenigen Fällen nicht vollkommen wieder gelöscht worden waren. Natürlich war keine dieser gleichzeitig seltsamen wie wunderbaren Persönlichkeiten, die diese Aufzeichnungen ihrer Gehirnströme zur Verfügung gestellt hatten, auch nur teilweise in seinem Gedächtnis zurückgeblieben, denn das hätte psychologisch äußerst gefährlich sein können. Doch konnte er sich noch bruchstückhaft an Informationen erinnern, die in erster Linie physiologische und chirurgische Verfahren betrafen, weil sich während der partiellen Kontrolle der ET-Persönlichkeit über sein Gehirn der terrestrische Teil für dieses Wissen ganz besonders interessiert hatte. Das, was er mit der kelgianischen OP-Schwester zu tun beabsichtigte, war sehr gefährlich — und da er an die Physiologie der DBLFs im Bereich der Atemwege eine nur noch äußerst vage Erinnerung hatte, konnte er es wahrscheinlich auch nur stümperhaft durchführen. Aber zuerst einmal mußte er etwas für

Thornnastor tun, auch wenn es nicht mehr als eine Erste-Hilfe-Maßnahme war.

Der Druckanzug des TLTU-Arztes, dessen Spezies in einer Umwelt aus eßbaren Mineralien und extrem heißem Dampf lebte, glich einem auf Raupenketten montierten kugelförmigen Dampfkochtopf mit Fernbedienung. Dieses Fahrzeug war zwar eigentlich nicht zum Transport von bewußtlosen Tralthanern gedacht, konnte solch eine Aufgabe aber ohne größere Schwierigkeiten übernehmen.

Der hudlarische Arzt, der der Klassifikation FROB angehörte, war ein bulliges, birnenförmiges Wesen, dessen Heimatplanet die vierfache Erdanziehungskraft besaß. Die Atmosphäre auf Hudlar war voll von aufgelösten Substanzen tierischer und pflanzlicher Organismen, so daß sie einer dickflüssigen Suppe ähnelte. Obwohl die FROBs zu den Warmblütern gehörten und praktisch gesehen Sauerstoffatmer waren, konnten sie lange Zeit ohne Luft überleben, wenn sie ausreichend mit Nahrung versorgt wurden, die sie direkt durch den zwar dicken, jedoch äußerst durchlässigen Hautpanzer aufnahmen. Nach Conways Schätzung hatte sich der hudlarische Arzt die letzte Mahlzeit vor weniger als zwei Stunden auf die Haut gesprüht, dafür sprach die flockige Konsistenz der Nährstoffschicht auf dem Panzer. Eigentlich müßte der FROB also auch ohne Sauerstoffmaske lange genug aushalten können, um Thornnastor zu helfen.

»... während der TLTU und der Hudlarer Thornnastor zur Wand hinüberbringen, lassen Sie Ihre Leute die Drucktragbahre so nah wie möglich an die kelgianische Oberschwester heranschieben«, setzte Conway seine Anweisungen an den Leiter des Transportteams fort. »In der Trage befindet sich nämlich ein kelgianischer Diagnostiker. Bitten Sie ihn, mir bei der Durchführung des Luftröhrenschnitts die notwendigen Anleitungen zu geben, und sorgen Sie dafür, daß er durch die Hülle der Trage einwandfreie Sicht auf das Operationsfeld hat. Ich bin in ein paar Minuten bei der kelgianischen Schwester, sobald ich nach Edanelt gesehen hab.«

»Edanelts Zustand ist stabil, mein Freund«, berichtete Prilicla, der zu dem Hudlarer und dem zischenden, metallenen Schwerlaster des TLTUs respektvollen Abstand einhielt, als die beiden gerade Thornnastor zur Wand brachten. Der Cinrussker landete zur besseren Wahrnehmung der emotionalen Ausstrahlung Edanelts federleicht auf dem Panzer des Melfaners. »Er atmet zwar unter Schwierigkeiten, schwebt aber nicht in unmittelbarer Lebensgefahr.«

Von den drei betroffenen ETs hatte sich der Melfaner von der DBPK-Patientin während der Untersuchung und den nachfolgenden operativen Eingriffen die ganze Zeit am weitesten entfernt aufgehalten: das mußte irgend etwas bedeuten. Conway schüttelte verärgert den Kopf — es passierte einfach gleichzeitig zu viel, um auch nur einen klaren Gedanken fassen zu können. Er hatte überhaupt keine Chance *nachzudenken* …

»Mein Freund«, sagte Prilicla, der mittlerweile zur DBPK-Patientin geflattert war. »Ich spüre bei der Patientin ein zunehmendes körperliches Unbehagen, das nicht mit den Verletzungen zusammenhängt und einer Art Befangenheit gleicht. Außerdem ist sie über irgend etwas äußerst beunruhigt, ohne allerdings Angst davor zu haben. Sie fühlt sich zutiefst schuldig und besorgt. Vielleicht leidet die Patientin nicht nur an den Verletzungen, die sie sich auf dem Schiff zugezogen hat, sondern auch an gewissen psychischen Störungen, wie sie bei Heranwachsenden, die in der Vorpubertät stecken, häufig vorkommen …«

Die geistige Verfassung der DBPK stand im Moment auf Conways Prioritätenliste ganz unten, deshalb war er nicht in der Lage, seine Ungeduld vor Prilicla zu verbergen.

»... darf ich die Gurte der Patientin ein bißchen lokkern, mein Freund?« fragte der Empath schnell.

»Ja, aber lassen Sie die Patientin bloß nicht frei«, antwortete Conway, merkte aber gleich darauf, daß diese Antwort ziemlich dumm gewesen war.

Schließlich stellte das kleine, pelzige und vollkommen harmlose Wesen selbst keine physische Bedrohung dar. Die Gefahr ging vielmehr von den Bakterien im Körper der Patientin aus — und die flogen ja offenbar schon überall auf der Station herum. Als Prilicla mit seinen feingliedrigen Greiforganen auf die Knöpfe drückte, mit denen die Gurte gelockert werden konnten, die die DBPK auf dem Untersuchungstisch festhielten, unternahm die Patientin keinen Fluchtversuch. Statt dessen drehte sie sich vorsichtig so weit, bis sie wie eine schlafende terrestrische Katze dalag — zusammengekugelt und den Kopf unter den langen und pelzigen Schwanz geschoben. Bis auf den nackten Fleck am Schwanzansatz, wo die Haut ein rötliches Braun aufwies, sah sie wie ein Hügel aus gestreiftem Fell aus.

»Sie fühlt sich jetzt sehr viel wohler, ist aber trotzdem noch beunruhigt, mein Freund«, berichtete der Cinrussker. Gleich darauf trippelte er an der Decke entlang, bis er sich über Thornnastor befand. Weil der bewußtlose Diagnostiker im Zentrum starker Emotionen lag, zitterte der Empath entsprechend.

Der TLTU hatte Thornnastors Hinterbeine mit Klebeband zusammengebunden und sich dann zurückgezogen, um dem Hudlarer und den vier Teammitgliedern ihre Arbeit zu ermöglichen. Jeweils ein Mann hatte sich ein vorderes oder mittleres Bein gegriffen, und zusammen mühten sie sich ab, die vier Gliedmaßen diagonal auseinanderzuspreizen, um die Brust des Tralthaners so weit wie möglich auszudehnen.

Der Hudlarer sagte gerade: »Gleichzeitig ziehen! Fester! Halt! Jetzt wieder loslassen!« Als er ›loslassen‹ sagte, nahmen die Beine wieder die natürliche Position ein, während der Hudlarer selbst gleichzeitig mit seinem nicht unerheblichen Gewicht auf Thornnastors gewaltigen Brustkorb drückte, damit sich vor der Wiederholung dieses Vorgangs auch ganz bestimmt keine Luft mehr in der Lunge befand. Hinter den Visieren der Männer, die an Thornnastors Beinen zogen, waren gerötete, schweißüberströmte Gesichter zu erkennen, und einige der Äußerungen waren alles andere als übersetzungsreif.

Jedem Arzt, Pfleger und Wartungstechniker des Orbit Hospitals wurden die Grundlagen der auf alle Spezies der galaktischen Föderation anwendbaren Ersten Hilfe beigebracht. Sie lernten natürlich nur die Maßnahmen für solche Spezies, deren Umweltbedingungen nicht so übermäßig exotisch waren, daß ein Patient nur von einem Angehörigen seiner eigenen Spezies unverzüglich behandelt werden konnte. Nach der Regel zur künstlichen Beatmung eines tralthanischen FGLI mußte man dessen zwei Hinterbeine zusammenbinden und die restlichen vier spreizen und wieder zusammendrükken, um Luft in die Lunge des FGLIs zu pumpen. Die Atemmaske befand sich bei Thornnastor in der richtigen Lage, und der Diagnostiker war zum Atmen von reinem Sauerstoff gezwungen. Außerdem stand Prilicla bereit, um jede Veränderung von Thornnastors Zustand sofort zu melden.

Ein Luftröhrenschnitt bei einer Kelgianerin hingegen gehörte absolut nicht zu den Erste-Hilfe-Maßnahmen. Die Spezies der Klassifikation DBLF besaß außer einer dünnen Hülle um das Gehirn kein Knochengerüst. Der Körper eines Kelgianers setzte sich aus kreisförmigen, äußeren Muskelbändern zusammen, die sowohl zur Fortbewegung dienten, als auch die lebenswichtigen inneren Organe schützten. Für die kelgianische Spezies waren schon leichte Verletzungen häufig lebensbedrohlich, weil das komplizierte und äußerst empfindliche Blutkreislaufsystem, das die gewaltigen, den Körper kreisförmig umgebenden Muskeln mit Blut versorgen mußte, direkt unter der Haut verlief und nur durch das dichte Fell geschützt wurde. Folglich konnte eine, von vielen anderen Spezies lediglich als oberflächlicher Kratzer angesehene Verletzung bei einem DBLF in Minutenschnelle zum Verbluten führen. Conways Problem bestand darin, daß die kelgianische Luftröhre tief unter der Halsmuskulatur und nicht einmal einen Zentimeter neben der Hauptschlagader verlief, die das Gehirn mit Blut versorgte.

Da nun Conway als ein terrestrischer Chirurg nach der mündlichen Anleitung eines zweiten Kelgianers operieren mußte und er zudem noch durch das Fehlen eines DBLF-Physiologiebands und die Anzughandschuhe gehandikapt war, versprach der Eingriff ebenso schwierig wie gefährlich zu werden.

»Ich würde diese Operation lieber selbst durchführen, Doktor«, sagte der kelgianische Diagnostiker, wobei er sein Gesicht gegen die durchsichtige Hülle der Drucktragbahre preßte.

Conway gab keine Antwort. Denn hätte der Diagnostiker die Trage verlassen, würde er genauso wie die anderen Insassen der Stationsluft und den darin enthaltenen, wie auch immer gearteten Viren oder Bakterien ausgesetzt sein. Das war beiden klar. Also entfernte Conway am Hals der kelgianischen Schwester ein kleines Stück Fell, und Golvesh desinfizierte die Stelle.

»Versuchen Sie, so wenig wie möglich Fell abzurasieren, Doktor«, bat der kelgianische Diagnostiker, der sich als Towan vorgestellt hatte. »Das wächst nämlich bei Erwachsenen nicht mehr nach, und der Fellzustand ist für Kelgianer von größter psychologischer Bedeutung, ganz besonders bei der zur Paarung unternommenen Annäherung ans andere Geschlecht.«

»Das *weiß* ich doch alles«, entgegnete Conway ungeduldig.

Bei der Operation stellte er fest, daß zwar einige der Erinnerungen an das kelgianische Physiologieband verläßlich waren, viele andere jedoch nicht. Deshalb war er über die aus der Drucktragbahre dringende Stimme äußerst froh, da sie ihn zumindest von fatalen Fehlern abhielt. Während der fünfzehnminütigen Operation überschüttete Towan ihn unaufhörlich mit Anleitungen, Ratschlägen und Warnungen, die manchmal nicht mehr von persönlichen Beleidigungen zu unterscheiden waren — das Zusammengehörigkeitsgefühl war unter Kelgianern sehr stark ausgeprägt. Doch schließlich hatten sowohl die Operation als auch die Beschimpfungen ein Ende. Gilvesh bereitete den Anschluß der kelgianischen Schwester an ein Beatmungsgerät vor, während Conway quer durch die Station zu Thornnastor ging, um ihn näher in Augenschein zu nehmen.

Plötzlich flammte der Stationsschirm wieder auf, diesmal mit den Gesichtern von O'Mara und Colonel Skempton, dem Leiter der Ingenieursdivision, die in erster Linie für das Nachschub- und Nachrichtenwesen und die Wartung des Orbit Hospitals verantwortlich war. Es war schließlich der Colonel, der das Wort ergriff.

»Wir haben die Zeit berechnet, die Ihnen noch bis zum vollständigen Verbrauch der momentan auf der Station zur Verfügung stehenden Luftvorräte verbleibt«, sagte er ruhig. »Alle Leute mit Atemmasken haben noch für ungefähr drei Tage Luft — wenn sie sich nicht im Schlaf die Masken vom Gesicht reißen oder durch eine andere Körperöffnung von dem Krankheitserreger befallen werden. Die sechs Ventilationssysteme der Station enthalten nämlich jeweils einen zehnstündigen Vorrat an Sauerstoff und auch an anderen Gasen wie Stickstoff, CO_2 und dergleichen, die für Sie in der gegenwärtigen Situation aber uninteressant sind. Die Mitglieder des Transportteams verfügen in ihren leichten Anzügen jeweils über einen vierstündigen

Vorrat, wenn sie, indem sie sich möglichst nicht bewegen, soviel Sauerstoff wie möglich sparen ...«

Der Colonel hielt kurz inne und Conway spürte, wie Skempton die vier Teammitglieder anstarrte, die dem Hudlarer gerade bei der künstlichen Beatmung von Thornnastor halfen. Schließlich räusperte er sich und fuhr fort: »Der Kelgianer, der Nidianer und die drei Terrestrier in der schützenden Drucktragbahre haben nur noch Luft für knapp eine Stunde. Die Mitglieder des Transportteams können jedoch die Trage und ihre eigenen Anzüge bei Bedarf wieder mit frischer Luft aus dem Ventilationssystem auffüllen. Wenn all das getan wird, und sich jeder soviel wie möglich ausruht, dann müßten also alle, die nicht durch den Bazillus infiziert sind, in, sagen wir mal, dreißig Stunden noch am Leben sein. Dadurch haben wir genügend Zeit, die not ...«

»Was ist mit Gilvesh und dem TLTU?« fragte Conway in scharfem Ton.

»Die Auffrischung des Lebenserhaltungssystems eines TLTUs ist eine Arbeit für Spezialisten«, antwortete Colonel Skempton. »Jedes unfachmännische Herumgebastel könnte zu einer Dampfexplosion führen, womit Sie dann noch ein weiteres Problem am Hals hätten. Und was Doktor Gilvesh betrifft, so haben Sie bestimmt nicht vergessen, daß Sie sich in einer Beobachtungsstation für warmblütige Sauerstoffatmer befinden. Da ist also nirgends Chlor vorhanden. Tut mir leid, Doktor.«

Mit ruhiger, aber fester Stimme antwortete Conway: »Wir brauchen in Flaschen abgefüllte Sauerstoff- und Chlorvorräte, eine Sprühdose mit Nährlösung für den Hudlarer, ein Gerät zur Auffrischung der TLTU-Atmosphäre und hochwertige Lebensmittel mit einem geringen Anteil an Ballaststoffen, komplett mit Schläuchen, die das Essen beim Einnehmen vor direktem Kontakt mit der Stationsluft schützen. Bis auf das Gerät zur

Auffrischung der TLTU-Atmosphäre ist keiner dieser Gegenstände sperrig. Und ich bin mir sicher, daß der Teamleiter mit diesem Gerät umgehen kann, wenn ihm von einem Ihrer Wartungstechniker jeder Schritt einzeln erklärt wird. Sie könnten die Sachen durch die AUGL-Station in unsere Schleusenkammer bringen lassen. Dabei hätten Sie wahrscheinlich weniger Probleme als wir damals mit dem Transport der DBPK-Patientin.«

Skempton schüttelte den Kopf, und mit ebenso ruhiger und fester Stimme wie Conway entgegnete er: »Wir haben über diese Versorgungsmöglichkeit natürlich auch schon nachgedacht, Doktor. Aber wir haben leider feststellen müssen, daß die Schleusenkammer geöffnet geblieben ist, nachdem man die Patientin hindurchtransportiert hat. Deshalb ist sie der Kontaminierung schon genauso lange ausgesetzt wie die restliche Station. Wenn wir nun die Schleuse mit den benötigten Gegenständen beladen wollten, müßte sie vorher mit Wasser aus der AUGL-Station geflutet werden. Zum Entladen der Schleuse müßte das Wasser durch Ihre Leute notwendigerweise wieder abgepumpt werden. So würde das Wasser, das mit was auch immer infiziert ist, wieder in die AUGL-Station gelangen. Was das für Folgen hätte, können wir nicht einmal ahnen. Denn ich hab von einer ganzen Menge Ihrer Kollegen gehört, daß durch die Luft übertragene Bakterien häufig auch in Wasser überleben und sich dort sogar vermehren können.

Ihre Station muß also unter strikter Quarantäne bleiben, Doktor«, fügte der Colonel abschließend hinzu. »Ein Krankheitserreger, der womöglich nicht nur die Lebensformen seines Ursprungsplaneten, sondern auch Angehörige von vier anderen, außerplanetarischen Spezies befällt, darf einfach nicht frei herumvagabundieren. Das müssen Sie genauso einsehen wie ich.«

Conway nickte und erwiderte dann: »Möglicherweise

reagieren wir etwas übertrieben und machen uns selbst unnötig Angst, nur weil ein paar ...«

»Immerhin sind ein tralthanischer FGLI, eine kelgianische DBLF, ein melfanischer ELNT und ein terrestrischer DBDG so krank geworden, daß man die Atmung schon wenige Minuten später künstlich unterstützen mußte«, unterbrach ihn der Colonel. Der Gesichtsausdruck, mit dem er Conway ansah, war wie bei einem Arzt, der dem unheilbar kranken Patienten mitzuteilen versuchte, wie hoffnungslos seine Lage war.

Conway spürte, wie ihm das Blut ins Gesicht schoß. »Die auf der Station beobachteten Auswirkungen sind doch völlig anders als die an Bord der *Rhabwar*«, gab Conway zu bedenken, wobei er durch eine bewußt ruhige Stimme bei niemanden das Gefühl aufkommen lassen wollte, er bettele um das Unmögliche. »Wir haben ohne irgendwelche negativen Folgen auf dem Schiff mit der Patientin und einer ganzen Reihe von DBPK-Leichen gearbeitet und sie dabei natürlich auch berührt ...«

»Vielleicht sind einige terrestrische DBDGs von Natur aus gegen den Erreger immun«, unterbrach ihn Skempton. »Soweit es das Hospital betrifft, ist das allerdings nur ein schwacher Trost.«

»Doktor Prilicla und Schwester Naydrad haben sich aber ebenfalls ohne Schutz mit den DBPKs beschäftigt«, wandte Conway ein.

»Ich verstehe«, entgegnete der Colonel nachdenklich. »Auf der Station wird eine Kelgianerin vom Erreger befallen, während eine zweite Kelgianerin an Bord der *Rhabwar* unbehelligt bleibt. Vielleicht gibt es bei mehr als einer Spezies von Natur aus immune Individuen, und das Personal der *Rhabwar* hatte einfach nur Glück gehabt. Zudem ist der Besatzung ja jeglicher Kontakt mit dem Hospital oder in der Nähe befindlichen Schiffen untersagt, obwohl die Probleme mit der Versorgung der *Rhabwar* im Vergleich zu denen, die bei Ihnen bestehen, relativ leicht zu lösen sind. Aber uns bleiben noch dreißig Stunden zur Bewältigung der Schwierigkeiten, wenn Sie Sauerstoff sparen und sich …«

»Bis dahin ist mein Dampf längst zu Wasser kondensiert«, warf der TLTU mit seiner emotionslosen Translatorstimme ein. »Und ich selbst bin dann schon längst an Hyperthermie gestorben.«

»Ich auch«, fügte Gilvesh hinzu, ohne seine Aufmerksamkeit von dem Luftschlauch abzuwenden, den er gerade in die geöffnete Luftröhre der Kelgianerin schob. »Und dabei ist der Bazillus, der Ihnen allen so viel Kopfzerbrechen bereitet, wahrscheinlich gar nicht an einem Chloratmer interessiert.«

Conway schüttelte grimmig den Kopf und sagte: »Was ich eigentlich sagen will, ist, daß wir überhaupt nichts über diesen Bazillus wissen.«

»Halten Sie es nicht für langsam an der Zeit, schleunigst etwas über den Erreger herauszufinden, Doktor?« fragte O'Mara in einem Ton, dessen Schärfe dem von Conway erst kürzlich geschwungenen Skalpell gleichkam.

Längere Zeit herrschte Schweigen, und Conway spürte die im Gesicht aufsteigende Hitze. Dann wurde die Stille von der Stimme des Hudlarers unterbrochen, der den Mitgliedern des Transportteams Anweisungen bei den an Thornnastor vorgenommenen Beatmungsversuchen gab.

»Na ja, während der letzten Stunden ging es hier ein wenig hektisch zu«, entgegnete Conway verlegen, »und Thornnastors Analysator eignet sich praktisch nur für Tralthaner. Aber ich werde sehen, was ich damit anfangen kann.«

»Je eher, desto besser«, erwiderte O'Mara bissig.

Conway überhörte den Ton des Chefpsychologen, weil O'Mara sehr wohl wußte, was auf der Station vorgefallen war, und eine Zurschaustellung verletzter Gefühle nichts als Zeitverschwendung gewesen wäre.

Ganz unabhängig von dem, was mit den auf der Station eingeschlossenen Wesen letztendlich geschah, mußte man nach Conways Dafürhalten den restlichen warmblütigen Sauerstoffatmern im Hospital so viele Daten und Fakten wie möglich verschaffen, einschließlich der zu diesem Problem gehörigen Hintergrundinformationen. Als er zu Thornnastors Analysator hinüberging und sich mit dem Bedienungspult befaßte, begann Conway zu sprechen und berichtete den auf der Station Anwesenden und den vielen Zuschauern an den Bildschirmen von der Suche nach etwaigen Überlebenden in den weit verstreuten Wrackteilen des DBPK-Schiffs. Zweifellos hätte Captain Fletcher eine viel detailliertere Beschreibung der Suchaktion geben können und würde sie später ganz bestimmt auch noch nachholen, aber Conway ging es dabei auch nur um die medizinischen und physiologischen Aspekte dieses Vorgangs.

»Der Analysator sieht furchterregender aus, als er in Wirklichkeit ist«, beruhigte ihn Murchisons Stimme, als er sich vor ein Rätsel gestellt sah und verdutzt dreinblickte. »Statt der beschrifteten Knöpfe sind auf dem Bedienungsfeld Sensortasten angebracht. Ansonsten ist aber alles exakt so aufgebaut wie auf der *Rhabwar.* Ich hab Thorny ein paarmal bei der Bedienung geholfen. Die Displays funktionieren natürlich auf Tralthanisch, aber das Audiosystem ist an den Translator angeschlossen. Die Flaschen zur Entnahme von Atmosphäreproben befinden sich gleich hinter der blauen Schiebetür.«

»Vielen Dank auch«, sagte Conway. Dann fuhr er mit dem Bericht über die Bergung und die nachfolgende Untersuchung und Beobachtung der überlebenden DBPK-Patientin fort. Gleichzeitig öffnete er die Ventile der Flaschen, ließ die infizierte Atmosphäre der Station in die luftleeren Glaskolben zischen und schloß dann die Ventile wieder. Er entnahm die Luftproben aus einem Bereich, der nur wenige Zentimeter von der Patientin entfernt begann und sich bis zur Einlaßschleuse am anderen Ende der Station erstreckte. Danach entnahm er mit einer Saugpumpe Proben vom Fell der Patientin und der darunterliegenden Haut und sammelte Abschabungen von der Oberfläche des Untersuchungstischs, den benutzten Instrumenten, dem Boden und den Wänden der Station ein. Schließlich war er gezwungen, eine kurze Arbeitspause einzulegen, weil er sich bei Murchison nach der richtigen Eingabeart der Proben in den Analysator erkundigen mußte.

Gilvesh nutzte die Unterbrechung in Conways Schilderung, um von der tiefen und regelmäßigen Atmung der Kelgianerin zu berichten, die natürlich in Wirklichkeit von der Beatmungsmaschine durchgeführt wurde. Und nach Priliclas Angaben blieb Edanelts Zustand genauso wie Thornnastors stabil — allerdings auf besorgniserregend niedrigem Niveau.

»Machen Sie weiter, Conway«, befahl O'Mara in barschem Ton. »Ihnen sieht und hört praktisch jeder dienstfreie Arzt im Hospital zu.«

Conway fuhr mit dem Bericht über die Bergung und Rettung der verletzten Schiffbrüchigen und den Transport der Leichen auf die Station der *Rhabwar* fort. Dabei betonte er besonders die Tatsache, daß nach der Rückkehr aufs Schiff kein einziges Mitglied der Besatzung und des medizinischen Personals Masken getragen hatte, als die Patientin und die mehreren toten DBPKs untersucht worden waren. Da die Überlebende das Bewußtsein nicht wiedererlangt und sich ihr Zustand zusehends verschlechtert habe, sei man schließlich zu dem Entschluß gekommen, die Suche nach weiteren Überlebenden lieber abzubrechen.

»Wir haben den Vermessungs- und Kontaktkreuzer *Descartes* gebeten, die Gegend weiter abzusuchen, falls sich ...«

»Sie haben *was* getan ...?« fiel ihm Colonel Skempton ins Wort, dessen Gesicht plötzlich eine aschgraue Farbe angenommen hatte.

»Wir haben die *Descartes* gebeten, die Gegend weiter nach Überlebenden abzusuchen und Material über die Aliens, also Bücher, Bilder, persönliche Gegenstände und so weiter, zu sammeln und zu untersuchen«, antwortete Conway. »Denn solches Material würde der Besatzung der *Descartes* vor der Herstellung des offiziellen Kontakts behilflich sein, diese neue Lebensform besser zu begreifen. Die *Descartes* ist eins der wenigen Raumfahrzeuge, das einen Computer besitzt, der auch noch die Bewegungen sehr weit verstreuter Wrackteile analysieren kann, um daraus einen ungefähren Annäherungswert des ursprünglichen Hyperraumkurses des zerstörten Schiffs zu berechnen. Sie kennen ja die Vorgehensweise, Colonel. In solchen verfolgt man stets den errechneten Kurs zurück. Sobald man den Planeten ausfindig gemacht hat, tritt man so schnell wie möglich mit dem Heimatplaneten der Überlebenden in Kontakt, um die Hilfe eines Arztes ihrer eigenen Spezies zu erbitten ...«

An dieser Stelle brach Conway seine Erklärungen ab, weil der Colonel ihm inzwischen gar nicht mehr zuhörte.

»Geben Sie sofort mit voller Leistung einen Hyperraumfunkspruch der höchsten Dringlichkeitsstufe durch«, befahl Skempton irgend jemandem, den man nicht auf dem Bildschirm sehen konnte. »Setzen Sie zur Verstärkung des Energieversorgungsgenerators auch die Zusatzenergie des Hospitals ein. Geben Sie der *Descartes* Anweisung, keine, ich wiederhole, *keine* Gegenstände, technische Materialien oder organische Proben aus dem Wrack mit an Bord zu nehmen. Falls sich bereits irgend etwas davon auf dem Schiff befindet, soll die Besatzung diese Gegenstände unverzüglich über Bord werfen. Unter gar keinen Umständen darf die *Descartes* den Herkunftsplaneten des Wracks ausfindig machen oder gar Kontakt mit den Bewohnern herstellen. Ihr ist außerdem jeder direkte Kontakt mit allen anderen Schiffen, Stützpunkten, Satellitenstationen und bewohnten oder unbewohnten Planeten und Planetoiden verboten. Die *Descartes* soll auf der Stelle zum Orbit Hospital zurückkehren und weitere Anweisungen abwarten. Einzig Funkkontakt ist erlaubt. Das Einlaufen in den Dockbereich des Orbit Hospitals ist ihr ausdrücklich untersagt. Die Besatzungsmitglieder werden auf dem Schiff bleiben und bis auf weiteres keine Besucher irgendeiner Spezies an Bord lassen. Verschlüsseln Sie den Funkspruch als Föderationsnotfall. Na los, wird's bald?«

Der Colonel wandte sich wieder um, sah Conway an und fuhr fort: »Dieser Bazillus oder dieses Virus oder was auch immer das ist, befällt also warmblütige Sauerstoffatmer und vielleicht auch andere Lebensformen. Wie Sie selbst sehr gut wissen, Doktor, sind drei Viertel der Bürger der Föderation warmblütige Sauerstoffatmer, und den größten Teil davon machen wiederum die kelgianischen, tralthanischen, melfanischen und terrestrischen Lebensformen aus. Hier im Hospital haben wir gute Chancen, den Erreger aufzuhalten und etwas zu entdecken, womit wir ihn bekämpfen können. Aber wenn er die *Descartes* befällt, könnte er sich auf dem Schiff so schnell verbreiten, daß der Mannschaft vor dem Aussetzen der Notsignalbake nicht einmal mehr die Zeit bleibt, darüber nachzudenken, was für neue Probleme sie damit hervorruft. Denn das oder die Schiffe, die aufgrund des Notsignals zu Hilfe eilen, tragen dann die Infektion nach Hause oder, noch viel schlimmer, zu anderen Anlaufhäfen. Eine Epidemie von solchen Dimensionen würde ganz bestimmt das Ende der Föderation und ziemlich sicher den Untergang der Zivilisation auf einem Großteil der Planeten bedeuten.

Wir können nur hoffen, daß die *Descartes* die Nachricht noch rechtzeitig erhält«, fügte er mit grimmiger Miene hinzu. »Aber da der Zusatzreaktor des Hospitals die Ausgangsleistung des Senders verstärkt, müßte die Besatzung schon blind, stumm und taub sein, wenn sie nichts von dem Funkspruch mitbekommt.«

»Oder bereits sehr krank«, gab O'Mara in ruhigem Ton zu bedenken.

Das darauf folgende lange Schweigen wurde schließlich von der respektvollen Stimme Captain Fletchers vom Bord der *Rhabwar* aus unterbrochen.

»Wenn ich Ihnen einen Vorschlag machen dürfte, Colonel«, sagte er, »wir kennen die Position der Wrackteile und der *Descartes,* falls sie sich noch an der Unglücksstelle aufhält, und auch annähernd den galaktischen Sektor, in dem sich wahrscheinlich der Heimatplanet des zerstörten Schiffs befindet. Wenn also in dem Gebiet eine Notsignalbake ausgesetzt werden sollte, muß sie mit ziemlicher Sicherheit von der *Descartes* stammen. Die *Rhabwar* könnte auf das Signal dergestalt reagieren, daß sie sich zwar dorthin begibt, aber nicht um zu helfen, sondern um alle anderen angehenden Retter zu warnen.«

Ganz offensichtlich hatte der Colonel das Ambulanzschiff völlig vergessen. Barsch fragte er: »Sind Sie etwa immer noch über den Bordtunnel mit dem Hospital verbunden, Captain?«

»Seit dem Kontaminierungsalarm nicht mehr«, antwortete Fletcher. »Aber falls Sie den Vorschlag annehmen, brauchen wir Energie und Lebensmittel für einen ausgedehnten Flug. Normalerweise ist ein Ambulanzschiff ja nur höchstens ein paar Tage unterwegs.«

»Vorschlag angenommen. Danke schön, Captain«, entgegnete Skempton. »Lassen Sie die Vorräte so bald wie möglich vor Ihre Luftschleuse schaffen. Zur Vermeidung von direktem Kontakt mit dem Hospitalpersonal können Ihre Männer die Sachen dann später an Bord holen.«

Conways Aufmerksamkeit hatte die ganze Zeit sowohl dem Gespräch als auch dem Analysator gegolten, der allem Anschein nach kurz vor der Verkündung eines Ergebnisses stand. Jetzt sah er zu dem Bildschirm auf und protestierte: »Colonel Skempton, Captain Fletcher, das können Sie nicht machen! Wenn die *Rhabwar* abfliegt, sind wir auch die Pathologin Murchison und die DBPK-Leichen los und nehmen uns selbst jegliche Möglichkeit einer schnellen Identifizierung und Neutralisierung des Erregers. Murchison ist hier die einzige Pathologin, die Erfahrungen mit dieser Lebensform aus erster Hand hat.«

Skempton blickte einen Moment nachdenklich drein. Dann erwiderte er: »Das ist zwar ein berechtigter Einwand, Doktor, aber denken Sie doch einmal nach. Hier im Hospital herrscht kein Mangel an Pathologen, die Ihnen bei der Untersuchung der Patientin helfen könnten, auch wenn die nur Erfahrungen aus zweiter Hand besitzen und die DBPK-Leichen an Bord der *Rhabwar* bleiben müssen. Wir können den Erreger trotzdem unter Kontrolle bringen und mit der Zeit eine Behandlungsmethode für diese Krankheit hier im Hospital entwickeln. Die *Rhabwar* hingegen könnte verhindern, daß die *Descartes* warmblütige Sauerstoffatmer auf womöglich Dutzenden von Planeten infiziert. Der ursprüngliche Befehl bleibt bestehen. Die *Rhabwar* wird ihre Vorräte auffüllen und sich bereithalten, um auf den zu erwarteten Notruf der *Descartes* sofort zu reagieren ...«

Skempton hatte noch eine ganze Menge über den voraussichtlichen Verlauf zukünftiger Ereignisse zu sagen. Dazu gehörte auch die hohe Wahrscheinlichkeit für die Verhängung einer strikten Quarantäne über den Heimatplaneten der DBPK-Patientin und dessen außerplanetarische Kolonien sowie die Verweigerung jeglichen Kontakts mit der neuen Spezies. Diese Quarantäne würde die Föderation schon zum eigenen Schutz verhängen müssen, was durchaus zu einem interstellaren Krieg führen könnte. Dann fiel auf einmal der Ton aus, obwohl Skempton ganz offensichtlich noch mit irgend jemandem außerhalb des Bildschirms sprach. Und dieser jemand protestierte ebenso energisch gegen den nahe bevorstehenden Abflug der *Rhabwar* wie zuvor Conway.

Aber der oder die Abfluggegner gehörten zum medizinischen Personal, dem es um die Lösung eines einzigartigen Problems extraterrestrischer Physiologie oder Pharmakologie ging. Colonel Skempton hingegen wollte in seiner Eigenschaft als leidenschaftlicher Ordnungshüter des Monitorkorps bloß eine beängstigend große Zahl unschuldiger Wesen schützen. Wovor, wußte er allerdings selbst nicht.

Conway sah jetzt auf das Bild von O'Mara und sagte: »Sir, mir ist ebenfalls die äußerst erschreckende Gefahr der Ausbreitung einer bösartigen Infektion bewußt, die sogar zum Zusammenbruch der Föderation führen und den technologischen Rückfall vieler ihrer Einzelplaneten ins finstere Mittelalter bewirken könnte. Aber bevor wir handeln, müssen wir doch erst einmal etwas über die von uns zu bekämpfende Bedrohung wissen. Wir müssen also die Handlungen einstellen und nachdenken. Im Moment reagieren wir vollkommen übertrieben und unüberlegt. Könnten Sie nicht mit dem Colonel vernünftig reden, Sir, und ihn darauf hinweisen, daß eine Kurzschlußreaktion häufig mehr Schaden anrichtet als das …«

»Das machen Ihre Kollegen schon«, entgegnete der Chefpsychologe trocken. »Und zwar viel nachdrücklicher und überzeugender als ich das jemals könnte, bisher allerdings ohne Erfolg. Aber wenn Sie uns allen Kurzschlußreaktionen unterstellen, Doktor, dann werden Sie uns sicherlich demonstrieren, welch großen Sachverstand und welch ungemeine Kaltschnäuzigkeit die richtige Handhabung dieses Problems erfordert, nicht wahr?«

Warum mußt du zynischer… brauste Conway im stillen auf. Doch bevor er antworten konnte, gab es eine Unterbrechung. Thornnastors Analysator bildete plötzlich helle, unverständliche tralthanische Symbole ab und verbalisierte die Ergebnisse über die Verbindung mit dem Translator.

»Analyse der Proben eins bis dreiundfünfzig, gesammelt in der Beobachtungsstation eins, AUGL-Ebene«, begann die ausdruckslose Stimme. »Allgemeine Untersuchungsergebnisse: Sämtliche Atmosphäreproben enthalten Sauerstoff, Stickstoff und die üblichen Spurenelemente im normalen Verhältnis, außerdem geringe Mengen von Kohlendioxid, Wasserdampf und Chlor, die mit einer akzeptablen Austrittsmenge der Gase aus dem Lebenserhaltungssystem des TLTU und dem Schutzanzug des Illensaners, dem ausgestoßenen Atem der physiologischen Typen DBDG, DBLF, ELNT, FGLI und FROB sowie der Transpiration des ersten, zweiten und dritten dieser Typen in Verbindung stehen. In den Proben ebenfalls vorhanden sind die mit den Körpergerüchen der anwesenden Spezies, deren Körper nicht komplett von einer Schutzhülle umgeben sind, in Beziehung zu bringenden Erscheinungen, wozu auch bislang nicht verzeichnete Geruchsmoleküle gehören, die durch das Ausschlußverfahren der DBPK-Patientin zugeordnet werden konnten. Weiterhin sind sehr geringe Mengen Staub, Späne und Fasern nachzuweisen, die von den Wänden, Arbeitsoberflächen und Instrumenten abgetragen wurden. Einige dieser Substanzen können zwar ohne eine umfangreichere Probenentnahme nicht analysiert werden, aber sie sind alle biochemisch inaktiv und unbedenklich. Es sind darüber hinaus auch Follikel des terrestrischen Haars, des kelgianischen und des DBPK-Fells, Flocken abgefallener Nährlösung des Hudlarers und tralthanische und melfanische Hautschuppen enthalten.

Schlußfolgerung: Keine der in diesen Proben festgestellten Gasarten, gallertartigen Staubsuspensionen, Bakterien- und Virusformen ist für eine der sauerstoffatmenden Lebensformen gefährlich.«

Ohne es zu merken, hatte Conway den Atem angehalten. Als er ihn nun mit einem kurzen, schweren Seufzer der Enttäuschung wieder ausstieß, beschlug kurz das Visier seines Helms. Nichts. Der Analysator konnte nichts Gefährliches auf der Station entdecken!

»Ich warte, Doktor«, sagte O'Mara.

Conway blickte sich langsam auf der Station um. Er betrachtete den immer noch künstlich beatmeten Thornnastor, die kelgianische Operationsschwester und den mit ausgebreiteten Armen und Beinen daliegenden Melfaner, den stillen Gilvesh und den leise in einer Ekke des Raums zischenden TLTU, die völlig überfüllte Drucktragbahre und die unter Atemmasken steckenden Wesen mehrerer verschiedener Klassifikationen — sie alle sahen ihn an. *Irgend etwas befindet sich hier auf der Station,* dachte er verzweifelt. *Irgend etwas, das sich in den Proben nicht nachweisen läßt oder vom Analysator jedenfalls als ungefährlich eingestuft wird. Ein Stoff, der auch an Bord der* Rhabwar *ungefährlich gewesen ist ...*

Laut sagte er: »Auf dem Rückflug zum Hospital haben wir ohne jeglichen Körperschutz mehrere DBPK-Leichen untersucht und seziert und eine gründliche Untersuchung und Vorbehandlung der Patientin durchgeführt, all das hatte keinerlei negative Folgen. Natürlich ist es möglich, daß die terrestrischen und extraterrestrischen Wesen an Bord der *Rhabwar* eine natürliche Immunität besessen haben, aber so eine Deutung strapaziert meiner Meinung nach die Zufallswahrscheinlichkeit doch um einiges über die zulässigen Grenzen hinaus. Erst nach dem Transport der Überlebenden ins Orbit Hospital ist ein Schutz erforderlich geworden, weil Vertreter von vier verschiedenen physiologischen Typen einfach auf der Stelle zusammengebrochen sind. Wir müssen uns also fragen, wodurch sich die Umstände an Bord des Ambulanzschiffs und im Hospital unterscheiden oder unterschieden haben.

Wir sollten uns ebenfalls die Frage stellen, die schon Pathologin Murchison nach Beendigung ihrer ersten DBPK-Sezierung aufgeworfen hat«, fuhr Conway fort, »nämlich wie es angehen kann, daß eine solch schwache, scheue und offensichtlich unaggressive Lebensform wie diese die oberste Stufe der Evolutionsleiter ihres Heimatplaneten erklimmen konnte und dort lange genug geblieben ist, um sich zu einer Zivilisation zu entwickeln, die zu interstellaren Raumreisen befähigt ist. Die DBPKs sind Vegetarier. Sie besitzen nicht einmal Fingernägel, die ja der evolutionäre Überrest von Krallen sind, und scheinen keinerlei natürliche Verteidigungswaffen zu besitzen.«

»Und wie sieht es mit verborgenen natürlichen Verteidigungswaffen aus?« fragte O'Mara. Conway wollte dem Major gerade eine Antwort darauf geben, aber Murchison kam ihm zuvor.

»Dafür gibt es keinerlei Anzeichen, Sir«, erklärte sie. »Besondere Aufmerksamkeit hab ich dem nackten bräunlichen Hautfleck am Ende des Rückgrats gewidmet, da dies das einzige unverständliche physiologische Merkmal des Wesens ist. Sowohl die männlichen als auch die weiblichen Leichname besitzen dieses Merkmal. Dabei handelt es sich um kleine Beulen oder Schwellungen von zehn bis dreizehn Zentimetern Durchmesser, die aus trockenem, porösem Gewebe bestehen. Sie sondern keinerlei Flüssigkeit ab und erwekken den Eindruck einer inaktiven oder verkümmerten Drüse oder eines Organs. Bei den Erwachsenen sind diese pigmentartigen Flecken von einer einheitlichen blaßbraunen Farbe. Die Überlebende hingegen, bei der es sich, soweit wir das beurteilen können, um ein Mädchen in der Pubertät oder Vorpubertät handelt, hat eine blaßrosa Stelle, die in dem Braun der Flecken der Erwachsenen gefärbt worden ist.«

»Haben Sie die Farbe analysiert?« fragte O'Mara.

»Ja, Sir«, antwortete Murchison. »Ein Teil der Farbe wies bereits Risse auf und war abgeblättert, wahrscheinlich ist das passiert, als die DBPK die Verletzungen erlitten hat. Den Rest haben wir bei der präoperativen Säuberung vor dem Transport der Patientin ins Hospital entfernt. Die Farbe war organisch inaktiv und chemisch ungiftig. Unter Berücksichtigung des Alters der Patientin bin ich von einer zu kosmetischen Zwekken aufgetragenen Schmuckfarbe ausgegangen. Die junge DBPK hat wahrscheinlich versucht, älter zu wirken, als sie tatsächlich war.«

»Das scheint eine berechtigte Annahme zu sein«, entgegnete O'Mara. »Wir haben es also mit einem Wesen zu tun, das zwar natürliche Eitelkeit, aber keine natürlichen Waffen besitzt.«

Farbe ... schoß es Conway plötzlich durch den Kopf. Im hintersten Winkel seines Gehirns regte sich zwar eine Idee, aber er konnte ihr noch keine konkrete Form geben. Es hatte irgend etwas mit Farbe oder vielleicht mit den verschiedenen Verwendungsarten von Farbe zu tun. Schmuck, Isolierung, Schutz, Warnung ... Das mußte es sein! Das Auftragen von organisch inaktiver, ungiftiger und ungefährlicher Farbe ...

Er begab sich rasch zum Instrumentenschrank und nahm eine der Sprühdosen heraus, mit denen sich eine ganze Anzahl von ETs eine Schutzschicht auf die Greiforgane auftrug, anstatt Operationshandschuhe anzuziehen. Conway probierte die Dose kurz aus, weil der Sprühkopf eigentlich nicht für die Finger eines DBDGs vorgesehen war. Als er sich sicher war, mit der Dose punktgenau sprühen zu können, ging er zu der Patientin hinüber, die in ihrem weichen Pelz schutzlos dalag.

»Was, zum Teufel, machen Sie da, Conway?« fragte O'Mara.

»Unter diesen Umständen dürfte dem Patienten die Farbe der Schutzschicht ziemlich egal sein«, sagte Conway, der lediglich laut dachte und im Moment vom Chefpsychologen überhaupt keine Notiz nahm. »Prilicla, kommen Sie doch bitte mal näher an die Patientin heran«, fuhr er fort. »Die emotionale Ausstrahlung der DBPK wird sich in den nächsten paar Minuten merklich verändern, das spüre ich ganz deutlich.«

»Ich bin mir Ihrer Gefühle durchaus bewußt, mein Freund«, antwortete Prilicla.

Conway lachte nervös und entgegnete: »In dem Fall, mein Freund, spüre ich *ziemlich* deutlich, daß ich die Lösung gefunden habe. Aber wie sieht es denn mit den Emotionen der Patientin aus?«

»Die sind unverändert, mein Freund«, antwortete der Empath. »Die Patientin empfindet eine allgemeine Besorgnis. Das gleiche Gefühl hatte ich schon nach ihrem Erwachen aus der Bewußtlosigkeit und der Überwindung der anfänglichen Angst und Verwirrung festgestellt. Im Moment strahlt die DBPK Besorgnis, Traurigkeit, Hilflosigkeit und ... und Schuldgefühle aus. Vielleicht denkt sie an ihre toten Freunde ...«

»Sie denkt an ihre Freunde, ja«, entgegnete Conway, drückte auf den Kopf der Dose und besprühte die kahle Stelle über dem Schwanz der Patientin mit der knallroten, chemisch inaktiven Schutzfarbe. »Aber sie denkt dabei an ihre Freunde, die *leben.*«

Die Farbe trocknete schnell und wurde zu einem stabilen, biegsamen Schutzfilm. Nachdem Conway noch eine zweite Schicht aufgesprüht hatte, zog die Patientin den Kopf unter dem Schwanz hervor und betrachtete den frisch versiegelten Fleck nackter Haut. Dann wandte sie das Gesicht Conway zu und musterte ihn fest mit ihren großen, sanften Augen. Conway unterdrückte den unwiderstehlichen Drang, ihr den Kopf zu streicheln.

Prilicla trillerte aufgeregt — diesen Laut konnte der Translator natürlich nicht übersetzen — und sagte dann: »Die emotionale Ausstrahlung der Patientin hat sich deutlich verändert, mein Freund. Statt tiefer Besorgnis und Traurigkeit empfindet sie jetzt hauptsächlich riesige Erleichterung.«

Genau dasselbe Gefühl herrscht bei mir im Moment auch vor, dachte Conway bewegt. »Tja, das war's dann wohl«, sagte er laut. »Die Gefahr einer Verseuchung ist gebannt.«

Alle auf der Station Anwesenden starrten ihn ungläubig an und strahlten dabei so heftige und gemischte Gefühle aus, daß sich Prilicla, wie von einem emotionalen Wirbelsturm geschüttelt, an der Decke festklammern mußte. Colonel Skemptons Gesicht war vom Bildschirm verschwunden, so daß ihn allein die kantigen Gesichtszüge von O'Mara anstarrten.

»Conway«, rief der Chefpsychologe barsch. »Erklären Sie mir das!«

Conway begann seine Erläuterungen mit der Bitte, die von der Behandlung der DBPK-Patientin angefertigte Aufzeichnung zu starten, und zwar von einem Punkt an, der ein paar Minuten vor der Wiedererlangung ihres vollen Bewußtseins lag. Während sie kurz darauf noch einmal sehen konnten, wie Thornnastor, die kelgianische OP-Schwester und der Melfaner Edanelt ein kleines Stück vom Untersuchungstisch zurückgetreten waren, um den Sitz des Luftschlauchs der Patientin zu überprüfen, erklärte Conway: »Der Grund, warum niemand an Bord der *Rhabwar* während des Rückflugs zum Hospital in Mitleidenschaft gezogen worden ist, liegt in der ununterbrochenen Bewußtlosigkeit der Patientin begründet. Ob die beiden behandelnden Ärzte und die ihnen assistierende OP-Schwester nun von ihren Artgenossen als gutaussehend betrachtet werden oder nicht, vermag ich nicht zu beurteilen, aber auf ein Wesen, das mit ihnen zum erstenmal im Leben konfrontiert wird — und dazu noch nicht einmal erwachsen ist —, könnten sie optisch durchaus ziemlich abstoßend oder gar furchterregend wirken. Unter diesen Umständen sind die Angst und die Kurzschlußreaktion der Patientin durchaus verständlich. Aber achten Sie jetzt besonders auf die Reaktion des DBPK-Körpers, als sich die Patientin ein paar Sekunden lang physisch bedroht fühlte.

Die Augen sind weit geöffnet, der Körper ist versteift und der Brustkorb stark ausgedehnt«, beschrieb er die jetzt auf dem Hauptbildschirm ablaufende Szene. »Eine ziemlich normale Reaktion, da werden Sie mir sicherlich zustimmen. Anfangs ein kurzer Moment der Lähmung, gefolgt von einer Hyperventilation, damit die Lunge entweder für einen Hilferuf oder die Aktivierung der Muskeln zur schnellen Flucht mit soviel Sauerstoff wie möglich versorgt ist. Zu diesem Zeitpunkt galt unsere ganze Aufmerksamkeit dem Vorfall mit den drei medizinischen Mitarbeitern und dem betroffenen Teammitglied. Deshalb haben wir gar nicht bemerkt, daß der Brustkorb der Patientin mehrere Minuten lang ausgedehnt geblieben ist — sie hat nämlich den Atem angehalten.«

Auf dem Bildschirm stürzte Thornnastor jetzt schwer zu Boden, die kelgianische Schwester brach zu einem schlaffen Haufen Fell zusammen, die Unterseite von Edanelts knöchernem Panzer krachte lautstark auf den Boden und auch das Mitglied des Transportteams sackte zusammen. Alle anderen Anwesenden ohne Schutzanzüge rannten zur Drucktragbahre und den Atemmasken. »Die Auswirkungen dieser vermeintlichen Viren waren plötzlich und dramatisch«, fuhr Conway fort. »Vollständiger oder partieller Atemstillstand, Kreislaufkollaps sowie deutliche Anzeichen eines negativen Einflusses auf die willkürliche und unwillkürliche Muskulatur. Allerdings war bei den Betroffenen kein Anstieg der Temperatur festzustellen, was eigentlich bei einer körperlichen Abwehrreaktion auf eine Infektion zu erwarten wäre. Wenn man eine Infektion also ausschließen konnte, dann war die DBPK-Patientin gar nicht so schutzlos, wie sie aussah ...«

Wie Conway in seinen Erklärungen fortfuhr, mußten die DBPKs auf ihrem Weg zur dominanten Lebensform ihres Planeten irgendein Mittel zur eigenen Verteidigung entwickelt haben. Oder in anderen Worten: Jedes Wesen, das einen Schutzmechanismus braucht, hat auch einen. Wahrscheinlich waren die erwachsenen DBPKs irgendwann geistig flexibel genug, um Schwierigkeiten zu vermeiden und ihre Kinder zu beschützen, solange sie noch klein und leicht zu tragen waren. Doch sobald die Kinder für den elterlichen Schutz zu groß geworden und für den eigenen noch zu unerfahren waren, entwickelten sie einen Verteidigungsmechanismus, der gegen alles wirkte, das lebte und atmete.

Bei der Bedrohung durch natürliche Feinde stießen die jungen DBPKs ein Gas aus, das die Wirkung des alten terrestrischen indianischen Pfeilgifts Curare mit der Schnelligkeit späterer Nervengase in sich vereinigte. Daraufhin kam die Atmung des Feinds zum Stillstand, und er stellte keine Bedrohung mehr dar. Dieser Schutzmechanismus war allerdings ein zweischneidiges Schwert, weil er bei jedem Sauerstoffatmer zur Bewußtlosigkeit führen konnte, auch bei den DBPKs selbst. Da aber das den Gasausstoß auslösende Ereignis gleichzeitig den betreffenden DBPK veranlaßte, die Luft anzuhalten, ließ sich daraus schließen, daß die giftige Substanz eine komplexe und wenig stabile Molekularstruktur besitzen mußte, die schon wenige Augenblicke nach der Freisetzung zerfiel und ungefährlich wurde. Und zu diesem Zeitpunkt stellte der Feind natürlich schon längst keine Bedrohung mehr dar.

Mit dem Aufstieg der Zivilisation, der Gründung von Städten und dem daraus resultierenden engen Zusammenleben von Wesen aller Altersgruppen wurde der Schutzmechanismus der DBPK-Kinder eher zu einer gefährlichen Funktionsstörung. Ein plötzlich erschrecktes und instinktiv reagierendes Kind konnte versehentlich eigene Familienangehörige, Passanten auf der Straße oder Klassenkameraden in der Schule außer Gefecht setzen. Deshalb bestrich und versiegelte man das Organ zum Gasausstoß, bis das Kind erwachsen und das Organ funktionsunfähig geworden war. Daß die auf das aktive Organ aufgetragene Farbe den braunen Flekken der ›ungefährlichen‹ Erwachsenen ähnelte, hatte nach Conways Ansicht wahrscheinlich psychologische oder soziologische Gründe …

»… diese Patientin ist ein Mädchen in der Vorpubertät, gehört einer raumreisenden Spezies an und dürfte damit gerechnet haben, auf fremde Lebensformen zu stoßen«, fuhr Conway fort und wandte sich vom Bildschirm ab, als die Aufzeichnung zu Ende war. »Wegen ihrer Schwäche und der Körperverletzungen hat sie aber instinktiv reagiert, wobei ihr fast im selben Augenblick klargeworden ist, was sie angerichtet hatte. Nach Priliclas Angaben über die empfangenen Emotionen hatte sie starke Schuldgefühle, und es tat ihr furchtbar leid, was sie einigen ihrer Retter angetan hatte. Gleichzeitig fühlte sie sich völlig hilflos, weil sie uns nicht vor der noch immer akuten Gefahr warnen konnte. Aber jetzt haben wir sie praktisch ›entschärft‹, und deshalb ist sie sehr erleichtert. Ihre emotionalen Reaktionen lassen jedenfalls meiner Meinung nach darauf schließen, daß die DBPKs ausgesprochen liebenswürdige Wesen sind und …«

Conway brach ab, als der Bildschirm erneut aufflakkerte und die Gesichter von Colonel Skempton und Major O'Mara erschienen. Skempton wirkte nervös und verlegen und blickte beim Sprechen die ganze Zeit auf irgend etwas, das er außer Reichweite der Kamera hielt.

»Vor ein paar Minuten haben wir einen Funkspruch von der *Descartes* erhalten, in dem folgendes steht: ›Ihre im letzten Funkspruch gegebenen Anweisungen werden wir nicht befolgen. Der Heimatplanet der DBPKs ist lokalisiert, und das Kontaktverfahren ist bereits weit fortgeschritten. Nach dem Inhalt Ihrer Mitteilung zu urteilen, handelt es sich bei der Überlebenden um eine DBPK in der Vorpubertät, und Sie haben Probleme. Warnung: Behandeln Sie dieses Wesen keinesfalls ohne Gesichtsmasken oder leichte Schutzanzüge, und begeben Sie sich auch nicht ohne einen ähnlichen Schutz in die Nähe der Patientin. Falls Sie diese Sicherheitsmaßnahmen nicht getroffen haben und bereits Hospitalpersonal betroffen sein sollte, muß man die Atmung der Opfer sofort länger als zwei Stunden künstlich unterstützen. Danach wird sich die Atemtätigkeit ohne Nachwirkungen wieder normalisieren. Die Ursache dieser Beschwerden ist eine natürliche Verteidigungswaffe, die nur junge DBPKs besitzen. Die Funktionsweise wird man ihnen nach der Ankunft von zwei DBPK-Ärzte erklären, die in den nächsten vier Stunden mit der *Torrance* eintreffen und die Patientin nach einer Untersuchung mit nach Hause nehmen werden. Sie sind außerdem sehr an der Idee eines Hospitals mit vielfältigen Umweltbedingungen interessiert und haben um die Erlaubnis gebeten, später zu Studienzwecken für eine gewisse Zeit ins Orbit Hospital zurückkehren zu dürfen, um dort ...«

Auf einmal wurde es unmöglich, weiterhin Skemptons Stimme oder die Nachricht der *Descartes* zu hören, weil Doktor Gilvesh Conway etwas zurief und dabei auf die kelgianische Schwester zeigte. Ihr Fell kräuselte sich stark, ein Ausdruck der Enttäuschung, weil der in der Luftröhre steckende Schlauch sie am Sprechen hinderte. Auch ein Mitglied des Transportteams rief nach Conway, weil Thornnastor auf seine sechs mammuthaften Beine zu kommen versuchte und sich dabei lautstark über seine eigene Unbeholfenheit beklagte. Der zusammengebrochene Melfaner war ebenfalls wieder auf den Beinen und wollte deutlich hörbar wissen, was denn überhaupt passiert sei. Der Hudlarer schrie, er habe Hunger. Alle, die in der Drucktragbahre gesteckt hatten, kamen herausgekrochen, und die restlichen Wesen hatten sich von ihren Atemmasken befreit. Alle Anwesenden versuchten gleichzeitig, sich bei Conway oder untereinander Gehör zu verschaffen.

Conway schnellte herum, um einen Blick auf die Patientin zu werfen, denn er sorgte sich plötzlich darum, welche Auswirkungen dieses zunehmende Chaos auf sie haben könnte. Zwar bestand nun keine Gefahr mehr, durch eine Kurzschlußreaktion der Überlebenden das Bewußtsein zu verlieren, da er erst vor ein paar Minuten die Schutzschicht aufgetragen hatte, aber das arme Kind könnte sich ja möglicherweise zu Tode fürchten.

Die junge Patientin sah sich mit ihren großen, sanft dreinblickenden Augen in der Station um, aber es war unmöglich, irgendeinen Ausdruck auf dem pelzigen, dreieckigen Gesicht zu deuten. Dann ließ sich Prilicla von der Decke fallen und schwebte bis auf wenige Zentimeter an Conways Ohr heran.

»Sie brauchen nicht besorgt zu sein, mein Freund«, beruhigte ihn der kleine Empath. »Das vorherrschende Gefühl der Patientin ist nichts als pure Neugier …«

Über diesen ganzen tumultartigen Radau hinweg konnte Conway sehr schwach im Hintergrund die Folge langer Sirenentöne hören, die Entwarnung für den Kontaminierungsalarm gaben.

VIERTER TEIL

Das Ambulanzschiff

Wenige Stunden später trafen die beiden dwerlanischen DBPK-Ärzte ein, um die Patientin abzuholen. Doch entschieden sie nach kurzer Beratung, daß sie im Orbit Hospital die optimale Behandlung erfuhr. Deshalb baten sie darum, der Patientin den Aufenthalt bis zur vollständigen Genesung in zwei bis drei Wochen zu gestatten. In der Zwischenzeit nahmen die beiden Ärzte, deren Muttersprache man bereits in den Übersetzungscomputer eingegeben hatte, das gesamte Orbit Hospital unter die Lupe, dieses technische und medizinische Wunderwerk. Während dieser Rundgänge standen ihre pelzigen Schwänze wie Fragezeichen in der Luft — es sei denn, diese großen und ausdrucksfähigen Körperglieder mußten aus Gründen des Schutzes vor fremdartigen Umweltbedingungen in Anzüge gezwängt werden.

Sie besuchten auch mehrere Male das Ambulanzschiff. Anfangs, um den Offizieren und dem medizinischen Team der *Rhabwar* für die Rettung der jungen Dwerlanerin zu danken, die als einzige die Schiffskatastrophe überlebt hatte, und später, um ihre Eindrücke vom Hospital zu schildern oder über ihren Heimatplaneten Dwerla und dessen vier blühende Kolonien zu berichten. Diese Besuche waren für die Besatzung der *Rhabwar* stets eine willkommene Unterbrechung des eintönigen Aufenthalts an Bord, der sich für sie zu einem schier endlosen autodidaktischen Unterrichtszyklus entwickelt hatte.

Zumindest hatte der Chefpsychologe diese Reihe von Vorträgen, Drillübungen und technischen Demonstrationen so bezeichnet, mit der die Besatzung in den nächsten paar Monaten beschäftigt sein würde — falls vorher kein Notruf einging.

»Da das Schiff im Dock liegt, werden Sie Ihre Dienstzeit an Bord verbringen«, hatte O'Mara Conway im

Verlauf eines kurzen und nicht sehr erfreulichen Gesprächs mitgeteilt. »Und zwar so lange, bis Sie sich selbst — und natürlich auch mich — davon überzeugt haben, mit jedem einzelnen Aspekt Ihres neuen Aufgabenbereichs vollkommen vertraut zu sein, also mit dem Schiff und seinen Systemen und Anlagen. Außerdem sollten sie sich auf den verschiedenen Spezialgebieten der Offiziere wenigstens ebenso viele Kenntnisse erwerben wie umgekehrt die Offiziere auf Ihrem Fachgebiet. Denn obwohl Sie innerhalb von zwei Wochen bereits zwei Notrufeinsätze hatten, sind Sie noch immer nicht hinreichend eingearbeitet an Bord.

Ihr erster Einsatz war für Sie selbst mit beachtlichen Unannehmlichkeiten verbunden«, fuhr der Chefpsychologe griesgrämig fort, »und der zweite führte im Hospital fast zu einer allgemeinen Panik. Doch keine der beiden Aufgaben kann man als eine wirkliche Herausforderung bezeichnen — weder an Ihre Fähigkeiten in extraterrestrischer Medizin noch an Fletchers Sachkenntnis auf dem Gebiet der ET-Technik. Der nächste Einsatz wird vielleicht nicht mehr so einfach sein, Conway. Deshalb schlage ich vor, als Vorbereitung dafür lernen Sie erst einmal alle, wie man als ein Team zusammenarbeitet, anstatt sich ständig wie zwei gegnerische Mannschaften auf Punktejagd zu bekämpfen. Und knallen Sie bitte beim Hinausgehen die Tür nicht so laut zu.«

Und so kam es, daß die *Rhabwar* zu einem Klassenzimmer und Labor in Schiffsgestalt wurde, in dem die Offiziere Vorträge über ihr jeweiliges Spezialgebiet hielten, und zwar in ihrer Meinung nach für ausschließlich medizinische Köpfe noch nachvollziehbarer Ausführlichkeit, während sich das medizinische Team seinerseits um die Vermittlung der Grundlagen in extraterrestrischer Physiologie bemühte. Da die Dozenten eher einen allgemeinen als einen stark spezialisierten Einblick in das Thema zu geben hatten, übernahmen normalerweise Conway oder Fletcher diese Aufgabe. Mit Ausnahme des wachhabenden Offiziers im Kontrollraum, der den Unterricht aber trotzdem am Bildschirm mitverfolgen und Zwischenfragen stellen konnte, waren bei den medizinischen Vorträgen sämtliche Schiffsoffiziere anwesend.

Bei einer dieser Gelegenheiten sprach Conway über vergleichende extraterrestrische Physiologie.

»Wenn man nicht in einem Hospital mit vielfältigen Umweltbedingungen wie diesem hier arbeitet, kommt man normalerweise immer nur mit Extraterrestriern einer Spezies zur gleichen Zeit zusammen und bezeichnet sie nach ihrem Herkunftsplaneten. Aber hier im Hospital und auf den Schiffswracks, auf die wir noch stoßen werden, ist die schnelle und genaue Identifizierung eintreffender Patienten und geretteter Katastrophenopfer lebenswichtig, weil sich die Verletzten allzuoft nicht in dem Zustand befinden, physiologische Informationen über sich selbst geben zu können. Aus diesem Grund haben wir das aus vier Buchstaben bestehende Klassifikationssystem entwickelt, das folgendermaßen funktioniert.

Der erste Buchstabe zeigt den Stand der physikalischen Evolution an, der zweite die Art und Verteilung der Gliedmaßen und Sinnesorgane, die uns wiederum Auskunft über die Lage des Gehirns und der anderen Hauptorgane geben. Die restlichen zwei Buchstaben bezeichnen die Kombination aus dem Metabolismus und den erforderlichen Schwerkraft- und/oder Druckverhältnissen des Wesens, was zugleich ein Hinweis auf die durch den entsprechenden Buchstaben symbolisierte physische Masse und auf die Beschaffenheit der schützenden Epidermis — der Haut, des Fells, der Schuppen, des Knochenpanzers und so weiter — ist.

An diesem Punkt der Vorträge müssen wir im Hospital unsere Studenten normalerweise darauf hinweisen, daß sie wegen des ersten Buchstabens der für sie zutreffenden Klassifikation keine Minderwertigkeitskomplexe bekommen müssen, da der Stand der physikalischen Evolution keinerlei Rückschlüsse auf den Intelligenzgrad zuläßt ...«, fügte Conway lächelnd hinzu.

Weiterhin erklärte er, daß alle Wesen mit A, B oder C als erstem Buchstaben Wasseratmer seien. Auf den meisten Planeten war das Leben im Wasser entstanden, und diese Wesen hatten eine hohe Intelligenz entwikkelt, ohne das nasse Element verlassen zu müssen. Die Buchstaben D bis F bezeichneten warmblütige Sauerstoffatmer — unter diese Klassifikation fielen die meisten intelligenten Wesen der Galaxis. G bis K waren auch Sauerstoffatmer, aber insektenartige Wesen von Planeten mit geringer Schwerkraft, ebenso wie die vogelartigen Wesen der Kategorie L und M. Die Chloratmer waren in die Gruppen O und P eingeteilt, darauf folgten die eher exotischen, physikalisch hochentwikkelten und völlig absonderlich anmutenden Spezies — Strahlungsverwerter; starrblütige oder kristalline Wesen; Kreaturen, die ihre physische Gestalt beliebig verändern konnten. Diejenigen, die verschiedene Arten übersinnlicher Kräfte besaßen und bereits so weit entwickelt waren, daß sie nicht einmal mehr Fortbewegungs- oder Greiforgane benötigten, hatten unabhängig von ihrer Form oder Größe als ersten Buchstaben das V.

»Zwar ist dieses System nicht ganz fehlerfrei«, räumte Conway ein, »aber schuld daran ist einfach die mangelnde Vorstellungskraft der Urheber gewesen, und man hat es deshalb auch hin und wieder ändern müssen. AACPs sind zum Beispiel eine Spezies mit vegetarischem Metabolismus. Normalerweise weist das A als deren erster Buchstabe auf Wasseratmer hin. Da das System mit seiner Klassifikation jedoch erst bei den fischähnlichen Lebensformen beginnt und die AACPs als pflanzliche Wesen noch vor den Fischen eingestuft werden müßten, hat man sie einfach dieser Gruppe zugeordnet ...«

»Hier Kontrollraum. Entschuldigen Sie die Unterbrechung, Doktor.«

»Haben Sie eine Frage, Captain?«, erkundigte sich Conway.

»Nein, Doktor. Nur Anweisungen. Lieutenant Haslam und Dodds sofort zum Kontrollraum und Lieutenant Chen unverzüglich in den Maschinenraum. Unfalldeck, wir haben einen Notruf unbekannter physiologischer Klassifikation empfangen. Halten Sie sich bitte in höchster Bereitschaft ...«

»Wir sind immer bereit«, antwortete Naydrad verärgert, wobei sich ihr Fell sträubte.

»... Pathologin Murchison und Doktor Conway, kommen Sie bitte so schnell wie möglich in den Kontrollraum.«

Während die drei Offiziere des Monitorkorps blitzschnell über die Leiter nach oben in den Hauptverbindungsschacht verschwanden, sagte Murchison: »Hoffentlich ist allen medizinischen Mitarbeitern klar, daß der zweite Vortrag des Captains über den Aufbau und die Erkennung von Steuerungssystemen auf Raumschiffen von Extraterrestriern mit mehr als zwei Beinen heute nachmittag wahrscheinlich leider ausfallen wird.« Auf einmal lachte sie und fügte hinzu: »Ich bin zwar kein Empath wie Prilicla, aber ich verspüre trotzdem ein allgemeines Gefühl großer Erleichterung in meiner unmittelbaren Umgebung.«

Naydrad gab einen unübersetzbaren Laut von sich — wahrscheinlich eine unterdrückte Beifallskundgebung auf Kelgianisch.

»Außerdem habe ich während der Durchsage unseres Captains bei ihm eine gewisse Ungeduld gespürt«, fuhr Murchison fort. »Ich glaube, der will uns da oben so schnell wie möglich sehen.«

»Manchmal staune ich über die empathischen Fähigkeiten nichtempathischer Wesen, Freundin Murchison«, sagte Prilicla, während er verschiedene Instrumentenkoffer überprüfte.

Nach der Klettertour durch den schwerelosen Schacht und die fünf dazwischenliegenden Decks trafen sie ein wenig außer Atem im Kontrollraum ein, wobei Murchison jedoch noch über wesentlich mehr Luft als Conway verfügte, obwohl sie eine Menge davon für Vorhaltungen über seine zunehmende Fettleibigkeit und die allmähliche Verlagerung seines körperlichen Schwerpunkts unterhalb der Taille verbraucht hatte. Etwas Derartiges war mit der Pathologin, deren hübscher Schwerpunkt sichtlich oberhalb der Taille lag, im Laufe der Jahre natürlich nicht vorgegangen. Als sie sich in dem kleinen, verdunkelten Raum umsahen und die nur von Kontrollampen und Displays beleuchteten angespannten Gesichter musterten, wies Captain Fletcher ihnen die zwei zusätzlichen Plätze an und wartete mit den Erklärungen, bis sie sich in den Sitzen angeschnallt hatten.

»Wegen der in diesem Gebiet durch Sternaktivitäten hervorgerufenen Störungen konnten wir die Notsignalbake nicht genau orten«, begann er ohne Einleitung. »Dabei handelt es sich um einen kleinen Sternhaufen, in dem sich die Sterne in einer frühen und äußerst aktiven Entstehungsphase befinden. Aber ich nehme an, das Signal ist auch von anderen und viel näher gelegenen Funkstationen des Monitorkorps empfangen worden, die sicherlich eine genauere Positionsbestimmung vornehmen können und diese vor unserem ersten Sprung dem Orbit Hospital übermitteln werden. Deshalb beabsichtige ich, bis zum Erreichen der Sprungdistanz nur mit einem statt mit vier Ge Schub weiterzufliegen, weil ich auf eine genauere Ortung hoffe, durch die wir auf dem Flug zur Unglücksstelle Zeit sparen würden — und zwar eine ganze Menge Zeit. Verstehen Sie?«

Conway nickte. Er hatte schon häufig auf eine Nachricht über Subraumfunk warten müssen, meistens um eine Antwort auf eine Anfrage nach den Umweltbedingungen eines Patienten zu erhalten, dessen physiologischer Typ dem Orbit Hospital unbekannt war, und dieser Funkspruch war dann wegen der Störungen dazwischenliegender Sternkörper nahezu unverständlich gewesen. Das Orbit Hospital war mit Empfangsanlagen ausgerüstet, die denen der Hauptstützpunkte des Monitorkorps ebenbürtig und um ein Vielfaches empfindlicher als die irgendeines Schiffs waren. Sollte das Orbit Hospital eine Nachricht mit den Positionskoordinaten des in Not geratenen Schiffs empfangen, dann würde diese innerhalb von Sekunden ausgewertet, von Störgeräuschen befreit und an das Ambulanzschiff weitergeleitet werden.

Natürlich immer vorausgesetzt, die *Rhabwar* hatte den Normalraum noch nicht verlassen.

»Ist über das Unglücksgebiet irgendwas bekannt?« fragte Conway, wobei er seine Verärgerung zu verbergen versuchte, daß er bei allem, was außerhalb seines medizinischen Fachgebiets lag, wie ein völliger Anfänger behandelt wurde. »Gibt es vielleicht nahe gelegene Planetensysteme, deren Bewohner Kenntnisse von der Physiologie der möglichen Überlebenden haben?«

»Bei so einem Einsatz hatte ich eigentlich nicht erwartet, daß uns für die Suche nach Freunden der Überlebenden überhaupt noch Zeit bleibt«, antwortete Fletcher.

Conway schüttelte den Kopf. »Dann lassen Sie sich eines Besseren belehren, Captain«, entgegnete er. »Nach den Erfahrungen des Hospitals mit Rettungsaktionen können die Sicherheitsvorrichtungen eines Schiffs die Überlebenden mehrere Stunden oder sogar Tage am Leben erhalten, falls die Besatzung nicht schon innerhalb der ersten paar Minuten nach Eintreten der Katastrophe umgekommen ist. Außerdem ist es besser und sicherer, bei einer vollkommen fremden Lebensform eine Behandlung mit schmerzlindernden Mitteln einzuleiten, wenn nicht gerade ein chirurgischer Notfall vorliegt und falls man ihn finden kann, einen Arzt der Spezies des Verletzten zu rufen. Im Fall der dwerlanischen Patientin hätten wir das auch getan, wenn die Verletzungen nicht so schlimm gewesen wären. Manchmal kann es sogar noch besser sein, überhaupt nichts für den Patienten zu tun und dem natürlichen Heilungsprozeß ungestört freien Lauf zu lassen.«

Fletcher begann zu lachen, besann sich aber eines Besseren, als er Conways Ernst bemerkte, und tippte verlegen auf den Knöpfen des Steuerpults herum. Im riesigen Astronavigationswürfel in der Mitte des Kontrollraums erschien eine dreidimensionale Sternkarte mit einem verschwommenen roten Punkt im Zentrum. In dem durch die Projektion dargestellten Rauminhalt befanden sich ungefähr zwanzig Sterne, von denen drei in bewegungslosen Spiralen und Kringeln aus leuchtender Materie lagen.

»Dieser verschwommene Fleck sollte eigentlich ein scharfer Lichtpunkt sein, der die Position des in Not geratenen Schiffs genau bezeichnet«, erklärte der Captain entschuldigend. »Bisher kennen wir alle Positionen nur im Umkreis der nächsten einhundertsechzig Millionen Kilometer. Diese Gegend ist bis jetzt von den Föderationsschiffen noch nicht vermessen, ja noch nicht einmal angeflogen worden, weil niemand erwarten würde, in einem Sternhaufen, der sich noch in einer solch frühen Entstehungsphase befindet, bewohnte Planeten vorzufinden. Jedenfalls deutet die gegenwärtige Position des in Not geratenen Schiffs nicht automatisch darauf hin, daß es aus diesem Gebiet stammt, es sei denn, daß bereits kurz nach dem Sprung in den Hyperraum eine Funktionsstörung aufgetreten ist. Doch bei eingehenderer Untersuchung der wahrscheinlichen ...«

»Was mir Kopfzerbrechen bereitet, ist, warum verunglückte Aliens nicht häufiger von den Angehörigen ihrer eigenen Spezies gerettet werden«, fragte Murchison schnell, als sie spürte, wie ein erneuter hochspezialisierter Vortrag über sie hereinzubrechen drohte. »Das kommt doch sehr selten vor, oder?«

»Das stimmt«, antwortete Fletcher. »Es gibt aber Aufzeichnungen über ein paar Fälle, wo wir auf technisch interessante Wracks gestoßen sind, auf denen wir zwar noch ein paar Gegenstände wie extraterrestrische Pin-up-Fotos, Zeitschriften und solche Sachen gefunden haben, aber keine toten Aliens mehr an Bord waren. Die Leichname und auch eventuell überlebende Schiffbrüchige hatte man bereits geborgen und abtransportiert. Es ist schon merkwürdig, aber bislang sind wir noch nie auf eine Spezies gestoßen, die keine Achtung vor ihren Toten gehabt hätte. Sie dürfen auch nicht vergessen, daß ein Unglück im All für eine einzelne raumreisende Spezies ein ziemlich seltenes Ereignis darstellt und jeder von ihr organisierte Rettungseinsatz wahrscheinlich nicht umfangreich genug sein würde und womöglich zu spät käme. Für die Föderation hingegen, die sich über die gesamte Galaxis erstreckt und viele Spezies umfaßt, sind Raumunfälle alles andere als selten. Im Gegenteil. Man rechnet sogar mit ihnen, und unsere Reaktionszeit auf jedes beliebige Unglück ist deshalb äußerst gering, weil sich Schiffe wie dieses ständig in Bereitschaft halten und wir es uns zum Ziel gesetzt haben, als erste am Unglücksort einzutreffen.

Aber wir haben vorhin über die Schwierigkeiten bei der Ermittlung der ursprünglichen Kurskonstanten des zerstörten Schiffs gesprochen«, fuhr Fletcher fort, ohne sich von seinem eigentlichen Vortragsthema ablenken zu lassen. »Zunächst ist da einmal die Tatsache, daß zum Erreichen des Zielsystems häufig ein Umweg erforderlich ist. Diesen Umweg muß ein Schiff in Gegenden mit ungewöhnlicher Sternendichte, Schwarzen Löchern und ähnlichen Hindernissen im Normalraum nehmen, die außerdem stellenweise gefährliche Störungen im Hyperraum verursachen. Aus diesem Grund ist kaum ein Schiff in der Lage, sein Ziel in weniger als fünf Sprüngen zu erreichen. Außerdem gibt es dabei noch die mit der Größe des Unglücksschiffs und der Anzahl seiner Hyperantriebsgeneratoren zusammenhängenden Faktoren zu bedenken. Am wenigsten Schwierigkeiten wirft ein kleines Schiff mit einem Generator auf. Aber wenn ein Schiff die gleiche Masse wie die *Rhabwar* hat und zwei gekoppelte Generatoren besitzt oder wegen seiner ungeheuren Größe vier oder gar sechs Antriebsgeneratoren benötigt ... also, dann hängt alles davon ab, ob die Generatoren gleichzeitig oder nacheinander ausgefallen sind.

Unser eigenes und vermutlich auch das Schiff, nach dem wir im Moment suchen, ist mit Sicherheitsschaltungen ausgestattet, die alle Generatoren deaktivieren, sobald einer ausfällt«, fuhr Fletcher fort. »Aber auch diese Sicherheitsvorrichtungen sind nicht immer narrensicher, weil bei der Abschaltung des Generators schon eine Verzögerung um den Bruchteil einer Sekunde ausreicht, daß der mit ihm über die Konstruktion verbundene Schiffsabschnitt in den Normalraum schießt und sich losreißt. Durch die dabei auftretende unkontrollierte Bremsbewegung gerät das Wrackteil ins Trudeln und kommt vom ursprünglichen Kurs ab. Die ungeheure Erschütterung der Schiffskonstruktion führt zumeist auch bei dem oder den restlichen Generatoren zum Ausfall, und durch die Wiederholung dieses Vorgangs kann solch eine Ereignisfolge, die sich innerhalb von Sekunden im Hyperraum abgespielt hat, zu einer Verteilung der Schiffswrackteile über eine Distanz von mehreren Lichtjahren führen. Das ist auch der Grund, warum wir ...«

Er unterbrach seinen belehrenden Vortrag, weil auf dem Steuerpult ein Lämpchen aufleuchtete und Lieutenant Dodds in forschem Ton meldete: »Hier Astronavigation, Sir. Noch fünf Minuten bis zum Sprung.«

»Entschuldigen Sie, Murchison«, sagte Fletcher. »Wir setzen die Besprechung ein andermal fort. Maschinenraum, bitte den Lagebericht.«

»Beide Hyperantriebsgeneratoren in optimalem Zustand, Sir. Leistungsanpassung innerhalb des Sicherheitslimits«, entgegnete die Stimme von Chen.

»Lebenserhaltungssysteme?«

»Ebenfalls optimal«, erwiderte Chen. »Künstliche Schwerkraft auf allen Deckebenen auf ein Ge eingestellt. Im Hauptverbindungsschacht, den Generatorgehäusen und der Unterkunft des cinrusskischen Arztes auf null Ge.«

»Kommunikationsraum?«

»Immer noch nichts vom Hospital, Sir«, meldete Haslam.

»Na gut«, entgegnete Fletcher. »Maschinenraum, schalten Sie die Triebwerke ab, und halten Sie sich für den Abbruch des Sprungs bis minus eine Minute bereit.« Zur Seite gewandt, erklärte er Murchison und Conway: »Sobald nämlich die letzte Minute läuft, können wir den Sprung nicht mehr abbrechen, ob nun ein Funkspruch vom Hospital kommt oder nicht.«

»Triebwerke abgeschaltet«, meldete Chen. »Beschleunigung null, alles in Bereitschaft.«

Als die Schiffsbeschleunigung zurückging und die künstlichen Schwerkraftgitter des Decks die Aufrechterhaltung der Gravitation von einem Ge übernahmen, war ein kaum merkliches Schaukeln zu spüren. Ein Display auf dem Steuerpult des Captains zeigte die verbleibenden Minuten und Sekunden an. Die Stille wurde nur durch einen leisen Seufzer von Captain Fletcher unterbrochen, während die Zahlen auf dem Display zur letzten Minute vorrückten. Und dann brachen die letzten dreißig Sekunden an ...

»Hier Kommunikationsraum, Sir!«, meldete sich

Haslam schnell. »Funkspruch vom Orbit Hospital mit den korrigierten Koordinaten der Notsignalbake. Keine weiteren Mitteilungen.«

»Für einen liebevollen Abschied hatten die wohl keine Zeit mehr«, bemerkte Fletcher mit einem nervösem Lachen. Bevor er jedoch weitersprechen konnte, erklang bereits der Gongton, der den Sprung ankündigte, und das Ambulanzschiff tauchte mitsamt der Besatzung in ein selbst erschaffenes Universum ein, in dem Wirkung und Gegenwirkung ungleich und die Geschwindigkeiten nicht durch die des Lichts begrenzt waren.

Instinktiv wanderten Conways Augen zum Sichtfenster und betrachteten durch die Scheibe hindurch die Innenfläche der das Schiff umgebenden, flimmernden grauen Kugel. Zuerst erschien ihm die Oberfläche als ein spiegelglattes, graues Hindernis ohne besondere Merkmale, aber nach und nach bekam er deutlich den Eindruck von Tiefe — viel zu großer Tiefe. Als er der sich verdrehenden und ständig wechselnden grauen Perspektive mit den Pupillen zu folgen versuchte, wurden die Schmerzen in den Augenhöhlen immer größer.

Ein Wartungsingenieur vom Hospital hatte ihm einmal erklärt, daß Materie unabhängig von der durch die Zusammensetzung atomarer oder molekularer Bausteine entstehenden Form belebter oder unbelebter Körper im Hyperraum physikalisch überhaupt nicht existierte. Den Physikern wäre immer noch nicht ganz klar, warum sich das Schiff am Ende eines Sprungs nicht zusammen mit der Ausstattung und den Insassen als eine einzige homogene Molekularwolke materialisierte. Daß so ein Vorfall nach Wissen des Ingenieurs bisher noch nie vorgekommen war, schloß allerdings die Möglichkeit eines derartigen Ereignisses keineswegs aus. Der Ingenieur fragte Conway damals, ob er ihm nicht für seinen nächsten Heimaturlaub ein wirklich starkes Beruhigungsmittel empfehlen könnte, das ihn während dieser Nichtexistenz auf dem Sprung vom Hospital nach Hause in tiefen Schlaf versetzen würde.

Bei der Erinnerung an dieses Gespräch mußte Conway lächeln, und er wandte den Blick von dem sich windenden Grau ab. Im Kontrollraum konzentrierten sich die ›nicht‹-existierenden Offiziere voll und ganz auf Schalttafeln und Displays, die keine philosophischen Exkurse zuließen, wobei sie die geheimnisvollen Litaneien ihres Berufsstands vortrugen. Conway blickte Murchison an, und die Pathologin nickte. Beide lösten sie die Gurte und standen auf.

Fletcher starrte sie an, als ob er ihre Anwesenheit vollkommen vergessen hätte. »Sie haben natürlich beide viel zu tun«, sagte er. »Der Sprung dauert etwas weniger als zwei Stunden. Falls irgend etwas Interessantes passieren sollte, werde ich es Ihnen auf den Schirm des Unfalldecks übertragen.«

Murchison und Conway zogen sich die Leiter des schwerelosen Schachts entlang nach achtern und betraten ein paar Sekunden später leicht schwankend das Unfalldeck, dessen künstliche Schwerkraft von einem Ge sie wieder an die Existenz solcher Dinge wie oben und unten erinnerte. Auf dem Deck war zwar niemand, aber durch die Sichtluke der Luftschleuse konnten sie die in einem Raumanzug steckende Gestalt von Naydrad erkennen, die auf einem der Deltaflügel stand, und zwar dort, wo die Vorderkante der Tragfläche auf den Schiffsrumpf traf.

Dieser spezielle Teil des Flügels war zur Erleichterung des Transports von sperriger Ladung durch die Luftschleuse mit künstlichen Schwerkraftgittern ausgestattet. Aus diesem Grund schien die kelgianische Oberschwester waagerecht auf der für Conway und Murchison senkrecht verlaufenden Tragfläche zu stehen. Jetzt entdeckte Naydrad sie, winkte ihnen zu und setzte die Überprüfung der Luftschleuse und der Außenbeleuchtung der Tragfläche fort.

Außer der sie auf die Oberfläche des Flügels ziehenden künstlichen Schwerkraft war Naydrad noch durch zwei am Anzug befestigte Sicherheitsleinen mit dem Schiff verbunden. Denn wer im Hyperraum über Bord ging, war verloren — und zwar viel unwiederbringlicher und endgültiger, als man es sich überhaupt vorstellen kann.

Die Geräte und Medikamente des Unfalldecks waren zwar bereits von Naydrad und Prilicla überprüft worden, aber Conway mußte alles noch einmal einer abschließenden Kontrolle unterziehen. Prilicla, der mehr Ruhe als seine weit weniger empfindlichen und zerbrechlichen Kollegen brauchte, hielt sich in seiner Kabine auf, und da Naydrad draußen war, konnte Conway deren Arbeit ohne den Nichtbeachtung vortäuschenden Empathen und die mißbilligend ihr Fell kräuselnde Kelgianerin wiederholen.

»Zuerst werde ich die Drucktragbahre überprüfen«, sagte er.

»Ich helfe dir«, entgegnete Murchison. »Auch bei den Medikamentenvorräten unten. Ich bin nämlich überhaupt nicht müde.«

»Wie du mittlerweile wissen solltest, lautet der richtige Ausdruck ›auf dem Unterdeck‹ und nicht einfach nur ›unten‹«, belehrte Conway sie, als er die Schiebetür zum Aufbewahrungsraum der Drucktrage öffnete. »Willst du beim Captain etwa den Eindruck erwecken, daß du dich ausschließlich für dein eigenes Spezialgebiet interessierst?«

Murchison lachte leise und antwortete: »Nach der unerträglich herablassenden Art, in der er mit mir redet oder vielmehr mich belehrt, scheint er von mir sowieso einen solchen Eindruck zu haben.« Sie half ihm beim Herausrollen der Trage und fügte lebhaft hinzu: »Laß uns die Hülle mit einem Edelgas auf dreifachen Normaldruck füllen, nur falls wir diesmal einen bei hoher Schwerkraft lebenden Patienten bekommen. Danach können wir ja noch ein paar eventuell benötigte Atmosphären herstellen.«

Conway nickte zustimmend und trat einen Schritt zurück, als sich die dünne, aber äußerst strapazierfähige Hülle nach außen wölbte. Innerhalb weniger Sekunden war sie so straff geworden, daß sie wie eine längliche Glaskuppel aussah, die die gesamte Oberseite der Trage umschloß. Der Innendruckmesser zeigte einen konstanten Wert an.

»Keine Lecks«, stellte Conway fest und schaltete die Pumpe an, die das Edelgas aus der Hülle wieder absaugte und erneut verdichtete. »Als nächstes versuchen wir es mal mit der illensanischen Atmosphäre. Setz bitte die Maske auf, nur für alle Fälle.«

Im Boden der Trage befand sich ein Staufach, auf dessen Regalen die wichtigsten chirurgischen Instrumente lagen. Außerdem befanden sich dort Handschuhverlängerungen, die dem Arzt eine Behandlung des Patienten ohne Öffnung der Hülle ermöglichten, und Gasmasken mit Mehrzweckfiltern für verschiedene physiologische Spezies. Conway reichte Murchison eine Maske, legte selbst eine an und sagte: »Ich finde trotzdem, du solltest dich stärker darum bemühen, den Eindruck zu vermitteln, daß du genauso intelligent wie schön bist.«

»Oh, vielen Dank, mein Schatz«, antwortete Murchison mit durch die Maske gedämpfter Stimme. Sie beobachtete Conway einen Augenblick lang beim Ablesen der Kontrollinstrumente für das Mischungsverhältnis, durch die er nachprüfen konnte, ob der ätzende gelbe Dunst, der langsam in die Hülle strömte, auch tatsächlich mit der Atmosphäre der chloratmenden Bewohner von Illensa identisch war. Dann fuhr sie fort: »Vor zehn oder vielleicht sogar noch vor fünf Jahren mag das ja der Fall gewesen sein. Damals hieß es, ich würde jedesmal, wenn ich einem leichten Anzug trage, Blutdruck, Puls und Atemfrequenz von jedem noch nicht völlig vergreisten männlichen DBDG im Hospital mühelos in die Höhe treibe. Soweit ich mich erinnern kann, hast vor allem du das immer wieder behauptet.«

»Also, diese Wirkung übst du auf terrestrische DBDGs noch immer aus, das kannst du mir glauben«, entgegnete Conway und hielt ihr kurz zum Pulsmessen das Handgelenk hin. »Aber du solltest dich lieber darauf konzentrieren, die Schiffsoffiziere mit deinem Intellekt zu beeindrucken. Erstens hab ich sonst viel zuviel Konkurrenz, und zweitens betrachtet dich der Captain womöglich noch als Gefahr für die Disziplin an Bord. Aber vielleicht tun wir Fletcher auch ein wenig unrecht. Ich hab nämlich einen Offizier über ihn reden hören. Anscheinend war der Captain auf dem Gebiet der extraterrestrischen Technik einer der besten Lehrer und Forscher des Monitorkorps. Als das Ambulanzschiffprojekt noch in den Kinderschuhen steckte, galt er bereits als Wunschkandidat der Fachleute vom Erstkontakt und als aussichtsreichster Anwärter für die Schiffskommandantur.

In gewisser Weise erinnert er mich an unsere Diagnostiker«, fuhr Conway fort. »Sein Kopf ist derart mit Daten und Fakten vollgestopft, daß er sich nur noch in der Form kurzer Vorträge ausdrücken kann. Aufgrund der Korpsdisziplin, aber auch wegen des seinem Rang gebührenden Respekts und seiner beruflichen Fähigkeiten konnte er seine Arbeit bisher erfolgreich erledigen, auch ohne tiefschürfende Gespräche führen zu müssen. Aber jetzt muß er allmählich lernen, auch mit ganz gewöhnlichen Leuten zu reden, das heißt mit Leuten, die keine Untergebenen oder Offizierskameraden sind — und dabei macht er bislang noch keine besonders gute Figur. Aber er bemüht sich wenigstens, und wir müssen eben etwas ...«

»Es kommt mir ganz so vor, als hätte es da schon mal einen gewissen jungen und frischgebackenen Assistenzarzt gegeben, der viel mit Captain Fletcher gemeinsam hatte«, unterbrach ihn Murchison. »O'Mara ist sogar noch heute felsenfest davon überzeugt, dieser betreffende Mensch wäre lieber mit seinen extraterrestrischen Kollegen als mit denen seiner eigenen Spezies zusammen.«

»Mit einer großen Ausnahme«, berichtigte Conway sie mit einem süffisanten Lächeln.

Murchison drückte zärtlich seinen Arm und entgegnete, daß sie auf diese Bemerkung leider nicht so reagieren könne, wie sie es ohne Maske und Overall gerne getan hätte. Und mit der Zeit fiel es den beiden immer schwerer, sich auf Conways Checkliste zu konzentrieren. Aber der hohe Grad emotionaler Ausstrahlung in dem Raum reduzierte sich plötzlich wieder auf das Normalmaß, als der Gong den Wiedereintritt des Schiffs in den Normalraum ankündigte.

Der Bildschirm auf dem Unfalldeck blieb zwar dunkel, doch wenige Sekunden später war Fletchers Stimme über sämtliche Bordlautsprecher zu hören.

»Hier Kontrollraum. Wir sind nahe der durch die Bake angegebenen Position wieder in den Normalraum eingetreten, aber bisher gibt es keine Spur von einem in Not geratenen Schiff oder von Wrackteilen. Da bei einem Sprung durch den Hyperraum unmöglich absolute Punktgenauigkeit zu erreichen ist, kann das Unglücksschiff natürlich auch viele Millionen Kilometer entfernt sein ...«

»Der hält schon wieder einen Vortrag«, seufzte Murchison.

»... aber die Impulse unserer Sensoren werden mit Lichtgeschwindigkeit ausgesandt und ebenso schnell wieder zurückgeworfen. Wenn also bis zur Registrierung eines Kontakts zehn Minuten verstreichen, würde die Entfernung des georteten Objekts demzufolge die Hälfte dieser Zeit in Sekunden multipliziert mit der ...«

»Kontakt, Sir!«

»Ich nehme alles zurück, es sind also nicht allzu viele

Millionen Kilometer. Astronavigation, geben Sie mir bitte die Entfernungs- und Kurskonstanten. Maschinenraum, halten Sie sich für Maximalschub in zehn Minuten bereit. Oberschwester Naydrad, brechen Sie den Außeneinsatz unverzüglich ab. Unfalldeck, ich halte Sie auf dem laufenden. Kontrollraum Ende.«

Conway wandte seine Aufmerksamkeit wieder der Drucktrage zu, saugte die Chloratmosphäre ab und ersetzte sie durch den unter hohem Druck stehenden und extrem heißen Dampf der TLTU-Lebensform. Er hatte gerade mit der Überprüfung der Antriebsaggregate der Trage und der Instrumente zur Lagesteuerung begonnen, als Naydrad durch die Luke der Innenschleuse hereinkam, wobei ihr Anzug mit Kondenswasser beschlagen war und noch immer die Kälte des Alls ausstrahlte.

Die Oberschwester musterte Murchison und Conway einige Augenblicke lang und teilte ihnen dann mit, daß man sie, falls man sie brauchen sollte, in angenehme Gedanken versunken in ihrer Kabine finden würde.

Conway und Murchison überprüften auch die Haltegurte auf dem Unfalldeck mit großer Sorgfalt. Conway wußte aus Erfahrung, daß extraterrestrische Unfallopfer nicht immer zur Zusammenarbeit bereit waren und manchmal ausgesprochen aggressiv sein konnten, wenn sich für sie merkwürdige Wesen mit ebenso merkwürdigen Gerätschaften, deren Verwendungszweck ihnen nicht bekannt war, an ihnen zu schaffen machten. Deshalb war das Unfalldeck mit verschiedensten materiellen und immateriellen Mitteln zur Ruhigstellung in Form von Riemen, Gurten und Traktor- und Pressorstrahlenprojektoren ausgestattet. Die Leistung der Projektoren reichte aus, um jedes Lebewesen bis zur Körpermasse und Muskelkraft eines im Endstadium seines Werbungstanzes befindlichen Tralthaners ruhigzustellen. Conway hoffte zwar sehnlichst, daß diese

Mittel nie eingesetzt zu werden brauchten, aber sie standen nun einmal zur Verfügung und mußten deshalb auch überprüft werden.

Zwei Stunden vergingen, bevor der Captain wieder Neuigkeiten melden konnte, doch diesmal formulierte er sie knapp und brachte sie auf den Punkt.

»Hier Kontrollraum. Nach unserer Feststellung handelt es sich bei dem Kontakt nicht um einen natürlich vorkommenden interstellaren Körper. Wir werden uns ihm in dreiundsiebzig Minuten nähern.«

»Da bleibt uns noch genügend Zeit, um die Medikamente auf der Station durchzusehen«, stellte Conway fest.

Ein Teil des Bodens auf dem Unfalldeck ließ sich nach unten zum darunterliegenden Deck öffnen, das in eine Station und eine Kombination aus Labor und Apotheke eingeteilt war. Die Station bot Platz für zehn Unfallopfer mit relativ normalen Körpermaßen — also bis zur Größe eines Terrestriers —, und in ihr konnten zur Lebenserhaltung eine große Bandbreite an Umweltbedingungen reproduziert werden. Im Laborabschnitt, der von der Station durch eine doppelte Luftschleuse getrennt war, lagerten die von sämtlichen, der Föderation bekannten Lebensformen benötigten gasförmigen und flüssigen Grundbestandteile, die — so hoffte man — auch zur Reproduktion von Atmosphären bislang unbekannter Spezies zu verwenden waren. Außerdem enthielt das Labor noch chirurgische Spezialinstrumente, mit denen man bei einem Großteil der physiologischen Arten der Föderation die Haut durchtrennen und eine heilende Operation durchführen konnte.

Der Apothekenteil war mit den bekannten — wegen des Raummangels natürlich nur in geringen Mengen vorhandenen — Heilmitteln gegen häufiger auftretende ET-Krankheiten und abnorme Zustände gefüllt. Darüber hinaus standen in der Apotheke auch noch grundlegende Analysegeräte, wie man sie in jedem Pathologielabor antraf. Da blieb natürlich für zwei Menschen nur sehr wenig Platz zum Arbeiten übrig. Aber schließlich hatte sich Conway noch nie über die enge Zusammenarbeit mit Murchison beschwert, und auch von Seiten der Pathologin gab es keine Klagen.

Kaum waren sie mit der Überprüfung der ET-Instrumente fertig, erklang erneut Fletchers Stimme, und noch vor dem Ende seiner Ausführungen gesellten sich Prilicla und Naydrad zu ihnen.

»Hier Kontrollraum. Wir haben das verunglückte Schiff optisch erfaßt, und das Teleskop ist mit voller Vergrößerung darauf eingestellt. Sie können also dasselbe sehen wie wir. Wir setzen die Geschwindigkeit herab und werden in zwölf Minuten ungefähr fünfzig Meter vor dem Schiff zum Stillstand kommen. In den letzten Minuten unseres Anflugs beabsichtige ich den Einsatz der auf geringe Stärke eingestellten Traktorstrahlen, um die Drehung des havarierten Schiffs abzubremsen. Was meinen Sie dazu, Doktor?«

Die auf dem Bildschirm sichtbare Schiffssilhouette schien vor dem hellen Hintergrund des nahen Sternhaufens zunächst nur ein kreisrunder, verschwommener Fleck zu sein. Erst nach einer eingehenderen Überprüfung des Bilds wurde klar, daß es sich bei dem verschwommenen Kreis in Wirklichkeit um eine dicke, metallicgraue Scheibe handelte, die sich wie eine ausrollende Münze drehte. Mit Ausnahme von drei leicht vorspringenden Ausbuchtungen, die sich in gleichen Abständen am äußeren Rand befanden, wies die Scheibe keine augenfälligen Besonderheiten auf. Während Conway, Murchison, Naydrad und Prilicla auf den Bildschirm starrten, wurde das rotierende Schiff immer größer und wuchs über den Bildschirmrand hinaus, bis man die Vergrößerung verringerte, und die Betrachter das Schiff wieder als Ganzes sehen konnten.

Conway räusperte sich und sagte: »Ich wäre beim Abbremsen der Drehung vorsichtig, Captain. Uns ist nämlich zumindest eine Spezies bekannt, in deren Raumschiffen und anderen Fahrzeugen das Lebenserhaltungssystem ständig rotieren muß, um zu funktionieren ...«

»Ich bin mit der Technik der rollenden Wesen vom Drambo vertraut, Doktor. Das ist eine Spezies, die zur Aufrechterhaltung der lebenswichtigen Körperfunktionen ständig rollen muß — entweder auf natürliche Weise durch die Fortbewegung über die Oberfläche ihres Planeten oder künstlich beim Bedienen von ansonsten feststehenden Maschinen. Diese Lebewesen besitzen kein Herz im eigentlichen Sinn, sondern halten die Blutzirkulation unter Ausnutzung der Gravitation in Gang. Ein Stillstand von nur wenigen Sekunden bedeutet für sie deshalb den sicheren Tod.

Aber dieses Schiff hier dreht sich nicht um die Quer-, Seiten- oder Längsachse. Meiner Meinung nach trudelt es vollkommen unkontrolliert, und die Drehung sollte dringend abgebremst werden. Wenn wir uns einen schnellen Zugang zum Schiff und den möglicherweise vorhandenen Überlebenden verschaffen wollen, muß man die Drehung sogar stoppen. Aber schließlich sind Sie der Arzt, Doktor.«

Prilicla zuliebe bemühte sich Conway mit aller Kraft, seine Wut zu zähmen. »Na gut«, antwortete er gefaßt. »Bremsen Sie die Drehung ab, Captain — aber vorsichtig! Sie wollen doch bestimmt nicht die Schiffskonstruktion, die sowieso schon beschädigt und instabil geworden ist, zusätzlicher und unnötiger Belastung aussetzen oder mögliche Überlebende durch Trümmerstücke verschütten. Genausowenig werden Sie das Platzen einer Schweißnaht riskieren wollen, da es so zu einem lebensbedrohlichen Druckabfall in der Schiffsatmosphäre kommen kann.«

»Kontrollraum Ende.«

»Weißt du, wenn ihr beiden endlich mal mit dem Versuch aufhören würdet, euch gegenseitig mit euren immensen Kenntnissen über die Arbeit des anderen zu beeindrucken, dann müßte Doktor Prilicla auch nicht dauernd dieses Geschüttel durchmachen«, ermahnte ihn Murchison mit ernster Stimme.

Die Vergrößerung des Bilds auf dem Schirm wurde erneut verringert, da das Ambulanzschiff dem verunglückten Schiff immer näher kam, während es dessen Drehung durch den Kontakt mit Traktorstrahlen verlangsamte, bis sich die fünfzig Meter voneinander entfernten Schiffe im Verhältnis zueinander nicht mehr bewegten. Durch die günstige Lage des Alienschiffs hatte man dessen Ober- und Unterseite schon mit den Augen und mit Kameras ausführlich inspizieren können. Unter den vielen festgestellten Tatsachen sprang eine jedoch besonders ins Auge. Aber bevor Conway diesen Punkt ansprechen konnte, meldete sich schon der Kontrollraum.

»Die Konstruktion des Schiffsrumpfs scheint noch in Ordnung zu sein, Doktor. Es gibt keinerlei Anzeichen für äußere Schäden oder Defekte und keine Spur von abgerissenen oder abrasierten Außenaufbauten und Antennensystemen. Die vorläufige Sensorenanalyse der Rumpfoberfläche ergibt recht starke Temperaturunterschiede, und die höchsten Werte sind im Umkreis der Ausbuchtungen an der Schiffskante zu finden. Von diesen drei Stellen geht auch Reststrahlung aus, wie sie beim Erzeugen eines Hyperantriebsfelds entstehen. Außerdem gibt es Anhaltspunkte für eine größere Energiekonzentration um den Mittelpunkt des Schiffs herum sowie mehrere kleinere Ansammlungen, die allesamt über ein noch aktives Leitungsnetz miteinander verbunden sind. Die Einzelheiten können Sie der schematischen Darstellung entnehmen ...«

Das Bild vom Alienschiff wurde durch eine schematische Darstellung ersetzt, auf der die Positionen und Intensitäten der Energiekonzentrationen in verschiedenen Rottönen und die Verbindungsleitungen als gelbe, gepunktete Linien eingetragen waren. Dann erschien wieder das ursprüngliche Bild.

»... es gibt keine Hinweise auf ein Leck, aus dem gasförmige oder flüssige Bestandteile der Schiffsatmosphäre entweichen. Bis jetzt konnte ich auch noch keine Einstiegsmöglichkeit ins Schiff entdecken. Es gibt keine Luftschleusen, weder zum Verladen von Gütern noch für die Besatzung, auch keine Markierungen, die meistens in Verbindung mit Ein- und Ausstiegsöffnungen, Inspektions- und Wartungsklappen oder Luken zum Auffüllen der Verbrauchsartikel stehen. Es sind überhaupt keine Markierungen, Kennzeichen, Hinweis- oder Warnsymbole zu erkennen. Soweit wir feststellen konnten, hat das Schiff eine Oberfläche aus blankem, poliertem Metall, dessen Farbe nur deshalb nicht einheitlich ist, weil an gewissen Stellen verschiedene Legierungen verwendet wurden.«

»Keine Farben oder Kennzeichen«, sagte Naydrad und schob sich näher an den Bildschirm heran. »Sollten wir nach all den Jahren tatsächlich eine Spezies entdeckt haben, die nicht eitel ist?«

»Das ist wahrscheinlich eine Frage der Sehorgane dieser Spezies«, fügte Prilicla hinzu. »Vielleicht sind diese Wesen ganz einfach farbenblind.«

»Das hat wohl eher einen aerodynamischen als einen physiologischen Grund«, warf Fletcher ein.

»Wenn die Besatzung eines anscheinend völlig unbeschädigten Schiffs eine Notsignalbake aussetzt, wird der Grund dafür aller Wahrscheinlichkeit nach im medizinischen Bereich liegen«, gab Conway zu bedenken. »Und egal, wie dieser Grund im einzelnen aussehen mag, der Zustand der Schiffsinsassen ist bestimmt bedenklich. Wir müssen sofort auf dieses Schiff, Captain.«

»Der Meinung bin ich auch«, entgegnete Fletcher. »Lieutenant Dodds bleibt im Kontrollraum. Haslam und Chen begleiten mich zum Schiff. Wegen der größeren Luftreserven schlage ich vor, die schweren Anzüge anzuziehen. Unser primäres Ziel ist es, einen Weg ins Schiffsinnere ausfindig zu machen, und das könnte einige Zeit dauern. Wie sind Ihre Pläne, Doktor?«

»Pathologin Murchison bleibt hier«, antwortete Conway. »Naydrad wird Ihrem Vorschlag gemäß einen schweren Anzug tragen und sich draußen vor der Luftschleuse mit der Drucktrage bereithalten. Prilicla und ich selbst begleiten Sie zum Schiff. Aber ich sollte besser einen leichten Anzug mit zusätzlichen Sauerstoffflaschen anziehen. Der hat nämlich dünnere Handschuhe — vielleicht muß ich ja Verletzte behandeln.«

»Ich verstehe. Wir treffen uns in fünfzehn Minuten an der Schleuse«, entgegnete Fletcher.

Die Gespräche der Gruppe, die vorhatte, das Alienschiff zu untersuchen, sollten auf das Unfalldeck übertragen und im Kontrollraum von Dodds mitgeschnitten werden, der auch die räumliche Darstellung des Schiffs nach jedem Neueingang von Daten auf den aktuellen Stand bringen würde. Aber als sich das Untersuchungsteam in der Schleuse der *Rhabwar* befand und gerade mit Hilfe der Anzugdüsen zum Alienschiff hinüberfliegen wollte, drückte Fletcher seinen Helm an den von Conway und gab damit den Wunsch nach einem nicht über Anzugfrequenz belauschten Gespräch zu verstehen.

»Ich hab noch mal über die Anzahl der Teammitglieder bei diesem ersten Betreten und vorläufigen Untersuchen des Schiffs nachgedacht«, erklärte der Captain, wobei seine Stimme durch das Material der beiden Helme gedämpft und etwas verzerrt klang. »Bei dieser Sache ist ein gewisses Maß an Vorsicht angebracht. Das Schiff scheint unbeschädigt und funktionstüchtig zu sein. Meinem Eindruck nach befindet sich eher die Besatzung als das Schiff in desolatem Zustand. Außerdem haben die Insassen möglicherweise keine gesundheitlichen, sondern psychologische Probleme und sind in geistig gestörter Verfassung und nicht mehr bei klarem Verstand. Womöglich sind die so verwirrt, daß sie heftig reagieren und vielleicht sogar einen Sprung in den Hyperraum durchführen, wenn zu viele seltsame Wesen auf ihrem Schiffsrumpf herumkraxeln.«

Jetzt leidet er auch noch an der Wahnvorstellung, ein Xenopsychologe zu sein! dachte Conway und entgegnete: »Da ist sicherlich etwas dran, Captain. Aber Prilicla und ich werden nicht herumkraxeln, sondern uns vielmehr vorsichtig umsehen und keinen einzigen Fund berühren, ohne Ihnen zuvor Bericht erstattet zu haben.«

Sie begannen mit der Untersuchung der Unterseite des scheibenförmigen Schiffs. Jedenfalls handelte es sich nach Fletchers fester Überzeugung um die Unterseite, denn rings um den Teilkreisdurchmesser des Zentrums befanden sich dicht hintereinander vier Öffnungen, und wegen der sie umgebenden Hitzeverfärbung und leichten Korrosionsschäden hegte er keinen Zweifel, daß es sich bei diesen Löchern um die Mündungen von Antriebsdüsen handelte. Nach Lage und Richtung der Triebwerke verlief die Flugrichtung des Schiffs ganz deutlich entlang der Vertikalachse, obwohl es der Captain auch für denkbar hielt, daß das Schiff zum aerodynamischen Manövrieren mit der Kante voran in eine Atmosphäre eintreten konnte.

Neben den verbrannten Stellen an den Düsenöffnungen befand sich in der Mitte der Unterseite eine große, runde Stelle aus rauhem Metall, die sich fast bis zu einem Viertel des Schiffsradius' erstreckte. Darüber hinaus gab es zahlreiche andere rauhe Stellen unterschiedlicher Formen und Größen, die über die Unterseite und am Rand entlang verstreut waren und fast alle nur wenige Zentimeter Durchmesser hatten. Diese rauhen Stellen verwunderten Fletcher außerordentlich, denn sie waren wirklich rauh — sie schürften seine Handschuhe auf und stellten für jeden, der nur einen leichten Raumanzug trug, eine ernsthafte Gefahr dar. Was ihn aber am meisten verwirrte, war, daß der Rest des Schiffs so aussah, als sei es Stück für Stück von Uhrmachern zusammengesetzt worden.

Es gab drei rauhe Stellen, die mit den drei Ausbuchtungen am Schiffsrand übereinstimmten, die höchstwahrscheinlich als Gehäuse für die Hyperantriebsgeneratoren dienten.

Als die Mitglieder des Rettungsteams die Schiffsoberseite in Augenschein nahmen, entdeckten sie weitere kleine Verunstaltungen, die leicht über die sie umgebende Oberfläche vorstanden und die eine Art Materialfehler in der Metallverkleidung zu sein schienen. Fletcher sagte, sie erinnerten ihn an Korrosionsschäden, wenn man davon absehen würde, daß es zwischen diesen ›Roststellen‹ und dem unangegriffenen Metall keinen farblichen Unterschied gab.

Nirgendwo waren Anzeichen für den Einsatz von transparenten Materialien bei der Schiffskonstruktion zu sehen. Die Funkantennen oder Sensorfühler waren nicht ausgefahren — folglich hatte man sie vermutlich vor dem Aussetzen der Notsignalbake eingeholt und unter einigen der unglaublich gut schließenden Luken oder Klappen des Schiffs versteckt. Von diesen Luken konnte man nämlich nur ein paar erkennen, und das auch nur wegen des leichten Farbunterschieds zwischen Metalldeckel und Außenhaut. Nachdem sie sich auf der Suche beinahe zwei Stunden lang die Augen aus dem Kopf geguckt hatten, gab es noch immer keinen Anhaltspunkt, daß irgend etwas einem äußeren Öffnungsmechanismus für eine dieser Luken auch nur ansatzweise geähnelt hätte. Das Schiff war und blieb fest verschlossen, und Fletcher konnte nicht einmal schätzen, wie lange es dauern würde, eine Einstiegsmöglichkeit zu finden.

»Das hier sollte eigentlich ein Rettungsversuch und keine langfristige wissenschaftliche Untersuchung werden«, sagte Conway verzweifelt. »Können wir nicht irgendwie mit Gewalt reinkommen?«

»Nur wenn alle Stricke reißen«, entgegnete Fletcher. »Wir sollten es nicht riskieren, die Insassen auf diese Weise womöglich zu beleidigen, bevor wir uns über die Hoffnungslosigkeit ihres Zustands nicht ganz sicher sind. Wir sollten uns jetzt bei der Suche nach einer Einlaßschleuse mehr auf den Rand konzentrieren. Schließlich liegt es bei der flachen, scheibenartigen Schiffsform und der beim Flug nach vorn gewandten Oberseite nahe, daß die Besatzung irgendwo am Rand an Bord geht. Unter der Schiffsoberseite müßten sich der Kontrollraum und die Kabinen befinden, da bin ich mir ganz sicher — und hoffentlich auch die Überlebenden.«

»Gut«, erwiderte Conway. »Prilicla, Sie begeben sich auf die Oberseite und konzentrieren sich allein auf emotionale Ausstrahlungen aus dem Schiffsinnern, während wir am Rand weitersuchen. Also, auf ein neues!«

Die Minuten flogen dahin, doch niemand meldete etwas anderes als negative Ergebnisse. Voller Ungeduld flog Conway mit seinen Anzugdüsen um den Rand des Schiffs herum, bis er nur ein paar Meter von Priliclas Position auf der Oberseite entfernt schwebte. Aus einem Impuls heraus aktivierte er die Fuß- und Handgelenkmagneten. Nachdem sie ihn sanft auf den Rumpf gezogen hatten, hob er einen Fuß und trat damit dreimal fest gegen die Metallhaut.

Sofort kam über die Frequenz des Anzugfunks nur noch ein einziges Pfeifen, weil alle Teammitglieder gleichzeitig melden wollten, daß ihre tragbaren Sensoren Geräusche und Schwingungen registriert hatten. Conway wartete, bis wieder Ruhe eingekehrt war.

»Tut mir aufrichtig leid, ich hätte Ihnen vorher Bescheid sagen sollen«, sagte er mit nur scheinbarem Bedauern. Hätte er nämlich vorher Bescheid gegeben, wäre eine endlose Diskussion mit dem Captain entstanden, an deren Ende Fletcher ihm sowieso verboten hätte, was er gerade getan hatte. »Aber wir brauchen viel zuviel Zeit. Das hier ist eine Rettungsaktion, verdammt noch mal, und wir haben nicht die leiseste Ahnung, ob es überhaupt jemanden zu retten gibt. Wir brauchen einfach irgendeine Reaktion aus dem Schiffsinnern. Prilicla, haben wir schon eine ausgelöst?«

»Nein, mein Freund«, antwortete der Empath. »Es gibt weder eine Reaktion auf Ihre Tritte gegen den Rumpf noch irgendwelche Anzeichen von bewußten Gedanken oder Emotionen. Aber ich kann im Moment trotzdem nicht mit Sicherheit sagen, ob deshalb keine Überlebenden im Schiff sind. Es kommt mir nämlich fast so vor, als würde die emotionale Gesamtausstrahlung in der Nähe des Schiffs nicht nur von den vier anwesenden Terrestriern und mir selbst herrühren.«

»Aha«, entgegnete Conway. »Sie wollen uns also in Ihrer gewohnt höflichen und zurückhaltenden Art mitteilen, daß wir emotional zu viel Staub aufwirbeln und aus der Gegend verschwinden sollen, damit sie ohne Störungen arbeiten können. Welche Entfernung brauchen Sie denn, Doktor?«

»Wenn Sie sich alle bis zu unserem Schiff zurückziehen würden, wäre das mehr als ausreichend, mein Freund«, erwiderte Prilicla. »Mir würde es außerdem sehr helfen, wenn die anwesenden Terrestrier eher mit dem Gehirn als emotional denken und die Funkgeräte abschalten könnten.«

Kurz darauf standen sie eine ganze Weile zusammen auf einer Tragfläche der *Rhabwar,* wobei sie Prilicla und dem Alienschiff den Rücken zugewandt hatten. Nach Conways Befürchtungen hätten sie nämlich beim Beobachten des arbeitenden Empathen eventuell Unruhe, Ungeduld oder Enttäuschung empfunden, wenn dieser nicht schnell auf einen Überlebenden stieß, und jedes starke Gefühl würde Prilicla bei der Suche nach emotionaler Ausstrahlung stören. Conway wußte zwar nicht, welche Gehirnübungen seine Kollegen durchführten, um ihre Gedanken von störenden emotionalen Ausstrahlungen freizuhalten, entschied sich aber selbst dafür, die Sternhaufen ringsum zu betrachten, die in Schwaden und Schleiern aus glühender Materie eingebettet waren. Dann durchfuhr ihn jedoch der Gedanke, daß er seine Augen und seinen Verstand einer schier unendlichen Pracht aussetzte und ein Gefühl des Staunens einen Empathen ebenfalls stören könnte.

Plötzlich zeigte Fletcher, der gelegentlich verstohlen zu Prilicla hinübergeschielt hatte, auf das Alienschiff. Conway schaltete das Funkgerät gerade noch rechtzeitig ein, um den Captain sagen zu hören: »Ich glaube, wir können unseren Gefühlen wieder freien Lauf lassen.«

Conway fuhr herum und sah die im Raumanzug steckende Gestalt Priliclas wie einen kleinen Mond über der Metallandschaft des Schiffs schweben, während der Empath einen genau zwischen Mitte und Rand liegenden Punkt mit Leuchtfarbe besprühte. Der Durchmesser der markierten Stelle betrug bereits ungefähr drei Meter, und der Empath vergrößerte sie immer noch.

»Prilicla?« fragte Conway.

»Zwei Ausstrahlungsquellen, mein Freund«, berichtete der Cinrussker. »Aber die sind beide so schwach, daß ich die Position nicht genau feststellen kann. Sie müssen irgendwo unter dem markierten Rumpfbereich sein. Die emotionale Ausstrahlung ist in beiden Fällen ganz charakteristisch für bewußtlose und stark geschwächte Lebewesen. Ich würde sagen, die beiden Wesen befinden sich in schlechterer Verfassung als die vor kurzem von uns gerettete Dwerlanerin — sie sind beinahe tot.«

Bevor Conway antworten konnte, befahl der Captain in barschem Ton: »Gut, also los! Haslam, Chen, holen Sie die transportable Luftschleuse und die Schneidbrennerausrüstung raus. Diesmal suchen wir, mit Ausnahme von Doktor Prilicla, den Rand jeweils in Zweiergruppen ab. Der eine sucht ganz ohne Licht, und der andere richtet zur Hervorhebung von irgendwelchen Nähten den Scheinwerfer von der Seite auf die Außenhaut. Versuchen Sie irgend etwas zu finden, das wie eine Einstiegsluke aussieht. Und wenn wir die Luke nicht aufbekommen, dann schweißen Sie ein Loch hinein. Suchen Sie schnell, aber sorgfältig. Wenn wir in einer halben Stunde keinen Weg nach innen gefunden haben, schneiden wir die Oberseite in der Mitte der markierten Stelle auf und können nur hoffen, dabei keine Steuerungsgestänge oder Energieversorgungsleitungen zu treffen. Haben Sie noch was hinzuzufügen, Doktor?«

»Ja«, antwortete Conway. »Prilicla, können Sie mir noch irgend etwas Näheres über den Zustand der Überlebenden mitteilen?«

Conway befand sich bereits dicht hinter Fletcher auf dem Weg zurück zum Alienschiff, und der kleine Empath klebte mit den Magneten auf dem markierten Bereich des Rumpfs.

»Meine Erkenntnisse sind größtenteils negativ und beruhen eher auf Annahmen als auf Tatsachen«, erwiderte Prilicla. »Ich kann zwar bei keinem der beiden Wesen Schmerzen feststellen, dafür aber Hunger, Erstickungsgefühle und das dringende Bedürfnis nach irgend etwas, das für das Überleben unabdingbar ist. Eins der Wesen kämpft verzweifelt um sein Leben, während das zweite lediglich wütend zu sein scheint. Aber wegen der schwachen emotionalen Ausstrahlung kann ich nicht mit Sicherheit sagen, ob es sich bei den beiden Wesen überhaupt um intelligente Lebensformen handelt. Allen Anzeichen nach ist das wütende wahrscheinlich ein nichtintelligentes Versuchs- oder Haustier. Aber wie gesagt, sind das alles nur reine Vermutungen, mein Freund, und ich kann mich auch völlig irren.«

»Das bezweifle ich«, entgegnete Conway. »Diese Hunger- und Erstickungsgefühle machen mich allerdings stutzig. Das Schiff ist doch überhaupt nicht beschädigt, und die Luft- und Nahrungsversorgung müßte noch intakt sein.«

»Vielleicht haben die beiden gar keine schweren körperlichen Verletzungen, sondern befinden sich im Endstadium einer Erkrankung der Atemwege, mein Freund«, antwortete Prilicla zaghaft.

»In diesem Fall muß ich wohl mal wieder einen wirksamen Zaubertrank gegen extraterrestrische Lungenentzündung zusammenbrauen«, merkte Murchison von der *Rhabwar* aus an. »Ich *danke* Ihnen, Doktor Prilicla!«

Die transportable Luftschleuse — ein dicker, leichtgewichtiger Metallzylinder, über den eine durchsichtige Kunststoffhülle gestülpt war, die später im ausgefalteten Zustand die Vorkammer bildete — wurde in der Nähe des Alienschiffs plaziert. Während Prilicla so nah wie physikalisch möglich bei den Überlebenden blieb, schlossen sich Chen und Haslam dem Captain und Conway an, um eine letzte Suche nach einer feinen Naht auf der Schiffshaut aufzunehmen, die möglicherweise auf eine Einstiegsluke hinwies.

Sie bemühten sich dabei, trotz aller gebotenen Gründlichkeit schnell vorzugehen, weil man nach Priliclas Meinung in bezug auf die Überlebenden keine Zeit mehr zu verlieren hatte. Immerhin betrug der Schiffsdurchmesser fast achtzig Meter, und sie mußten in der vom Captain vorgegebenen halben Stunde eine enorm lange Strecke absuchen. Trotzdem, es mußte einfach einen Weg nach innen geben — ihr Hauptproblem war nur, daß die Schiffskonstruktion trotz der vielen rauhen und verkrusteten Stellen auf der Oberfläche ein Meisterwerk an technischer Präzision war.

»Wäre es nicht möglich, daß diese rauhen Stellen der Grund für die Notlage des Schiffs sind?« fragte Conway plötzlich. Er hielt eine Seite seines Helms dicht über den Rumpf und beleuchtete mit dem Scheinwerfer im spitzen Winkel die gerade von Fletcher nach Nähten abgetastete Stelle. »Vielleicht sind die Schwierigkeiten der Überlebenden nur eine Nebenerscheinung«, fuhr er fort. »Der schon fast unnatürlich gute Anschluß zwischen der Außenhaut und den Luken könnte als Schutz gegen eine Art von galoppierender Korrosion auf dem Heimatplaneten dieser Wesen dienen.«

Lange Zeit herrschte Schweigen, dann entgegnete Fletcher: »Das ist allerdings eine äußerst beunruhigende Vorstellung, Doktor, erst recht, weil Ihre galoppierende Korrosion auch unser eigenes Schiff befallen könnte. Aber das glaube ich nicht. Die verkrusteten Flecken scheinen nämlich aus dem gleichen Material zu bestehen wie das Metall darunter — das sind keine Rostschichten. Außerdem befällt die Korrosion anscheinend gerade nicht die Nähte.«

Conway entgegnete darauf nichts. Tief im Innern seines Gehirns regte sich langsam eine Idee und nahm Gestalt an. Doch als die aufgeregte Stimme Chens in seinem Kopfhörer erklang, zerplatzte sie wieder wie eine Seifenblase.

»Hier drüben, Sir!«

Chen und Haslam hatten etwas gefunden, das wie eine große, runde Luke oder ein einzelner Teil der Außenverkleidung von ungefähr einem Meter Durchmesser aussah, und besprühten den Umriß bereits mit Markierungsfarbe, als Fletcher, Prilicla und Conway bei ihnen ankamen. Innerhalb und außerhalb des Kreisumfangs befanden sich keine rauhen Flecken, mit Ausnahme von zwei winzig kleinen Punkten, die direkt am unteren Rand nebeneinanderlagen. Bei näherer Untersuchung zeigte sich darüber hinaus ein etwa zehn Zentimeter großer Kreis, der die beiden rauhen Punkte umschloß.

»Das könnte eine Art Schalter zum Öffnen der Luke

sein«, sagte Chen, der angestrengt seine Aufregung unter Kontrolle zu halten versuchte.

»Da haben Sie wahrscheinlich recht«, pflichtete ihm Fletcher bei. »Sie haben beide gute Arbeit geleistet. Stellen Sie jetzt die transportable Schleuse über der Luke auf. Schnell.« Er legte seine Sensorplatte auf das Metall und fuhr dann fort: »Unter der Luke befindet sich ein großer, leerer Raum, es handelt sich also mit an Sicherheit grenzender Wahrscheinlichkeit um eine Einlaßschleuse. Falls wir die nicht manuell öffnen können, schneiden wir sie eben auf.«

»Prilicla?« fragte Conway.

»Nichts, mein Freund«, erwiderte der Empath. »Die Ausstrahlung der Überlebenden ist viel zu schwach, um sie zwischen den anderen Strahlungsquellen in dieser Gegend überhaupt entdecken zu können.«

»Unfalldeck«, sagte Conway. Als sich Murchison meldete, fragte er schnell: »Würde es dir angesichts des Zustands der Überlebenden etwas ausmachen, mit dem transportablen Analysator herüberzukommen? Bald stehen die Atmosphäreproben zur Verfügung, und es würde einiges an Zeit sparen, wenn wir sie nicht erst zu dir zur Analyse rüberbringen müßten. Außerdem wäre auch die Vorbereitungszeit für die Einrichtung der Trage für die Patienten kürzer.«

»Ich hab damit gerechnet, daß du so etwas vorschlägst«, antwortete Murchison knapp. »Zehn Minuten.«

Haslam und Chen brachten die Vorkammer der transportablen Luftschleuse um die Einstiegsluke herum in die richtige Position und befestigten den Plastikstoff mit einer schnell trocknenden Dichtungsmasse am Rumpf. Conway und Fletcher ließen sich dabei von den losen Falten des transparenten Gewebes und der Luke aus Leichtmetall, die ohne Gewicht gegen ihren Rücken schlugen, nicht stören. Der Captain konzentrierte sich ganz und gar auf den Mechanismus, der seiner felsenfesten Überzeugung nach zur Öffnung der Luke diente, und beschrieb dabei sämtliche Eindrücke und Handgriffe für den auf der *Rhabwar* mitschneidenden Dodds.

»Die zwei rauhen Bereiche im Kreisinnern scheinen keine Rostschichten zu sein«, berichtete er, »sondern sind meiner Meinung nach künstlich aufgerauhte Metallflächen, die den mit Raumhandschuhen versehenen Mundwerkzeugen oder Greiforganen der Schiffsbesatzung bei der Bedienung des Öffnungsmechanismus — das heißt: dieser Scheibe — bessere Haftung geben sollen ...«

»Da bin ich mir gar nicht so sicher«, widersprach Conway. Die bei ihm schon einmal kurz aufgeflackerte Idee nahm wieder Gestalt an.

Fletcher überhörte seinen Einwand und fuhr fort: »Also, man könnte die Scheibe im oder gegen den Uhrzeigersinn drehen, in ein Links- oder Rechtsgewinde rein- oder rausschrauben, nach innen drücken oder zusätzlich bis zum Einrasten in die eine oder andere Richtung drehen ...«

Während dieser Beschreibung führte der Captain die verschiedenen Druck- und Drehbewegungen durch — allerdings ohne Erfolg. Er erhöhte die Leistung der Fuß- und Handgelenkmagneten für einen festeren Halt am Rumpf, drückte den im Handschuh steckenden Daumen beziehungsweise Zeigefinger auf je einen rauhen Punkt und drehte die Scheibe noch stärker. Seine Hand rutschte plötzlich ab, so daß sich einen Moment lang der gesamte Druck auf den Daumen und den darunterliegenden Punkt konzentrierte. Daraufhin kippte die eine Hälfte der Scheibe, in der dieser Punkt lag, nach unten, und die andere nach oben. Hinter Fletchers Visier war ein hochrotes Gesicht zu sehen.

»... es könnte sich natürlich auch als ein simpler Kippschalter herausstellen«, fügte er rasch hinzu.

Plötzlich schwang die große, runde Luke nach innen, und die Schiffsatmosphäre zischte durch die Öffnung heraus. Das am Rumpf befestigte Gewebe der Schleusenvorkammer blähte sich auf, und der Metallzylinder mit den beiden Luken wurde durch die einströmende Atmosphäre nach oben gedrückt. Dadurch konnten sich Fletcher und Conway nun in einer großen, aufgeblasenen Hemisphäre aus durchsichtigem Kunststoff aufrichten. Während sie zusahen, wie die Einstiegsluke nach innen und schließlich an die Decke der Schleusenkammer des Schiffs klappte, wurde langsam eine kurze Laderampe ausgefahren. Die Rampe wölbte sich nach unten und stoppte an der Position, die nach einer Landung des Schiffs dem Boden entsprochen hätte.

Inzwischen war auch Murchison eingetroffen und beobachtete sie durch den Stoff der transportablen Luftschleuse. »Die aus der Einstiegsluke entwichene Atmosphäre muß ausschließlich aus der Schleusenkammer des Schiffs stammen, da jetzt keine mehr ausströmt«, stellte sie fest. »Wenn ich das Volumen der Schleusenkammer und das unserer eigenen transportablen Schleuse messe, könnte ich den von den Aliens benötigten atmosphärischen Druck berechnen und außerdem die in der Atmosphäre enthaltenen Gase analysieren ... ich komme rein.«

»Offensichtlich eine Verpflegungsluke«, folgerte Fletcher. »Eigentlich müßten die noch eine kleinere, weniger komplizierte Luke für Außeneinsätze im All haben und ...«

»Nein«, widersprach ihm Conway in ruhigem, aber sehr bestimmtem Ton. »Diese Wesen würden ihr Schiff auf keinen Fall zu Außeneinsätzen verlassen. Die hätten viel zuviel Angst, vom Schiff abzutreiben und verlorenzugehen.«

Murchison blickte ihn sprachlos an, und Fletcher entgegnete ungeduldig: »Ich verstehe kein Wort, Doktor. Prilicla, hat es von den Überlebenden irgendeine emotionale Reaktion gegeben, als wir die Schleuse geöffnet haben?«

»Nein, Freund Fletcher«, antwortete der Empath. »Freund Conway strahlt so starke Emotionen aus, daß ich nicht mehr in der Lage bin, irgendwelche Gefühle der Überlebenden festzustellen.«

Der Captain starrte Conway einen Moment lang an und sagte dann verlegen: »Doktor, mein Spezialgebiet ist das Studium extraterrestrischer Mechanismen, Steuerungssysteme und Kommunikationsgeräte gewesen, und meine große Erfahrung auf diesem Gebiet hat zu meiner Berufung zum Captain dieses Ambulanzschiffs geführt. Der Grund, warum ich diesen Verschlußmechanismus so schnell bedienen konnte, ist zum Teil meiner Sachkenntnis und zum Teil purem Glück zuzuschreiben. Für Sie, Doktor, dessen Sachkenntnis auf einem vollkommen anderen Gebiet liegt, besteht also überhaupt kein Anlaß zur Verärgerung, nur weil ich ...«

»Entschuldigen Sie die Unterbrechung, mein Freund«, warf Prilicla schüchtern ein, »aber er ist ja gar nicht verärgert. Freund Conway ist vielmehr erstaunt, und zwar aufs äußerste erstaunt ...«

Sowohl Murchison als auch Fletcher starrten Conway an. Zwar stellte keiner der beiden die naheliegende Frage, aber er beantwortete sie trotzdem und sagte sehr ernst: »Warum greift wohl eine blinde Spezies nach den Sternen?«

Es dauerte mehrere Minuten, dem Captain begreiflich zu machen, daß Conways Theorie mit allen bekannten Fakten zusammenpaßte. Doch selbst dann war Fletcher von der Blindheit der Besatzung immer noch nicht vollkommen überzeugt. Ohne Zweifel stellten die rauhen Bereiche an der Schiffsunterseite, besonders die in der Nähe der Düsen, für ein nur über den Tastsinn verfügendes Lebewesen eine deutliche, sozusagen spürbare Warnung vor Gefahr dar. Und bei den in regelmäßigen Abständen am Rand verteilten kleineren Stellen handelte es sich wahrscheinlich um Abdeckhauben der weniger gefährlichen Lagesteuerungsdüsen. Die zahlreicheren und kleinsten Flecken aus der Substanz, die vom Untersuchungsteam zunächst für Rost gehalten worden waren, konnten durchaus in einer Art extraterrestrischer Blindenschrift geschriebene Öffnungs- oder Wartungshinweise für Einstiegsluken sein.

Conways Theorie wurde außerdem durch das völlige Fehlen durchsichtiger Materialien und besonders von Sichtfenstern gestützt, obwohl nicht auszuschließen war, daß Fenster vorhanden und nur mit abnehmbaren Metallplatten abgedeckt worden waren. Es war eine ausgezeichnete Theorie, das mußte Fletcher zugeben, aber er selbst wollte lieber an eine Schiffsbesatzung glauben, die in einem anderen Bereich des Wellenspektrums ›sehen‹ konnte, als an vollkommen blinde Wesen glauben.

»Aber warum dann die Blindenschrift?« fragte Conway. Hierauf gab Fletcher jedoch keine Antwort, weil sich bei näherer Untersuchung ganz klar herausstellte, daß die rauhen Punkte auf den Platten und Schaltern nicht einfach nur besserem Halt dienten — denn jeder war so einzigartig wie ein Fingerabdruck.

Genau wie die Außenhaut des Schiffs bestand das Innere der Schleuse aus unlackiertem, blankem Metall. Die Schleusenkammer selbst war zwar zum aufrechten Stehen groß genug, aber die beiden unter der Innen- und Außenluke sichtbaren Öffnungsschalter befanden sich nur wenige Zentimeter über dem Boden. Man konnte auch eine ganze Anzahl kurzer, breiter Kratzer und ein paar flache Beulen sehen, als ob erst vor ziemlich kurzer Zeit irgend etwas Schweres und Scharfkantiges ein- oder ausgeladen worden wäre.

»Physiologisch gesehen könnte diese Lebensform ziemlich ausgefallen sein«, sagte Murchison. »Vielleicht ein großes Wesen mit Greiforganen auf Bodenhöhe oder aber eine körperlich kleine Spezies, deren Schiff so konstruiert wurde, daß es auch von größeren Lebewesen besucht oder benutzt werden kann. Im letzteren Fall dürfte die Bergung nicht durch xenophobische Reaktionen der Überlebenden erschwert werden, da sie ja bereits von der Existenz anderer intelligenter Lebensformen und der möglichen Rettung durch eine Gruppe von Angehörigen einer fremden Spezies wissen.«

»Das hier ist wohl eher eine Frachtschleuse, Murchison«, bedauerte Fletcher. »Und es war auch eher die Fracht, die ein so großes Gewicht hatte, als einer Ihrer extraterrestrischen Freunde — falls es die überhaupt gibt. Sind Sie bereit hineinzugehen?«

Statt einer Antwort schaltete Murchison den Helmscheinwerfer auf einen breitgefächerten Lichtstrahl um. Conway und der Captain folgten ihrem Beispiel.

Fletcher hatte bereits mit Erfolg ausprobiert, ob er mit Haslam und Chen draußen vor dem Schiff und mit Dodds auf der *Rhabwar* den Funkverkehr in beide Richtungen aufrechterhalten konnte, indem er den Metallrumpf mit der Helmantenne berührte — denn auf diese Weise diente der Schiffsrumpf sozusagen als verlängerte Antenne. Jetzt kniete er sich hin und drückte auf den unter der Außenluke knapp über dem Boden angebrachten Schalter. Die Luke schloß sich, und der Captain verfuhr ebenso mit dem gleichermaßen plazierten Schalter unter der Innenluke.

Ein paar Sekunden lang geschah gar nichts, doch dann hörten sie das Zischen der in die Schleusenkammer einströmenden Atmosphäre, und sie spürten, wie ihre aufgeblähten Anzüge durch den entstehenden Außendruck ein wenig eingedrückt wurden. Als sich die Innenluke schließlich öffnete und den Blick in einen langgestreckten, dunklen und anscheinend leeren Gang freigab, drückte Murchison geschäftig auf den Knöpfen ihres Analysators herum.

»Was atmen die denn?« fragte Conway.

»Einen kleinen Moment noch, ich überprüfe das lieber zweimal«, antwortete Murchison. Auf einmal öffnete sie das Visier, lächelte und sagte: »Beantwortet das deine Frage?«

Als er das eigene Helmvisier hob, knackten Conway wegen des leichten Luftdruckunterschieds die Ohren. »Die Überlebenden sind also warmblütige Sauerstoffatmer und benötigen ungefähr den auf der Erde herrschenden atmosphärischen Druck. Das erleichtert natürlich die Vorbereitungen zur Unterbringung auf der Station enorm.«

Fletcher zögerte kurz, dann öffnete auch er das Visier. »Zunächst müssen wir sie erst einmal finden«, gab er zu bedenken.

Sie betraten einen Korridor, der rundherum mit vollkommen glattem Metall ausgekleidet war — bis auf eine große Anzahl Beulen und Kratzer, die sich über eine Entfernung von ungefähr dreißig Metern bis in die Schiffsmitte erstreckten. Auf dem Boden am Ende des Gangs lag ein unidentifizierbares Etwas, das wie ein Gewirr von Metallstangen aussah, die aus einer dunkleren Substanz herausragten. Murchisons Fußmagneten verursachten laute, scharrende Geräusche, als sie darauf zurannte.

»Vorsichtig, Murchison«, rief Fletcher. »Falls Conways Theorie stimmt, haben sämtliche Schalter, Knöpfe und Hinweis- oder Warnschilder irgendwelche Sensor- oder Tastmechanismen. Und schließlich ist hier im Schiff immer noch Energie vorhanden, sonst hätte eben der Schleusenmechanismus nicht funktioniert. Wenn die Besatzungsmitglieder in vollkommener Dunkelheit leben und arbeiten, müssen wir mit den Fingern und Füßen denken lernen und dürfen nichts anfassen, was wie ein Rostfleck aussieht.«

»Ich werde schon vorsichtig sein, Captain«, antwortete Murchison.

An Conway gewandt sagte Fletcher: »Unter der Innenluke sitzt genau so ein Schalter wie bei den anderen.« Er richtete den Helmscheinwerfer auf die fragliche

Stelle und deutete dann auf einen kleineren Kreis, der sich ein paar Zentimeter rechts vom Schalter befand. »Bevor wir weitergehen, würde ich gerne den Zweck dieses Schalters herausfinden.«

»Na ja«, entgegnete Conway, »das einzige, was wir mit an Sicherheit grenzender Wahrscheinlichkeit sagen können, ist, daß es sich bestimmt nicht um einen Lichtschalter handelt.« Er lachte noch, als Fletcher auf die eine Hälfte des runden Betätigungsfelds drückte.

Murchison entfuhr vor Überraschung ein nicht eben vornehmes Grunzen, als der Korridor plötzlich von hellgelbem Licht aus einer unsichtbaren Quelle am anderen Ende des Gangs überflutet wurde.

»Kein Kommentar«, meinte der Captain nur.

Conway spürte, wie er vor Verlegenheit einen hochroten Kopf bekam, und murmelte irgend etwas wie, daß das Licht bestimmt dazu bestimmt sei, Besuchern das Leben an Bord problemloser zu gestalten.

»Falls diese hier Besucher gewesen sind, haben die aber sehr ernsthafte Probleme gehabt«, folgerte die am anderen Ende des Gangs angelangte Murchison. »Seht euch das mal an.«

Der Gang knickte am anderen Ende im rechten Winkel ab, aber der Zugang zum nächsten Schiffsabschnitt wurde durch ein massives Gitter versperrt, das aus seinen Verankerungen in Wand und Decke gerissen worden war. Hinter dem beschädigten Gitter ragten aus Decke und Wänden Dutzende von Metallstäben und -stangen in den Gang hinein. Aber Murchison, Fletcher und Conway schenkten dieser seltsamen Metallwucherung kaum Beachtung, weil sie auf die drei Extraterrestrier starrten, die in großen, getrockneten Lachen ihrer eigenen Körperflüssigkeit lagen.

Es handelte sich um zwei völlig verschiedene physiologische Typen, das sah Conway sofort. Der große Leichnam ähnelte einem Tralthaner, besaß aber weniger Masse. Außerdem waren die Beine unter dem halbkugelförmigen, am Rand leicht nach oben gewölbten Panzer kürzer. Aus weiter oben im Panzer gelegenen Öffnungen wuchsen vier lange und nicht besonders dünne Tentakel, die in flachen, speerartigen Spitzen mit gezackten Knochenkanten endeten. In der Mitte zwischen zwei Tentakelöffnungen befand sich ein größerer Spalt im Panzer, aus dem ein Kopf heraushing, der fast nur aus Maul und Zähnen zu bestehen schien und gerade noch Platz genug für zwei Augen bot, die auf dem Boden tiefer, knöcherner Krater lagen. Nach Conways erstem Eindruck handelte es sich bei diesem Geschöpf um nur wenig mehr als eine organische Tötungsmaschine.

Er mußte sich daran erinnern, daß auch dem Personal des Orbit Hospitals mehrere Wesen angehörten, die Mitglieder hochintelligenter und -sensibler Spezies waren und trotzdem immer noch die körperlichen Eigenschaften besaßen, die ihnen erst den Kampf an die Spitze der Evolutionsleiter ihres Heimatplaneten ermöglicht hatten.

Die beiden anderen Wesen gehörten zu einer viel kleineren Spezies mit weit geringerer organischer Bewaffnung. Ihr Körper war ziemlich rund, hatte einen Durchmesser von knapp über einem Meter und bildete im Querschnitt ein an der Unterseite leicht abgeflachtes, schmales Oval. Von der Form her ähnelten diese Wesen sehr stark ihrem Schiff — das hatte aber natürlich kein langes, dünnes, nach hinten stehendes Horn oder einen Stachel und auf der anderen Seite auch keinen langen, schmalen Schlitz, der offensichtlich der Mund war. Die Oberlippe dieses Mauls war breiter und dicker als die Unterlippe. Bei einem der Wesen hing sie über der unteren und verschloß auf diese Weise anscheinend den Mund. Beide Leichen waren oben und unten sowie an der Seite mit einer Art Stoppeln bedeckt, deren Dicke von der Stärke einer Nadel bis zum Umfang eines kleinen Fingers reichte. Die Stoppeln an der Unterseite des Körpers waren viel gröber als die auf der Oberseite. Offensichtlich dienten sie teilweise zur Fortbewegung.

»Es ist ganz klar, was hier passiert ist«, sagte Fletcher. »Als sich das große Wesen aufgrund ungenügender Sicherheitsvorkehrungen losgerissen hat, sind zwei Mitglieder der Spezies, die hier auf dem Schiff die Besatzung stellt, gestorben. Und die von Prilicla entdeckten Überlebenden sind mit der Situation vermutlich nicht fertig geworden und haben deshalb die Notsignalbake ausgesetzt.«

Eins der beiden kleineren Wesen hatte mehrere Schnitt- und Stichwunden erlitten und lag wie ein zerrissenes und zerknülltes Stück Teppich unter den Hinterfüßen seines Mörders. Sein weit weniger Wunden aufweisender, nichtsdestoweniger aber genauso toter Begleiter hatte fast die Flucht durch eine niedrige Wandöffnung über dem Boden geschafft, war vorher jedoch außer Gefecht gesetzt und von einem der Vorderfüße des Angreifers zu Tode gequetscht worden. Dieses Besatzungsmitglied war vor dem Tod aber noch in der Lage gewesen, dem größeren Alien an der Körperunterseite mehrere tiefe Stichwunden zuzufügen, und in einer dieser Wunden steckte noch das kaum mehr sichtbare abgebrochene Horn beziehungsweise der Stachel.

»Das sehe ich auch so«, pflichtete Conway dem Captain bei. »Aber eine Sache bereitet mir noch Kopfzerbrechen. Die blinden Aliens scheinen ihr Schiff zur Unterbringung der größeren Lebensform umgebaut zu haben. Warum sollten sie sich mit dem Fangen einer so gefährlichen Spezies solche Mühe machen? Entweder haben sie die größeren ETs dringend gebraucht oder es aus irgendeinem Grund für äußerst nützlich gehalten, als blinde Besatzung das Risiko einer gemeinsamen Gefangenschaft mit diesen ETs auf einem Schiff einzugehen.«

»Vielleicht haben Sie Waffen zur Reduzierung des Risikos«, entgegnete Fletcher. »Weitreichendere und wirkungsvollere Waffen als das Horn oder den Stachel, den die beiden da aus welchem Grund auch immer zu tragen versäumt haben, und wofür sie mit dem Leben bezahlen mußten.«

»Was für eine weitreichende Waffe könnte denn ein Wesen entwickeln, das einzig und allein über den Tastsinn verfügt?« fragte Conway.

Murchison bemühte sich, den drohenden Streit abzuwenden. »Trotz der Blindheit der Aliens wissen wir nicht mit Sicherheit, daß sie nur über den Tastsinn verfügen«, stellte sie fest. »Und was den Wert der großen Lebensform für sie angeht — vielleicht stellt diese eine sich schnell vermehrende Nahrungsquelle dar oder möglicherweise enthalten das Zellgewebe oder die Organe der großen ETs wertvolle Bestandteile für Medikamente. Es kann sich aber auch um einen für unsere Begriffe völlig exotischen Grund handeln. Entschuldigen Sie mich.«

Sie schaltete den Anzugfunk ein und meldete knapp: »Naydrad! Wir haben hier drei Leichen zum Transport ins Labor. Legen Sie sie zur Vermeidung zusätzlicher Schäden durch Dekompression bitte in die Trage.« An Conway und Fletcher gewandt fuhr sie fort: »Ich glaube nicht, daß mir die restlichen Besatzungsmitglieder die Obduktion ihrer Freunde übelnehmen würden, zumal der große ET ja schon mit dem Öffnen der Leichen begonnen hat.«

Conway nickte. Schließlich wußten sie beide: je mehr sie über die Physiologie und den Stoffwechsel der beiden toten Aliens herausfinden konnte, desto größer waren die Chancen, den blinden Überlebenden zu helfen.

Mit Fletchers Hilfe befreiten sie den großen Leichnam aus dem Käfig und dem seltsamen Dickicht aus Metallstäben und -stangen, von dem er auf den Boden gepreßt wurde. Dazu mußten Sie das von dem ET in den Käfig gerissene Loch vergrößern. Das erforderte die vereinten Kräfte von Fletcher, Conway und Murchison und vermittelte einen Eindruck von der Kraft des Wesens, das die Gitterstäbe verbogen hatte. Als sie den Alien befreit hatten, öffneten sich die Tentakel und blockierten beim freien Schweben des Leichnams in dem beschränkten Raum praktisch den gesamten Gang.

Während sie den Körper zur Luftschleuse schoben, sagte Murchison: »Die Verteilung der Beine und Tentakel ist zwar ähnlich wie bei der FROB-Lebensform vom Planeten Hudlar, aber der Panzer gleicht einem melfanischen ELNT-Ektoskelett ohne Zeichnung, und das Wesen ist auf jeden Fall kein Pflanzenfresser. Da es sich um einen warmblütigen Sauerstoffatmer handelt und die Gliedmaßen keinerlei Anzeichen für die Fähigkeit zum Gebrauch von Werkzeugen oder anderen Gegenständen aufweisen, würde ich den ET vorläufig als FSOJ und wahrscheinlich nichtintelligent klassifizieren.«

»Unter Berücksichtigung der Umstände ist er ganz sicher nichtintelligent«, stimmte ihr Fletcher auf dem Rückweg zum vergitterten Teil des Gangs zu. »Es handelt sich bestimmt um ein ausgebrochenes Tier, Murchison.«

»Wir Ärzte legen uns nie fest«, entgegnete Murchison höflich lächelnd, »gerade, wenn es um eine brandneue Lebensform geht. Im Moment würde ich mir nicht einmal den Versuch einer Klassifikation der blinden Aliens zutrauen.«

Da sie die kleinste in der Gruppe war, zwängte sich Murchison vorsichtig durch das beschädigte Gitter und zwischen den aus Wand und Decke ragenden Stäben und Stangen hindurch. Wären nicht schon viele Stangen von dem großen ET verbogen worden, hätte sie nie im Leben zu dem blinden Alien gelangen können.

»Das hier ist ja ein äußerst merkwürdiger Käfig«,

sagte sie völlig außer Atem, nachdem sie bei der Leiche angekommen war.

Trotz der hellen Beleuchtung des Korridors konnten sie das andere Ende des mit Gittern zum Käfig umfunktionierten Abschnitts nicht sehen, weil die vom Gang verfolgte Schiffskrümmung bei dieser relativ geringen Entfernung vom Mittelpunkt so scharf war, daß der Blick nicht weiter als zehn Meter reichte. Die aus den jedoch sichtbaren Korridorwänden und auch aus der Decke ragenden Metallstangen und -stäbe hatten teils scharfe, teils spatelförmige Spitzen, und ein paar wenige wiesen Enden auf, die kleinen und mit stumpfen Dornen besetzten Metallkugeln ähnelten. Die Wandschlitze, aus denen diese Stangen herausragten, waren so lang, daß die jeweilige Stange sowohl nach oben und unten als auch zu beiden Seiten große Bewegungsfreiheit hatte. Die Gitterstäbe hingegen, die aus mit Ringen eingefaßten, runden Löchern heraushingen, waren nur zum Hinein- und Herausstoßen gedacht.

»Ich finde den Käfig auch merkwürdig, Murchison«, pflichtete ihr Fletcher bei. »Obwohl ich ET-Technik studiert hab, kann ich damit überhaupt nichts anfangen. Es ist auf jeden Fall ein äußerst großer Käfig — wenn er sich sogar ganz ums Schiff erstreckt, sollte ich ihn vielleicht besser als sehr lang bezeichnen. Möglicherweise mußte er mehr als ein Tier beherbergen, oder das einzelne Tier hat viel Auslauf gebraucht. Das ist zwar nur eine Vermutung, aber ich würde sagen, die in den Gang ragenden Stangen und Stäbe stellen eine Art Hindernis dar, wodurch das Tier in jedem beliebigen Teil des Käfigs zur Fütterung oder zur körperlichen Untersuchung festgehalten werden konnte.«

»Das halte ich für eine höchstwahrscheinlich zutreffende Vermutung«, entgegnete Conway. »Und beim Ausfall der beweglichen Hindernisse ist das Metallgitter eine zusätzliche Sicherung, die in diesem Fall aber dem Angriff des Tiers nicht standhalten konnte. Ich frage mich bloß, wie weit dieser Gang dem Schiffsumfang folgt. Verlängert man nämlich diesen Bogen bis auf die andere Schiffsseite, dann gelangt man genau an der Stelle an, wo Prilicla die zwei Überlebenden entdeckt hat. Nach Prilicla hat einer der Überlebenden auf einer sehr niedrigen, womöglich tierischen Stufe Zorn ausgestrahlt, während die emotionale Ausstrahlung des zweiten Wesens weit differenzierter war.

Nehmen wir einmal an, am anderen Ende dieses Käfiggangs oder sogar außerhalb davon befindet sich zusammen mit einem weiteren großen ET ein schwer verletzter Alien, der mit dem Töten des Tiers nicht so erfolgreich war wie sein Besatzungskollege ...«

Er brach ab, als Naydrad über Kopfhörer ihre Ankunft mit der Drucktragbahre vor dem Schiff meldete. Murchison schob den ersten Alien zur Schleuse und sagte: »Wenn Sie noch ein paar Minuten warten, Naydrad, können Sie alle drei Wesen in die Bahre legen.«

Fletcher hatte Conway, während der seine Vermutungen angestellt hatte, die ganze Zeit angestarrt. Dem Captain war die Abneigung gegen den Gedanken an einen weiteren großen FSOJ auf dem Schiff ganz deutlich anzusehen. Er deutete auf den Leichnam des zweiten blinden Aliens und sagte in besorgtem Ton: »Dieser hier wäre beinahe entkommen, nachdem er den FSOJ mit seinem Horn getötet hatte. Wenn wir wüßten, wohin er zu fliehen versuchte, müßten wir auch den Aufenthaltsort seines entkommenen Besatzungskollegen kennen.«

»Also lassen Sie uns danach suchen«, schlug Conway vor.

Die Zeit für die Überlebenden, egal, welcher Spezies sie auch angehörten, lief allmählich ab.

Auf Bodenhöhe befand sich eine flache, rechteckige Öffnung, die breit und hoch genug war, um einem blinden Alien das Passieren zu ermöglichen. In dieser Öffnung steckte fast ein Drittel des flachen, runden Körpers des zweiten Aliens. Beim Versuch, ihn herauszuholen, stießen Fletcher und Conway auf Widerstand und mußten deshalb vorsichtig am Körper ziehen, um ihn freizubekommen. Dann schoben sie den Leichnam zu Murchison, die bereits darauf wartete, ihn zusammen mit den beiden anderen Leichen in die Luftschleuse zu bringen. Plötzlich wurden sie durch eine Meldung über den Anzugfunk in ihrer Tätigkeit unterbrochen.

»Sir! Auf der oberen Schiffsseite geht gerade eine Luke auf. Das sieht ganz aus, als ob ... da fährt eine Antenne aus!«

»Prilicla, die Überlebenden!« rief Conway schnell. »Ist davon einer bei Bewußtsein?«

»Nein, mein Freund«, antwortete der Empath. »Die beiden liegen immer noch in tiefer Bewußtlosigkeit.«

Fletcher starrte Conway einen Moment lang an. »Wenn die Überlebenden die Antenne nicht ausgefahren haben, dann haben wir das getan«, sagte er nachdenklich, »vielleicht beim Herausziehen des blinden Aliens aus der Öffnung.« Auf einmal beugte er sich nach vorn und setzte die Hände auf den Boden. Dann schob er die Füße auf den Magneten nach hinten, bis er flach auf dem Boden des Gangs lag. Er drückte den Kopf dicht an die Öffnung, durch die der blinde Alien zu fliehen versucht hatte, und richtete den Lichtkegel des Helmscheinwerfers hinein. »Jetzt sehen Sie sich das mal an, Doktor!« sagte er triumphierend. »Ich glaube, wir haben die Kommandozentrale gefunden.«

Sie blickten in einen breiten, niedrigen Tunnel, dessen Abmessungen nur wenig größer als die der Alienkörper waren. Auch hier war die Sichtweite eingeschränkt, weil der Tunnel genauso wie der hinter ihnen liegende Gang der Krümmung des Schiffs folgte. Der Tunnelboden war von der Öffnung aus ungefähr vierzig Zentimeter weit vollkommen glatt, an der Decke hingegen befanden sich genau die gleichen, mit Blindenschrift gekennzeichneten Schalter wie in der Luftschleuse. Kontrollampen oder optische Displays fehlten natürlich völlig. Kurz hinter diesem Bereich verschwand die Tunneldecke, und dort konnte man deutlich das erste Steuerpult sehen.

Von der Form her ähnelte es einem runden, elliptisch unterteilten Sandwich. Die dadurch um den Rand herum entstehende Öffnung ermöglichte der blinden Besatzung den Zugang. Conway und Fletcher konnten an den Innenseiten des Sandwiches Hunderte von Schaltern und auf den Außenflächen Kabelstränge und Leitungen sehen, die die Schalter mit den von ihnen gesteuerten Mechanismen verbanden. Der Großteil dieser Kabelstränge führte zur Schiffsmitte, während sich die restlichen zur Ober- und Unterseite des Rumpfs schlängelten. Ein paar wenige verliefen zum Schiffsrand. Eine farbliche Kennzeichnung der Kabel war nicht auszumachen, aber in die Kabelmäntel waren verschiedene Muster eingeprägt und eingestanzt, die für blinde, auf den Tastsinn angewiesene Techniker dieselbe Funktion wie Farbcodierungen erfüllten. Hinter dem ersten Steuerpult war noch ein zweites zu sehen.

»Ich kann zwar nur zwei Steuerpulte deutlich erkennen, aber wie wir wissen, besteht die Besatzung aus mindestens drei Mitgliedern«, sagte Fletcher. »Der Überlebende befindet sich wahrscheinlich hinter dieser Kurve und ist deshalb nicht zu sehen. Wenn wir uns bloß durch den Tunnel quetschen könnten ...«

»Das ist physikalisch unmöglich«, warf Conway ein.

»... ohne bei jedem Schritt an Schalter zu kommen und sämtliche Schiffssysteme anzuschalten«, fuhr Fletcher unbeirrt fort. »Ich frage mich, warum diese trotz ihrer Blindheit anscheinend nicht dummen Wesen so dicht am Käfig eines gefährlichen, gefangenen Tiers ein Steuerpult aufgestellt haben. Damit sind die doch ein großes Risiko eingegangen.«

»Wenn die Aliens das Tier schon nicht im Auge behalten konnten, dann mußten sie wenigstens nahe mit ihm in Verbindung bleiben«, entgegnete Conway trokken.

»Sollte das etwa ein Witz sein?« entgegnete Fletcher mißbilligend, während er einen der Handschuhe auszog und den Arm in die Öffnung steckte. Ein paar Sekunden später berichtete er: »Ich glaube, ich kann den Schalter fühlen, den wir beim Herausziehen des blinden Aliens ausgelöst haben. Ich drücke jetzt mal drauf.«

Sofort meldete Chens Stimme auf der Anzugfrequenz: »Dicht neben der ersten fährt jetzt eine zweite Antenne aus, Sir.«

»Oh, Entschuldigung«, antwortete Fletcher. Während er mit den Fingern über die extraterrestrischen Schalter und Knöpfe tastete, nahm sein Gesicht einen Moment lang einen äußerst konzentrierten Ausdruck an, und kurz darauf meldete Chen das Verschwinden beider Antennen. Der Captain lächelte und fuhr fort: »Angenommen, die Bedienungselemente sind zweckmäßig in Gruppen angeordnet, und die Schalter für Energie, die Lagesteuerung, das Lebenserhaltungssystem, die Kommunikation und so weiter liegen an ihren eigenen, ganz bestimmten Stellen des Steuerpults, dann würde ich sagen, der blinde Alien hat im Sterben die Kommunikationsschalttafel berührt. Er hat es noch geschafft, die Notsignalbake auszusetzen, und das war wahrscheinlich auch das letzte, was er in seinem Leben noch tun konnte.

Ach, Doktor, könnten Sie mir wohl mal bitte die Hand reichen?« fragte er Conway.

Conway streckte dem Captain die Hand hin, um ihm Halt zu geben und wieder auf die Beine zu helfen, während Fletcher die andere Hand vorsichtig aus der Öffnung zog. Plötzlich rutschte einer seiner Fußmagneten über den Boden. Instinktiv warf er zur Vermeidung eines Sturzes den freien Arm nach hinten — obwohl er in der Schwerelosigkeit gar nicht fallen konnte — und stieß dabei die Hand in den Bereich der Schalter zurück.

»Ich hab irgendwas berührt«, meldete er besorgt.

»Das kann man wohl sagen«, bestätigte Conway und deutete auf den vergitterten Gangabschnitt.

»Sir!« rief Haslam über Funk. »Wir registrieren starke, periodisch auftretende Vibrationen in der gesamten Schiffskonstruktion, auch metallische Geräusche!«

Murchison kam von der Luftschleuse durch den Gang herbeigeeilt und bremste sich geschickt an der Wand ab. »Was ist denn *los?*« fragte sie. Dann sah auch sie in den Käfiggang und fragte noch mal: »Was passiert denn *da?*«

Bis in den letzten noch einsehbaren Winkel hatte in dem gekrümmten Gang eine heftige und lautstarke mechanische Tätigkeit eingesetzt. Die aus den Wandschlitzen ragenden Metallstangen schlugen bis an die Grenzen ihrer Bewegungsfreiheit vor und zurück oder auf und nieder, während die Stäbe mit den spitzen oder morgensternartigen Enden von der Decke wie Kolben hoch- und herunterstießen. Mehrere der Stangen und Kolben waren stark verbogen und schlugen gegeneinander, und das war auch der Grund für den Höllenlärm. Während sie noch diesem Spektakel zusahen, öffnete sich ein paar Meter hinter dem Gitter in der Innenbordwand des Gangs eine kleine Klappe, aus der eine dickem Porridge ähnelnde Masse herausgepreßt wurde, die wie ein mißgebildeter Fußball der nächsten, wild hin- und herschwingenden Stange in den Weg rollte.

Die Substanz spritzte in alle Richtungen, und die kleineren Stückchen wurden von den restlichen Stangen und Kolben zerstampft, bis die Masse wie ein dichter Hagelschauer über dem Gang umherwirbelte. Murchison füllte etwas davon in einen Probenbeutel ab.

»Das ist offenbar eine Art Futterspender«, sagte sie. »Aus einer Analyse dieser Substanz werden wir eine

Menge über den Stoffwechsel der großen ETs erfahren. Meiner Ansicht nach sind diese Stangen und Kolben kein Mittel zum Aufhalten des FSOJs — es sei denn, zum Aufhalten gehört das Knüppeln bis zur Bewußtlosigkeit.«

»Wenn man keinen leistungsstarken Pressorstrahl einsetzen kann, ist das bei so einer Klassifikation wie FSOJ vielleicht die einzige Möglichkeit«, erwiderte Conway nachdenklich.

»Trotzdem, meine Sympathie für die blinden Aliens hat merklich nachgelassen«, fuhr Murchison fort. »Der Gang hier sieht schon mehr nach einer Folterkammer als nach einem Käfig aus.«

Conway hatte bereits den gleichen Eindruck gehabt, und auch dem Captain mußte, seinem erschütterten und bestürzten Gesichtsausdruck nach zu urteilen, dieser Gedanke durch den Kopf gegangen sein. Sie alle hatten gelernt und waren überzeugt, daß es so etwas wie eine von Grund auf böse und feindselige intelligente Spezies überhaupt nicht gab. Schon die bloße Andeutung, etwas Derartiges für möglich zu halten, würde zur Entlassung aus dem Monitorkorps oder dem größten Hospital der Föderation mit vielfältigen Umweltbedingungen führen. Extraterrestrier waren anders, manchmal sogar vollkommen und auf direkt unheimliche Weise anders. Im Anfangsstadium eines Kontakts war bis zum vollen Verständnis der physiologischen, psychologischen und kulturellen Zusammenhänge ein großes Maß an Vorsicht erforderlich. Doch so etwas wie eine böse Spezies gab es nicht. Vielleicht böse und asoziale Individuen, doch niemals eine böse Spezies als Ganzes.

Jede Spezies, die sich bis zu dem Punkt sozialer und technologischer Zusammenarbeit entwickelt hatte, daß ihr interstellare Raumreisen möglich waren, mußte zivilisiert sein. Das war die feste und ernsthafte Überzeugung der fortschrittlichsten, auf den Körpern von ungefähr sechzig verschiedenen Lebensformen sitzenden Köpfen der Föderation. Conway war zwar nie im Leben auch nur im geringsten fremdenfeindlich eingestellt gewesen, aber er war auch nicht völlig davon überzeugt, daß es nicht doch irgendwo die berühmte Ausnahme gab, die die Regel bestätigte.

»Ich kehre jetzt mit den Proben wieder auf die *Rhabwar* zurück«, sagte Murchison in sehr ernstem Ton. »Vielleicht gelingt es mir, ein paar Antworten zu finden — obwohl die eigentliche Schwierigkeit offenbar im Finden der richtigen Frage besteht.«

Fletcher lag erneut mit einer Hand im Bereich der Schalter ausgestreckt auf dem Boden. »Ich muß dieses ... was auch immer das ist, ausschalten. Aber ich weiß leider die genaue Position meiner Hand beim Anschalten nicht mehr oder ob ich gleichzeitig noch was anderes angeschaltet hab«, sagte er und betätigte den Schalter für den Anzugfunk. »Haslam, Chen. Würden Sie bitte die räumliche Ausdehnung der Geräusche und Vibrationen erfassen und nach Anzeichen für weitere unübliche mechanische Vorgänge im Schiff suchen?« An Conway gewandt fuhr er fort: »Doktor, würden Sie mir einen Gefallen tun, während ich den richtigen Schalter suche? Bearbeiten Sie mit meinem Schneidbrenner die Korridorwand genau in der Mitte zwischen der L-förmigen Verstärkung und der Luftschleuse ...«

Er brach ab, als sie plötzlich in absolute Dunkelheit getaucht waren, die das Dröhnen und metallische Kreischen zu solchem Ausmaß verstärkte, daß Conway schon beinahe panisch nach dem Schalter für den Helmscheinwerfer tastete. Doch bevor er ihn noch gefunden hatte, ging schon wieder die Schiffsbeleuchtung an.

»... der Schalter war es offensichtlich nicht«, sagte Fletcher. »Der Grund, warum Sie das tun sollen, Doktor, ist die Suche nach einem einfacheren Weg zu den Überlebenden als der durch den Korridor. Sie werden wahrscheinlich schon bemerkt haben, daß der Großteil der Kabelstränge von den Steuerpulten nach innen zum Bereich der Energiegeneratoren des Schiffs führen, und nur sehr wenige nach außen zum Rand verlaufen. Daraus schließe ich, daß der ganze Bereich außerhalb des Käfiggangs und der Kommandozentrale aus den Lager- oder Frachtabschnitten besteht, die sich eigentlich, wenn die blinden Aliens bei ihren Raumschiffen der elementaren Konstruktionsphilosophie folgen, aus großen Räumen zusammensetzen müßten, die durch simple Türen und nicht durch unter Druck stehende Schotts und Luftschleusen miteinander verbunden sind. Wenn das so ist — und die Sensoranzeigen scheinen das zu bestätigen —, dann müßten wir zur Überbrückung der Steuerpulte nur ein bißchen Ladung oder ein paar Vorräte beiseite räumen und könnten ziemlich schnell zu den Überlebenden vordringen. Außerdem würden wir dem Risiko einer Durchquerung dieses Gangs ausweichen und bräuchten uns auch keine Sorgen zu machen, beim Aufschweißen der Oberseite aus Versehen das Schiff zu dekomprimieren ...«

Noch bevor Fletcher seine Ausführungen beendet hatte, schnitt Conway schon ein schmales, hochkant stehendes Rechteck in die Wandverkleidung. Diese Form ermöglichte es ihm, gleichzeitig mit dem Helmscheinwerfer durch die Öffnung zu leuchten und in den dahinterliegenden Raum zu blicken. Doch als er die Wand aufgeschweißt hatte, war nichts zu sehen als eine schwarze, pulverige Substanz, die aus der Öffnung herausrieselte und als schwerelose Wolke im Raum schwebte, bis die Bewegung der Schneidbrennerflamme sie zu kleinen, dreidimensionalen Strudeln zerstäubte.

Er schob vorsichtig die Hände in das Loch, wobei er durch die dünnen Anzughandschuhe die immer noch heißen Ränder spürte, und holte zur näheren Untersuchung eine kleine Handvoll der Substanz heraus. Dann begab er sich zu einem anderen Abschnitt der Wand und versuchte es noch einmal. Und noch einmal.

Fletcher beobachtete ihn zwar dabei, sagte aber nichts, denn der Captain konzentrierte sich wiederum voll und ganz auf die Fingerspitzen. Conway machte sich jetzt an der gegenüberliegenden Korridorwand an die Arbeit und reduzierte zur Erhöhung der Geschwindigkeit die Größe der Versuchslöcher. Als er vier weit auseinanderliegende faustgroße Öffnungen geschweißt hatte, ohne auf etwas anderes als die pulverige Substanz zu stoßen, funkte er Murchison an.

»Wir finden hier große Mengen eines groben schwarzen Pulvers, dessen schwacher Geruch auf eine organische oder wenigstens zum Teil organische Zusammensetzung schließen läßt«, berichtete er ihr. »Es könnte sich um eine Nährbodenart handeln. Paßt das zum physiologischen Profil der Besatzung?«

»Und ob das paßt«, bestätigte Murchison prompt. »Von meiner Voruntersuchung der beiden kleinen Leichen her würde ich sagen, daß die Schiffsatmosphäre überhaupt nur für die größere FSOJ-Lebensform gedacht ist. Die blinden Aliens besitzen nämlich an sich gar keine Lungen, sondern sind sogenannte Wühler, die die organischen Bestandteile ihrer Erde und jede zufällig vorhandene Pflanze oder tierisches Gewebe umwandeln. Sie nehmen den Boden durch die große, vorn liegende Mundöffnung auf. Die größere Oberlippe kann jedoch zum Verschließen des Munds bei einem eventuell erforderlichen Graben ohne Nahrungsaufnahme über die Unterlippe geschoben werden. Die Glieder oder, genauer gesagt, die beweglichen Ballen zur Fortbewegung an der Unterseite des Körpers sind verkümmert. Dagegen sind die Fühler an der Körperoberseite überempfindlich. Demnach ist die Zivilisation dieser Wesen wahrscheinlich so weit entwickelt, daß sie in künstlich gebauten Tunnelsystemen mit leicht zugänglichen Nahrungsvorräten leben, nach denen sie also nicht erst graben müssen. Die von dir beschriebene Substanz könnte besonders locker verstauter Nährboden sein, der gleichzeitig zur körperlichen Bewegung und zur Nahrungsversorgung des Schiffs dient.«

»Aha«, antwortete Conway.

Also ein blinder, grabender Wurm, der es irgendwie geschafft hat, nach den Sternen zu greifen, dachte er. Doch die folgenden Ausführungen von Murchison erinnerten ihn daran, daß die blinden Aliens nicht nur große und ruhmreiche, sondern auch scheinbar unbedeutende und grausame Taten vollbringen konnten.

»Und was die Überlebenden betrifft«, fuhr sie fort, »Sollte sich das FSOJ-Versuchstier, oder was es auch immer ist, zu nah beim überlebenden Besatzungsmitglied befinden, so daß wir ohne Gefahr für uns selbst oder den blinden Alien nicht beide retten können, dann würde eine starke Reduzierung des atmosphärischen Drucks den FSOJ außer Gefecht setzen oder, noch wahrscheinlicher, sogar töten. Der Druck muß dann allerdings langsam und gleichmäßig reduziert werden, um Dekompressionsschäden am Zellgewebe des blinden Aliens zu vermeiden.«

»Das wäre das letzte, was wir versuchen würden«, entgegnete Conway fest. Für Erstkontaktsituationen wie diese gab es äußerst strenge Regeln. Schließlich konnte man sich nie absolut sicher sein, ob ein scheinbar unvernünftiges und wildes Tier auch wirklich ein zu keiner Empfindung fähiges Geschöpf war.

»Ich weiß, ich weiß«, erwiderte Murchison. »Es interessiert dich bestimmt auch, daß sich der FSOJ in einem fortgeschrittenen Schwangerschaftsstadium befunden hat. Und das ist eine Zeit, in der die meisten Lebensformen, ganz unabhängig von ihrem Intelligenzgrad, schon bei der Annahme, ihr Ungeborenes könnte bedroht sein, übermäßig besorgt, emotional und aggressiv reagieren. Das ist vielleicht auch der Grund für den Ausbruch des FSOJs aus dem Käfig. Außerdem hätte ihn der blinde Alien gar nicht mit dem Horn töten können, wenn die Unterseite des FSOJ-Körpers nicht schon zur Vorbereitung auf die kurz bevorstehende Geburt stellenweise geschwächt gewesen wäre ...«

»Wenn man an den Zustand der weiblichen FSOJ denkt«, unterbrach Conway sie, »und an die ganzen Schläge und Stöße, die sie in ...«

»Ich hab nichts von einem Weibchen gesagt, obwohl das gut sein könnte«, unterbrach ihn Murchison. »Diese Lebensform ist in vieler Hinsicht viel interessanter als die blinden Aliens.«

»Spar dir deine geistige Energie lieber für die mit *Sicherheit* intelligenten Wesen auf«, raunzte Conway sie an. Einen Augenblick lang herrschte ein nur vom Hintergrundrauschen des Anzugfunks unterbrochenes Schweigen, dann bat er entschuldigend: »Beachte mich bitte einfach gar nicht, ich hab furchtbare Kopfschmerzen.«

»Ich auch«, sagte der auf dem Boden liegende Captain. »Meiner Vermutung nach kommt das vom Lärm und den Auswirkungen der Unterschallvibrationen von diesen ganzen laufenden Mechanismen hier. Wenn er nur halb so schlimme Kopfschmerzen hat wie ich, dann können Sie ihm getrost verzeihen, Murchison. Und falls Sie für unsere Rückkehr zum Schiff irgendein wirksames Medikament bereithalten könnten, wäre ich Ihnen sehr ...«

»Dann sind wir schon drei«, erwiderte Murchison. »Mein Kopf tut mir nämlich schon seit meiner Rückkehr weh, und ich war dem Lärm und den Vibrationen nur ein paar Minuten lang ausgesetzt. Außerdem hab ich eine schlechte Nachricht — gegen diese Kopfschmerzen hilft kein Medikament.«

Als sie den Funkkontakt unterbrach, sagte Fletcher beunruhigt: »Ist das nicht merkwürdig, daß drei Leute, die alle die Luft in diesem Schiff eingeatmet haben, an Kopfschmerzen ...«

»Im Orbit Hospital gibt es die Redensart, daß psychosomatische Schmerzen ansteckend und unheilbar sind«, unterbrach ihn Conway. »Murchison hat schließlich mit dem Analysator die Schiffsatmosphäre auf giftige Substanzen überprüft. Und alle darin enthaltenen Alienbazillen sind an uns überhaupt nicht interessiert. Diese Kopfschmerzen könnten das Ergebnis von Besorgnis, Anspannung oder einem Zusammenspiel verschiedener psychologischer Faktoren sein. Aber da wir sie alle drei gleichzeitig bekommen und uns alle eine gewisse Zeit auf diesem Schiff aufgehalten haben, sind die Kopfschmerzen wahrscheinlich durch äußere Einflüsse verursacht worden, höchstwahrscheinlich durch den Lärm und die Vibrationen aus dem Korridor. Dann hatten sie vorhin natürlich recht. Tut mir leid, daß ich das alles überhaupt erwähnt hab.«

»Wenn Sie das nicht getan hätten, dann ganz bestimmt ich«, antwortete Fletcher. »Diese Kopfschmerzen sind ziemlich unangenehm und beeinträchtigen meine Konzentrationsfähigkeit auf diese ...«

Diesmal kam die Unterbrechung außen vom Rumpf.

»Hier Haslam, Sir. Chen und ich haben die Erfassung der Ausdehnung der Geräusche und Vibrationen abgeschlossen. Dabei handelt es sich um einen schmalen, vielleicht zwei Meter breiten Streifen, der sich mit dem von Ihnen sogenannten Käfiggang deckt. Dieser Gang bildet einen offenen Kreis mit konstantem Radius, der von dem Bogen mit den Steuerpulten geschlossen wird. Aber das ist noch nicht alles, Sir. Der Gang führt nämlich auch zum Aufenthaltsort der beiden Überlebenden.«

Fletcher blickte Conway an und sagte mit bewegter Stimme:

»Wenn ich doch bloß diese mechanische Folterkammer — oder was das sonst auch immer sein mag — wieder abschalten könnte, dann wären wir vielleicht in der Lage, uns durch den Gang zu den Überlebenden zu zwängen … ach, nein. Wenn diese Kolben und Stangen wieder losgehen, während sich jemand im Gang befindet, dann würde der ja zu Tode gestampft werden.« Zu Haslam sagte er: »Na schön. Haben Sie sonst noch etwas zu berichten?«

»Na ja, Sir«, antwortete Haslam zögernd. »Wahrscheinlich hat das nichts zu besagen, aber wir haben ebenfalls Kopfschmerzen.«

Während Fletcher und Conway über die Kopfschmerzen der beiden Offiziere der *Rhabwar* nachdachten, herrschte ein langes Schweigen. Chen und Haslam waren die ganze Zeit über außerhalb des Schiffs geblieben, hatten die Außenhaut nur selten berührt und auch dann bloß mit den magnetischen Stiefeln und Handschuhen. Und die besaßen ein dickes, weiches und isolierendes Futter, das mechanische Schwingungen absorbierte. Außerdem pflanzt sich in einem Vakuum kein Schall fort. Conway fiel keine einzige Erklärung für die Kopfschmerzen der beiden Männer ein, aber der Captain war erfolgreicher.

»Dodds«, wandte sich Fletcher plötzlich an den auf der *Rhabwar* zurückgelassenen Offizier. »Führen Sie noch einmal eine Sensorüberprüfung der vom Schiff ausgehenden Strahlung durch. Vielleicht existiert sie erst, seitdem ich die Knöpfe gedrückt hab. Suchen Sie auch nach möglicherweise schädlicher Strahlung vom nahen Sternhaufen.«

Conway nickte anerkennend, was Fletcher allerdings nicht bemerkte. Selbst flach auf dem Rücken liegend, mit hämmernden Kopfschmerzen, die das Denken fast unmöglich machten, und mit einem Arm, der unsichtbar in einem völlig unbekannten Steuerpult steckte und durch eine unbedachte Berührung alles vom Ausschalten des Lichts bis zu einem außerplanmäßigen Sprung in den Hyperraum auslösen konnte, leistete der Captain ausgezeichnete Arbeit. Aber laut Dodds zeigten die Meßwerte der Sensoren keine Spur von schädlicher

Strahlung, weder von dem Alienschiff noch von dem Sternhaufen ausgehend. Conway und Fletcher dachten immer noch über diese Tatsache nach, als das Schweigen durch die schüchterne Stimme Priliclas unterbrochen wurde.

»Freund Conway«, meldete sich der Empath, »ich hab mit dieser Mitteilung gewartet, bis ich mir meiner Empfindungen absolut sicher war, aber jetzt kann es keinen Zweifel mehr geben. Der Zustand beider Überlebender verbessert sich zusehends.«

»Danke, Prilicla«, erwiderte Conway. »Das verschafft uns mehr Zeit, über eine Rettungsmöglichkeit nachzudenken.« An Fletcher gewandt fügte er hinzu: »Aber warum diese plötzliche Besserung?«

Der Captain blickte in den Käfiggang und auf die wild stampfenden und fuchtelnden Metallwucherungen und antwortete: »Könnte das irgend etwas damit zu tun haben?«

»Keine Ahnung«, entgegnete Conway, wobei er wegen der gestiegenen Chancen für eine erfolgreiche Rettung erleichtert lächelte. »Aber allein dieses Geräusch kann sicherlich sogar Tote wieder zum Leben erwekken.«

Fletcher sah ihn mißbilligend an, da er ganz offensichtlich außerstande war, sowohl an der Bemerkung als auch an den Umständen irgend etwas komisch zu finden. Äußerst ernsthaft entgegnete er: »Ich hab sämtliche erreichbare flache Kippschalter zweimal überprüft. Diese Schalterform ist die einzige, die sich für die kurzen Fühler der blinden Aliens eignet, denn als Greiforgan können die Fühler nicht genügend Druck und Hebelkraft ausüben. Aber ich hab etwas gefunden, das sich wie ein mehrere Zentimeter langer Hebel mit einem auf der Spitze stehenden Kegel als Griff anfühlt. Der Kegel ist hohl, wahrscheinlich paßt die Stachel- oder Hornspitze der blinden Aliens genau hinein. Der Hebel steht im Fünfundvierzig-Grad-Winkel zum Befestigungspunkt — das ist der obere Anschlag. Ich bin fest entschlossen, ihn nach unten zu legen.

Vorher sollten wir aber lieber die Helme schließen, falls etwas Unheilvolles passiert«, fügte Fletcher noch hinzu. Dann klappte er das Helmvisier herunter und zog den vorhin zum Tasten abgestreiften Handschuh wieder an. Dann griff er ohne zu zögern in die Öffnung. Offenbar wußte er genau, wohin er mit der Hand greifen mußte.

Urplötzlich erstarb im Käfiggang jegliche mechanische Tätigkeit. Es herrschte so vollkommene Stille, daß Conway schon beim Geräusch eines an der Außenhülle schabenden Fußmagneten zusammenfuhr. Als Fletcher wieder aufstand und das Visier öffnete, lächelte er.

»Die Überlebenden befinden sich am anderen Ende dieses Gangs, Doktor«, berichtete er und fügte noch hinzu: »Falls wir bis dorthin kommen können.«

Doch es stellte sich als vollkommen unmöglich heraus, sich durch das Dickicht aus vorspringenden Metallstangen und -stäben hindurchzuwinden. Selbst als es der Captain ohne Raumanzug versuchte, bestand der einzige Erfolg in einer Unmenge Schnittwunden und Hautabschürfungen. Enttäuscht zog Fletcher wieder den Anzug an und ging mit dem Schneidbrenner gegen die Metallstäbe vor. Aber das Metall war äußerst widerstandsfähig, und bei jeder einzelnen Metallstange waren zum Abtrennen mehrere Sekunden höchster Brennerleistung erforderlich. Es seien so viele Stangen, daß er sich wie beim Jäten eines Metallgartens vorkäme, bemerkte Fletcher verärgert, wobei er immer einen ›Stengel‹ nach dem anderen entfernte. Er hatte noch nicht einmal zwei Meter des Käfiggangs freigelegt, als sie wegen der großen Hitzeentwicklung zum Rückzug zur Luftschleuse gezwungen waren.

»Das bringt nichts«, stellte Fletcher fest. »Wir können uns zwar bis zu den Überlebenden durchschweißen, aber nur in kurzen Etappen, zwischen denen wir zur

Ableitung der überschüssigen Hitze durch die Schiffskonstruktion und die anschließende Abstrahlung ins All lange Pausen einlegen müssen. Außerdem besteht die Gefahr, daß durch die Hitze möglicherweise die Isolierungen einiger Energiesteuerungsschaltkreise schmelzen, und das hätte unabsehbare Folgen.«

Er schlug mit der Faust so heftig gegen die Wand neben sich, daß es fast einem Wutausbruch gleichkam, und fuhr fort: »Den Nährboden aus den Lagerräumen zu schaffen wäre ebenfalls eine langwierige Arbeit, da man die Erde eimerweise von den Lagerräumen in den Gang, zur Schleuse und nach draußen bringen müßte. Und wir haben noch nicht einmal eine Vorstellung davon, welche Konstruktionsprobleme danach in den Lagerräumen entstehen. Ich glaube langsam, die einzige Möglichkeit ist das Hineinschweißen von außen. Aber da tauchen dann natürlich wieder neue Schwierigkeiten auf ...«

Beim Schweißen durch den Doppelrumpf des Schiffs zu den Überlebenden würde nämlich ebenfalls eine Menge Hitze entstehen, besonders im Innern der transportablen Luftschleuse, die sie zur Verhütung eines versehentlich ausgelösten Druckverlusts im Schiff einsetzen müßten. Auch bei dieser Vorgehensweise müßten wiederum lange Pausen zum Abzug der Hitze eingelegt werden, obwohl die Abkühlungsphase kürzer sein würde, da man ja bereits auf der Außenhaut wäre. Es gab aber außerdem das Problem des Zerschneidens der mechanischen Gestänge zwischen den in den Gang ragenden Stangen und Kolben. Denn dadurch würde im Schiff selbst große Hitze entstehen, die auf die Überlebenden nachteilige Auswirkungen haben könnte. Der einzige Vorteil dieser Vorgehensweise bestand in der Vermeidung des Risikos, von den Metallstangen zu Tode gestampft zu werden, wenn sich das System durch die Schweißarbeiten von selbst anschaltete ...

»... und übrigens, Doktor«, fügte Fletcher hinzu, wobei er seinen Vortragston abgelegt hatte, »meine Kopfschmerzen lassen langsam nach.«

Conway teilte ihm gerade mit, daß auch seine Kopfschmerzen allmählich verschwinden würden, als Prilicla das Gespräch unterbrach. »Freund Fletcher«, sagte er, »ich hab die emotionale Ausstrahlung der Überlebenden beobachtet, seit Sie den Mechanismus im Käfiggang abgeschaltet haben. Der Zustand der Überlebenden hat sich seitdem wieder ständig verschlechtert, und jetzt befinden sie sich in ähnlicher Verfassung wie bei unserer Ankunft, vielleicht hat sich ihr Zustand sogar noch mehr verschlechtert. Wir könnten sie leicht verlieren.«

»Das … das ergibt doch keinen Sinn!« fluchte Fletcher und blickte Conway ratlos an.

Conway konnte sich lebhaft vorstellen, wie sehr Prilicla wegen Fletchers Wutausbruch und der damit einhergehenden emotionalen Ausstrahlung in seinem Raumanzug jetzt zittern mußte. Er konnte sich allerdings kaum einen Begriff von der Überwindung machen, die es den kleinen Empathen gekostet haben mußte, so zu sprechen, wie er es getan hatte, da Prilicla bei einer Meinungsverschiedenheit mit einem anderen Lebewesen intensive Schmerzen empfand. »Vielleicht nicht«, sagte er deshalb schnell zu Fletcher, »aber es gibt eine Möglichkeit, das herauszufinden.«

Fletcher musterte ihn zwar mit bösem und verdutztem Blick, ging aber doch zur Öffnung vor dem Steuerpult. Schon ein paar Sekunden später setzten die Geräusche und die mechanische Tätigkeit im Käfiggang wieder ein — ebenso Conways Kopfschmerzen.

»Der Zustand der Überlebenden bessert sich wieder«, berichtete Prilicla.

»Wie weit hatten die sich denn das letztemal erholt?« fragte Conway besorgt. »Können Sie anhand der emotionalen Ausstrahlungen sagen, ob der eine Alien gerade den anderen angreifen wollte?«

»Beide Überlebende waren ein paar Minuten lang bei vollem Bewußtsein«, antwortete Prilicla. »Die Ausstrahlungen waren so stark, daß ich die Unklarheit über ihren Aufenthaltsort beseitigen konnte. Sie sind nicht mehr als zwei Meter voneinander entfernt, und keiner von beiden plant einen Angriff oder hat einen Angriff geplant.«

»Wollen Sie damit sagen, ein blinder Alien und ein FSOJ bei vollem Bewußtsein liegen so nahe beieinander, ohne daß das Tier an einen Angriff denkt?« fragte Fletcher in verblüfftem Ton.

»Vielleicht hat der blinde Alien einen Spind oder etwas Ähnliches zum Verstecken gefunden«, schlug Conway als Erklärung vor. »Und für den FSOJ bedeutet das in diesem Fall, ›aus den Augen, aus dem Sinn‹.«

»Entschuldigen Sie«, schaltete sich Prilicla erneut ein. »Ich kann auf keinen Fall mit absoluter Sicherheit sagen, ob die beiden Wesen verschiedenen Spezies angehören. Lediglich die Art der emotionalen Ausstrahlung deutet klar darauf hin. Der eine Alien strahlt Wut, Schmerzen und nur wenig andere Gefühle aus, während die Emotionen des zweiten Alien die Vielschichtigkeit eines vernunftbegabten Verstands aufweisen. Vielleicht würde Ihnen ja helfen, wenn sie die Möglichkeit in Betracht ziehen, daß es sich bei beiden um blinde Aliens handelt, von denen der eine einen schweren Gehirnschaden davongetragen hat, der das von mir wahrgenommene wilde, geistlose Emotionsmuster verursacht.«

»Eine nette Theorie, Doktor Prilicla«, entgegnete Fletcher. Plötzlich zuckte er zusammen und fuhr mit den Händen instinktiv zum Kopf, wurde aber durch den Helm abrupt daran gehindert. »Damit erklären Sie zwar die unmittelbare gegenseitige Nähe der Aliens, aber nicht die Beeinflussung ihres Zustands durch den Mechanismus im Käfiggang. Es sei denn, ich hab auf irgendeine Weise die Steuerungssysteme beschädigt und aus Versehen eine Verbindung zwischen dem Kontrollhebel für den Korridor und irgendeinem wichtigen Lebenserhaltungssystem hergestellt — vielleicht mit einem medizinischen Behandlungsgerät oder einem ... ach, ich bin vollkommen durcheinander!«

»Wir sind alle durcheinander, mein Freund«, erwiderte der Empath. »Daran besteht bei der allgemeinen emotionalen Ausstrahlung doch überhaupt kein Zweifel.«

»Lassen Sie uns an Bord der *Rhabwar* zurückkehren«, schlug Conway auf einmal vor. »Ich brauche ein bißchen Ruhe zum Nachdenken.«

Kurz darauf verließen sie das Schiff der blinden Aliens. Sie hatten Chen als Wache zurückgelassen und ihm eingebläut, Abstand zu halten und den Schiffsrumpf unter gar keinen Umständen zu berühren. Auch Prilicla kehrte mit ihnen zurück, da er nach eigener Aussage die Emotionen der Überlebenden wegen deren starken Ausstrahlung auch aus der Entfernung überwachen konnte. Der Grund dafür war der fortwährende Betrieb des Mechanismus im Käfiggang und die zunehmende Besserung des Gesundheitszustands der beiden Aliens.

Sie gingen durch die Schleuse des Unfalldecks an Bord und begaben sich direkt ins Labor, wo sie eine blutbespritzte Murchison und zahlreiche, über die Seziertische verstreute Leichenteile der FSOJs und des blinden Aliens vorfanden. Als Conway den Captain darum bat, den Grundriß des Alienschiffs mit den neuesten Daten und Informationen darzustellen, gesellte sich auch Naydrad zur Gruppe. Fletcher sah man die Erleichterung an, etwas zu tun zu haben, da er offensichtlich nicht das enge berufliche Interesse der anderen an den extraterrestrischen rohen Fleischstücken teilte, die über das ganze Labor verstreut waren.

Als der Grundriß auf dem Bildschirm des Labors erschien, bat Conway den Captain, ihn bei eventuellen

Fehlern zu korrigieren, und gab dann einen Überblick über das vor ihnen stehende Problem.

Wie die meisten größeren Probleme setzte sich auch dieses aus vielen kleineren zusammen, von denen einige durchaus zu lösen waren. Da war zuerst einmal das Schiff der blinden Aliens, das nach vorläufiger technischer Untersuchung von der Konstruktion her einwandfrei war und noch über sämtliche Energiereserven verfügte. Seine Form glich einer zum Rand hin dünner werdenden Scheibe. In der Mitte dieser Scheibe befand sich ein Kreis, der ungefähr ein Drittel des Schiffsradius' einnahm und die Aggregate zur Energieerzeugung und damit in Verbindung stehende Geräte und Ausrüstungsgegenstände enthielt. Um diesen Bereich herum verlief ein kreisförmiger Gang, der mit der Luftschleuse durch einen kurzen, geraden Korridor verbunden war und in der Draufsicht wie eine Sichel mit einer runder Klinge aussah, deren Spitze beinahe an den Griff stieß. In dem kurzen Stück zwischen der Klingenspitze und dem Ende des Griffs befanden sich die Steuerpulte der blinden Aliens.

Hinter der Außenseite des kreisförmigen Gangs waren die zur Lebenserhaltung notwendigen Güter sowohl für die Besatzung als auch für deren Gefangene gelagert. Da der Schiffsumfang von den Proportionen her der FSOJ-Lebensform angepaßt war, konnte man von einem speziell für den Transport dieser Lebewesen gebauten Schiff ausgehen. Daran ließen auch die Beleuchtung, die Atmosphäre und der Futterspender für die FSOJs keinen Zweifel.

Conway hielt kurz inne und musterte Fletcher und die anderen. Aber niemand widersprach. »Mir machen nur noch die sich schnell bewegenden Stangen und Kolben Kopfzerbrechen, besonders die mit den spitzen und keulenartigen Enden, weil ich mich einfach nicht mit dem Gedanken anfreunden kann, daß die FSOJs einzig und allein zum Foltern da sind«, fuhr er fort.

»Mir gefällt der Gedanke einer Dressur oder vielleicht einer Domestizierung für einen ganz bestimmten Zweck viel besser. Niemand konstruiert für eine nichtintelligente Lebensform extra ein interstellares Schiff, es sei denn, diese Lebewesen sind für die Erbauer des Schiffs außerordentlich wertvoll.

Deshalb müssen wir uns fragen: Was haben die FSOJs, was die blinden Aliens nicht haben? Was brauchen die Aliens am dringendsten?«

Alle starrten schweigend den FSOJ-Leichnam an. Plötzlich blickte Murchison zu Conway auf, aber Fletcher kam ihr zuvor.

»Die Augen?«

»Genau«, bestätigte Conway und fuhr fort: »Ich will natürlich nicht behaupten, die FSOJs wären sozusagen die Blindenhunde der Aliens. Aber wenn ihr Hang zur Gewalt erst einmal gebändigt ist, halte ich eine symbiotische oder parasitäre Verbindung für möglich, indem sich der blinde Alien durch die Stoppeln oder Fühler an der Unterseite mit dem zentralen Nervensystem des FSOJ und besonders mit dessen Sehnerven verbindet, um auf diese Weise ...«

»Das ist unmöglich«, unterbrach ihn Murchison in bestimmtem Ton.

Prilicla zitterte wegen der von Conway ausgestrahlten Gefühle des Ärgers und der Enttäuschung. Das vorherrschende Gefühl war allerdings die Enttäuschung, weil Conway wußte, daß Murchison niemals so geradeheraus gesprochen hätte, wenn sie sich ihrer Sache nicht absolut sicher gewesen wäre.

»Dann vielleicht durch einen chirurgischen Eingriff und ein Dressurprogramm ...«, schlug Conway hoffnungsvoll vor, aber Murchison schüttelte nur den Kopf.

»Tut mir leid«, entgegnete sie. »Wir haben inzwischen über beide Lebensformen Informationen genug, um eine symbiotische oder parasitäre Verbindung mit Sicherheit ausschließen zu können. Die blinden Aliens, die ich vorläufig als CPSD klassifiziert hab, sind Allesfresser und haben zwei Geschlechter. Einer der Leichname ist männlich, und der andere weiblich. Die einzige natürliche Waffe dieser Lebensform ist der Stachel, aber die damit verbundene Giftdrüse ist schon seit langem verkümmert. Ich hab an den knöchernen Spitzen beider Stachel Kratzer gefunden, wonach sie inzwischen also als Greiforgane eingesetzt werden. Diese Wesen sind hochintelligent und trotz körperlicher und sensorischer Handikaps technologisch weit fortgeschritten — letzteres ist uns ja bereits bekannt.

Die Aliens scheinen zwar einzig und allein über den Tastsinn zu verfügen, aber nach dem Spezialisierungsgrad der Fühler auf der Körperoberseite zu urteilen, ist dieser außerordentlich empfindlich«, fuhr sie fort. »Möglicherweise *erfühlen* diese Fühler Erschütterungen in festen oder gasförmigen Medien oder *erfühlen* den Geschmack von Stoffen, mit denen sie in Berührung kommen. Vielleicht können sie durch die Verfeinerung dieser Geschmacksfühler außer fühlen, hören und in gewisser Weise schmecken, auch durch Berührung riechen. Aber die Aliens können auf jeden Fall nicht sehen und hätten wahrscheinlich Schwierigkeiten mit dem Verständnis des Begriffs ›Sehen‹. Deshalb würden sie auch einen Sehnervenstrang beim Berühren nicht als solchen erkennen.«

Murchison deutete auf den geöffneten Körper des FSOJs und erklärte: »Aber das ist nicht der hauptsächliche Grund für die Unmöglichkeit einer Symbiose. Normalerweise muß sich nämlich ein intelligenter Parasit oder Symbiont nahe dem Gehirn plazieren oder an einer Stelle, wo die Hauptnervenstränge leicht zugänglich sind. Bei uns Terrestriern wäre das entweder im Nacken oder oben auf dem Kopf. Doch das Gehirn dieser Aliens sitzt nicht im Schädel, sondern befindet sich zusammen mit den anderen lebenswichtigen Organen tief im Körper, und zwar an einer ziemlich ungünstigen

Stelle. Es liegt nämlich direkt unter der Gebärmutter und umgibt den Anfang des Geburtskanals. Deshalb wird das Gehirn während des Wachstums des Embryos zusammengedrückt und kann bei einer schwierigen Geburt sogar zerstört werden. Der Nachwuchs kommt kämpfend zur Welt und verfügt über einen bis zum jagdfähigen Alter ausreichenden Nahrungsvorrat.

Beim zwittrigen FSOJ hingegen bleiben die Jungen in der Gebärmutter, bis sie relativ groß und vollständig fürs Überleben ausgerüstet sind«, fügte sie noch hinzu. »Das Überleben ist in seinem Lebensraum bestimmt nicht einfach, und die blinden Aliens hätten eine viel geeignetere Lebensform als Symbionten finden können, wenn es ihnen darum gegangen wäre.«

Conway rieb sich den schmerzenden Kopf und dachte daran, daß schwierige Fälle normalerweise nicht solch eine Wirkung auf ihn hatten. Hin und wieder hatte er schon mal wegen eines Patienten eine schlaflose Nacht verbracht oder sich beunruhigt oder sogar ernsthaft besorgt und angespannt gefühlt, wenn die Zeit für eine äußerst wichtige Entscheidung heranrückte — aber Kopfschmerzen hatte er davon bisher noch nie bekommen. Wurde er langsam alt? Aber nein, diese Erklärung war viel zu einfach. Schließlich hatten sie an Bord des Alienschiffs alle Kopfschmerzen gehabt.

»Irgendwie müssen wir uns zu den Überlebenden durchschlagen«, sagte er entschlossen. »Und zwar bald. Aber es wäre dumm und geradezu kriminell, das Leben eines vernunftbegabten Wesens durch Zeitvergeudung mit einem Versuchstier zu gefährden, selbst dann, wenn es sich um ein von der Schiffsbesatzung für so wertvoll gehaltenes Tier wie den FSOJ handelt. Also, wenn wir alle einer Meinung sind und den FSOJ für ein nichtintelligentes Lebewesen halten ...«

»... lassen wir den Druck aus dem Schiff heraus, warten, bis uns Prilicla den Tod des FSOJ meldet und schweißen uns so schnell wie möglich durch den

Rumpf zu dem überlebenden Alien hindurch«, beendete Fletcher den Satz für Conway und fügte dann hinzu: »Verdammt, ich hab schon wieder Kopfschmerzen.«

»Ich hätte einen Vorschlag, Freund Fletcher«, meldete sich Prilicla zaghaft zu Wort. »Der blinde Alien ist klein und könnte den Käfiggang wahrscheinlich passieren, ohne durch die FSOJ-Dressurmechanismen behelligt zu werden. Die Intensität der emotionalen Ausstrahlung beider Wesen hat mittlerweile bis zu dem Punkt zugenommen, an dem ich sie als völlig genesen bezeichnen möchte. Einer der beiden strahlt unmäßigen und unkontrollierten Zorn aus, während der andere in zunehmende Frustration verfällt und sich verzweifelt bemüht, irgend etwas zu unternehmen. Ich leide übrigens ebenfalls an Beschwerden im Schädelbereich, Freund Conway.«

Schon wieder diese ansteckenden Kopfschmerzen! dachte Conway. *Das kann einfach kein Zufall ...*

Plötzlich erinnerte er sich an seine Anfangsjahre im Orbit Hospital. Damals war er noch unerträglich stolz gewesen, dem Personal eines Krankenhauses mit vielfältigen Umweltbedingungen anzugehören, obwohl er zu der Zeit nur wenig mehr als ein medizinischer Laufbursche gewesen war. Doch dann bekam er eines Tages den Auftrag zur Zusammenarbeit mit Dr. Arretapec, einem VUXG, der die Fähigkeiten zur Teleportation, Telekinese und Telepathie besaß und für ein Projekt, bei dem es um die Entwicklung von Intelligenz bei einer saurierähnlichen Spezies ging, praktische und finanzielle Unterstützung der Föderation erhalten hatte.

Und Arretapec hatte Conway nicht nur in einer Hinsicht Kopfschmerzen bereitet.

Er verfolgte Fletchers Vorkehrungen zur Dekompression des Alienschiffs nur mit einem Ohr. Zunächst wollte man die tragbare Luftschleuse genau über den Überlebenden aufstellen, falls es der blinde Alien nach dem Tod des FSOJ und dem Beginn der langwierigen

Schweißarbeiten durch die Bergungsmannschaft nicht durch den Gang schaffen sollte. Doch der plötzlich skeptische und verärgerte Tonfall in Fletchers Stimme brachte Conways Gedanken schlagartig wieder in die Gegenwart zurück.

»... und *warum* können Sie das nicht?« verlangte Fletcher gerade zu wissen. »Sie beginnen auf der Stelle mit dem Transport der Luftschleuse. Haslam und ich selbst kommen Ihnen auch in ein paar Minuten zu Hilfe. Was ist los mit Ihnen, Chen?«

»Ich fühle mich nicht besonders«, erwiderte Lieutenant Chen von seinem Posten neben dem Alienschiff. »Können Sie mich nicht ablösen lassen, Sir?«

Bevor Fletcher antworten konnte, sagte Conway: »Fragen Sie ihn, ob er immer heftigere Kopfschmerzen hat und eine Art Juckreiz verspürt, der tief in den Ohren zu sitzen scheint. Wenn er das bestätigt, teilen Sie ihm mit, daß die Beschwerden mit zunehmender Entfernung vom Alienschiff nachlassen.«

Ein paar Sekunden später befand sich Chen nach der Bestätigung von Conways Beschreibung der Symptome auf dem Rückweg zur *Rhabwar.* »Was geht hier bloß vor, Doktor?« fragte Fletcher hilflos.

»Damit hätte ich eigentlich rechnen müssen«, antwortete Conway. »Aber es ist lange her, seit ich diese Erfahrung gemacht hab. Außerdem hätte ich mich daran erinnern müssen, daß Wesen, denen durch körperliche Schädigungen oder die Evolution lebenswichtige Sinnesorgane abhanden gekommen sind, diesen Verlust wieder ausgleichen. Ich glaube ... nein, ich weiß, wir spüren gerade Telepathie.«

Fletcher schüttelte bestimmt den Kopf. »Da irren Sie sich, Doktor«, widersprach er. »In der Föderation gibt es zwar ein paar telepathische Spezies, aber die sind mehr an philosophischen als an technischen Dingen interessiert, und deshalb begegnen wir denen auch nicht oft. Und selbst mir ist bekannt, daß ihre Fähigkeit zur telepathischen Kommunikation immer nur auf die eigene Spezies begrenzt ist. Deren organischen Sender und Empfänger sind auf eine ganz bestimmte Frequenz eingestellt, und andere Spezies — selbst telepathische Spezies — können die Mitteilungen nicht empfangen.«

»Das stimmt«, bestätigte Conway. »Im allgemeinen kommunizieren Telepathen nur mit Telepathen. Aber es sind ein paar seltene Fälle dokumentiert, in denen Nichttelepathen die Gedanken eines Telepathen empfangen haben — wenn auch nur ein paar Sekunden oder Minuten lang. Viel häufiger haben diese mit Telepathie experimentierenden Wesen allerdings große Beschwerden gehabt, ohne den geringsten Kontakt herzustellen. Den ET-Neurologen zufolge liegen diese Teilerfolge an den verborgenen telepathischen Fähigkeiten vieler Spezies, die lediglich durch die Entwicklung gewöhnlicher Sinnesorgane verkümmert sind. Und während meines eigenen, äußerst kurzen Erlebnisses, das mir auch nur ein einziges Mal widerfahren ist, hab ich eng mit einem sehr starken Telepathen an demselben Problem zusammengearbeitet. Wir haben die gleichen geistigen Bilder vor Augen gehabt, über dieselben Symptome gesprochen und waren tagelang einer Meinung über den Patienten. Dabei müssen wir eine vorübergehende Brücke geschlagen haben, über die die Gedanken und Gefühle des Telepathen in meinen Kopf gelangen konnten.«

Prilicla zitterte heftig. »Wenn der vernunftbegabte Überlebende telepathischen Kontakt mit uns herzustellen versucht, dann bemüht er sich mit äußerster Anstrengung darum, mein Freund«, sagte er. »Er ist völlig verzweifelt.«

»Das kann ich verstehen, wenn ein FSOJ in seiner Nähe ist, dessen Zustand sich rasch verbessert«, bemerkte Fletcher. »Aber was sollen wir denn tun, Doktor?«

Conway bemühte sich verzweifelt, seinem schmerzenden Kopf eine Antwort abzuringen, bevor den überlebenden Alien das gleiche Schicksal wie seine Besatzungskollegen ereilen würde. »Wenn wir bloß konzentriert an irgendeine Gemeinsamkeit zwischen uns und dem Alien denken könnten«, sagte er. »Wir könnten selbst versuchen, an die blinden Aliens zu denken.« Er wies mit der Hand auf die Seziertische. »Nur haben wir wahrscheinlich nicht genügend Kontrolle über die Gedanken, um sie uns lebendig und als Ganzes vorzustellen. Es ist für den Überlebenden nämlich nicht gerade eine Beruhigung, wenn wir sie uns — und sei es noch so kurz — als sezierte Leichen vorstellen. Am besten, wir betrachten den FSOJ und denken an ihn. Da es sich um ein Nutztier handelt, sollte es den Alien nicht stören, wenn wir den FSOJ in kleine Stückchen zerschnitten sehen, spüren, empfinden oder was auch immer.

Ich möchte, daß Sie sich alle in Gedanken auf den FSOJ konzentrieren«, fuhr er fort und blickte sie der Reihe nach an. »Konzentrieren Sie sich stark, und bemühen Sie sich gleichzeitig, ein Gefühl der Hilfsbereitschaft zu vermitteln. Dabei kann möglicherweise ein wenig körperliches Unbehagen auftreten, was aber auf keinen Fall schädliche Nachwirkungen haben wird. So, denken sie jetzt an den FSOJ, und zwar *angestrengt* . . .!«

Sie starrten schweigend auf den zum Teil zerstückelten FSOJ und dachten an ihn. Prilicla zitterte heftig, und mit dem die Gefühle widerspiegelnden Fell von Naydrad gingen wahrhaft seltsame Dinge vor. Murchisons Gesicht war kreideweiß, die Lippen hatte sie fest zusammengepreßt, Fletcher schwitzte vor Anstrengung.

»Ein wenig körperliches Unbehagen, hat er gesagt«, murmelte der Captain.

»Für einen Arzt kann körperliches Unbehagen alles bedeuten, Captain — vom verstauchten Fuß bis zum

Gebratenwerden in siedendem Öl«, entgegnete Murchison mit nur kurzzeitig geöffneten Zähnen.

»Hört endlich auf zu reden!« fuhr Conway die beiden an. »Konzentriert euch!«

Sein Kopf fühlte sich an, als könne er das schmerzende Gehirn nicht länger fassen, und im Schädel spürte er einen immer heftigeren Juckreiz — eine Empfindung, die er nur einmal vorher in seinem Leben gehabt hatte. Als der Captain gequält aufstöhnte und sich einen Finger aufs Ohr drückte, warf Conway ihm einen kurzen Blick zu. Und auf einmal hatten sie Kontakt. Es war eine schwache, nicht ausgesprochene, aus dem Nichts kommende Mitteilung, die aber trotzdem als leise zu vernehmende Wörter, die sowohl eine Aussage als auch eine Frage formulierten, in ihren Gehirnen vorhanden war.

»Sie denken an meinen Beschützer.«

Jeder blickte den anderen an und fragte sich offensichtlich, ob sie alle die gleichen Worte gehört, gespürt und empfunden hatten. Fletcher stieß den Atem wie einen explosionsartigen Seufzer der Erleichterung aus und fragte: »Ein ... ein *Beschützer?*«

»Mit solchen natürlichen Waffen«, entgegnete Murchison, wobei sie auf die mit Hornspitzen versehenen Tentakel und den Knochenpanzer des FSOJ deutete, »verfügt er für so eine Aufgabe auf jeden Fall über die passende Ausrüstung.«

»Ich verstehe nicht, warum die blinden Aliens Beschützer brauchen, wo sie doch für den Bau von Raumschiffen in technologischer Hinsicht fortgeschritten genug sind«, wunderte sich Naydrad.

»Vielleicht haben sie auf dem Heimatplaneten natürliche Feinde, mit denen sie nicht fertig werden ...«, setzte Fletcher zu einer Erklärung an.

»Später, später«, unterbrach ihn Conway in scharfem Ton und beendete damit den Beginn einer Diskussion, die zwar interessant, aber zeitraubend zu werden versprach. »Wir können das später besprechen, wenn wir mehr Informationen besitzen. Jetzt müssen wir erst einmal zum Alienschiff zurück. Diese Entfernung ist nämlich für den gedanklichen Kontakt mit Nichttelepathen wie uns bestimmt die äußerste Reichweite, und deshalb müssen wir so nah wie möglich an den Alien heran. Und diesmal werden wir ihn retten …«

Mit Ausnahme des Captains blieb das nichtmedizinische Personal an Bord der *Rhabwar.* Denn man hielt Haslam, Chen oder Dodds für keine besondere Hilfe, jedenfalls so lange nicht, bis man sie zum Aufschweißen des Alienschiffs benötigte. Außerdem könnten drei zusätzliche, nicht vollständig über den Stand der Dinge aufgeklärte Gehirne durch konfuse Gedankengänge dem überlebenden Telepathen die Kommunikation mit den anderen nur erschweren. Obwohl diese nach Conways Dafürhalten auch nicht viel weniger verwirrt waren als die Besatzungsmitglieder.

Falls die Telepathie nicht funktionieren sollte, postierte sich Prilicla zur Überwachung der emotionalen Ausstrahlung wiederum nah am Rumpf. Fletcher führte einen Hochleistungsschneidbrenner mit sich, um — wenn nötig — schnellstens den Druck aus dem Alienschiff abzulassen und den vermeintlichen Beschützer zu töten, und Naydrad bezog mit der Drucktragbahre außen vor der Luftschleuse Stellung. Denn trotz der allgemein vorherrschenden Überzeugung, der blinde Alien könne einen Druckverlust weit ungefährdeter als der FSOJ durchstehen, würden Conway und Murchison ihn für den Fall einer notwendigen medizinischen Behandlung in der Drucktragbahre aus dem Schiff bergen müssen.

Ihre Köpfe fühlten sich immer noch so an, als ob jemand einen neurochirurgischen Radikaleingriff vornähme, ohne die segensreiche Erfindung der Narkose anzuwenden. Seit der nur wenige Sekunden dauernden Kommunikation an Bord der *Rhabwar* hatte sich außer eigenen Gedanken und den unerträglichen, juckenden Kopfschmerzen nichts in ihren Gehirnen abgespielt, und das änderte sich auch nicht, als Murchison, Fletcher und Conway die Luftschleuse betraten. Der gleich nach dem Öffnen der Innenluke einsetzende Lärm des wie ein Alienschlagzeug stampfenden und quietschenden Mechanismus im Käfiggang trug auch nicht gerade zur Milderung der Kopfschmerzen bei.

»Versucht diesmal, an den Alien zu denken«, bat Conway, als sie durch den geraden Teil des Korridors ins Schiff vordrangen. »Denkt daran, ihm zu helfen. Fragt ihn, wer und was er ist, denn wenn wir dem Überlebenden helfen wollen, müssen wir über diese Spezies soviel wie möglich in Erfahrung bringen.«

Sogar beim Sprechen spürte Conway, daß irgend etwas ganz und gar nicht in Ordnung war. Er hatte zunehmend das starke Gefühl, es würde etwas Furchtbares passieren, wenn er nicht stehenblieb und sorgfältig nachdachte. Aber durch die immer heftigeren, juckenden Kopfschmerzen war es schwierig, überhaupt noch an etwas zu denken.

Meinen Beschützer hatte der Telepath auf dem Schiff den FSOJ genannt. *Sie denken an meinen Beschützer.* Irgend etwas hatte er übersehen. Aber was ...?

»Freund Conway«, sagte Prilicla plötzlich. »Beide Überlebende kommen durch den Käfiggang auf Sie zu. Die beiden kommen sehr schnell voran.«

Murchison, Fletcher und Conway blickten den Käfiggang mit dem klappernden und kreischenden Wald aus umherfuchtelnden Metallkeulen entlang. Der Captain machte den Schneidbrenner bereit und fragte: »Prilicla, können Sie sagen, ob der FSOJ dem Alien folgt?«

»Tut mir leid, Freund Fletcher«, antwortete Prilicla. »Die beiden sind dicht zusammen. Das eine Wesen strahlt Wut und Schmerz aus, und das zweite empfindet äußerste Besorgnis, Enttäuschung und die mit höchster Konzentration verbundene Emotion.«

»Das ist ja furchtbar!« schrie Fletcher über den plötzlich zunehmenden Lärm des Mechanismus im Gang hinweg. »Wir müssen den FSOJ töten, um den Alien zu retten. Ich werde den Gang zum All hin öffnen ...«

»Nein, warten Sie!« rief Conway in eindringlichem Ton. »Wir haben das Ganze noch nicht genügend durchdacht. Über die FSOJs, die Beschützer, wissen wir noch überhaupt nichts. Denken wir nach. Konzentrieren wir uns zusammen. Wir müssen uns fragen: Wer sind diese Beschützer? Wen beschützen sie und warum? Was macht sie für die Aliens so wertvoll? Der Überlebende hat uns schon mal geantwortet und antwortet uns vielleicht noch einmal. Konzentrieren wir uns also mit aller Anstrengung!«

In diesem Augenblick tauchte der FSOJ hinter der Biegung des Gangs auf. Trotz der auf den Körper stoßenden und einschlagenden Metallstäbe und -keulen kam er schnell voran. Die vier Tentakel mit den Hornspitzen peitschten vor und zurück, hämmerten gegen die angreifenden Metallkolben und -stangen, verbogen sie und rissen einen Stab sogar aus der Verankerung. Der Lärm war unbeschreiblich. Der FSOJ meistert diesen Spießrutenlauf nicht unbedingt mit Bravour, dachte Conway grimmig, als er die zwischen den älteren Narben klaffenden Wunden in der Körperdecke und den aufgeblähten Bauch sah. Berücksichtigte man allerdings den Zustand des FSOJs, bewegte er sich ziemlich schnell vorwärts. Plötzlich spürte Conway, wie eine Hand an seinem Arm rüttelte.

»Conway, Murchison, sind Sie beide taub?« brüllte Fletcher sie an. »Los, zurück zur Luftschleuse!«

»Einen Moment noch, Captain«, antwortete Murchison und schüttelte Fletchers Hand ab. Dann richtete sie ihre Kamera auf den heranstürmenden FSOJ. »Das muß ich unbedingt festhalten. Ich würde mir zwar zur Geburt meiner Kinder nicht so eine Umgebung aussuchen, aber andererseits nehme ich an, dem FSOJ hat man gar keine andere Wahl gelassen ... paßt mal auf!«

Der FSOJ hatte inzwischen den Abschnitt des Gangs erreicht, der von Fletcher mit dem Schneidbrenner zum Teil von den Metallstäben bereinigt worden war. Ohne ein sich ihm entgegenstellendes Hindernis stürzte sich das Wesen durch das beschädigte Gitter und zappelte — jetzt, wo es durch den Mechanismus im Gang nicht mehr zu Boden geschlagen wurde — plötzlich schwerelos über ihnen und drehte sich hilflos um die eigene Achse, sobald einer der wild um sich schlagenden Tentakel die Wand traf.

Conway drückte sich mit den Handgelenk- und Fußmagneten flach zu Boden und kroch rückwärts auf die Luftschleuse zu. Murchison tat bereits das gleiche, nur Fletcher war noch immer auf den Beinen. Er zog sich langsam zurück und schwang dabei den voll aufgedrehten Schneidbrenner hin und her, den er wie ein Flammenschwert vor sich hielt. Einer der Tentakel des FSOJs hatte schwere Verbrennungen erlitten, aber für das Wesen schien das überhaupt kein Hemmnis zu sein. Fletcher stöhnte plötzlich laut auf, als ihn einer der Tentakel des FSOJ am Bein traf. Durch diesen Hieb wurden die Fußmagneten vom Boden gerissen, und der Captain schlug hilflos Räder durch die Luft.

Instinktiv griff Conway nach einem vorbeiwirbelnden Arm, brachte den Captain wieder ins Gleichgewicht und schob ihn in den geraden Abschnitt des Korridors. Ein paar Minuten später befanden sie sich alle drei in der Schleusenkammer und in so großer Sicherheit, wie man es in ein paar Metern Entfernung von einem herumwütenden FSOJ nur sein konnte.

Aber glücklicherweise handelte es sich um einen körperlich geschwächten FSOJ ...

Während sie das Wesen durch die einen Spaltbreit geöffnete Innenluke beobachteten, überprüfte Fletcher den Auslöseknopf des Schneidbrenners und richtete das Gerät auf die Außenluke. »Ich glaube, diese verdammte Bestie hat mir das Bein gebrochen«, sagte er mit schmerzverzerrter Stimme. »Aber jetzt können wir die Innenluke offenhalten, ein Loch in die Außenluke schweißen und den Druck schnell aus dem Schiff ablassen. Dann ist das Biest geliefert. Aber wo ist der andere Überlebende? Wo ist der blinde Alien?«

Langsam und bedächtig schob Conway die Handfläche vor die Düse von Fletchers Schneidbrenner. »Es gibt keinen blinden Alien mehr. Die Schiffsbesatzung ist tot.«

Murchison und Fletcher starrten ihn an, als wäre aus dem Arzt mit einem Schlag ein geistesgestörter Patient geworden. Doch für Erklärungen blieb keine Zeit.

»Wir sind mit dem Telepathen schon einmal über eine größere Entfernung als jetzt in Kontakt getreten«, sagte Conway langsam, wobei er die Worte mit großer Sorgfalt wählte. »Jetzt befindet er sich in der Nähe, und wir müssen es noch einmal versuchen. Diesem Wesen bleibt nur noch so wenig Zeit ...«

»Das Wesen Conway hat recht«, bestätigte eine lautlose Stimme in ihren Köpfen. »Ich hab nur noch sehr wenig Zeit.«

»Und die dürfen wir nicht vergeuden«, sagte Conway in eindringlichem Ton. Er blickte Murchison und Fletcher flehentlich an und fuhr fort: »Ich glaube, einige der Antworten zu kennen, aber wir müssen noch viel mehr herausbekommen, wenn wir wirklich in der Lage sein wollen zu helfen. Denkt mal scharf nach. Was sind die blinden Aliens? Wer und was sind die Beschützer? Warum sind sie so wertvoll für die ...«

Und auf einmal *wußten* sie es.

Der Grund dafür war nicht das langsame, stete Rinnsal von Mitteilungen durch das gesprochene Wort, sondern ein großer, klarer Informationsfluß, der ihre Gehirne mit sämtlichen Kenntnissen über die Spezies von der Vorgeschichte bis zur Gegenwart füllte.

Die blinden Aliens ...

Die Vorfahren dieser Lebewesen waren kleine, im Urschlamm des Planeten wühlende Plattwürmer ohne Sehvermögen gewesen, die größtenteils von Aas gelebt, oftmals jedoch auch größere Lebensformen durch ihren Stachel erst gelähmt und dann stückweise gefressen hatten. Sie entwickelten sich zu blinden Jägern, deren Tastsinn sich so fein ausbildete, daß sie keinen anderen Sinneskanal mehr benötigten.

Durch spezialisierte Fühler besaßen sie die Fähigkeit, die Bewegungen ihrer Beute auf der Oberfläche zu erfühlen, ihre charakteristischen Schwingungen zu identifizieren und knapp unter dem Boden auf sie zu lauern, bis diese in Reichweite ihres Stachels kamen. Mit Hilfe anderer Fühler konnten sie aber auch Spuren auf der Oberfläche erkunden und identifizieren, folgten ihrem Opfer über weite Entfernungen zu dessen Lagerstätte und gruben sich dann entweder in die Erde ein, um ihre Beute von unten zu stechen, oder griffen ihr Opfer direkt an, wenn dessen Innenschwingungen verrieten, daß es schlief. Gegen einen sehenden Gegner bei vollem Bewußtsein konnten sie auf der Oberfläche natürlich nicht viel ausrichten, und deshalb waren sie häufig selbst vom Jäger zum Gejagten geworden. Aus diesem Grund konzentrierte sich ihre Jagdstrategie auf verschiedene taktische Varianten des Hinterhalts.

Auf der Oberfläche bildeten sie Spuren und andere Kennzeichen kleiner Tiere nach, und diese Nachahmungen lockten dann größere Beutetiere in ihre Fallen. Doch die Oberflächentiere waren immer größer und stärker geworden, weshalb ihnen der Stachel eines einzigen Vorfahrens der blinden Aliens nicht mehr ernsthaft schaden konnte. Deshalb waren die blinden Wesen zum gemeinsamen Handeln gezwungen, um immer kompliziertere Hinterhalte zu legen, und diese Zusammenarbeit bei den ehrgeizigeren Unternehmungen zur Nahrungsbeschaffung führte wiederum zu sich ausweitenden Kontakten, dem Bau unterirdischer Nahrungslager, der Gründung von Gemeinden, Städten und Großstädten sowie der Einrichtung von sie miteinander verbindenden Kommunikationssystemen. Die Aliens ›unterhielten‹ sich bereits miteinander, unterrichteten ihre Jungen durch körperliche Kontaktaufnahme und ersannen Methoden, mit denen man Schwingungen verstärken und über weite Strecken erfühlen konnte.

Die blinden Aliens konnten Schwingungen im Boden und in der Atmosphäre fühlen und schließlich ›spürten‹ sie durch den Einsatz von Verstärkern und Transformatoren sogar Licht. Sie entdeckten das Feuer, erfanden das Rad und den Gebrauch von Funkfrequenzen durch die Umwandlung in ein ertastbares Medium, und schon bald war der Planet mit Funkbaken überzogen, die ihnen lange Reisen mit mechanisch betriebenen Transportmitteln ermöglichten. Obwohl sie die Vorteile des motorbetriebenen Fliegens kannten — sehr viele blinde Aliens waren bei Flugversuchen ums Leben gekommen —, blieben sie doch lieber mit dem Boden in Berührung, weil sie schließlich absolut nichts sehen konnten.

Das bedeutete jedoch nicht, daß sie sich ihres Mangels nicht bewußt waren. Praktisch jedes nichtintelligente Geschöpf auf dem Planeten besaß die ihnen unbekannte Fähigkeit zur genauen Navigation sowohl über kurze als auch über lange Entfernungen, ohne die Windrichtung oder die durch von entfernten Gegenständen abprallenden Schwingungen erzeugten Luftverwirbelungen erfühlen zu müssen. Aber die blinden Aliens wußten nicht genau, was dieses Sehvermögen überhaupt sein könnte. Gleichzeitig wurden sie sich jedoch durch die steigende Differenziertheit ihres weitreichenden Fühlungssystems vieler und komplizierter Schwingungen bewußt, die sie von außerhalb ihrer eigenen Welt erreichten. Es gab also vernunftbegabte Wesen mit wahrscheinlich viel größerem Wissen, von denen diese leichten Berührungen ausgingen. Diese

Wesen könnten ihnen vielleicht beim Erlangen dieses Sinnes helfen, den anscheinend außer ihnen selbst alle Lebewesen besaßen.

Noch unendlich viele blinde Aliens bezahlten ihr Vortasten in die Luft und ins All zu den Schwesterplaneten mit dem Leben, doch schließlich lernten sie den Flug zu den Sternen, die sie nicht sehen konnten. Unter großen Schwierigkeiten und mit immer weniger Hoffnung suchten sie nach intelligentem Leben, spürten vergebens Planet um Planet auf, bis sie zuletzt den Planeten fanden, auf dem die Beschützer der Ungeborenen lebten.

Die Beschützer ...

Diese Wesen hatten sich in einer Welt aus flachen, dampfenden Meeren, Sümpfen und Urwäldern entwikkelt, in der es, was körperliche Beweglichkeit und Angriffslust anging, keine eindeutige Grenze zwischen tierischem und pflanzlichem Leben gab. Um überhaupt zu überleben, mußte sich eine Lebensform schnell fortbewegen, und die dominante Spezies auf diesem Planeten eroberte sich ihren Platz, indem sie sich mit größerem Überlebenspotential wehrte, fortbewegte und vermehrte als sämtliche anderen Lebensformen.

Schon auf einer sehr frühen Evolutionsstufe hatte sie die große Härte ihrer Umwelt in eine physiologische Form gezwungen, die den lebenswichtigen Organen größtmöglichen Schutz bot. Gehirn, Herz, Lunge, Gebärmutter — sie alle befanden sich tief im äußerst muskulösen, gepanzerten Körper und waren auf ein relativ geringes Volumen zusammengepreßt. Während der Schwangerschaft kam es zu einer beachtlichen Verschiebung der Organe, weil der Embryo vor der Geburt fast bis zur Reife heranwachsen mußte. Es kam nur selten vor, daß einer der Beschützer mehr als drei Geburten überlebte. Ein alternder Elternteil war normalerweise zu schwach, um sich gegen den Angriff des Letztgeborenen zu verteidigen.

Aber der Hauptgrund für den Aufstieg der Beschützer zur dominanten Lebensform des Planeten war, daß die Jungen schon vor der Geburt über Bildung und Erfahrungen mit den Überlebenstechniken verfügten. Am Anfang ihrer Evolution hatte diese Entwicklung auf genetischer Ebene als einfache Vererbung von vielen komplexen Überlebensinstinkten begonnen, aber das enge Nebeneinander der Gehirne des Elternteils und des sich entwickelnden Embryos führte zu einer ähnlichen Wirkung wie bei der Auslösung der mit Gedanken in Verbindung gebrachten elektrochemischen Vorgänge. Die Embryos entwickelten die Fähigkeit zur Telepathie über kurze Strecken und empfingen alles, was das Elternteil sah oder spürte. Und noch vor dem Wachstumsende des Embryos entstand in diesem der nächste Embryo, der sich ebenfalls in zunehmendem Maße der Welt außerhalb seines selbstbefruchtenden Großelternteils bewußt war. Schließlich vergrößerte sich die telepathische Reichweite und ermöglichte die Kommunikation zwischen Embryos, deren Elternteile sich in Sichtweite zueinander befanden.

Um die Schäden an den inneren Organen des Elternteils auf ein Minimum zu reduzieren, war der heranwachsende Embryo in der Gebärmutter gelähmt. Durch die vor der Geburt stattfindende Aufhebung der Lähmung verlor der Embryo allerdings sowohl die Intelligenz als auch die Fähigkeit zur Telepathie. Denn ein durch die Fähigkeit zu denken gehandikapter neugeborener Beschützer hätte in seiner unglaublich grausamen Umwelt nicht lange überleben können.

Da sie es mit nichts anderem als dem Gewinnen von Eindrücken der Außenwelt, dem Gedankenaustausch und dem Ausweitungsversuch der telepathischen Reichweite durch den Kontakt mit verschiedenen nichtintelligenten Lebensformen in ihrer Umgebung zu tun hatten, entwickelten die Embryos einen Verstand von großer Kraft und Intelligenz. Sie konnten jedoch nichts

Gegenständliches erschaffen, in irgendeiner Form technische Forschungen betreiben oder überhaupt etwas zur Beeinflussung der Betätigungen ihrer Elternteile oder Beschützer tun, die zur Versorgung der immer wachen Embryokörper und den in ihnen enthaltenen Ungeborenen unaufhörlich kämpfen, töten und fressen mußten.

Das waren die Umstände, als das erste Schiff der blinden Aliens auf dem Planeten der Beschützer landete, und die beiden Spezies gleichzeitig in einen angenehmen geistigen und brutalen körperlichen Kontakt traten.

Es war sofort klar, daß die beiden Lebensformen einander brauchten — die trotz des fehlenden Sinns technisch fortschrittlichen blinden Aliens und die hochintelligente, über die Fähigkeit zur Telepathie in beide Richtungen verfügende Spezies, die in den Körpern ihrer Elternteile eingeschlossen waren, die wiederum nichts anderes als organische Tötungsmaschinen ohne Verstand darstellten. Auf der einen Seite stand also eine Spezies, die lediglich über einen einzigen, wenn auch überentwickelten Sinneskanal verfügte und die Fähigkeit zu Flügen durchs All besaß. Und auf der anderen Seite gab es eine zu jedem Erlebnis und dessen Vermittlung fähige Lebensform, deren Erfahrungen bisher auf wenige Quadratkilometer der Planetenoberfläche beschränkt gewesen waren.

Nach der anfänglichen Euphorie und schweren Opfern unter den blinden Aliens erstellte man kurz- und langfristige Pläne zur Eingliederung der Beschützer in die Zivilisation der Aliens. Anfangs besaßen die blinden Wesen zwar nicht besonders viele Raumschiffe, doch schon bald nahmen sie ein Bauvorhaben für Schiffe mit Hyperraumantrieb in Angriff, mit denen die Beschützer zum Alienplaneten transportiert werden konnten. Obwohl dort nicht so rauhe Lebensbedingungen herrschten wie auf deren Heimatplaneten, war die

Oberfläche noch vollkommen naturbelassen, weil die blinden Aliens lieber unter der Erde lebten. Die Beschützer sollten auf diesem Planeten also über den unterirdischen Städten der Aliens leben und die einheimischen Tiere jagen und töten, während ihre telepathischen Embryos das Wissen der unter ihnen wohnenden Stadtbewohner aufnehmen und diesen als Gegenleistung zeigen würden, was es hieß, zum erstenmal Tiere und Pflanzen und den Himmel mit der Sonne, den Sternen und den sich ständig ändernden Witterungsverhältnissen zu *sehen*.

Viel später, wenn sich die Beschützer auf dem Alienplaneten reinrassig fortpflanzen würden, wollte man auf den Hyperantriebsschiffen eine kleine Anzahl von ihnen zur räumlichen Ausweitung der Forschungsflüge und der Suche nach weiteren vernunftbegabten Lebewesen einsetzen. Aber erst einmal benötigten die blinden Aliens die Beschützer als Augen und brachten deshalb jeweils zwei von ihnen zur Zeit mit speziell gebauten Transportern auf ihren Planeten.

Das war ein außerordentlich gefährliches Unterfangen, bei dem dann auch viele Schiffe verlorengingen, was mit ziemlicher Sicherheit an Ausbrüchen der Beschützer aus den Käfigen und dem daraus resultierenden Tod der Alienbesatzung lag. Der größte Verlust waren bei so einem Vorfall jedoch die ausgebrochenen Beschützer und die wertvollen ungeborenen Telepathen.

Im von der *Rhabwar* untersuchten Fall war einer der Beschützer aus dem Käfiggang ausgebrochen und hatte trotz der fehlenden, weil lebensnotwendigen Schläge und Stöße des Lebenserhaltungssystems das Bewußtsein nicht verloren. Vorher tötete er noch ein Besatzungsmitglied und danach auch den zweiten, seinem Kollegen zu Hilfe eilenden Alien, mit dessen Stachel sich der FSOJ dann jedoch versehentlich selbst umbrachte. Aber dieser Alien konnte vor dem Tod noch die Notsignalbake aussetzen und den Mechanismus des Käfiggangs abschalten, damit der überlebende Beschützer bewußtlos wurde und für zukünftige Retter bis zu deren Aufklärung durch den telepathischen Embryo keine Gefahr bestand.

Doch leider waren dem blinden Alien zwei Fehler unterlaufen, die man ihm allerdings beide nicht vorwerfen konnte. Erstens hatte er vorausgesetzt, alle Spezies könnten ebenso leicht telepathischen Kontakt mit dem Embryo aufnehmen wie seine eigene, und zweitens war er davon ausgegangen, der Embryo würde auch nach eingetretener Bewußtlosigkeit des Beschützers bei Bewußtsein bleiben...

Die große Informationsflut, die die ganze Zeit in die Gehirne der Rettungsmannschaft geströmt war, verringerte sich jetzt allmählich und wurde zu einem klaren, schmalen und mehr speziellen als allgemeinen Mitteilungsfluß.

»Die Lebensform der Beschützer ist von der Geburt bis zum Tod ständigen Angriffen ausgesetzt«, fuhr die lautlose Stimme in ihren Gehirnen fort. »Diese fortwährende Körperverletzung spielt eine wichtige Rolle, um das physiologische System in einem optimalen Zustand zu erhalten. Entzieht man diese heftige Stimulation, dann hat das ähnliche Auswirkungen wie das Ersticken, wenn ich die Gedanken des Wesens Conway richtig interpretiert habe. Außerdem kommen noch stark reduzierter Blutdruck, eingeschränkte Sinneswahrnehmungen und ein vollkommener Verlust der willkürlichen Muskeltätigkeit hinzu. Das Wesen Murchison vermutet ebenfalls ganz richtig, daß der betreffende Embryo auf gleiche Weise in Mitleidenschaft gezogen wird.

Als das Wesen Fletcher die Mechanismen im Käfiggang versehentlich wieder eingeschaltet hatte, begann bei meinem Beschützer und mir selbst die Wiedererlangung des Bewußtseins, die durch das erneute Abschalten erst aufgehalten und dann auf Drängen des Wesens, das Sie Prilicla nennen, wiederum in Gang gesetzt wurde. Mit dem Gehirn des Wesens Prilicla kann ich nicht in Verbindung treten, da es für meine Gefühle empfänglicher als für meine Gedanken ist. Und meine Gefühle waren eine Mischung aus großer Eile und Frustration, weil ich Ihnen vor meinem Tod unbedingt die Situation erklären mußte.

Solange noch Zeit ist, möchte ich Ihnen mit meiner ganzen verbliebenen Gedankenkraft für die Kontaktaufnahme danken und dafür, daß Sie mir durch Ihre Gedanken all die Wunder gezeigt haben, die es nicht nur auf meinem Heimatplaneten und dem der blinden Aliens gibt, sondern auch überall in Ihrer Föderation. Und ich möchte mich für die bei der Herstellung dieses Kontakts verursachten Schmerzen und die Verletzung der Gliedmaße des Wesens Fletcher entschuldigen. Wie Ihnen ja nun bekannt ist, hab ich über das Handeln meines Beschützers keinerlei Kontrolle …«

»Moment mal«, unterbrach Conway plötzlich. »Für Ihren Tod gibt es überhaupt keinen Grund. Das Lebenserhaltungssystem und die Mechanismen und Futterspender im Korridor sind und bleiben funktionstüchtig, bis wir Ihr Schiff zum Orbit Hospital bringen können. Wir sind auch in der Lage, Sie zu versorgen. Uns stehen viel mehr Mittel und Möglichkeiten zur Verfügung als den blinden Aliens …«

Conway verstummte. Trotz des überzeugten Unterstützungsangebots fühlte er sich hilflos. Die Tentakel des schwerelos umhertreibenden und offensichtlich mitten im Gang sterbenden Beschützers schlugen nur noch schwach und planlos um sich, und jedesmal, wenn einer der Tentakel gegen die Wand oder Decke prallte, drehte sich der Körper langsam. Murchison, Fletcher und Conway konnten daher den gesamten Geburtsvorgang gut beobachten. Zuerst tauchte der Kopf, und dann die vier Tentakel des Jungen auf. Bis jetzt waren die Gliedmaßen des Ungeborenen noch schlaff und reglos, weil die Sekrete noch nicht wirkten, die die vor der Geburt bestehende Lähmung aufhoben und gleichzeitig sämtliche, nicht dem Überleben dienende Gehirntätigkeiten unterbanden. Dann zuckten die Tentakel plötzlich, schlugen um sich und zogen den vor kurzem noch Ungeborenen aus dem Geburtskanal des Elternteils heraus.

Noch einmal sprach die lautlose Stimme in ihren Gehirnen, doch diesmal war sie nicht mehr klar und deutlich. Schmerz, Verwirrung und tiefe Besorgnis trübten den verständlichen Mitteilungsfluß. Doch glücklicherweise handelte es sich um eine einfache Botschaft.

»Geboren zu werden bedeutet sterben, meine Freunde. Meine Gedanken und meine telepathische Fähigkeit werden nun zerstört. Ich werde jetzt selbst zum Beschützer eines eigenen Ungeborenen, das wachsen, denken und mit Ihnen in Kontakt treten wird. Bitte kümmern Sie sich um ihn ...«

Mit Fletchers gebrochenem Schienbein hatte es einige Probleme gegeben, so daß Conway ihm für eine angenehmere Gestaltung des Rückflugs zum Ambulanzschiff ein starkes Schmerzmittel verabreichen mußte. Fletcher war bei vollem Bewußtsein und sprach wegen der hemmungslösenden Nebenwirkung des Medikaments unaufhörlich und voller Sorge von dem ungeborenen Telepathen und den blinden Aliens.

»Um den Telepathen brauchen Sie sich keine Sorgen zu machen, Captain«, beruhigte Murchison ihn. Sie hatten Fletcher aufs Unfalldeck gebracht, und Murchison half Naydrad, den Captain vom Raumanzug zu befreien. Conway und Prilicla stellten inzwischen die für eine kleinere chirurgische Behandlung nötigen Instrumente zusammen. »Keine Angst«, fuhr Murchison fort, »das Hospital wird ihn liebevoll und zärtlich umsorgen, obwohl ich mir O'Maras Gesicht sehr gut vorstellen kann, wenn er erfährt, daß der FSOJ in einer Art Folterkammer untergebracht werden muß. Und ganz ohne Zweifel werden auch Ihre Erstkontaktleute da sein, weil sie bestimmt hoffen, ein Wesen, dessen telepathische Kräfte noch über große Entfernungen wirken, zur Zusammenarbeit überreden zu können ...«

»Aber die blinden Aliens brauchen die Beschützer am dringendsten«, gab Fletcher mit Besorgnis zu bedenken. »Stellen Sie sich das bloß mal vor, nach Millionen von Jahren in vollkommener Dunkelheit haben sie endlich eine Möglichkeit gefunden zu sehen, auch wenn sich ihre Augen gegen sie selbst wenden und sie buchstäblich umbringen können.«

»Mit der Zeit wird das Hospital auch dafür eine Lösung finden«, entgegnete Murchison beruhigend. »Thornnastor ist ganz versessen darauf, solche Nüsse zu knacken. Zum Beispiel die Sache mit der fortdauernden Empfängnis, dem Embryo im Embryo. Wenn wir die Wirkungen des Sekrets, das den intelligenten Teil des Gehirns kurz nach der Geburt zerstört, herausbekommen und aufheben könnten, dann hätten nicht nur die Ungeborenen telepathische Fähigkeiten, sondern auch die Beschützer. Und wenn man die von ihnen durch die Umweltbedingungen das ganze Leben lang bezogenen Prügel nach und nach abschwächen und schließlich ganz abschaffen würde, gewöhnen sie sich vielleicht sogar den Versuch ab, alles, was sie sehen, zu töten und zu fressen. Die blinden Aliens hätten dann die telepathischen Augen, die sie benötigen, ohne sich einer ständigen Gefahr auszusetzen, und könnten, wenn sie wollten, die gesamte Galaxis durchstreifen.«

Sie hielt inne, um Naydrad beim Abschneiden des Hosenbeins der Uniform des Captains zu helfen, und sagte dann an Conway gewandt: »Er ist jetzt bereit, Doktor.«

Murchison und Naydrad standen bereit. Prilicla schwebte über ihnen und strahlte beruhigende Emotionen aus.

»Entspannen Sie sich, Captain«, sagte Conway. »Denken Sie nicht mehr an die blinden Aliens und die Beschützer, mit denen wird schon alles in Ordnung gehen. Und mit Ihnen auch. Schließlich bin ich Chefarzt im fortschrittlichsten Hospital der Föderation mit vielfältigen Umweltbedingungen. Aber wenn Sie sich schon unbedingt über etwas Sorgen machen müssen, brauchen Sie nur an mein gegenwärtiges Problem zu denken.« Er lächelte plötzlich und fügte hinzu: »Es muß mindestens zehn Jahre her sein, seit ich das letztemal einen Schienbeinbruch bei einem DBDG gerichtet hab.«

ANHANG

Die unbekannte Geschichte des Orbit Hospitals

Für eine Serie, die 1957 anlief und sich bis zu diesem Band auf über eine viertel Million Wörter beläuft, hatte ›Sector General‹ einen sehr wackeligen Start. Hätte der verstorbene und schmerzlich vermißte Ted Carnell, der zu jener Zeit Herausgeber des britischen SF-Magazins *New Worlds* gewesen war, nicht dringend eine Lücke von 17 000 Wörtern zu füllen gehabt, die sich in der Novemberausgabe 1957 aufgetan hatte, dann wäre die erste Kurzgeschichte der Serie, *Sector General*, wohl niemals ohne einen drastischen literarischen Eingriff akzeptiert worden, der einer chirurgischen Totaloperation gleichkam.

Die Geburt der Idee zu *Sector General* war ein natürliches, wenn auch vielleicht etwas verfrühtes Ereignis — ich hatte erst seit knapp über vier Jahren professionell geschrieben, und noch immer zeigten sich einige Narben und Nahtstellen in meinem Werk. Doch schon in diesen frühen Lehrjahren hatte ich eine starke Vorliebe für Ärzte oder Extraterrestrier als Hauptpersonen meiner Geschichten, und nach und nach tauchten beide Typen in den gleichen Erzählungen auf. In der Corgi-Textsammlung *The Aliens Among Us (Brüder im Kosmos)* war zum Beispiel eine Geschichte mit dem Titel *To Kill or Cure (Töten oder Heilen)* enthalten. Sie handelte von den verzweifelten Bemühungen eines Militärarztes einer Rettungshubschrauberbesatzung, dem Überlebenden eines havarierten extraterrestrischen Raumschiffs medizinische Hilfe zu leisten. Deshalb war es nur natürlich, daß sich eine Geschichte über die Probleme von Menschen entwickelte, die eine große Anzahl von extraterrestrischen Patienten unter krankenhausähnlichen Bedingungen zu behandeln hatten, beziehungsweise über die Schwierigkeiten von Aliens, die ihrerseits Menschen medizinisch zu versorgen hatten.

Die Erzählung *Sector General (Das Orbit Hospital)* wies

jedoch Mängel auf. Ted Carnell war der Meinung, ihr fehle eine zusammenhängende Handlung. Die Hauptperson, Dr. Conway, gerate lediglich von einer medizinischen Ausnahmesituation in die andere, ohne sein eigentliches Hauptproblem zu lösen — nämlich den inneren moralischen Konflikt, den der Militarismus des Monitorkorps — das für das reibungslose Funktionieren des Hospital verantwortlich war — auf der einen Seite und der stark ausgeprägte Pazifismus des medizinischen Personals auf der anderen Seite bei dem Arzt hervorrief. Außerdem hätte die ganze Geschichte wegen ihrer Episodenhaftigkeit Ähnlichkeit mit einer interstellaren ›Emergency Ward 10‹ — eine ausgesprochen kitschige Krankenhausserie, die zu jener Zeit im britischen Fernsehen lief. Diese Seifenoper mit meiner Erzählung zu vergleichen war zweifellos der rücksichtsloseste chirurgische Eingriff von allen! Carnell sagte des weiteren, daß ich ›efficient‹ in der Geschichte zweimal unterschiedlich geschrieben hätte und beide Male falsch. Es gab noch andere Fehler, die sich erst im nachhinein herausstellten, in den späteren Geschichten der Serie jedoch korrigiert wurden.

Aber Ted gefiel der Grundgedanke. Er sagte, die Idee mit dem riesigen Hospital im All sollte ich zumindest hin und wieder aufgreifen. Außerdem erzählte er mir, Harry Harrison habe in seinem Büro vorbeigeschaut und sich ein wenig über mich geärgert, weil ich ihm mit der Idee eines interstellaren Hospitals zuvorgekommen sei; denn Harry hatte eine Serie von vier oder fünf Geschichten mit genau dem gleichen Hintergrund geplant, in der Meinung, das sei ein völlig neuer Einfall. Zwar habe er immer noch vor, die Geschichten zu schreiben, sagte Ted, doch sein Enthusiasmus sei nun deutlich gedämpft.

Diese letzte Nachricht erschreckte mich fast zu Tode.

Zwar hatte ich Harry Harrison bis zu diesem Zeitpunkt noch nicht persönlich kennengelernt, wußte aber ziemlich viel über ihn. Seit ich als blutjunger SF-Fan *Rockdiver* gelesen hatte, war er einer meiner Lieblingsautoren. Wie ich wußte, konnte er mit anderen Leuten ziemlich laut reden, wenn er erregt war, und wahrscheinlich stellte er eine wandelnde *Deathworld (Die Todeswelt)* auf zwei Beinen dar. Und plötzlich kam ich daher, ein SF-Fan und hauptberuflicher Autor, der noch immer grün hinter den Ohren war und tatsächlich die Frechheit besaß, *seinen Enthusiasmus zu dämpfen.* Doch Harry muß eine wirklich liebenswürdige und nicht nachtragende Seele sein, denn mir stieß nichts Furchtbares zu; wenigstens bis heute nicht.

Trotzdem muß es irgendwo eine andere Welt geben, in der er sich zuerst mit der Idee anfreundete und *meinen* Enthusiasmus dämpfte, und wo in den SF-Regalen der Buchläden eine Romanserie über ein interstellares Hospital von Harry Harrison steht. Wenn jemand eine transversale Zeitmaschine erfinden sollte, dann würde ich sie mir herzlich gerne für ein paar Stunden ausleihen, um mir diese Bücher kaufen zu können.

Die zweite Geschichte der Serie hieß *Trouble With Emily (Probleme mit Emily),* und mit ihr konnte sich Ted schon weit eher anfreunden. Erneut war Dr. Conway die Hauptperson — diesmal lastete ihm statt eines ausgeprägten Komplexes ein winziger Alien mit Psikräften auf den Schultern. Zudem stand ihm eine Mannschaft des Monitorkorps zur Seite, die ihm bei der Behandlung eines brontosaurierähnlichen Patienten half, den man Emily getauft hatte, weil einer der Korpsoffiziere ein Faible für die literarischen Werke der Brontë-Schwestern hatte.

Doch die Funktion des Monitorkorps — das neben seinen administrativen und polizeilichen Aufgaben auch dem Gesetz der galaktischen Föderation Geltung verschaffte, deren über sechzig intelligente Spezies im Mitarbeiterstab des Orbit Hospitals vertreten waren — mußte erklärt werden. Das Ergebnis war eine sehr lange

Erzählung mit ungefähr 21 000 Wörtern, die zu jener Sector-General-Geschichte wurde, dic es eigentlich nie gab.

In erster Linie stellte das Monitorkorps eine Polizeitruppe von interstellarer Größenordnung dar. Aber ich wollte nicht, daß es sich dabei um eine dieser üblicherweise skrupellosen, von Routine durchdrungenen und im Grunde von Dummheit geprägten Organisationen handelte, die einem so herrlich gelegen kommen, wenn ein idealistisch eingestellter Hauptdarsteller in einen moralischen Konflikt geraten soll. Conway gehörte zu den anständigen Burschen, und ich wollte, daß auch die Mitglieder des Monitorkorps anständige Burschen waren, die lediglich andere Vorstellungen davon hatten, welche Taten die besseren Werke hervorbringen.

Zu den Aufgaben der Monitore gehörten nicht nur interstellare Erkundungsflüge und das Knüpfen von Erstkontakten, sondern auch die Aufrechterhaltung des Föderationsfriedens — und diese Pflicht konnte, wenn es ihnen nicht gelang, die Kriegstreiber rechtzeitig aufzuhalten, durchaus zu einer Polizeiaktion führen, die von einer kriegerischen Handlung nicht mehr zu unterscheiden war. Das Monitorkorps zog allerdings bei weitem die psychologische Kriegsführung vor, deren Ziel es war, Gewalt auf oder zwischen Planeten zu verhindern oder wenigstens zu begrenzen. Wenn nun trotz der Bemühungen der Monitore ein Krieg ausbrach, dann überwachten sie die Wesen, die ihn führten, sehr genau.

Solche kriegerischen Wesen waren eher einer psychologischen als physiologischen Klassifikation zuzuordnen, und unabhängig von ihrer Spezies zählten sie zu der Kategorie, die für die meisten Probleme der Föderation verantwortlich war. Die Geschichte berichtete davon, wie sich das Monitorkorps zuerst bemühte, den Krieg zu beenden, und später versuchte, ihn wenigstens einzugrenzen. Conway und das Hospital kamen nur dann vor, wenn alles katastrophal schiefging und eine große Anzahl von terrestrischen und extraterrestrischen Verwundeten behandelt werden mußte. Der ursprüngliche Titel der Geschichte lautete *Classification: Warrior.*

Ted war jedoch nicht von seiner Behauptung abzubringen, die Geschichte wäre viel zu ernst, um in die Sector-General-Reihe eingefügt zu werden. Er ließ mich sämtliche Zusammenhänge mit dem Monitorkorps (das ich in Stellare Garde umtaufte), mit der Föderation, dem Hospital im galaktischen Sektor zwölf und Conway streichen. Die Geschichte erhielt den neuen Titel *Occupation: Warrior (Der Krieger)* und erschien in der Textsammlung *The Aliens Among Us (Brüder im Kosmos),* die auch in der englischen Ausgabe eine recht ordentliche Sector-General-Erzählung mit dem Titel *Countercharm* enthielt. Die beiden Geschichten erhoben jedoch nicht den Anspruch, miteinander etwas zu tun zu haben.

Mit der nächsten Erzählung, *Visitor at Large (Ein außergewöhnlicher Besuch),* die in der Corgi-Sammlung *Hospital Station* enthalten ist, kam die Serie wieder richtig in Schwung. Im Orbit Hospital tauchte erstmals der insektenartige, unglaublich feingliedrige und für Emotionen empfängliche Dr. Prilicla auf, der später die populärste Figur der Serie werden sollte. Der Patient, den Conway und Prilicla in dieser Story behandelten, konnte physisch gar nicht erkranken und litt ausschließlich unter psychologischen Störungen. Dieser Patient war amöbisch, höchst anpassungsfähig und besaß die Fähigkeit, zu jeder gegebenen Situation die benötigten Gliedmaßen und Sinnesorgane einfach hervorzustülpen. Er vermehrte sich durch Zellteilung und erbte bei seiner ›Geburt‹ alle Erfahrungen und Kenntnisse seines Elternteils und des Elternteils seines Elternteils, bis zum Evolutionsbeginn zurück. Sein Problem bestand darin, an einem Trauma zu leiden, auf Grund dessen er sich von allen äußeren Kontakten zurückzog und sich langsam in Wasser auflöste — und Wasser war auch die Lösung des Problems, und zwar im wahrsten Sinne des ›Wassers‹.

Der amerikanische Verleger Don Wolheim zeigte an den ersten drei Erzählungen dieser Serie großes Interesse — sie kamen zusammen auf 45 000 Wörter, was genau für eine Taschenbuchausgabe seines Verlags ›Ace Books‹ gereicht hätte — aber letztendlich klappte es leider doch nicht.

Die nächste Geschichte sprang zu dem Zeitpunkt zurück, als sich das Hospital noch im Bau befand. Die Hauptfigur war O'Mara, der später zum Chefpsychologen des Hospitals werden sollte. Dieser Geschichte folgte eine Erzählung, in der ein Patient mit einer höchst qualvollen Anhäufung von Symptomen die Hauptrolle spielte, deren Behandlung Conway beharrlich ablehnte, und zwar gegen jeden Ratschlag und jede klare Anordnung seiner Vorgesetzten. Die beiden Geschichten hießen *Medic (Der Mediziner)* beziehungsweise *Outpatient (Ein Schiffbrüchiger)* und erschienen ebenfalls in der Sammlung *Hospital Station,* die alle fünf zu jener Zeit geschriebenen Sector-General-Geschichten enthielt.

Ungefähr zum selben Zeitpunkt rückte die hundertste Ausgabe der *New Worlds* näher, und Ted Carnell hatte ein Rundschreiben an seine Autoren gesandt, in dem er sie bat, dafür etwas Besonderes zu verfassen. Ich legte eine aus 14 000 Wörtern bestehende Erzählung mit dem Titel *Apprentice* vor, die Ted sofort in die Ausgabe 99 steckte. Denn wie er sagte, sei in Nummer 100 nur noch Platz für eine Geschichte von 7 000 Wörtern, und er fragte mich, ob ich diese Lücke nicht innerhalb von drei Wochen mit einer Sector-General-Kurzgeschichte füllen könnte.

Ich wollte unbedingt in diese hundertste Ausgabe mit ihrem Aufgebot an Spitzenautoren kommen, aber mir fiel einfach keine einzige Alienkrankheit ein. Völlig verzweifelt versuchte ich, eine Geschichte über einen terrestrischen Krankheitszustand zu schreiben, der eine extraterrestrische Entsprechung haben könnte, eine Krankheit, die ich aus unmittelbarer Erfahrung kannte: Diabetes.

Nun ist es nicht besonders schwierig, die Nadel einer Spritze zur subkutanen Injektion durch die Oberhaut und das darunterliegende Zellgewebe eines Menschen zu stechen und eine richtig bemessene Dosis Insulin zu injizieren — wenn ich auch manchmal ›Autsch!‹ rufe. Aber wie wäre es, wenn der Diabetespatient eine krabbenähnliche Lebensform ist, deren Körper und Glieder von einem harten Panzer bedeckt sind? Es ist einleuchtend, daß nicht das gleiche Verfahren anwendbar wäre, es sei denn, man benutzte eine keimfreie Bohrmaschine von Black und Decker. Und selbst das würde mit der Zeit zu einer schwerwiegenden Schwächung des Körperbaus führen, da das Ektoskelett allmählich in den Zustand eines Siebs überginge. Dieses Problem mit Hilfe einer prächtig proportionierten Schwester und späteren Pathologin für Extraterrestrier namens Murchison zu lösen, war der Grundzug der Handlung von *Countercharm*. Dabei handelt es sich um eine Geschichte, die nicht nur genau Teds Lücke von 7 000 Wörtern schloß, sondern später auch in der Textsammlung *The Aliens Among Us* erschien.

Die nächste Idee für die Serie entstand wahrscheinlich beim zweiten oder dritten Lesen von Hal Clements Geschichte *Needle (Symbiose)*. Die Handlung war, daß eine prominente extraterrestrische Persönlichkeit eine Meinungsverschiedenheit mit ihrem Leibarzt gehabt hatte und deshalb im Hospital aufgenommen werden mußte. Erst viel später in der Geschichte entdeckte Conway, daß der fragliche Arzt ein intelligentes, organisches Virus war, das im Innern seines Patienten lebte und arbeitete. Die Geschichte erhielt zwangsläufig den Titel *Resident Physician* und war die einleitende Erzählung zu dem ersten und bisher einzigen Sector-General-Roman *Field Hospital*. *Resident Physician* und *Field Hospi-*

tal wurden von Corgi später zusammen als *Star Surgeon (Star-Chirurg)* veröffentlicht.

Normalerweise mag ich keine Geschichten, in denen Gewalt oder jenes sinnlose Töten vorkommt, das man gemeinhin als Krieg bezeichnet. Aber wenn eine Geschichte das Interesse des Lesers wachhalten soll, muß es einfach einen Konflikt geben, was fast zwangsläufig irgendeine Art von Gewalt oder Kampf bedeutet. In einer medizinischen SF-Story im Stil der Sector-General-Serie ist Gewalt jedoch die direkte oder indirekte Folge einer Naturkatastrophe, eines Unglücks im All oder irgendeiner Epidemie. Wenn es tatsächlich zu einer Kriegssituation kommt, wie sie in *Star Surgeon* auftritt, dann kämpfen die Ärzte nur, um Leben zu retten. Die Mitglieder des Monitorkorps kämpfen — als die ›guten‹ Polizisten, die sie nun einmal sind — in einem solchen Fall eher dafür, den Krieg zu beenden, als ihn zu gewinnen; und das ist der grundsätzliche Unterschied zwischen Friedenserhalt und Kriegsführung.

Hier ist nicht genug Platz, um auf sämtliche Einzelheiten der Handlung von *Star Surgeon* einzugehen, doch eins sollte erwähnt werden: In *Occupation: Warrior,* die eigentlich die vierte Sector-General-Geschichte *Classification: Warrior* sein sollte, war die Hauptfigur ein Taktiker namens Dermod. Dieselbe Figur tauchte wieder als Kommandant der Monitorkorpsflotte auf, der sowohl in *Star Surgeon* das Hospital verteidigte, als auch eine wichtige Rolle in der später erschienenen Erzählung *Major Operation (Großoperation)* spielte. Ich weiß nicht, warum ich mir die besondere Mühe gemacht habe, diese feine Verbindung zwischen der eigentlichen Serie und der Sector-General-Geschichte herzustellen, die ich in ihrer ursprünglichen Form bewußt aus der Serie herausgenommen und verallgemeinert hatte, doch damals schien es mir wichtig gewesen zu sein.

Dann folgte eine Unterbrechung von vier Jahren, bevor die nächsten Geschichten der Serie geschrieben wurden. Dabei handelte es sich um fünf Erzählungen, die ich, wie die Geschichten in *Ambulance Ship (Das Ambulanzschiff)*, nach und nach in einen Roman einzubauen geplant hatte. Die Geschichten trugen die Titel *Invader (Der Eindringling), Vertigo (Schwindelgefühl), Blood Brother (Blutsbruder), Meatball (Der Fleischkloß)* und *Major Operation (Großoperation)* und waren in den Nummern 12, 14, 16, 18 beziehungsweise 21 der *New Writings In SF* von Corgi veröffentlicht worden.

Invader eröffnete das Geschehen durch die Einführung eines durch Gedanken gesteuerten Werkzeugs im Hospital, das schwere Zerstörungen anrichtete, bis Conway erkannte, wie nützlich solch ein Gerät in den Händen eines Chirurgen sein konnte, der seine Verwendungsmöglichkeiten wirklich verstand. Während weiterer Nachforschungen auf dem Planeten, von dem das Instrument stammte, rettete das Monitorkorps einen doughnutförmigen Alien. Dieses Wesen mußte ständig rollen, um leben zu können, da es kein Herz besaß, sondern auf einen durch Gravitation aufrechterhaltenen Blutkreislauf angewiesen war. Die Geschichte hieß *Vertigo,* und der Alien war ein Geschenk meines Freunds Bob Shaw, der diese Wesen Dramboner nannte.

Bob dachte, es könnte vielleicht Spaß machen, wenn ich seinen ET verwenden und ihn einen Dramboner nennen würde, da er selbst die Spezies der Dramboner in einer seiner Geschichten bereits eingebaut hatte — wir waren sehr gespannt, wie lange es dauern würde, bis einer der SF-Fans herausfand, daß ein bestimmter Extraterrestrier plötzlich im Werk zweier verschiedener Autoren auftauchte oder vielmehr ›rollte‹. Bis heute ist diese weitgereiste Lebensform der Dramboner allerdings unentdeckt geblieben.

Die nächste Geschichte der Serie basierte auf einer originellen Idee eines zu jener Zeit weithin bekannten englischen SF-Fans namens Ken Cheslin. Wir waren auf einer Privatparty, und auf diesen Parties während der

SF-Kongresse werden häufig recht eigenartige Ideen ausgetauscht. Ken — ich gebe den Wortlaut hier so genau, wie ich mich erinnern kann, wieder — sagte damals zu mir: »Weißt du, daß Ärzte manchmal auch abfällig als ›Blutsauger‹ bezeichnet werden, James? Warum schreibst du nicht eine Geschichte über einen Arzt, der *wirklich* ein Blutsauger ist?« Der sich daraus ergebende ET war eine Lebensform, deren Behandlungsmethode darin bestand, dem Patienten praktisch alles Blut zu entziehen — für das betroffene Wesen ein äußerst bestürzender Vorgang — und den krankheitserregenden giftigen Stoff oder Mikroorganismus zu entfernen, bevor sie dem Patienten das Blut wieder so gut wie neu zuführte. Die Geschichte hatte den Titel *Blood Brother*. Danke, Ken.

Zu *Meatball* und der sich zuspitzenden *Major Operation* gibt es nur sehr wenig zu sagen, lediglich soviel, daß der vergiftete und verschmutzte Planet, der in diesen Geschichten der eigentliche Patient war, eine Behandlung in so riesigem Maßstab benötigte, daß die Operation sowohl mit medizinischen als auch militärischen Mitteln durchgeführt werden mußte.

Die nächste Erzählung der Serie, veröffentlicht in *New Writings in SF 22*, hieß *Spacebird (Raumvogel)*. Die Idee zu einem organischen, vollkommen nichtmetallischen Raumschiff hatte zwar schon lange Zeit in meinem Notizbuch gestanden, aber sie war nicht zu gebrauchen, bevor ich nicht ein Mittel gefunden hatte, solch einen Vogel auf die notwendige Geschwindigkeit beschleunigen zu können. Auf einem der SF-Kongresse erwähnte ich dann mein Problem Jack Cohen gegenüber. Jack, ein sehr hilfsbereiter Mensch und ein Verfechter der Wahrscheinlichkeit für die Existenz außerirdischen Lebens, ist Dozent für Tierfortpflanzung an der Universität Birmingham. Er weiß so viel über merkwürdige und fremdartige Lebensformen, daß er, wenn man ihn fragt, ob ein bestimmter hypothetischer Extraterrestrier physiologisch möglich ist, stets Beispiele von ein paar terrestrischen Lebensformen anführt, die häufig noch sonderbarer sind. Jack sagte mir, die Antwort auf mein Problem wäre der Bombardierkäfer — ein kleines mitteleuropäisches Insekt, das bei drohender Gefahr aus seinem Hinterleib so heftig Gas ausstößt und entzündet, das es viele Zentimeter weiter entfernt landet.

Als die Geschichte schließlich geschrieben wurde, erfolgte der Abschuß von einem Planeten des Mesklintyps mit hoher Zentrifugalkraft und geringer Gravitation am Äquator, um den Startvorgang zu erleichtern. Dabei bildeten Millionen von übergroßen Bombardierkäfern die mehrstufigen Antriebsreihen, die alle auf einmal donnernd starteten und den Vogel ins All hoben. Ich hielt das für eine Idee, die zweifellos Erstaunen erregen müßte. Stellen Sie sich vor, welche technologische Leistung das für eine Spezies darstellte, die keinerlei Metalle besaß, und bedenken Sie die erforderliche zeitliche Koordinierung und die Empfindlichkeit der Steuerung. Versuchen Sie aber lieber nicht, sich den Geruch vorzustellen …

Die neuesten Geschichten sind die eng zusammenhängenden Erzählungen, die gemeinsam mit dem die Handlung eröffnenden *Spacebird* in diesem Buch enthalten sind: *Contagion (Eine ansteckende Krankheit), Quarantine (Quarantäne)* und *Ambulance Ship (Das Ambulanzschiff)*. Das Buch behandelt einen neuen Aspekt der Arbeit des Orbit Hospital im galaktischen Sektor zwölf — nämlich den speziellen Ambulanzdienst des Hospitals. Zudem beschäftigt es sich mit den extraterrestrischen medizinischen, physiologischen, psychologischen und technischen Problemen, die umgehend und an Ort und Stelle des Unfalls von der Crew des Ambulanzschiffs gelöst werden müssen, wenn die Verwundeten überleben sollen, bis sie das Hospital erreicht haben. Wenn solche Schwierigkeiten auftreten, sind die Ambulanzschiffe weit von den praktisch grenzenlosen Möglichkeiten des Orbit Hospitals entfernt, so daß die Spezialisten für Medizin und für Alientechnologie auf ihre eigene Erfindungsgabe und stark begrenzten Hilfsmittel zurückgreifen müssen. Treffen sie gar eine falsche Entscheidung, können die Folgen wirklich verheerende Konsequenzen nach sich ziehen.

Bis heute (1980 — *Anm. d. Übers.*) ist die Sector-General-Serie auf eine Kurzgeschichte, fünfzehn Erzählungen und einen Roman angewachsen. Ich hoffe, auch weiterhin über Extraterrestrier schreiben zu können — über ihre exotischen Physiologien, ihre fremdartigen Standpunkte und die damit verknüpften Probleme der Verständigung und des Verstehens. Doch seit einigen Jahren habe ich ein eigenes Problem — wenn ich mir einen wirklich fremdartigen Alien ausdenke, erkrankt dieser prompt oder verletzt sich bei einem Unfall und wird am Schluß stets zu einem Fall für das Orbit Hospital im galaktischen Sektor zwölf.